中國現代文學史稀見史料7

新文學研究

蘇雪林　原著；謝泳、蔡登山　編

寫在前面

蘇雪林對中國現代文學學科建設曾做過重要貢獻，她是較早將中國新文學引入當時中文系教學課程的學者之一。一九三二年蘇雪林在國立武漢大學擔任新文學這門課程，並編了講義發給學生。蘇雪林的這冊講義名為《新文學研究》。一九七九年蘇雪林在臺灣出版《二、三十年代作家與作品》（廣東出版社，民國六十九年再版），本書就是根據當年的《新文學講義》增刪而成的。

無論楊振聲還是朱自清，早期將新文學引入中國大學國文系課程體系，多數是出於個人對新文學的偏好或者順應學生的求，一般說來並無自覺建立學科的主動意識。蘇雪林《新文學研究》是講義名稱，也就是課程名稱，還不能說是著述名稱，後人將其作為著述出版，完全是在史料意義上延續了講義原來的題目。講義經修改後作為著作出版是學者習見行為，但這本《新文學研究》不是蘇雪林主動出版的著作，而是為講課供學生使用的教學材料，也就是說，現在印行的《新文學研究》完全保存了舊有的風貌。

近年已有一些學者注意到蘇雪林這本講義的重要性（丁增武曾有專門論文介紹這本講義），但這本講義的原始文本似乎還不是特別容易得到，網上雖有個別複製本和電子文本出售，但多已脫離原書形態，為慎重起見，我們還是設法得到了一個原始文本，作為史料重印，我們盡可能保留了講義的原初風格。

因為《新文學研究》是中國古籍舊裝形式，所以需按古籍形態介紹。本講義線裝一厚冊，大開本（27×17釐米），白棉紙，無魚尾，白口，半頁十三行三十五字，鉛印。書口上方印書名「新文學研究」，下方是印刷單位

「國立武漢大學印」，講義共二八〇頁，封面書「新文學研究，蘇雪林述」，列為民國二十三年武漢大學講義第一二一種。原講義沒有單列目錄，現抄錄如下：

很奇怪，蘇雪林一九七九年寫《二、三十年代作家作品》時，雖然沒有回避本書的大部分內容主要來源於早年講義《新文學研究》，但似乎又不願意直接明確表達前書和後者的關係，甚至連《新文學講義》的名稱也從始至終沒有提及，所以一般沒有讀過《新文學研究》的人很難把二書連在一起。作為中國早期的新文學研究，蘇雪林的講義沒有涉及文學評論，他在後來的書中補充了這一部分。因為是同時代人講同時代的文學活動，蘇雪林的敘述和判斷對後來許多作家的文學史地位多有幫助，蘇雪林關注過的重要文學活動和作家，在後來的文學史敘述中多數得到了較高的評價，當然也有一些蘇雪林評價很低的作家後來的文學史地位卻很高比如郭沫若、郁達夫、廢名等，從這個意義上可以說，蘇雪林的文學史眼光相當敏銳和獨特，也有一些蘇雪林高看的作家被後來的文學史遺忘了。

蘇雪林本人有創作經驗和西方文學修養，她是留法學生，同時她對中國古典文學也深有研究，她在這方面的用力超過了對中國新文學的興趣，這些學養決定了她的文學史眼光和判斷力，所以她早年對多數作家所作的藝術分析，尤其是對作家語言才能的敏感，對今天研究中國現代作家也很有啟發。

這是一冊在自由時代自由編纂的講義，在完全自由開放的心態下，蘇雪林對中國現代作家的分析和判斷，有可能更接近真實的閱讀感受而較少受其它因素的干擾，這種同時代人平視同時代文學的研究，對後來的中國現代文學研究是一個有益的座標，在這個意義上說，蘇雪林這冊早年講義不僅有新文學編纂史上的價值，更有重新觀察中國現代作家文學史地位的意義。用文體分類，再以作家論為主線展開的新文學史敘述方式，在很大程度上也是後來文學史寫作的基本思路，這本講義在中國新文學史編纂史上，確有開創之功。

最後說一句，民國二十三年，武漢大學多數文科講義依然保留了用線裝古籍形式印行，這種風雅令人神往。蘇雪林這本講義是線裝一厚冊，在一般古籍中已是超厚了，按習慣可分裝為四冊一函。新文學講義而用嚴格古籍形式印行，也可說是中國新文學史上的一則趣事了。

謝泳

二〇一五年九月二五日

新文學研究

總論

蘇雪林述

辛亥革命是三千年中國政治史上一大變局；五四運動是三千年中國文學史上一大變局。辛亥革命是推翻歷代的君主專制，建設共和；五四運動是打倒傳統的文言，代以口語。辛亥革命雖未立躋中國於富强，而政治之逾越軌道反較前愈甚，但民治主義的曙光已現，將來終有大放光明之期；五四運動雖曾使文壇陷於混亂，但新文藝的幼芽怒茁，將來亦有拔地參天之日，我們何幸躬逢這個偉大時代。我們對這時代又安得不加以精密的觀察與深刻的認識。而且過去的失敗無容諱言，將來的進步尚在我們自己努力。但不知過去的失敗之由，將來也難走上成功之路，所以我們對於過去的歷史不能不研究研究。

關於政治史方面的問題自有他人去研究，現在我只論文學方面的。

爲什麼我要說五四運動是中國三千年文學史上一大變局呢？原來直到現在，還有許多人，有意無意的說，中國文學數千年來變化本已不少；韻文則由四言變爲長短不定的騷體，又變爲整齊的五言，又變爲注重聲調格律的近體，更而爲詞爲曲；散文則周秦諸子而後，變化出各派文體。今日的新文學也不過文學自然蛻化中之一種；許多花樣中偶現的新花樣罷了。它抵抗住時代的風雨就讓它生存，否則就讓它消滅，值得什麼大驚小怪？又值得我們去贊成和反對嗎？

這話實在是由於不能徹底認識新文學之過，對新文學前途妨礙甚大，我們不得不一爲剖別。要知道這一次文學的變化，並非以前那些變化可比了。以前的變化或因時勢的推移而發生一種新興文體，或由作家個性不同，而形成一種新的風格，至於他們所用的工具——文言——却絲毫沒有更換。這一次改做白話，用的工具却是另一種的了。

三千年以來中國人著書立說只用得一種言語，就是古文，爲稱呼方便起見，我替它杜撰一個名詞叫它爲『第一標準語』還有一種是白話，現在還沒有死，我叫它爲『第二標準語。』中國文學自詩經以後直到五四運動以前用的是『第一標準語』五四運動以後用的是『第二標準語』

觀韓非鼠林故事，孟子齊傳楚咻之喻，楊雄方言之比較，我們便可知道當時各國言語是如何的紛歧，但古書大都易讀易解，頗少佶倔聱牙的土話雜乎其間，則我們可以明白先秦文言已不合一，他們早已採用一種標準語——這標準語我曾臆斷爲周民族的言語，——見拙編中國文學史講義——蓋先秦以周楚秦三民族勢力最大，先秦的歷史，不過是三民族政治勢力的消長史。但周民族文化最古而又最爲優越，當周民族全盛時，政治勢力遍布黃河流域，揚子江流域也受它支配。各國大部分是周子姓分封出去的，當然沿用其言語文字，卽種族不同之國，也採用它的文字，國際往來也用它的言語。「周語」之作用等於現代的官話，也可以說外交方面的法語。後來周民族失了政治上的支配力，文化也漸形衰敗，各國卻國勢蒸蒸日上，文化逐漸提高了。它們於是乎不屑更用「周語」——也許事實上不必更用——而想創造它們自己的「國語」了。無奈中國文字屬於單音系(Monosyllabic)一字一音，很然隨著各地方音變化，它們努力的結果也許創造了些新文字新言語出來——但觀秦滅六國前文字頗呈紛亂之象可證——而秦始皇的李斯之奏，下「同文書」之令，於是正在創造中的各國國語大受挫折了。各國國語一頓挫，周語的勢力又抬起頭來。這周語便是沿用到今的文言，也卽我所呼爲的「第一標準語」，又叫「古文」

這『第一標準語』不但擔任了開化中國本部的工作，還任了開化亞洲的工作（胡適白話文學史第七頁）雖它在漢代已呈與言語分歧過甚的半身不遂的病態了。卻虧漢武帝替它注射了一針强心液，把病治好。這針强心液是什麼？便是挑選博士弟子讀書和歷代帝王的科舉政策。（白話文學史第四頁）

不過我以爲『古文』的命脈之得以維持至今，不單靠外界的政治力量，它自身也曾適應時代不斷地進化。它在韻散文的方面每極力求與當代言語接近，而詞曲裏吸收白話更爲顯而易見的事實。印度文化傳入中國之後，也曾使我們文學增加許多新名詞，新句法，新篇法，和新風格。清末梁啓超之大用日本西洋語，則更不待論了。桐城派以直祧五經的正統文學自命，對於這種現象，深致不滿。方苞曾定了幾條文學規則謂『古文中不能入語錄中語，魏晉六朝藻麗俳語，漢賦中板重字法，詩歌中雋語，南北史佻巧語』這就是古文家的『文學防禦戰』。但文學進化的趨勢是自然的，這種『防禦戰』無非使桐城文章變得更加空疏枯淡，於那江河日下的趨勢絲毫不能挽回。

閉關時代，文化的進步極爲遲緩。我們的文學工具，雖在二千年前便不適用了。而經幾番修代補充，依舊可以對付過去。及至現代，各工業國家以經濟勢力席捲中國，文化起了空前急劇的變化。我們的思想，我們的感情，都帶上現代色彩。再使用那古老工具來發表時，便不免顯出捉襟露肘左支右絀之窘態，非更換一個工具是不可的了，古文之於我們，又像一座祖傳老屋，從前東邊開個窗子，南邊闢個戶牖，某室安地板以避濕，某處懸簾幕以遮陽，勉强也可居住。不幸這座老屋忽遇長期時的霪雨，又不時有狂暴的颶風襲來，上漏下穿，搖搖兀兀，大有不可終日之勢，若再寄居其中，惟有聽其壓斃罷了。我們不願壓斃，所以只好選擇了一所另外的屋子闔家遷徙過去。五四運動之後，我們毅然決然推翻了數千年沿襲的古文而採取白話，不是舊工具修改的問題，是整個更換的問題。不是老屋子開窗增牖的問題，是離開老屋遷入新屋的問題。我說這是三千年來中國文學史上一大變局，想不算是什麼過甚其詞吧？

這『第二標準語』也不是五四運動後突然發生的，自有白話文學，就有了『第二標準語』了。有人說尚書詩經都是當時的白話，在它們前的甲骨文不待論，在它們後的漢魏六朝的樂府更不必論，似乎白話文學的壽命與『古文』同其久遠，要說也應這時說起。但上述諸書雖屬白話，却應當劃入『第一標準語』的範圍，真正白話文學老祖宗之出頭，當以唐五代時期為比較可靠。敦煌遺書發現後，使我們看見許多唐和五代的佛曲，變文，民間歌謠，通俗小說，雖然粗拙異常，但總算是老百姓的自由創作了。宋代有平話，章回小說及雛形的梁山三國故事。明清以後始有今本的水滸傳三國演義。後來藝術更進步，遂有紅樓夢儒林外史諸書，這些白話小說，都採長江流域的言語寫成，到今還說在中國人民口裏，所以它的源流，至少也有一千年光景，

我是愛說譬喻的，現在我又要來一個譬喻了。白話文學比古文好像是一父所生的孽子。家中大權一向由他長兄古文一手延攬。他只躲在竈角廁中與廝養混在一起，從不敢正式露一露臉，上一上台盤。現在外界風波疊至，家務日益叢脞，他的老大哥年老力衰已是支持不下。雖然服了許多强壯劑，也只能振作不時，不能持久。於是那位青年英俊的小弟弟要從屋角落現身出來代他老大哥執行家政了。他沒有受他長兄一樣的教育，言談舉止，未免有些粗野，但他也因此不受傳統思想的毒，葆全他的純潔天真。我們現在正强迫他受嚴格的新式教育，要他擔負促進文化，幫助民族生存發展的大責任。他是這

樣輕午，這樣精力充溢，前途希望是無限的。我們那能不把鄭重的眼光看視他呢？那能不抱萬分狀喜的心情來慶祝他的上台呢？那能不盡心竭力來保護他使他好好進展呢？

現在我們把新文學運動作爲一個鳥瞰式的敍述：

一　新文學運動前文學界之大勢

這「第二標準語」未被採用之前，文學界的趨勢，據胡適說可以分爲四派：

第一派是梁啓超譚嗣同議論的文章。中國人一向閉關自守，夜郎自大，自以爲文化甲於全球。但太平天國亂後，弱點逐漸暴露。一八九五（民前十七年）中日之戰，中國更打得一敗塗地。東亞第一老大帝國的紙老虎一下子算是完全戳穿了。一九八七年又有德國强佔膠州之事發生，連數千年文教精神所寄託之曲阜孔廟亦遭砲擊，於是全國民氣騰沸，上書言變法者，不計其數，康有爲七次上書，及聯合公車三千人之大規模請願，尤爲近代史，應當大書特書之一頁。後來光緒帝也爲時局感動了，一八九八年（民前十四年）遂有戊戌維新之舉。但變法的盛業，僅有百日，便遭失敗，新黨領袖譚嗣同與其同志五人被西太后所害，康有爲梁啓超則跑到外國去了。

他們政治上的運動，已慘遭失敗，遂想在思想革新上著手。梁啓超在國中時曾辦時務報，亡命後又辦新民叢報，發表政論，影響更太了。他想中國人都像患了瘋癱病四肢百骸痳木不仁。要想恢復已死的神經，非注射强烈的電氣不可。古文如駢文，如桐城派文字格律都太謹嚴，決不能拿來應用。於是本他個人的天才與魄力創造了一種新文學。這種新文學怎樣呢？他自己解釋得最好：『啓超夙不喜桐城派的古文；幼年爲文，學晚漢晚漢魏晉，頗尙矜鍊。至是自解放，務爲平易暢達，時雜以俚語，韻語，及外國語法，縱筆所至不檢束。學者競效之，號新文體。老輩則痛恨，詆爲野狐。然其文條理明晰，筆鋒常帶情感，對於讀者別有一種魔力焉。』胡適也說他『最能運用各種字句語調來，做應用的文章。他不避排偶，不避長比，不避佛書的名詞，不避詩詞的典故，不避日本輸入的新名詞，因此，他的文章最不合『古文義法』但他的應用魔力也最大。』

梁啓超用他這種新文體發表政治論文，介紹先秦諸子及介紹西洋哲學學說，提倡新文藝，一時風靡全國，效之者甚多。數千年古板無生氣的『古文』經此一番大解放，面目精神都與從前不同了。

第二派是嚴復林紓的翻譯文字，而林紓的尤爲純文藝。嚴復譯西洋哲學書，像赫肯黎的天演論，穆勒羣學孟德斯鳩的法意，都給他介紹到中國來。雖然他譯書的工具，是用周秦諸子筆法和佛經語調。但中國學者因此知道了西洋哲學的價値，引起研究西洋學術的興味，間接也有功於新文學的發生。林紓先後居然翻譯了二百多種文藝書，雖然他自己不懂西文，工作要靠朋友幫助，故所譯多西洋第二流作品——如哈葛德的著作——但迭更司，歐文，仲馬父子的作品也介紹了不少。林譯書也用古文而原書的布局結構並不改動——如蘇曼殊譯囂俄的貧人(Les miseirables)爲慘世界，居然改爲中國章回小說，甚至將書中人各地名改爲中文，又隨意插入許多譯者的議論。馬君武譯托爾斯泰的 Resurrection爲心獄亦刪節不少——供給讀者以無窮的異國情調，得收觀摩切磋之益。（如我佛山人之九命奇寃，卽採取西洋體裁。）次則他是個有行的文人，又有得於中國文學中「陰柔」之美，譯書時每能將自己高尙純潔的人格滲入文中，發爲哀感頑豔熱烈真摯的文章，在他西洋羅曼司空氣鼓盪之下，給予讀者以極大的興感。康有爲贈他詩有「歐美風流所入深」實非虛譽。他在文藝界的影響比梁啓超嚴復嚴還大。在五四前十餘年青年作文無不摹擬他的筆調，上者成爲先烈林覺民遺妻書，次亦爲蘇曼殊小說，下者則成爲周瘦鵑禮拜六一派濫惡文字。

章炳麟的述學的文章和章士釗政論的文章比前述二派價值更高，但因爲價值高；所以不能通俗。李劍農說章炳麟在民報上所發表的述學文，青年學生很少可以看懂（見三十年中國政治史）章士釗的政治論文據胡適說是傾向歐化把古文變精密了；變繁複了；使古文能勉强直接譯西洋書而不消用原意來重做古文；使古文能曲折達繁複的思想而不必用生吞活剝的外國文法。但這種文字做的人非常賣氣力；讀的人也須十分用氣力，方才讀得懂。（五十年來中國之文學）對於文壇實無何等影響；所以我也不詳細敍述它了。

總而言之『古文』雖然被幾個富有天才的人拿去發表政論；拿去介紹西洋的思想與文學，但古文本身呆板枯窘究竟不能充分改造。從前閉關時代『文章爲華國之具』不過拿來揄揚帝王功德，或文人學士以之發抒個人情感，它的作用是不怎樣大的。又閉關時代生活閒裕，讀書人捧着一本書，三年讀不通，讀五年，五年讀不通讀十年。現在物競時代生存競存非常劇烈，我們搶飯碗還來不及，那有功夫來讀這死書？況新學制成立後，學生應習之科目甚多，用在國文方面的工夫，每日至多不過一二小時。如果照科舉時代那樣念之乎也者，勢必終身無通達之日，所以文學工具的改換，是刻不容緩的了。

二・五四運動

五四運動的意義是新文化運動，原不限於文學。但它最初表現的鮮明意識，則爲文學革命。與法國十九世紀浪漫主義的興起，倒有些類似之點。雖然我們的文學革命是更偉大，更莊嚴，更有深長的主義。

一七八九年法國大革命，巴朋皇室從寶座上顚覆下來了。貴族的鮮血染紅了斷頭台，第三階級的凱歌唱徹全國。不久之後，一代怪傑拿破崙率領他的常勝軍雷轟電掃席捲全歐，展開了光輝燦爛的十九世紀。那時全法上下氣象煥然一新，但文藝界尚爲古典主義所支配，所有作品表面雖似優美整齊，而實際則懨懨欲絕。於是囂俄，(Victor Hugo) 戈恬(T. Gautier)聖白甫 (Sainte-Beune) 等提倡浪漫主義，把那冷冰冰的大理石美人，從文藝之座推下而代以有血有肉能歌能舞的活人。

文學革命的狂風吹起了。舊字典也戴上紅帽兒了。束縛文辭的鐵銬被他們打得粉碎。沈淪已久的民衆文學被他們由地獄救出。囂俄克林威爾序文 (Lɐ préface bu Cromwell) 大胆地宣言畸形近於優美，奇怪卽在崇高之中，惡與善，黑暗與光明同時存在，所以鄙俚粗俗的民衆文學與溫文爾雅的貴族實無二致。所以浪漫主義之戰勝古典主義其實是民衆文學之抬頭。

中國當一九〇四年(民前八年)科學停止之時，一面有許多人努力改造『古文』，一面就有許多智識階級主張通俗文學。有提倡白話報的，有提倡白話書的，有提倡官話字母的，有提倡簡字字母的。不過他們之爲此無非爲下層民衆著想，至於他們自己則還要用那高雅的古文。照胡適滑稽的比方，他們是把社會分做兩部分：一邊是我們，一邊是他們，一邊是應該用白話的他們，一邊是應該做古文的我們。我們不妨仍舊喫肉，但他們下等社會不配喫肉，只好扔塊骨頭給他們去啃。

這種態度當然是不應當的。我們旣想在現代裏生存，就應當接受現代的文化，就應有適應現代文化的工具。於是就有頭腦比較淸晰，眼光比較銳利，思想比較開通的人出來提倡文學改良論了。民國六年胡適在美國學生日報上發表了一篇文學改良芻議，便是雄雞的第一聲。

胡適這篇，比囂俄克倫威爾序文價値更高，影響更其偉大的文章，主張文學改良須從八事入手。八事者何？

一曰，須言之有物。

二曰，不摹倣古人。

三曰，須講求文法。

四曰，不作無病之呻吟。

五曰，務去爛調，套語。

六曰，不用典。

七曰，不講對仗。

八曰，不避俗字俗語。

具體的解釋，均見現載於胡適文存卷一的原文，恕不具引。總之胡適發表此文時，不過想把腐敗不堪，蕪雜浮薄的古文改良至通順明白適於實用爲主，還沒有主張直接用白話文代替古文。所以他那時寫給陳獨秀的信和寫這篇芻議用的還是之乎也者的文言，但他那時己做白話試做新詩了。

他的朋友陳獨秀接着胡適的信和文之後，隨卽發表一文於新青年，名爲文學革命論。他大言道：『余甘冒全國學究之敵，高張「文學革命軍」的大旗，以爲吾友之聲援。旗上大書吾革命軍三大主義：

曰推倒雕琢的，阿諛的貴族的文學；建設平易的抒情的國民文學。

曰推倒陳腐的，鋪陳的古典文學；建設新鮮的立誠的寫實文學。

曰推倒迂晦的，艱澀的山林文學；建設明瞭的，通俗的社會文學。

民國七年新青年歸北京大學教授陳獨秀，錢玄同，沈尹默，李大釗，劉復，胡適等輪流編輯，便完全用白話做文章了。胡適又發表了一篇建設的文學革命論，大旨說道『我的建設新文學的唯一宗旨只有十個大字「國語的文學，文學的國語」我們所提倡的文學革命只是要替中國創造一種國語的文學。有了國語的文學，方才可以有文學的國語，有了文學的國語，我們的國語方才算得真正的國語。』

又說：『……真正有功效有勢力的國語教科書便是國語的文學，便是國語的小說詩文戲本。國語的小說詩文戲本通行之日，便是中國國語成立之時。……中國將來的新文學用的白話，就是將來中國的標準國語。造將來白話文學的人，就是製定標準國語文學的人。』

這篇文章把從前胡適陳獨秀的種種主張都歸納到十個字，其實又只有『國語的文學』五個字。旗幟既然鮮明，進行也更順利了。

同年陳獨秀辦每週評論。北京大學學生傅斯年羅家倫辦新潮。這時候新文學光芒漸露，已引起許多人的注意。而反對之聲也開始發動了。當時北京大學出了個國故，一個國民，都是推護古文學的。格外的反對黨竟想利用安福部的武人政客來壓制這個新運動。八年二三月間外謠言雖大半不確，但很可以代表反對黨的心理與願望。當時古文家林紓在新申報做了好幾篇小說，痛罵北京大學的人。內有一篇妖夢用元緒影北大校長蔡元培，陳恒影陳獨秀，胡亥影胡適。還有一篇荊生寫田必美（陳）金心異（錢）狄莫（胡）三人聚談於陶然亭。田生大罵孔子，狄生主張白話，忽然隔壁一個『偉丈夫』跑過來同他們搗亂了一陣。又林氏致書蔡元培，攻擊新文學運動。那時安福部政客曾出了一本小冊子將蔡元培胡適陳獨秀都做了一個小傳，無非醜詆之詞，不值一笑。

而且他們反對愈烈，新文學之發展更速。新教育有一篇文字可覘當時頭腦新晰人士對於新文學運動之同情。其言曰：

自蔡孑民長北京大學以來，羅網國中新舊人物，主講大學，新派竭力提倡思想文學之革新；舊派恐國學之淪亡，竭力以保存國粹爲事，於是新舊兩派作思想學術之競爭而國立大學遂爲此競爭之中心點。高屋建瓴，其勢彌漫全國，由黃河而長江，由長江而浙水，閩水，珠江，必將相繼而起。昔歐洲文運復興，肇自意大利古城，由意而德而法而英，卒至蔓延全歐，釀成十八世紀大光明時代。而中古千年之漫漫長夜若遇天笑而復光明。星星之火，竟至燎原，彼反動派之反抗猶若揚風止火適足以助其焰耳。

這篇文字聽說出之蔣夢麟的手筆。他的預言一個月後便應驗了。民國八年初夏，巴黎和會消息傳來，中國外交完全失敗，於是發生了轟轟烈烈盛極一時的『五四』運動。

『六三』事件引起全國的影響，賣國賊曹汝霖，陸宗輿，章宗祥是强迫政府罷免了。全國人民的自覺心也被這次大刺激促醒了。各地學生都應和新文化的運動了。新潮流發軔於北京古城，震撼上海廣州長沙，不久便澎湃於全國了。那時各地學生團體裏忽然發生了無數小報紙及雜誌，全用白話寫作，有人估計這一年之中至少出了四百種白話報，有許多爲學力經濟所限制，曇花一現，便歸消滅，致招『短命刋物』之誚，但如上海的星期評論，建設，解放與改造，少年中國，都有很好的貢獻。報紙也漸漸的改了樣了。從前日報的附張，往往記載戲子妓女的新聞，現在多改登白話的論文譯著小說新詩了。北京的晨報副刋，上海的民國日報的覺悟，時事新報的學燈在五四運動後爲三個最重要的白話文機關。以後新文學發展的景况是不必細述了。總之『星星之火』是果然『燎原』了！

三・新文學的精神

民國八年的學生運動與新文學的運動，雖然不是完全的一件事，但學生運動的影響使白話文學傳播全國，而且胡適陳獨秀的主張文學革命範圍不僅限於文學本身，還有『革新思想』的根本要求在內。

陳獨秀在新青年第一卷第一號便有敬告青年一文提出青年應有六種精神：一，自主的而非奴隸的。二，進步的而非保守的。三，進取的而非退隱的。四，世界的而非鎖國的。實利的而非虛文的。科學的而非想像的。後來陳獨秀被人激烈反對，又有新青年兩大罪案，一是擁護德莫克拉西先生（民治主義）一是擁護賽因斯先生（科學）我以爲這話很能包括新思潮的一切意義，試加以引申：——

（一）科學的精神　這有兩方面的表現，在文學方面的表現曰『求真』，在思想方面的表現曰『求是』。先論文學則自從胡適提出文學改良芻議，其中八不主義除去講求文學一條，餘七條都是求真的結果。胡適又有建設的文學論也說『爲什麼死文字不能產生活文學呢？這都由文學的性質。一切語言文字的作用在於達意表情；達意達得妙，表情表得好便是文學。那些用死文字的人有了意思，却把這意思翻成幾千年前的典故；有了情感却須把這情感譯爲幾千年前的文言。明明是客子思家，他們須說『王粲登樓』『仲宣作賦』明明是送別，他們却須說『陽關三疊』『一曲渭城』明明是賀陳寶琛七十歲生日，他們却須說賀伊尹周公傳說。更可笑的明明是鄉下老太婆說話，他們却要叫他打起唐宋八家的古文腔兒，明明是極下流妓女說話，他們却要他打起胡天游洪古亮的駢文調子……』陳獨秀打起的文學革命軍大旗，旗上大書三大主義。第二主義便是推倒陳腐的鋪陳的古典文學；建設新鮮的立誠的寫實文學。他又說『……文學之文既不足觀，應用之益復怪誕，碑銘墓誌，極量稱揚，譯者決不見信，作者必照例爲之。尋常啓事首尾恒有種種諛詞。居喪卽華居美食而哀啓必欺人曰『苫塊昏迷』。贈醫生以遍額不曰『術邁岐黃』卽曰『著手成春』，窮鄉僻壤極小之豆腐店，其春聯恆作生意興隆通四海，財源茂盛達三江……』

所以他們極力提倡實寫主義的文學，一面練習屛去詞藻的白話論文小說，和洗盡鉛華的新詩；一面介紹西洋寫實作家的作品。北歐的易卜生(Jbsen)的戲劇，安徒生(And erson)的童話，斯德林堡 Stringberg 的小說。東歐的杜斯妥益夫斯基Dostoevsky，庫普林 Kuprin 托爾斯泰(Tolstoi)新希臘的 Ephtoliotis，波蘭的 SeinKiewioy 等人的作品，都翻譯了不少進來。在這方面周作人的成績最好。他用的是直譯的方法，嚴格的儘量保全原文的文法與口氣，這是國語歐化的起點，而也是寫實文學的具體試驗。

至思想方面的『求是』，則可以胡適新思潮主義中之『評刊的態度』來注釋：

(1)對於習俗傳下來的制度風俗要問這種制度還有存在的價值嗎？

(2)對於古代遺傳下來的聖賢教訓要問這句話在今日還是不錯的嗎？

(3)對於社會上糊塗公認的行爲與信仰都要問大家公認的就不會錯了嗎？人家這樣做，我也該這樣做嗎？難道沒有別樣做法比這個更好，更有理，更有益的嗎？

新青年第一卷第幾期全力討論的是孔教問題，後來社會問題，婦女問題，婚姻問題，家庭問題都隨之而起。婦女問題中，討論最激烈的是貞操問題，女子承襲權問題；婚姻問題中討論最激烈的是自由離婚問題，戀愛神聖問題；家庭問題中討論最激烈的大家族制度；社會問題討論最激烈是勞動問題。當時受過新思潮洗禮的人士，對各問題爲理性的討論，一時『？』的符號像春風中柳絮到處飛舞。尼采說這個時代是個重新估定一切價值 Transvoluation of all volues 的時代，五四運動也就是重新估定一切價值的時代。不過他們思想以過於澈底之故，往往有不自知而流於過激者。像陳獨秀主張文學革命爲『絕對之是』不容人匡正餘地，這還勉强說得過去。至於錢玄同主張廢棄中國文字改用羅馬拼音字。尚覺不足，更進一步主張用 Esperanto 爲國語。朱經農兄弟大爲反對，而錢竟悍然宣言說，以後凡反對世界語爲國語之問題者，我就置之不答。這種態度今日看來都屬太過。

（二）民治的精神　這也有兩方面的表現，思想方面爲『人道主義』。前面談過的種種問題，都以人道主義爲出發點。像婦女爲什麽要解放？因爲婦女幾千年前受男子壓制，變爲男子的附屬品，太不平了，所以要解放。但提高女子人格與男子平等，空言是無裨實際的。女子想真正與男子平等還是要從法律經濟上平等起。所以納妾問題，女子承繼問題都跟着來了。又如貞操問題，則男子以滿足自私自利的佔有衝動，强迫女子遵守片面的道德，提倡過門守貞，自殺殉夫，守節不嫁以人道主義的眼光觀之，宜加以激烈的反對。更如貧富階級問題所謂富者田連阡陌貧者地無立錐。所謂朱門酒肉臭，路有凍死骨。社會制度如此不平等，也不是人道主義所允許的。這個問題後來愈研究愈趨極端，致共產主義傳播全國。

文學方面則提倡『人的文學』周作人在新青年第五卷第六號發表『人的文學』大意

說。

我們現在應該提倡的新文學簡單說一句是人的文學，應該排斥的便是非人的文學。人是「動物」進化的，從動物「進化」的。人有靈肉二重生活。靈肉是一元的，極端抑制肉慾固不可，極端放縱肉慾亦非。獸性與神性合起來便成人性。人的理想生活改良人類關係須營一種利己又利他的，利他卽利己的生活。

用此人道主義爲本，對人生諸問題加以記錄或研究的文字，便謂之人的文學。此可分爲二（一）是正面的寫這理想生活，或人間上達的可能性。理想生活之文學亦須合於靈肉一元論，如以二性生活而論，基督教之禁欲主義，及印度之心的撒提(Suttee)中國之殉節守節，固不近人情不可提倡。親子之愛如郭巨埋兒，丁蘭刻木亦不足爲訓。（二）是側面的，寫人間平常生活或非人的生活。非人間的生活，世人每每誤會譬如法國莫泊三小說一生(une uie)是寫人間獸慾的人的文學；中國的肉蒲團則非。俄國 Kuprin 之坑 (Jama) 是寫娼妓生活的人的文學；而中國之九尾龜則非。以其態度一不滿足而表示憤怒；一則感着滿足而帶挑撥。一則嚴肅；而一則游戲。

這篇文字影響於中國人的文學觀念異常之大。一時新文學創作態度皆奉此爲標準，甚至批評文藝也要奉此爲標準了。

五四左右的青年受著科學民治兩大精神之陶冶，一往無前地向前探求應走的道路。他們心胸是純潔的，態度是真摯的，信仰是單純的。他們的行動也許有點暴燥，也許有點幼稚，但那那一般蓬蓬勃勃新鮮潑剌的朝氣，却是十分可愛的。他們那時沒有別的敵人，唯一的敵人便是傳統的思想。他們都祈求爲真理的戰士，站在一條戰線上，張開如火如荼的陣容，向舊社會取包圍攻擊的姿勢。想一舉把這古老中國摧枯拉朽似的廓清了，而建設起他們理想中廿世紀的新中國。

不幸他們的敵人尚未完全打倒，而他們自己的陣線先散亂了。有的追逐別的目標去了。有的被化裝侵入的惡勢力所感染而墮落了。有的被過度發達的虛榮心所鼓煽，掉轉武器自相火併了。五四運動的真精神，至是已所餘無幾，說來真教人惋惜呀！

那追逐別的目標的，各有各的政治立場，我也不必管他。不過他們爲了增重自己主張的價值起見，硬要抹煞事實說五四運動沒有什麼意義，不過封建制度崩潰資產階級覺

悟的表示罷了。所以當時關於人道主義的文學都是紳士式的憐憫觀，當加以反對云云。也就太難服人之心了，

惡勢力的化裝侵入，更是新文學內部腐化的毒菌，也許是將來的致命傷。像某博士假借討論性的問題，一度混入新文化陣綫，流毒幾遍中國。又像頹廢派文人，專作墮落的自述，猥褻難堪。青年意志薄弱，每爲所動。且一書之出，紙貴洛陽，旁觀者見之不免垂涎三尺，於是描寫感官的刺激，肉慾的誘惑，一切淫穢下流之作品相繼而出。陷溺青年身心，斲傷民族元氣，思之可恨，言之痛心！

從來文學界彼此譏彈，古今中外盡都不免。但大都就作品立論，不牽涉私人恩怨。說話也有不十分幽默的，但決不肯借批評爲損害對方威信的工具。現代文壇，却發生一種怪現象，那就是胡適所說的『多疑善妒』的文人之謾駡了。他們之駡人，一曰『報復政策』卽自己天才薄弱，學問窮乏，而虛榮心之發達，恰成爲反比例。他們要創作詩文，要翻譯西洋名著，要胡亂發淺薄荒唐的議論，却往往被學識勝過他們的人打着『痛脚骨』。於是恨入骨髓，以極惡毒之言語把對方駡得體無完膚，藉以洩憤。二曰『自衛政策』自

知所作之事，一定不免惹人批評，故先以盛氣凌人之態度，奪人之氣。橫豎知道那些被罵者愛惜他們的紳士體面衣服，那肯倒在爛泥裏同我滾。只要罵得他們不敢開口，我就高枕無憂了。荏弱的蟲豸每具有自衛的毒刺和毒液，這些謾罵家亦然。三曰『壟斷文壇的政策』他們寫不出好的東西來，却怕別人獲得青年信仰，失去自己固有地位，於是或祭起他們的種種法寶，教『第三種人』不敢動筆；或不惜運用卑汚手段揑造種種謠言，損害他們理想中敵手的威信。橫豎現在青年多半束書不觀，設有辨別是非的能力，只聽誰叫得響，罵得凶，便是誰有理，這樣我就可以在文藝國裏南面稱尊了。

有些善罵家，罵人一開了端，可以幾年罵不完。罵得你不敢回嘴了，就罵你的朋友，你的一切有關係的人。甚至你已經死了我還要罵，大約要罵到我自己也死了。這一樁罵的公案才能完結。凡凡種種，表失一己人格尙屬小事，而顚倒文藝的標準，阻礙文藝之自由發展則罪大。

十餘年來新文學固有進步，但若內部沒有這些不幸的現象，進步當更不止此。文人如更不覺悟，還要這樣鬧下去，我想不出幾年轟轟烈烈的新文學運動又要煙消火滅，讓舊勢力抬頭了。只須看近年以來，西南有恢復讀經之議，小學教科書有改爲文言之謠，禮拜六派忽呈活躍，鴛鴦蝴蝶的舊小說大得社會歡迎，不是它的未萌之兆嗎？

四・新文學引起的反動

百忙之中，我要夾敘一段新文學引起的反動，庶使讀者得以明瞭整個文學運動的真相。大凡一種，一種新的學說一種新的思想初出世的時候，沒人反對，那麼它一定沒有價值。反對是惹人注意的表現。

新文學在五四運動前，就惹起一塲反對，前面已說過了。過去新文學引起的反動，可分三個時期，第一時期唱反對論者爲舊文家。第二時期爲留學生。第三時期也爲留學生但連帶地反對新文化。反對的範圍更廣了。

上文說過林紓做了許多短篇小說攻擊新文學領袖，又寫了一封信給北大校長蔡元培，反對新思想和新文學。前者與本文關係較小暫不述，後者則有這樣的話：

天下惟有真學術真道德始足獨樹一幟使人景從，若盡廢古書行用土語爲文字則都下引車賣漿之徒所操之語按之皆有文法⋯⋯據此則凡京津之稗販均可用爲教授矣。

若化古子之書爲白話演說亦未常不是。按說文演長流也。亦有延之廣之之義。法當以短演長，不能以古子之長演爲白話之短。且使讀古子者須讀其原書耶？若讀原書，則又不能全廢古文矣。矧於古子之外尚以說文講授。說文之學非俗書也，當參以古籀證以鐘鼎之文。試思籀篆可化爲白話耶？果以篆籀雜之白話之中是試漢唐之環燕與村婦談心，陳商周之俎豆爲野老聚飲，類乎不類？……」

蔡氏答書對白話文有三點之答辨。第二點答白話是否能達古書之義道：

大學教員所編之講義固皆文言矣。而上講壇後，決不能以背誦講義塞責；必有賴於白話之講演。豈講演之語必皆編爲文言而後可歟？吾輩少時讀四書集註十三經注疏，使塾師不以白話講演之，而編爲類似集注類似注疏之文言以相授，吾輩其能解乎？若謂白話不足以講說文；講古籀；講鐘鼎之文，則豈於講壇上當背誦徐氏說文解字繫傳，郭氏汗簡，薛氏鐘鼎，款識之文或爲編類此之文言而後可；必不容以白話講演之歟？

又曰白話文並不比文言淺薄只看內容如何

又次則考察大學少數教員所提倡之白話的文學是否與引車賣漿者之語相等？白話與文言，形式不同而已，內容一也。天演論法意原富等，原文皆白話也，而嚴幼陵君譯爲文言。小仲馬迭更司哈葛德所著小說皆白話也，而公譯爲文言。公能謂公及嚴君之所譯高出於原本乎？若內容淺薄則學校報考時之試卷，普通日刊之論說儘有不值一讀者，能勝於白話乎？且不特引車賣漿之徒而已，清代目不識丁之宗室其能說漂亮之京話與紅樓夢中寶玉黛玉相埒，其言果有價值歟？

蔡林兩氏原信都很長但林氏之信思想固陋，語亦蕪雜，可當『頭腦不清』四字的批評。蔡信則措詞明爽，態度平和而且語語『言之有物』我們要研究新文學與舊文學之事，須先讀這兩封信。要知道新文學內容形式都勝於舊文學，也要先讀這兩封信。

還有那些反對論像朱希祖在新青年發表的白話文之價值曾舉了幾個例。

甲說，白話文太繁瑣，不如文言之簡潔；白話文太刻露，不如文言文之含蓄；所以白話文是毫無趣味的。

乙說，白話文今天看了，一覽無餘，明天就丟掉了，斷不能垂諸久遠。文言文色澤又美，聲音又好聽，使人日日讀之不厭。所以孔子說『言之無文，行之不遠』古人的文章，所以能千古不朽者，就是用文言的緣故。

丙說，白話文車夫走卒都能爲之，文言文非學大夫不能爲。

這也不是有多大道理的話。像這班老頑固之反對新文學，不過是搗亂一陣，絲毫不能搖撼新文學的基礎。因爲他們雖有文筆却缺乏新的學識，所發議論不足折服人心。以後有幾個留學生也來反對，勢力便比較大一點。

留學生的老前輩嚴復，在林蔡爭辨時，却守沈默態度，僅於政友人書札中略述他的意見。他說『北京大學陳胡諸教員，主張文言合一，在京久已聞了。彼之爲此意謂西國然也。不知西國爲此及以語言合之文字。而彼等則反是，以文字合之語言。』他又相信古文不亡——涵勞樓古今文鈔序云『物之存亡，係乎精神，非人之所能亡。古文不亡於向之括帖講章，則後之必有存固可決也。』

民國十二年梅光迪胡先驌等在南京東南大學出了一種學衡雜誌，專以反對新文學爲事。梅光迪先在東方雜誌第十六卷第三號發表中國文學改良論有云：

語言若與文學合而爲一，則語言變而文字亦隨之而變。故英之 Chanoer 去今不過五百餘年，Ipencer 去今不過四百餘年，以英國文字爲諧聲文字之故，二氏之詩已爲我國商周之文之難讀；而我國則周秦之書尙不如是，豈不以文字不變，始克臻此乎？向使白話爲文則隨時變遷宋元之文已不可讀，況秦漢魏晋乎？此正文言分離之優點，乃論者以之爲劣，豈不謬哉。且盤庚大誥之所以難以堯典舜典者卽以前者爲殷人之白話，而後者乃史官文言之記述也。故宋元語錄與元人戲曲其爲白話大異與今，多不可解，然宋元之文章，則與今無別，論者乃惡其便利而欲增其困難乎？

這是很有力量的反對論，雖原文已爲米希祖在新青年上加以痛駁，他的理由還是能成立的。不過文言爲已死言語，難讀難做，它妨碍現代文化之進行，阻擋普遍教育之發達，乃是鐵一般的事實。我們決不能爲千百年後人的便利着想，先犧牲現代人的便利。況『第一標準語』也替我們服務了三千年，爲時不爲不久，若『第二標準語』也替我們服務三千年，則這番文學革命，在時間經濟上講，已非常合算了。三千年後自會有『第三標準語』出來，我們現在也不必慮得這樣長遠了。

胡先驌在學衡上則說：

胡君以過去之文字爲死文字，現在白話中所用之字爲活文字……而以希臘拉丁文以比中國古文，以（兩以字原文）英德法文以比中國白話……以不相類之事，相提並論，以圖眩世欺人而自圓其說，予誠無法以諒胡君之過矣。希臘拉丁之於英德法外國文也。苟非國家完全爲人所克服，人民完全與他人所同化（與字所字皆原文）自無不用本國文學以作文學之理。至意大利之用塔斯干方言爲（原作之）國語之故，亦由羅馬分崩已久，政治中心已有轉移，而塔斯干方言已占重要之位置，而有立爲國語之必要也。希臘拉丁之於英德法文，恰與漢文與日本文之關係。今日人提倡以日本文作文學其誰能指其非？胡君可謂廢棄古文而用白話文等於日人之廢棄漢文而用日本文乎？吾知其不然也……」

這話胡適一時並未答辯。到他做五年來中國之文學乃答道：

其實胡適的答案應該是「正是如此」。中國人用古文作文學，與四百年前歐洲人用拉丁文著書作文，與日本人做漢文，同是一樣的錯誤，同是活人用死文字作文學。至於外國文與非外國文之說，並不成問題。瑞士人，比利時人，美國人，都可以說是用外國文字作中國的文學；但他們用的是活文字，故與用拉丁文不同，與日本人用漢文也不同。

學衡反對了一陣之後，又來了甲寅派的反對。甲寅本是一個極有力量的政論機關，創始於一九〇五年至一九一五年。主筆爲章士釗，即前論新文學運動前四派文學家之一。他的甲寅在當時實爲青年歡迎之刊物，甲寅停刊之後，陳獨秀主辦的新青年繼起，一般讀者都以「繼續甲寅努力」視它。可是一九二五（民國十四年）章士釗做了司法總長兼教育總長，又續刊甲寅。但復活的甲寅，不比從前的甲寅了。竟以反對新文學爲職志了。

反對的要點……自白話文體盛行之後，髦士以俚語爲自足——小生求不學而名家。文事之鄙陋乾枯逈出尋常擬議之外。黃茅白葦一往無餘；誨盜誨謠，無所不至。此誠國命之大創，而學術之深憂，士釗所以夙夜徬徨求通其志，互數年而不得一當者也……刱創國立編譯館呈文）

他反對新文學連帶地反對新文化要提倡『敦詩說禮，孝弟力田的人生觀』『農村立國的政治經濟思想』『讀經救國的教育政策』（皆見評新文化運動）這些思想固有一部分之理由，但以全體論之則有開倒車的嫌疑。當時也曾引起唐鉞，高一涵，吳敬恒，魯迅等的反對。

後來爲了北京女子高等師範驅長的問題，章士釗和他辦的『老虎報』因甲寅上繪一虎當時謔者戲呼之如此——因受了不少的唾罵和攻擊，而向來站在一條戰線上的新文學家也因此分裂。章氏的罪案以陳炳堃在最近三十年中國史上論得最爲公允：

他的後甲寅若是僅從文化上文學上種種新的運動而生的流弊有所指示有所糾正，未嘗莫有一二獨到之處，可爲末流的藥石。但他想根本推翻這種種新的生機，新的勢力，仍然要維持四千年來君相師儒續續用力恢弘的一些東西。所以他努力的結果，，似乎一方面祇能表表這是他最後一次的奮鬥，他的生命最終的光燄；另一面只能代表無數學士大夫之流在文字上在學術思想失去了舊日權威的悲哀，代表無數的趕不上時代前進的落伍者思古戀舊的悲哀，爲新潮捲沒的悲哀！

除了這些反對論之外，不過是些腦筋頑固者時習幾聲冷笑和咕噥，根據學理以爲有組織的反對，現在已經沒有了。將來也許有劇烈的反動以另一方式出現，但新文學的學理已深入人心，新文學的基礎已培植堅固，若不是它甘行自殺政策，外界勢力是打它不倒的了。

五・現代文壇的派別

新文學運動由北而南。不久蔓延全國，文學家個性不同，學力不同，政見不同，對文藝的見解不同，於是自然而然地分裂，成爲許多派別了。其中以文學研究會創造社算是意態較爲鮮明的文學團體。而由二派中分出來的分子也極活躍。

北方文壇初期爲胡適陳獨秀傅斯年等主持。新青年每週評論新潮都是青年的恩物。但他們以全部精力注重『思想革新』文藝創作不過以餘暇及之。而且文學革命的元勳胡適趣味傾向國故的研究。去做他的紅樓夢水滸傳考證去了。陳獨秀李大釗則講社會革命去了。新潮自康白情羅家倫傅斯年出洋留學也就黯然無色了。北京的晨報副鐫登文藝較多，而副鐫篇幅太短，比較長篇的作品人家不願意在它上面發表。於是上海商務印書館文學研究會以小說月報爲發表新文藝機關把北方文藝份子如冰心女士，魯迅，周作人，落華生（許地山）盧隱女士都吸收去了。文學研究會中本來有的葉紹鈞，王統照，鄭振鐸，沈雁冰（矛盾）趙景深，工力亦復不羽。所以勢力日益發達起來。他們繼承五四運動的精神，一面研究問題，一方輸入學理，所以創作與翻譯並重。數年之內他們把西洋名著介紹了不少過來。又有俄國文學研究，法國文學研究，文學大綱等。除小說月報每月發行一次外，更有文學旬刊初附於時事新報，後改爲文學，後改爲文學週報已出三四百期。他們肯脚踏實地的做工夫，所以對新文壇有許多真的貢獻。

從北方的新青年晨報副鐫到南方的文學研究會止都是寫實主義的文學。鄭振鐸等更提倡血淚文學想以强有力的叫喊喚醒社會痲木的心靈。但在這大潮流中又起了冷嘲熱罵的文學，我爲方便起見，叫它爲諷刺派。這派以魯迅爲代表。魯迅筆調本近諷刺其第一篇狂人日記卽表示其特別作風，阿Q正傳出世諷刺精神更爲顯著了。他因爲一件稿子的事與晨報主筆蒲伯英決裂乃與其弟周作人合辦語絲，作人爲主編，川島（章廷謙）王品青佐之。北大同人與周氏兄弟有文學上之共鳴者也，爭在其中投稿。語絲每星期出版一次，每卷五十二號已出三卷十餘餘號。其中文字亦不甚一致，魯迅撰著者，但對於社會。嘻笑怒罵，極盡形致。謂爲發揮北大之『狂狷精神』。及與現代評論派決裂，所作隨感錄，無一不爲極刻毒之諷刺。其周作人撰著者則寓諷刺於詼諧變爲幽默文體。北新書局爲李小峯所辦，專發行魯迅等作品。上海設立分店，後發行北新週刊，繼改爲半月刊，皆直承語絲精神而偏於諷刺一方面。林語堂文字學魯迅與周作人而加以變化，現在上海辦論語社以提倡幽默文字爲主，也算是語絲的嫡派子孫了。

語絲之姊妹刊物爲莽原，主編者爲魯迅，執筆爲高長虹韋叢蕪等。介紹俄國文學，一面對現代評論派作劇烈的抨擊。凡一切咆哮跳踉之謾罵，語絲所不能出者皆出之於莽原，出至二十四期改爲未名半月刊，仍爲魯迅主編。高長虹則與魯迅不知爲什麼事鬧翻，到上海設狂飈社去了。

高長虹所鼓吹狂飈運動，是模仿德國浪漫主義初期哥德席勒海涅等『狂飈突進』Sturm und Drang但所提倡者並非浪漫主義而爲未來主義。高的同派如向培良高歌對於戲劇亦曾有相當的努力，他們的狂飈協社便是戲劇運動的機關。但這種運動缺少人才，只高長虹一人爲主力。他獨辦長虹週刊出了數期也就停止了。獨脚戲那能唱得長呢？他們的文字以表現憎與恨爲目的，終日無理取鬧的謾駡，也難得社會的同情。所以雖然轟烈一塲，終亦銷聲滅跡，不過爲新文學運動上留下一個未來派的名目罷了。

五四運動發生後，海外留學生卽有受其響影的。而留東學生以距離較近，受影響尤爲迅速。宗白華在上海時事新報辦學燈；日本醫學生郭沫若寄其新詩創作遂成知已。宗又介郭於其友田壽昌（田漢）三人互相通信產生三葉集。一九二〇年郭氏輟學囘上海就泰東圖書館之聘。混了一年又至日本約得郁達夫張資平囘國同辦創造季刊。鼓吹浪漫主義，反對功利主義的文學。創造季刊一年僅出四期，又出週刊，其後替中華新報（政學系機關報）出日刊名曰創造日僅出至一百期而止。

創造社雖鼓吹浪漫運動，其實頹廢之色彩最濃。郁達夫沈淪初出，卽以赤裸裸色狂之描寫吸引青年興趣。其後之雞肋，寒灰，過去，奇零，敝帚都是同一內容同一筆調。葉靈鳳，葉洛鼎王以仁所作亦帶此等氣息。葉靈鳳且組織幻社出定期刊物幻洲戈壁。而滕固，章克標，黃中，金滿成變本加厲，竟至顯明的爲種種獸慾之繪畫。同時鴉片，酒精，失業，窮，偷竊，牢騷，恨亦不絕於字裏行間。至於張資平的三角四角式的戀愛小說也以投合青年心理使創造社聲名傳揚日盛。

後來時代有些轉移了。描寫肉慾的文藝，青年也有些看煩厭了。創造社遂改而提倡第四階級的文藝。那些燕子窠裏的文人居然日日喊叫『階級爭鬬』『擁護無產階級的利益』，一九二九年遂被上海政府封閉。

在此種種派別之中，現代評論派是比較後起的。先是太平洋社發行太平洋執筆者爲周鯁生楊端六等以政治經濟論文爲主。後以性質過於專門讀者太少，乃欲與創造社合辦一種刊物，名曰創造週報，前半論政治由周等執筆，後半載文藝創作請郭氏等擔任。郭以文藝退居附屬地位，心甚不願，更不願以創造之名假人。他們不得已遂辦一現代評論，邀郭等撰文，郭等初亦應酬了幾期，後來便絕了筆了。

現代評論執筆者除周楊外又加入胡適，徐志摩，燕樹棠，皮宗石，王世杰，唐鉞，陳源，袁昌英，揚振聲，丁西林等經驗豐富學有專長之士。它以政治批評爲主，並不是純粹的文藝刊物。但其中凌叔華沈從文胡也頻等人著作論者皆謂水平綫以上的作品。

在一切刊物中現代評論實爲最充實最光輝的一種，一時論者有『大報』之稱。但也因此招人妒忌，攻擊至今不絕。

現代評論出至八卷二〇九期而停刊。上海新月書店出版新月月刊，由徐志摩聞一多輪流編輯。新月乃是側重文藝的刊物，宗旨異常純正。其發刊辭出之徐志摩手筆，對當時淫濫靡弱的文壇痛加針砭不啻是日趨墮落的新文學界一聲獅子吼。

國民政府遷都南京後，文化中心大有由北京移到上海之勢。上海新書店遂如雨後春筍一般發達起來，二十年前以孽海花出名之東亞病夫（曾孟樸）居然躍躍欲試。與他兒子曾虛白開真美善書店辦真美善雜誌。介紹法國浪漫派文學兼從事創作。病夫真美善之發刊詞亦以矯正文壇惡習爲主。與徐志摩那一篇可以互相輝映。

又有金屋書店邵洵美爲主創人。與傅彥長張若谷等鼓吹都市文學，但讀者竟不加以理會——所以這派文學也沒有提倡起來。

其後而有新興文學者起蔣光赤（後改名光慈）楊邨人，錢杏邨，龔冰廬，巴金……爲之倡。同時楊錢著新興文藝論，極力鼓吹這派文學。創造社的郭沫若郁達夫張資平本已向左轉了。得此一枝生力軍，愈加覺得吾道不孤了。後來魯迅也左傾了。沈雁冰本是文學研究會的重要份子，也傾向社會主義了。但同屬左翼文人，其中又分爲幾個黨派，如郭沫若與魯迅之互相醜詆。沈雁冰亦爲郭等所不容。蔣光慈與張資平也吵過架。雖有左翼作家大聯盟之舉行，而各作家之意見總難爲之消融呢。

國家主義的文學並不怎樣發達。但也曾在文壇上開過一朵小小的花。先是留法學生曾琦等感於共產黨之猖獗，帝國主義對中國壓迫之甚。刊國辦醒獅刊物以『內除國賊，外抗强權』八個大字爲宗旨，又有『永不妥協之口號。國民軍北伐成功後，他們又以廢棄五色旗及其原故對政府攻擊。曾琦等思想頗頑固，論說詩文皆以文言作之，我們不能納之於新文學範圍之內。其中雖有二三新文家如胡雲翼之流，但終不敢張出鮮明旗幟爲他們主義吶喊。

當左翼文人勢力發達時，國民黨人頗欲提倡民族文學以爲對抗。東三省及上海事件發生後，贊揚東北義勇軍及十九路軍文字漸多。但其描寫日兵之怕死無用及我軍之神勇壯烈，雖能令讀者快意一時，究竟不盡真實。今日民氣頹唐萎靡，自信心完全失去，文藝固應在喚醒『民族自信力』爲要務，但這樣閉門大嚼的辦法，無非助長國虛矯心理殊非所宜。

六・對今後新文學之希望

新文學運動自發生以來已有十二三年的歷史而偉大文學尚未出現。新詩則除少數以詩爲命的人死抱不放外，許多人都有此路不通的感想了，社會的歡迎心理日形冷却，新詩送至書店每不肯代爲付印。長篇小說不但不曾看見托爾斯的戰爭與和平，安娜小史；福羅培爾的巴梵利夫人傳，水滸傳紅樓夢這一部十萬言可讀的著作都沒有，短篇小說不但不曾見莫泊三柴霍甫般的作品，連比得今古奇觀拍案驚奇的結構的也沒有。至戲劇之貧乏更不必說。似乎新文學前途並沒有多大希望了。但不知一種文學的成熟都不是一朝一夕間的事，以過去舊白話文學而論，唐代已有半文半白的唐太宗入冥記，秋胡小說，孝子董永傳，正於紅樓夢儒林外史之成熟作品出來，已有差不多一千年歷史，前文已經敍及。以詞而論，唐代開元至南唐已有許多文士試做這新興文藝，醞釀二百五六十年始有兩宋的詞的黃金時代。以散文而論，韓愈柳宗元打倒八代駢驪，取法先秦六經諸子之單行文字但一直到宋代三蘇歐陽曾王出來，單行散文才做到隨心應手的地步。即觀之西洋古典浪漫各派亦何常沒有五十年一百年培植的工夫而後開花結果，於今新文學只有十幾年歷史，我們便希望有偉大作品出來似乎未免太性急了吧。

話雖如此，但自然的演進是遲緩的，不經濟的，我們應當加上人爲的努力使成功之期早日實現。人爲的努力是什麼我以爲四點應該注意：

第一我們應當用氣力做新文藝。許多人以爲新文學是白話的，能夠說就能夠寫，不必用什麼氣力。這是大大錯誤的見解，十年來新文學沒有多大進步恐怕都是這個觀念害了的。要知新文學用的雖是白話，但它既不是口頭的白話，也不是舊小說的筆調。實際比古文還難得多。有許多文人用舊小說調子寫新文學，也有許多文人從前對古文曾用過一番工夫，寫作時每每夾些古文調子。胡適曾說：

> 今日半文半白的白話文有三種來源。第一是做慣了古文的人改做白話，往往不能脫胎換骨，所以弄成半古半今的文學。梁任公先生的白話文屬於這一類，我的白話文有時也不能免這種現狀。第二是有意夾點古文調子添點風趣，加點滑稽意味。吳稚

暉先生的文章有時是故意開玩笑的。魯迅先生的文章，有時是故意學日本人做漢文的文體，如他的小說史的自序。……第三是學時髦的不長進的少年。他們本來沒有什麼自覺的主張，又沒有文學的感覺，隨筆亂寫，既可省做文章的工力，又可以借吳先生作幌子。這種懶鬼，本來不會走上文學的路去，由他們去自生自滅吧。」（整理國故與打鬼）

陳西瀅說：

「……因此，人們總說白話文好做。古文難做，我總覺得白話文比古文難了幾倍。古文已經是垂死的老馬了。你騎它實在用不著鞭策，騎了它也許可以慢慢走一兩里，可是它的精神早就沒有了。你如要行數百里，或是要跋涉數千里，那麼你就不能不另覓坐騎。白話文是沙漠裏的野馬。它的力量是極大的，只要你知道怎樣的駕御它。可是現在有誰能真的駕御它呢……」（線裝書與白話文）

他二人的話說得都極有理。半文半白的調子以過去，六七年最盛大約是中了語絲派的毒，現在幸而漸漸減少了。用舊小說筆調的可還很多。我們從事新文學的人應當立志不做，『懶鬼』應當決心練習控制那匹『沙漠裏的野馬』

第二，我們應當取法西洋文學。這裏我並不說『閉門造車出而不能合轍』的話，但接枝之樹，結實愈碩，混種之花，蓓蕾更盛，同樣一國文化與外來文化調和每每改變其精神面目，一國文學與別國融合也能產生一種新文學，歷史告訴我們的例子是不少的了。魏晉六朝時我們努力吸收印度文化，雖以哲學思想爲主，但梵文本來最美最富詩意，便是哲學家也富於文學趣味。如金剛，法華，維摩詰，涅槃，華嚴，楞伽等經有些竟是半小說半戲曲的。胡適說譯經在中國文學史的影響，至少有三項。一。當時佛經大都用樸實平易的文體翻譯，破壞六朝駢偶濫調，有助於唐代散文運動。而且佛寺禪門之語錄，爲宋代理學語錄之本，直接有助白話文學之發展。二，佛教文字最富於想像力，對於最缺乏想像力之中國古文有很大的解放作用，中國浪漫主義之文學爲印度文學之產兒，而後來西遊記封神榜及一切怪誕荒唐之小說，皆受其影響而來。三，印度文學往往極注重形式上布局與結構。經典每帶小說戲曲形式，與中國後代的彈詞，平話，小說，戲劇之發達有直接或間接的關係，

以西洋文學而論，則中世紀之末，印刷發明，宗教改革，而君士坦丁爲土耳其蠻族陷落後，希臘學者爭集於意大利之佛羅倫司威尼斯，終日講究文藝學術，歐洲人士這才知道煩瑣的經院哲學之外有希臘諸大哲的思想；騎士文學之外有荷馬史詩，Aeschylus, Sophocles, Euripides 的戲曲；中世紀笨拙之宗教石像外有古代神氣如生之雕刻……其後意大利與第一時代，法蘭西之路易十四時代，英國之依麗沙白時代均爲文藝之黃金時代而皆文藝復興時介紹希臘拉丁文化之賜。

此外則十八世紀德國文學之盛由於菲里將力大帝之提倡法國文學。而有C.M.Wieland之翻譯沙大比亞，Voss之翻譯荷馬史詩才有哥德席勒之成功。日本自明治維新之後，努力吸收西洋文化，英法德俄的文學介紹極多，於是小說劇本新詩始大爲發達。至於其他各國交互之影響更不必細敘。

中國二三十年前西洋文學已有輸入。現在也年年有名著翻譯進來。西洋文學之精美，誰都承認，我們想技巧的進步，和內容的現代化，非研究它不可。現在小說結構語調歐化的已很多了。新詩的體裁也大半是西洋的了。但還不能滿人意，還該努力。

第三，我們應當有自由創作的精神。文學固當隨着時代潮流走，但它並不是一個模子裏倒出來的東西。作家有個性的區別，人生觀的差異，有的願意提倡寫實文學；有的願意提倡寫實主義；有的愛對人力車夫賣蘿蔔者表同情寫他人道主義的詩；有的喜歡住在象牙之塔藝術之宮裏講他的藝術至上的理論；有的醉心於中世紀羅曼司的美麗，有的趨向象徵印象的新奇。他們文字寫得好不好，將來有沒有存在的價值自有鐵面無私的時間老人去評判，他人不能干涉。但現代中國文學批評家，每有一種偏狹的見解，喜用一條簡單的標準來範圍千變萬化的文學。合乎這個標準的便允許他存在，否則便須加以打倒。尤其是最近幾年有所謂新興文藝者。提倡普羅利塔利亞(Proletariat)鼓吹無產階級的團集與暴動，反對資產階級和封建思想，這也未嘗不對。但他們對文學的態度實有可議之點，他們自己借文學爲宣傳主義的工具。把文學的範圍縮小得無以復加，使文學成爲頌揚無產階級的『試帖詩』『殿閣體』，那也罷了；但連別人寫作的自由也要剝奪。他們把一切非普羅作家戴上『小資產階級』『紳士階級』『布爾喬亞』之種種頭銜；對他們作品加上『不能跟着時代走』『落伍的悲哀』『含有小資階級的臭味』的種種批評。

這班文學家對他主義並不見得個個有誠意，不過想獨覇文壇，不得不把那些『第三種人』打倒。他們以爲一提『普羅』二字就可以壓倒其他文學，好像封神榜上的雲霄祭起混元金斗尅服任何法寶似的。真是隻混元金斗也好，偏又像西遊上金吼怪的假金鈴，銀角大王的假玉瓶，並無法力，豈不很可笑嗎？

梁實秋說：

文學的國土是寬泛的。在根本上和理論上沒有國界，更沒有階級的界限。一個資本家和一個勞動者，他們的不同地方是有的，遺傳不同，教育不同，經濟的環境不同，因之生活狀態也不同，但他們還有同的地方。他們的人性並沒有兩樣，他們都感到生老病死的無常，他們都有愛的要求，他們都有憐憫和恐怖的情緒，他們都有倫常的觀念，他們都企求身心的愉快．文學是表現這最基本的人性的藝術。（文學有階級性嗎？）

這話很有道理，我以爲以後文學界應有一種覺悟，不要再幹以前的儍事，讀者也應改一種觀念，不要帶著先入的成見來賞鑒一切文學。

第四，我們研究文學應當有十分的誠意。在技巧一方面說就是第一節的用氣力做。我很佩服聞一多說的話。他紅燭裏有一首詩名爲藝術的忠臣贊美濟慈道：『啊！鞠躬盡瘁死而後已，真個做了藝術的殉身者？忠烈的亡魂啊！你的名字沒有寫在水上，但鑄在聖廟的寶鼎上了。』他又有劍匣一首以寶劍象徵自己的心靈，劍匣則象徵心靈的歸宿所——文藝。他採集許多寶石辛苦裝飾他的劍匣後來說『展玩我的自製的劍匣，我便昏死在他的光彩裏。又說『我自殺了，我用自製的劍匣自殺了，哦！哦！我的大功告成了』中國古人也有嘔出心肝做詩和墨不磨人的沈痛語，但當他創作成功，他便沈醉在那歡愉三昧裏，好像死也甘願。這種力殉藝術的決心真是可敬可愛。西洋也有句笑話藝術是個妒忌的太太，你不用整個心靈伺侯她萬不能得到她的歡心的。

至於內容一方面則我們要顧到『修辭立其誠』的古訓。要屏除一切利害關係，真真實實說自已所要說的話。在文人生活不能獨立的現代，拿文字換麵包，是沒法避免的。但決不可爲了想賺錢，便做迎合讀者心理的文字。聽說前幾年有些無聊文人寄上海的稿件則談普羅，寄南京的稿件則談民族，這樣兩面國裏走出的人能寫出好文學嗎？又如那些『著書只爲稻粱謀』的文人專寫頹廢文字陷溺青年，騙大宗版稅以維持他荒淫無度的生活。以重版之多，沾沾得意的人；也只會寫些下流的情書，和無聊的隨筆，這些著作家我們是要堅決反對的。

但是糞土裏生不出美麗的花，下流淫猥的腦筋裏也產不出高尚純潔的文學，所以文學家的品格不能注意培養了。我相信法國Buffon(1707—1788)『作品即人』 Le Style est—homme 的話。希望有志從事文藝的青年一面練習他優美的技巧，一面培養他健全的人格。中國現在國勢孱弱不足憂，而民族墮落則可懼。老年中年不是責，青年在學校應心地尙爲純潔，一到社會也就同化了，今日窮凶極惡之軍閥，貪贓枉法之官吏，爲虎作倀之奸商，剝削農民以自肥之土豪劣紳，從前何常沒有受過教育？雖說這些罪惡之養成，社會制度應負其責，但真有覺悟的人，亦何常不能自拔？舉世滔滔，只見人欲的橫流，道德的腐敗，良心的痲痺，不必強敵相凌，轉輾數十年這大好的中華民族便要自相殘害，而歸於天演淘汰，說來豈不可怕！文學有改造人心，促進進化的偉力，我願青年人人以但丁，哥德，服爾泰，托爾斯泰，高爾基自期，揮其如椽之大筆：喚醒民族精神，轉移一代風氣，再造中華文化！

光榮偉大的時代正在前面張開兩手歡迎著你，朋友們，努力前進吧！

第一編　論新詩

新文學第一次的試驗的文藝創作不是小說，不是戲曲，却是新詩。自從胡適發表嘗試集以來，作家相繼而起。失敗者固銷聲滅迹，以後不再爲此試驗，成功者却興高彩烈，繼續向前努力。十餘年來，雜詩成績已頗有可觀，成爲新文學主要潮流之一了。

初期的新詩大半不出嘗試集的初期二期詩的範圍。表面上極力革新內容仍不脫舊詩詞的窠臼。胡適之外像劉半農，李大釗，沈尹默，沈兼士周氏兄弟派別均相似。

但同時的青年人就把舊詩的格律一舉摔得粉碎，自由地，豪放地唱他們所要唱的。康白情在五四運動前便做了他的『草兒在前，牛兒在後……呼……呼牛吔，你不要歎氣』那樣完全解放的作品了。後來又陸續發了許多無韻的自由詩。他的朋友兪平伯也做了不少冗長晦澀的新詩。稍遲有汪靜之蕙的風以幼稚的放肆的筆調，爲戀愛的歌頌，也引起大部分青年的愛好。

這派無韻詩以後轉爲長篇的散文詩。如焦菊隱的夜哭和他鄉雖甚淺薄而其清婉的調子頗能得青年的共唱。朱自清王統照徐玉諾一部分的作品也有散文詩的形式存在着。但比較成功的則爲于賡和魯迅二人。于的晨曦之前魔鬼的舞蹈富於神祕的意味。魯迅的野草風格遒鍊，表現一個中年以後人的作風。

小詩在新詩中誕生極早。五四運動的一二年間，冰心女士以其春水繁星兩部詩集，傾倒了全國的讀者。後來宗白華的流重，梁宗岱的晚禱，徐玉諾的將來之花園，張國瑞的海愁，轉眼，都是以小詩體裁出現的。無專集的尙有何植三，孫席珍周樂山等人的作品。其中以流雲晚禱爲比較知名。

使詩的形式帶上西洋色彩者則爲郭沫若。他以雄渾豪放的聲帶唱着英雄調子，頗合乎陽剛之美。但藝術不甚成熟，不算成功作品。王獨淸直繼郭之衣鉢，惟內容則爲頹廢的。此外如蔣光慈成仿吾等更是自鄶以下了。

李金髮一派爲象徵主義的作品。徽雨，食客的凶年等皆曖昧難解，但其中自有一種異國情調，令人喜愛。于賡虞專學他的筆法。近來戴望舒鄧蟄存詩亦難曉，而藝術更加修飾，以唯美爲主，想已由象徵而轉入高蹈了。

對新詩壇有真正之貢獻者實爲徐志摩聞一多和他們手創的詩刊派。朱湘，饒孟侃，艾先蹇劉孟葦孫大雨都是這一派健將。其中方全孺，方瑋德陳夢家爲後起之秀。這一派詩人做詩有幾個特點，一．講究詩的體製。音數韻脚均有嚴密的規定。以前的新詩只要將散文分行寫，或加上一些韻脚便算一音新詩，於今則不能這樣隨便了。二．實行胡適『國語的文學』的教條，以純粹的國語爲詩。三．爲長詩創作的試驗。聞一多李白的死，朱湘的王嬌，徐志摩愛的靈感，孫大雨自已的寫照，方瑋德陳夢家悔與回，都是大氣磅礡的長詩。詩刊派的詩人抱着同一態度『用氣力做詩』。新詩到這時已漸漸矜鍊精工，漸漸不容易做了。

胡適在民國十一年替申報撰五十年來中國之文學，曾說『十年之內的中國新詩界，定有大放光明的一個時期』這個預言似乎沒有應驗，但現在的新詩比之十年前的新詩總算有了長脚的進步。若他們不懈不怠鼓勇向前，不久的將來定可以發現新詩另一天地。這是我的一個小小預言。

第一章　胡適的嘗試集

新詩的明義開宗第一篇，不得不把來讓給胡適的嘗試集。一則他是新詩國度裏探險的第一人，二則嘗試集的出世最早。

這個紐轉三千年文學史的局面，推動新時代大輪子，在最近十年的想思界放出萬丈光燄的胡適博士將來自能在學術史，思想史，文學史上獲得極崇高的地位，文藝創作裏沒有他的名字原是不關輕重的。但他的嘗試集不但有蓽路藍縷以肇山林之功，藝術也有不容埋沒者在，我們又那能捨而不論？

我們要談嘗試集不能不把嘗試集以前詩界狀況略爲檢查。中國詩經過黃金時代的三唐，元氣發洩幾盡，到了宋人便苦無新可翻無巧可造了。所以他們只好一面以議論爲詩，使感情作品帶上理智色彩；一面則在詞上講究，使詞代詩而爲新興藝術。元代戲曲發達詩則無可言，明代前後七子鼓吹唐音笑啼皆僞，詩的精神幾乎完全葬送。到了清代則爲詩的迴光返照時期：王士禎的神韻說，袁枚的性靈說，沈德潛的格調說，均有前人所未發的議論，而詩的內容和形式，亦有突過古人者。道光間龔自珍咸同間金和鄭子尹亦爲一代詩人，淸末黃遵憲康有爲感受西洋文化，詩的意境聲律往往能夠別開生面。但詩到此時光榮之局已終，以後便陷於油乾燈盡的境地了。至最近二三十年的舊詩壇分爲四派：第一派以王闓運爲代表。其詩雖有『今人詩莫工於余』之自負，而一部湘綺樓集祇有無數擬鮑明遠，擬曹子建……的做古董。絲毫不能表現作家個性和時代意識。第二派以陳三立，陳衍鄭孝胥爲代表，詩宗北宋黃庭堅陳師道，而捨其做詩如說話的長處，學其矯揉造作的短處，『江西魔派』早有定評，不必細論。第三派以易順鼎樊增祥爲代表。易晚年好爲捧角之詩，淫靡濫惡，達於極點。樊則好次韻疊韻，徒以典故對仗爲工，亦不足稱道。第四派以蘇曼殊柳亞子爲代表。二人皆爲南社鉅子。蘇詩尤風流哀豔，沁人心脾有『却扇一顧，傾城無色』之譽。但家數太少，僅是伍王次回，尚不足上躋溫李。且其末流成爲一種靡靡之音除塡塞小報供人茶餘酒後之消遣外別無用處。以上四派舊詩如垂死人之呻吟喩噫，氣息懨懨，表明舊詩『壽終正寢』之期已經不遠。我們要想表現民族雄大的心聲，或自由抒露現代的感情思想，非另取途徑不可。新詩創造的意識，早隱伏於有識者之胸中，只等機會到來，便要爆發了。

胡適是個有歷史觀念的人，他知道中國文學歷代均有變遷，詩的花樣也變化不少，現在要實行詩的改革，決不算創舉。而且他做白話詩有兩層意見：

第一是詩體解放的要求。他說『文學革命不論古今中外，大概都從「文的形式」一方面下手，大概都先要求語言文字文體等方面的大解放。歐洲三百年來各國國語的文字起來代替拉丁文學，是話言文字的大解放；十八十九世紀法國的囂俄，英國的華茨話等人所提倡的文學改革是詩的語言文字的解放；近幾十年來西洋詩界革命是語言文字和文體的解放。新文學的語言是白話的，新文學的文體是自由的，是不拘格律的。初看起來，這都是「文的形式」一方面的問題，算不得重要。却不知道形式和內容有密切的關係。形式的縛束使良好的內容不能充分表現。若想有一種新的內容和新精神，不能不打破那些束縛精神的枷鎖鐐銬。因此中國近年的新詩運動，可算得是一種「詩體的大釋放」。因爲有了這一層詩體的解放，所以豐富的材料，精密的觀察，高深的理想，複雜的情感，方才能跑到詩裏去。五七言八句的律詩決不能容豐富的材料，二十八字的絕句不能寫精密的觀察，長短一定的七言五言決不能委婉達出高深的理想與複雜的感情。』（談新詩）

第二新文學的實地試驗。但丁（Dante）趙叟 Chaucer 用土白製詩人規定他們本國國語，這是胡適所常常提及的。但丁時代意大利用的都是拉丁文，但丁則謂我們宜用活的言語著書立說，何必戀戀於死文字。他政治上失敗出奔乃作一書一曰De Vulgari Eloquentia討論文字之起源流別，而於意大利方言討論尤爲詳贍。又作Convivio ，其中也有幾篇關於採用意大利國語著書之議。後來他自己真的採用意大利各地方言中最優美最富於普遍性的脫斯堪尼（Tuscany）言語而著其神曲（The Divine Comedy）初亦不免惹起許多人的嘲罵攻擊，但他的創作是那樣宏偉壯麗，讀者給吸住了。他們才知道鄙俚的方言之中原來有這樣的活力，這樣的真生命，這樣高貴的典型，到死文字裏去找是難以找出的。所以他們漸漸對國語文學的提倡不更反對了。十四世紀的英國，受教育的人皆以說法語爲榮。大詩人趙叟Geoffrey chaucer(1340—1400)獨和威克利夫Wychiff二人一意以英語爲詩文翻譯之用。所以後來英語被規定爲國語了。若但丁不著神曲，趙叟不做英詩，便是著了一屋子書宣傳國語還是沒用的。你要我相信國語的功用，你須拿證據我看。神曲等之成功便是活文字勝過死文字的證據。

胡適明白這一點一面發表舊文學革命論，一面便做新文學創作試驗。

關於嘗試集的起源，胡適已在自序上說過，是民國五年在美國留學時開始的。集名則取陸游『嘗試成功自古無』相反的意義而題的。全集出版則在民國八年八月。

關於嘗試集的分期，最好照着胡適的自定。他說他的詩可分爲三個時期。

第一期爲刷洗過的舊詩　其中以蝴蝶，他，爲例外，至於贈朱經農，黃克强先生哀辭爲七言歌行。中秋爲七言絕，江上，十二月五日夜月，病中得冬秀書，赫貞旦答叔永，景不徙篇，朋友篇，文學篇皆爲五言絕或五言古，詞如沁春園，生查子，百字令不改內容改爲白話而已，形式則沿用舊調，毫無更改。

第二期爲自由變化的詞調時期　這時期的詩雖然打破了五言七言的整齊句法，雖然改成長短不整齊的句子；但是初做的幾首如一念，鴿子，新婚雜詩，四月二十五夜，都還脫不了詞曲的氣味與音節，惟老鴉與老洛伯爲例外。

第三期爲純粹的新體　關不住了那一首譯品，胡適自命爲新詩成立的新紀念。應該，你莫忘記，威權，樂觀，上山，週歲，一顆遭刼的星，都極自由，極自然『可算得我自已新詩進化的最高一步』胡氏這樣說。

關於嘗試集的評論我以爲胡氏詩有以下特點：

(二)具明白清晰的優點。胡氏本是一個頭腦清楚，見解透澈的哲學家，其文字言語都如一股寒泉，清沁心脾。其詩亦天然近於白居易。他自己說十六歲時做筆記曾鈔麓堂詩語『作詩必使老嫗聽解固不可，然必使士大夫讀而不解亦何故耶？』加以密圈。他自己少時所作棄義行，及遊美時送梅覲莊往哈佛大學均有香山風味。胡氏若生於百年以前則其詩當爲宋人擊壤集一路，或與淸中葉鄭珍相仲伯，這樣的詩和白話相去不過一間，宜乎其一變卽爲白話詩了。

胡氏答錢玄同什麽是文學曾說『我曾用最淺近的話說文學有三個要件，第一要明白清楚，第二要有力能動人，第三要美。因爲文學不過是最能盡職的語言文字，因爲文學的基本作用，還是在達意表情，故第一個條件是要把情或意明白清楚地表出達出，使人懂得，使人容易懂得，使人不會悞解。懂得還不夠，還要人不能不懂得，懂得了，還要人不能不相信，不能不感動。我要他高興，他不能不高興，我要他哭，他不能不哭；我要他崇拜我，他不能不崇拜我；我要他愛我，他不能不愛我。這是「有力」，這個我可以叫他做「逼人性」，美，孤立的美，是沒有的，美就是懂得性，「明白」「逼人性」「有力」三者加起來自然發生的結果。例如「五月榴花照眼明」一句何以美呢？美在用的「明」字。我們讀這個「明」字不能不發生一樹鮮明逼人的榴花的印象。』這些話用之於胡的自己作品是最恰切沒有的了。

或謂象徵主義(Symbolism)的文學，慣用縹渺，糊糢，恍惚，隱約的筆法，寫其心頭起落之靈感，甚至創爲說話只說三分，留下七分之說，使讀者隨自己興感而推想，使其在他人作品上獲得自己創造之喜悅，所謂利用『暗示』(Suggestion)的力量是也。中國詩家之李商隱，溫飛卿，詞家之吳文英；法國之魏崙(Verlaine)馬拉梅(Mallarmé)比利時之范爾哈侖(Verhaeren)梅脫靈克(Maeterlinck)德意志之霍卜特曼(Hauptmaun)誰說他們不是大文學家？誰說他們的作品不動人不美呢？像胡氏的作品過於明白讀之每覺『一覽無餘』不堪玩味，近人有呼這派文學爲『水晶球』者，可見它是沒有什麼價值了。

這話說來，未嘗沒有理由，不過實在是一偏之論。要知道詩家的派別是非常之多的，你可以做象徵派的詩，我也可以做非象徵派的詩，你說詩以『不明白』爲美，我也可以說詩以『明白』爲美。白居易和李商隱同有他自己立得住的地方；囂俄，華茨華茲不見得會比魏崙范爾哈侖壞。不隨波逐流，不浮光掠影，深入地，痛切地，把自己的感情思想用完全的藝術表現出來，便是好作品了。派別怎樣，是絲毫沒有關係的。

（二）富於寫實的精神。寫實主義是新文學運動時唯一提倡的宗旨。所以胡氏作品表現這種特色。它嚴格地排斥一切陳詞濫調，實行『做詩如說話』的條件。不立異，不矜奇，老老實實寫他的日常生活。好處則如聚家人父子絮語家常，雖然柴米油鹽的瑣碎，却使人感到一種和藹親切之趣。壞處則體裁枯燥，缺乏聲色之美，而且輕視『想像』（Imagination）抹煞了詩的精髓。但詞藻雖爲詩不可少之物，而數千年來腐辭爛調陳陳相因。寫景則夕陽芳草茅屋板橋；寫女子則朱顏皓齒雲鬟蛾眉；寫愁則中酒如酲；寫別驪歌折柳……我們若到舊詩王國裏去巡禮一回至少要沾些晦氣。若非下大決心一舉而將這些叢生的荆棘擢陷廓清，那能撒下新鮮種子？劉熙載評韓愈之『八代之衰，其文內竭而外侈，昌黎易之以萬怪惶惑，抑遏蔽掩，在當時真爲補虛消腫良劑。』我說胡氏之白描主義也是文學上一劑最有力的消腫藥。

胡氏嘗評杜甫『江天漠漠鳥雙去，風雨時時龍一吟』以爲上句爲很美的寫景，下句便壞了。胡氏之所謂『壞了』也者，大約以爲龍乃數十萬年前石器時代的大爬虫，在唐時久已絕種。後人之所謂龍，乃是興雲作雨的神物，是種幻的何東西，寫在詩裏不合事實，所以加以反對。但不知詩人原是些『夢遊者』最喜張開眼睛白日作夢。他的身體雖寄居於實現界而精神則常遊遨於幻想界，現世所無或昔有今無之物，詩人能以其『想像』憑空創造和補足。龍雖是絕種的動物，但它已在杜甫的『想像』中重生了。而況大江滔滔，瀉浪際天，氣象本已雄渾，而風雨晦暝中的江景，更像涵孕着無數神奇，靈怪，不如此寫便不能將那時的氣象表出。『龍吟』說是詩人幻覺中聽見的固可，說是詩人故意如此寫着用以表現風雨中大江氣象的也未常不可。若如胡氏之所云則屈原，但丁，哥德等等都不能在文學界佔一席地，因爲離騷，神曲，浮士德都是以豐富的想像構成呵！

這是著者十年前讀嘗試集和胡氏詩論的感想，到今還沒有改變。不過現在想胡氏發此議論亦有他不得已的苦衷。他是個實驗主義者，一切不合科學精神之物均在排斥之例，又是寫實文學的提倡者，對浪漫神怪思想，尤所反對。況中國人頭腦本來不清，好騖虛空荒渺之談，輕視實際生活。胡氏等所主張的『思想革新』正要從灌輸科學思想入手，所以他對於文藝也不能不發爲這種議論了。

（三）哲理化。胡氏本是一位哲學家，卽其文學亦帶上哲學色彩。他初作舊詩時，頗有創立『哲理詩派』的野心。藏暉室劄記第三册，跋自殺之『……吾國作詩，每不重言外之意，故說理之作極少。求一蒲伯PoPe已不可得，何況華茨活 Words Worth貴推Goethe與白朗吟 Browning矣。此篇以吾所持之樂觀主義入詩，全篇爲說理之作，雖不能佳然途徑具在。他日多作之，或有進境耳』這是他民國三年七月七日的話，果然他後來做詩專在這方面努力。其去國集中之秋聲發揮老子，慈，儉，不敢爲天下先之三寶。秋柳發揮老子柔弱勝剛强的要旨。景不徙篇則解釋墨經『景不徙，說在改爲』及莊子天下篇『飛鳥之影未常動也』的數句。他若後來不改新詩也許爲中國舊詩界創造一派從古未有之『哲理詩』

但是哲學是屬於理智方面的事，文學是屬於情感方面的事。我們研究哲學時每須先將頭腦放冷靜了，然後才能尋究其中的道理。至讀文學時則以帶着興奮的心靈欣賞其一切。若讀『哲理詩』則理智與感情並用，同時冷熱，很覺不痛快。況且這類詩必須安上

『序』『跋』才可知道它說的什麼。我們讀一種文學作品不能以心靈直接游泳於作品中卻須憑藉橋梁渡船之屬，趣味自然減少不少。所以胡氏的『哲理詩』便真個創作成功，我想也不過於『湯頭歌訣』『算學歌訣』之外，另多一種『哲學歌訣』罷了。

胡氏後來似乎也覺悟這種哲理詩不容易做好了。所以每有哲學思想，必用具體方法表現出來，如一顆星兒，威權，小詩，樂歡，上山，一顆遭劫的星，藝術，夢與詩，希望，便進步多了。試舉樂觀爲例：

（一）

『這株大樹很可惡，』

他礙着我的路！

來！

快把他砍倒了，

把樹根也掘去

哈哈！好了！

（二）

大樹被砍做柴燒，
樹根不久也爛完了．
砍樹的人很得意，
他覺得很平安了。

（三）

但是那樹還有許多種子！
很小的種子，裹在有刺的殼兒裏！
上面蓋着枯葉，
葉上堆着白雪，
很小的東西，誰也不注意。

（四）

雪消了，

枯葉被春風吹跑了。
那有刺的殼都裂開了，
每個上面長出兩瓣嫩葉
笑迷迷的好像是說：
『我們又來了！』

（五）

過了許多年，
壩上田邊，都是大樹了。
辛苦的工人，在樹下乘涼；
聰明的小鳥，在樹上歌唱，——
那砍樹的人到那裏去了？

這首詩據胡氏自序說是爲每週評論被封而作。但詩是有兩面的，看裏面固然是一首詩，看表面也還是一首詩。胡氏論詩有所謂『意境』這便是『意境』總之他的作品是『

思想的藝術』是『醒者的藝術』

好爲苛論者每說胡適的詩不過是新詩的試驗品，後來成功者的墊脚石，在現在新詩界裏是沒有他的地位了。不知胡適的詩固不敢說是新詩最高的標準，但在最近十年內他的詩還沒有幾個詩人可以比得上。詩是應當有韻的，他的詩早就首首有韻；詩是應當有組織的，他的詩都有嚴密的組織，不像別人的自由詩之散漫無紀；詩是貴有言外之旨的，他的詩大都有幾層意思，不像別人之淺薄呈露。他詩的格式現在看慣了，覺得太平常，太容易做。但現在一派新詩學着扭扭揑揑的西洋體裁，說著若不解若不可解的話，做得好固然可以替中國創造一種新藝術，做得不好，便不知成了什麼怪樣，反不如胡氏平易近人的詩體之自然了。

何況以新詩歷史論，嘗試集在將來文學史上更有不朽的地位！

第二章　嘗試集稍後的幾個青年詩人

這裏第一要論的是康白情。五四運動時除了胡適，陳獨秀錢玄同諸人外，北大學生中最先響影的便是傅斯年，羅家倫，汪敬熙和康白情諸人了。傅羅在思想革命上努力最多，不以文藝自見。惟康則以詩鳴。他在五四運動前後在新潮，時事新報之學燈發表了許多創作。一九二二年出版草兒——現在三版本改名草兒在前集。

康詩的一日善於模寫自然的景物。他對於『色』和『聲』似有特別靈敏的感覺。譬如江南那一首，連用『赭白，』『油碧』『佛頭青』『藍襖』『赤的楓葉』『黃的茨葉』『綠衣綠帽』『綠傘』『藍圍腰』老姑娘的『花帕子』小鴨的『紅嘴』這許多鮮明耀眼的顏色，組成了一幅鮮明耀眼的江南圖畫，真使人神移呵！又如日觀峯看浴日則『鯉魚斑的黑雲』『要白不白的青光』『明珠』『青色轉成的藕色』『茄色』『紅』『赤』『胭臙』『紫金甲』『碧玉』『白光』『紅光』『光纘纘』『赤晶盤』『青白』『青白的天空』則又有一組强烈濃厚的色調，來描那雄麗無比的泰山日出奇景。

有些風景則是用單純的顏色描成好像畫中之單色畫(Monochrome)像晚晴是以『紅色』作全篇的骨子。如『紅日從西北角上射過來，偌大一塊藍玉都給他烤紅了。羣衆五萬人能容的地上，斜返出花花路路的紅影子。紅臉紅手的兵，帶着紅帽子，很嚴肅的在紅影子上排立着。四圍紅牆黃瓦，紅樓綠瓦，都端端正正的對著西北角上紅日放光。東長安街花牌坊上却拖出雨道很長很長的彩虹，圜接着正陽門上的大城樓。沿路合歡花的紅冠都給北京電燈公司烟囪上的金烟鍍成赤金色了。』和平的春裏則以『綠色』爲全篇骨子如『遍江北的野色都綠了。柳也綠了。麥子也綠了，細草也綠了。水也綠了。茅屋蓋上也綠了。窮人的餓眼兒也綠了。和平的春裏遠燃着幾團野火。』至於舊金山上岸，盧山紀遊二十五和三十一首色彩也極鮮濃。

關於模擬自然的聲音，康氏也有許多嘗試。如車聲爲『嘰嘎嘰嘎』鳥鳴爲『淺不克淩』流泉打山石爲『欽里孔隆』而天樂一章作者更有意試驗他擬聲的手段『半夜裏醒來，聽見船下送來一組悠揚的音樂：欽欽琮琮，叮叮噹噹，唎唎拉拉，伊伊邪邪，夥贏夥贏，夥贏夥贏。』『上學！上學！馬其！馬其！馬其！』『撲！撲！撲！雁呵！雁呵！』『縫衣！縫衣！縫衣！』

第二長處曰善作紀遊詩。胡適道『洪章的草兒在前集在中國文學史的最大的貢獻，在於他的紀遊詩。中國舊詩最不適宜於做紀遊詩，故紀遊詩好的極少，洪章這部詩集紀遊詩差不多佔去十分之七八的篇幅。這是用新詩體來紀遊的第一大試驗。這個試驗可算是大成功了。』梁實秋也說『寫景是草兒在前集的作者所最擅長，天才所獨到。……』

康氏廬山紀遊三十七首胡適譽之爲中國詩史一件偉大的作物』潘力山評『這三十七首詩真見你的本領，從頭到尾，好像一篇文章；中間描寫得很細膩，而結構又非常雄渾，好似古人東征西征的長賦，而又沒有他們那樣沈悶』劉英士評『廬山紀遊有傳的價值，其雄壯處或勝歸來大和魂』這首詩佔去草兒在前集八十四頁，有行程的紀述，有景色的描寫，有長篇的談話。可以分開一首一首的讀，也可以合攏來爲整個的大篇。總之這首紀遊詩，氣象之壯闊有開拓萬古心胸，推倒一時豪傑之概；思想之活潑又有海闊從魚躍，天空任鳥飛的氣象。五四運動時的青年都像一匹脫了羈絆的壯馬，放開四蹄向着無邊無際的原野奔去，再也沒人控判得它住。其筆墨也有這種無拘無束自由自在的精神。雖說缺乏一些節制但一則過渡時代本不免有這種現象，二則這種詩正以無節制見長，有節制則反而做不出康白情的詩了。

俞平伯的冬夜與草兒同年出版。他的作風與康氏的大異。草兒是念來爽口，聽來爽耳，真像老牛之嚼乾草；冬夜則和冬天之夜一樣的沈滯。滑稽些說就兩部詩集的題名看來也就象徵着它們的作風呢。大約草兒的表現是具體的而冬夜則偏於抽象。據朱自清的序說冬夜的詩有些人以爲艱深難解，有些人則以爲神祕。朱又替他辨護道『作者的艱深，或竟由於讀者的疏忽哩？』其實他的詩並非神祕一派，不過如胡適所說表現力薄弱罷了。作者亦欲解嘲於冬夜付印時題記云「花影的綽約，却是銀灰色的。影兒雖礙花啊，花終不願抛撇她依依的影」但有冬夜裏，我們並沒有看見花，只看見一些朦朧糢糊的花影，那是如何的沈悶呵！

草篇的長篇彌見其氣勢之淋漓，冬夜長篇則更顯其造語之煩冗。冬夜和稍後出版的西還長詩甚多，往往有五六百字以上者。但讀者先看題目，知其咏某物或咏某事，及讀其詩數行便茫茫然如墜五里霧中，不知它說些什麽，非回過去再看一次題目不可。看了題目後不過一分鐘，又須再看。但這樣一面看題目一面看詩，看到終篇，還不能得到一個明瞭的印象。這便讀兪平伯普通的經驗。

作者後來又出了一本憶，是呈獻給他姊姊的。詩中所敘盡皆童年時事。詩是比冬夜西還縮短了，有些是以小詩的形式出現的。有許多詩仍不脫他那沈滯煩冗的本色。好像第十二首：

『來了！』

快躲！門！門……』

*　　　　*

我不看見他們了，

他們怎樣看見我？

雖然，一扇門後頭

分明地有雙孩子底脚。

*　　　　*

只找了一忽兒，就找着了；

這眞是好詫異！

卽現在的我，依然怪詫異的。

孩子想躲着讓大人找，但不知門下露出脚，所以一找便找着。但第二節既將『被找着』的原因點明，第三節便成了蛇足了。而且『卽現在的我還是怪詫異的』，不但無味之至，意義也弄得不通了。兪詩之不善表現，舉此一小小的例。可概其餘。

但其中也有些好的作品爲第七首：

窗紙怪響的，
布被便薄了。
＊　＊
她攜短燭去時
光在窗前顫顫地，——
越淡了，紙牕越響得怪了，
但布被却不薄了。

俞平伯舊詩的根抵是不壞的。如『百年陵闕散蕪煙，芳草牛羊識舊阡。一樹山桃紅不定，兩三人影夕陽前（明景泰帝陵）『出岫雲嬌不自持，好風吹上碧玻璃。捲簾愛此朦朧月，畫裏青山夢後詩（偶憶湖樓之一夜）淸麗哀婉，極有風致。他的西關塼塔塔塼歌，西關塼塔藏寳篋印陀羅尼經歌，（見燕知草）都是長篇古風，魄力雄肆。但舊詩做得好的人，做新詩是不容易的。好像蝴蝶由蛹蛻化，蛻得出便成爲一隻五彩斑爛的美麗的生物，蛻不出便殭死了。俞氏便恰似這勇敢而可憐的殭蝶！

康俞都是北大學生，都是對於轟轟烈烈的五四運動出過氣力的人，他的詩名與其說憑藉他們的天才，無甯說憑藉他們所處的時勢吧。稍後有汪靜之蕙的風，出版後引起人們的注意不在康氏等之下。雖然拿今日的眼光看求，這種詩價值實在微小得很。但是我們批評草創的新文學尺度不能不略略放寬，而且更不能忘記了一個詩人在他所處的時代。在舊的標準完全推翻新的標準尚未成立之際，詩人寫他的創作正無異魯濱孫在荒島上經營他的屋宇。那簡陋的茅簷和繩梯，那樹枝編成的牆和由土崖掘成的倉庫出之以一手一，似乎比我們這世界的瓊樓玉宇還令人驚奇哩。况且胡適再三叮囑我們看新詩千萬不可帶着『成見』。又說『我們對於一切文學的嘗試者，美術的嘗試者，生活的嘗試者，都應該承認他們的嘗試的自由。這個態度，叫做容忍的態度(Toerance)。容忍加入研究的態度，便可到了解與賞識。』—(蕙的風序)汪氏蕙的風自序也說『我很慚愧，我的詩是這麼幼稚，這麼微弱，這麼拙劣，但我有堅決的志願，我要將靈魂的牢獄毀去！我只盡我所能努力做着。至於詩國還有要做把一切的作品摋入一個範圍的愚蠢專制的事情，這也只能當做笑話罷，誰耐煩和他們費口舌！』至於寂寞的國的序文則發言更狂了。當時青年詩人都有一種狂氣。如胡適論康白情的創作精神曾舉他說的話之『凡經我做過的都是對的。』又說『我要做的就是對的』這或者都是承接陳獨秀的文學革命『爲絕對之是，不容他人匡正』的真精神吧。我們須知世俗的譏彈，嚴酷的評判，曾埋沒了多少創作，壓死了多少天才，所以古人對此也有抗議。而有『文章千古事，得失寸心知』之憤語。納蘭容若之詞集名曰『飲水』取『如魚飲水，冷煖自知』之意，都是爲了防禦那些『搔不著癢處』的淺薄批評家而然的。新詩既在草創時批評更無標準，除少數賞鑒家能了解外，餘人盡皆膈膜，若不自已擁護一點，則這根才茁的嫩芽，那經得風雪的摧殘呢？不過這種態度，本來是不大對的。用某種範圍來估量一種作品，並不是什麼愚蠢專制的事情。能容納人家的批評才算得真正學者的風度。汪氏那樣昂頭天外的神氣，徒見其『器小』罷了。

與汪氏同時的胡思永，是一個青年不幸的詩人。他的作品雖然也不大成熟，但因爲他真正經過戀愛和失戀的兩種滋味，且由失戀而至於死。他的詩是真用生命兌換來的，所以比之汪氏的詩更動人，更可傳。

他是胡適的侄子，作風極和胡氏的相似。胡適批評他道『他的詩第一是明白清楚，第二是注重意境，第三是能剪裁，第四是有組織有格式。如果新詩中有胡適之派這就是胡適之的嫡派（胡思永遺詩序）他的詩如南歸中短歌四十九首，相思，沙漠中呼喊中的寄君以花瓣，禱告，剎那，愛神，二次的禱告，自問。都是可讀的作品。如相思中之一節。

昨夜用了大心情寫了一封短信，墨盒却又忘了蓋了。今起來看看時，飛入了許多灰塵，還有很小的白色的飛虫子。

這種詩讀者也許以爲平常，但一種無聊昏悶的生活，却都靠這十餘字曲曲描出了。

又寄君以花瓣：

寄上一片花瓣，

我把我的心兒付在上面寄給你了。

你見了花瓣便如見我心，
你有自由可以裂碎他，
你有自由可以棄掉他，
你也有自由可以珍藏他：
你願意怎樣你就怎樣罷。

★　★

寄上一片花瓣
我把我的心兒付在上面寄給你了

第三章　五四左右幾個半路出家的詩人

胡適曾說過『當我們在五六年前提倡做新詩時，我們的『新新』實在還不曾做到『解放』兩個字，遠不能比元人的小曲長套，近不能比金冬心的自度曲。我們雖然認清了方向，努力朝着『解放』做去——然而當日加入白話詩的嘗試的人，大都是對於舊詩詞用過一番工夫的人，一時不容易打破舊詩詞的鐐銬枷鎖。故民國六七八年的『新詩』大部分只是一些古樂府式的白話詩，一些擊壤式的白話詩，一些詞曲式的白話詩——都不能算是真正的新詩。（蕙的風序）這所謂『我們』也者就是本編緒論裏所說的沈尹默，沈兼士，周氏兄弟一派人。

他們都是『半路出家』的新詩人，他們作詩是常有『舊詩詞的鬼影』腕底出現的，但那『嘗試』的勇氣，比青年人更爲可佩，而且他們在當時也曾留下許多偉大的印象這是不得不一爲討論的。

沈尹默本是一個舊詩人，他的秋明集，在詞上的貢獻是誰都承認的。五四時代他也做了許多新詩如三絃。

中午的時候，火一樣的太陽，沒法去遮闌，讓他直晒長街上，靜悄悄少人行路，
祇有悠悠風來吹動路旁楊柳。
誰家破大門裏，半院子綠茸茸細草，都浮着閃閃的金光，旁邊有一段低低的土牆
，擋住了個彈三絃的人，却不能隔斷那三絃鼓盪的聲浪。
門外坐着穿破衣裳的老人，雙手抱着頭，他不聲不響。

這首詩據其自述做了半月方成。胡適談新詩云『這首詩從見解竟境上和音節上看來都可算是新詩中一首最完全的詩。看他第二段『旁邊』以下一長句中，旁邊是旁聲；有一是雙聲；段，低，低，的，土，擋，彈，的，斷，盪，的，十一個字都是雙聲。這十一個字都是『端透定』(D.T)的字，模寫三絃的聲響，又把『擋』『彈』『斷』『盪』四個陽聲字和七個陰聲的雙聲字（段，低，低，的，土，的，的，）參錯夾用，更顯出三絃的抑揚頓挫，』

一首詩有這許多音節上的講究，非深通音韻學者不辨，也無怪短短幾行費了他老先生半月的推敲了。

沈兼士和李大釗的新詩是完成爲舊詩的音節所支配的。如沈三真：

我來喬山已三月，領略風景不曾厭倦之。

人言『山惟草樹與泉石，未加雕飾有何奇？』

我言『草香樹色冷泉醜石都自有眞趣，妙處恰如白話詩。』

但香山早起作寄城裏的朋友，則有新詩意味。

李之山中郎景：

是自然的美，是美的自然。

絕無人迹處，空山響流泉。

雲在青山外，人在白雲內，

雲飛人自還，尙有青山在。

★ ★

這些詩可以使我們知道新詩由舊詩蛻變出來時經過的階段。

周氏兄弟卽魯迅與周作人。魯迅最早的筆名爲唐俟。他是小說家，不是詩人，所以在新詩上成功很少，但那時所作的夢，愛之神，桃花，有些冷峭深刻的意味很像他的小說及隨筆。現在舉他的夢爲例。

很多的夢，趁黃昏起鬨。前夢才擠却大前夢時，後夢又趕却前夢。

去的前夢黑如墨，在的後夢墨一般黑。去的在的彷彿都說『看我眞好顏色』

顏色許多，暗裏不知，而且不知道說話的是誰？

暗裏不知，身熱頭痛，你來你來！明日的夢。

周作人的小河是一首長的散文詩。那條流動不息的小河，沖倒了阻擋它的土堰，又被更堅固的石堰遮住。但它還只是向前流。它在地底裏微細而可怕的呻吟使堰外田裏的稻爲它皺眉，它終年掙扎，臉上添出許多堰攣的皺紋，使田邊的桑樹爲之搖頭，它痛苦的奮鬪，又使地上的草和蝦蟆嘆氣。但築堰的人雖不知到那裏去了，石堰却還一毫不動。有人說這首詩象徵由憂鬱到光明的生活的鬥爭，我想還不如說是形容人對那偉大的運命抵抗失敗的悲劇罷。胡適稱贊說『這首詩是新詩中第一首傑作。那樣細密的觀察，那樣曲折的理想，決不是那舊的詩體斯能達出的。』

在這一班半路出家的新詩人中成功最大的則爲劉復。他早年和周瘦鵑，程小青，趙苕狂，袁寒雲一班『禮拜六』派混一起，本來不過是個上海灘的文士。但他天才高朗，見解超卓，認清了世界潮流和文學的趨勢，便投入陳胡革命團體裏。現在周瘦鵑等不過在申報報尾當個編輯，而劉氏已成爲新文學界偶像之一了。

劉復初期的作品和尹李一樣是些洗刷過的舊詩．如學徒苦，是仿漢樂府孤兒行的音節的。不過他有一首窗紙，便在今日看起來還不失爲一首有價值的好詩。胡適的談新詩舉了周作人的小河，不舉這首，我不知是何緣故？

揚鞭集的詩可分爲三類。第一類接着五四以來的經路發展，用舊式詩詞的音節，但排斥了富麗的詞藻，略去了瑣細的描寫，而以淡素質樸之筆出了。如賣樂譜，憶江南，秋歌，記畫，儂家，陣雨，婦程中得小詩五首。今舉其儂家如例：

君問儂家住何處，去此前頭半里許，
濃林繞屋一抹靑，簷下疎疎晾白紵。

讀了此詩，天然會想起輟耕錄楊曼碩盤江遇水仙詩：『盤塘江上是奴家，郎若閒時來喫茶。黃土築牆茅蓋屋，庭前一樹紫荆花』

也有用白話寫而仿古詩格式，如思祖國而作的三唉歌：

得不到她的消息是怔忡，
得到了她的消息是煩苦，唉！

★　★

沈沈的一片黑，是漆麼？

糊的一片白，是霧麼？唉！

★　★

這大的一個無底的火燄窟，

澆下一些兒眼淚有得什麼用處啊，唉！

這首詩是仿漢梁鴻五噫歌，但變化得一點痕迹沒有，却是難得。

第二類爲用方言作詩這是劉氏最大的成功。一八九六年駐京意大利使館華文參贊衛太爾男爵(Baron Guido Vitale)在北平專搜民歌編成一部北京歌唱(Pekinese Rhymes)他在三十年前就能認識這些歌謠之中有些『真詩』並且說根據這些歌謠之上，根據在人民的真感情之上，一種新的民族的詩也許能產生出來呢。』胡適附論道：『現在白話詩起來了，然而做詩的人似乎還不曾曉得俗歌裏有許多可以供給我們取法的風格與方法，所以他們寧可學那不容易讀又不容易懂的生硬的文句，却不屑研究那自然流利的民歌風格。這個似乎是今日詩國的一樁缺陷罷』但是劉復是能補足這個缺陷的。他用江陰方言所擬的山歌，兒歌，用北京方言作人力車夫的對話，無一不生動佳妙。現在却看他的用山陰方言的山歌：

你乙看見水裏格游魚對挨着對？

你乙看你頭上格楊柳頭並着頭？

你乙看見你水裏格影子孤零零？

你乙看見水浪圈圈一幌一幌；成兩個人？（註）乙疑問詞猶國語之可曾，吳語之阿

又

河邊浪阿姊你洗格舍衣裳。

你一泊一泊泊出情波萬丈長。

我隔子綠沈沈格楊柳聽你一記一記搗

一記一記一齊搗篤我心上！

又其擬兒歌記殺嬰之事有小序云『吾鄉沙洲等地，尙多殘殺嬰兒之風；歌中所記，頗非虛構』

『小猪落地三升糠』

小人落地無抵杠！
東家小囝送進育嬰堂，
養成乾薑癟棗黃鼠狼！
西家小囝黑心老子黑心娘
落地就是一釘韡
嗡嚬！一條小命見閻王！
蒲包一包甩勒蕩河裏，
水泡泡，血泡泡，
翻得泊落：
鯉魚鯽魚喫他肉！
明朝財主人家買魚喫
魚裏吃着小囝肉！

」劉氏擬兒歌於小兒之心理口吻，無不揣摩畢肖。甚至還仿小兒所唱種種無意義的聲調如『氣格隆冬祥』（象鑼鼓之聲，小兒每喜言之，含有『拉倒完結』之意）『呱嗟勃喻吪』這都是普通文人所不注意的。不過我們須知道這種擬歌，只是劉氏的一種文藝游戲，是『不可無一，不能有二』的劉氏專利品，他人萬不可學他。因爲民歌和兒歌都極粗俗幼稚，都是低級趣味的東西，不夠文學資格。我們從它擴充發展，如杜甫白居易採取古樂府格調，另創新作，才是正當辦法。（胡適所希望於我們者正是如此）若一味以模仿爲能事，則此等民歌現存者何止千萬首，何用文學家再來辛苦創作呢？亡清末年王公大人往往故意化裝爲乞丐，徉徜酒肆茶寮之間，以其『唯妙唯肖』引同儕之笑樂，劉氏之擬民歌也是這樣情形。若我們錯把這種模仿當做最後目的，那就像王公棄其安富尊榮的生活永遠當乞丐去了。豈不成了笑話嗎？從民歌的音節變爲我們理想的文學，是徐志摩一部分的詩歌，後當討論。用北京方言則如麵包與鹽：

老哥今天吃的什麼飯？

嚇，還不是老樣子！——

倆子兒的麵，
一個鏰子的鹽，
擱上半喇子兒的大葱。
這就很好啦！
咱們是彼此彼此，
咱們是老哥兒們
咱們是好弟兄。
咱們要的是這們一點兒。
咱們少不了的可也是這們一點兒。
咱們做，嗅們吃。
咱們做的是活。
誰不做，誰甭活。
咱們吃的咱們做，

咱們做的咱們吃。
對！
一個人養一個人，
誰也養得活。
反正咱們少不了的只是那們一點兒；
咱們不要搶吃人家的，
可是人家也不該搶吃咱們的。
對！
誰要搶，誰該捧！
捧死一個不算事，
捧死死兩個當狗死！
對！對！對！
捧死一個不算事，

棒死兩個當狗死！
咱們就是這們做，
咱們這是這們活。
做！做！做！
活！活！活！
咱們要的只是那們一點兒，
咱們少不了的只是那們一點兒，——
倆子兒的麵
一個鏰子的鹽，
可別忘了半喇子兒的大葱！

中國勞動者欲望是這樣低微，真不愧爲平和忍耐的民族。而且自已做自已喫，誰不做誰甭活，所代表的又是何等高尙的精神呢？可是連『倆子兒的麵，一個鏰子的鹽，半喇子兒的大葱』也不給他們時，又將如何？社會不平等的制度和殘酷的經濟壓迫，不是連他們這點最低限度的生活需要也剝奪了嗎？不是教他們願意將大量的勞力換些須的糧食也不可能嗎？血和淚的呼號，却在這樣溫和平淡的言辭裏表現，作者的手腕真個高人一等了。

第三類爲創作的新詩如一個小農家的暮，稻棚，回聲，巴黎的秋夜，兩個失敗的化學家，儘管是……有許多都是極有意境的好詩。

第四章　冰心女士的小詩

五四運動發生的一二年間，新文學的園地裏，還是一片荒蕪，但不久之間便有了驚人的收穫。第一是魯迅的吶喊，第二是冰心女士的小詩。周作人說他朋友裏有三個有詩人天分的人，一是俞平伯，二是沈尹默，三是劉半儂，這是限於他朋友的範圍而說的。我的意見可不是如此。從前沈東江評詞，曾說『男中李後主，女中李易安，極是當行本色。』我也說中國新詩界，只有兩個天才詩人。男爲徐志摩，女爲冰心女士。

冰心最初在晨報上發表了幾篇散文，便引起讀者的興味。後來她在文學研究會主辦的小說月報發表了短篇小說超人，大家更對她的天才驚異。一九二一至二二之間她又有北京晨報副刊陸續披露了繁星和春水。於是她更一躍而爲第一流的女詩人了。

冰心的作品眞像沈從文所說『是以奇蹟的模樣出現』的。當嘗試集發表之後，許多中年和青年的詩人，努力從舊詩詞格律解放出來而爲新文藝的試驗。或寫出了許多似詩非詩，似詞非詞的東西；或把散文折開，一行一行寫了，公然自命爲詩；或則研究西洋詩的體裁，想從中間擷取一點養料，來培植我們新詩的萌芽。在荒涼寂寞的沙漠中，這一羣探險家，摸索着向着『目的地』前進。半途跌倒者有之，得到一塊認爲適意的土地而暫時安頓下來者有之，跌跌蹺蹺，永遠向前盲進者有之，其勇氣固十分可佩，而其所爲也有幾分可笑。冰心，却並沒有費功夫於試探，她好像靠她那女性特具的敏銳感覺，催眠似的指導自已的徑路，一尋便尋到一塊綠洲。這塊綠洲有蓊然如雲的樹木，有清瑩澄澈的流泉，有美麗的歌鳥，有馴良可愛的小獸，……冰心便從從容容在那裏建設她的『詩的王國』了。這不是件奇蹟是什麼呢？

自從冰心發表了那些圓如明珠瑩如仙露的小詩之後，模仿者不計其數。一時『做小詩』竟成爲風氣。但與原作相較，則面目精神都有大相徑庭者在：前者是天然的，後者則是人爲的；前者抓住刹那靈感，後者則借重推敲；前者如芙蓉出清水，秀韻天成，後者如剪紙花，色香皆假；前者如姑射神人餐冰飲雪，後者則滿身煙火氣，塵俗可憎。我最愛梅脫靈脫青鳥有『玫瑰之乍醒，水之微笑，琥珀之露，破曉之青蒼』冰心小詩恰可當得此語，杜少陵先生贈孔巢父詩『自是君身有仙骨，世人那得知其故』冰心之所以不可學，正以她具有這副珊珊仙骨！

長篇作品，在那時尚未發達，冰心所作亦少。較長的如信誓，赴敵，氣勢似覺軟弱。後來所做如致詞，紙船，我愛，歸來吧，我愛！往事集序詩，我勸你，也不見得如何出色，所以冰心可以說是『小詩專家』。

未談冰心作品之先，我們可以略談她的思想。文學革命初起時歐美日本先進國的新主義新思想如洪潮巨浪，洶湧而來。少數人能夠佔在潮流的前面，——引導別人前進，其餘沒有見識的人忽然投身這亂流中便如一葉輕舟，忽東忽西，不知其所趨向了。所以他們的思想，隨時變化，不能有一定的型式。今日大談唯美主義，明日又高唱血淚文學，後日又來提倡什麼浪漫了。再後日又一變而爲普羅文學的擁護者了。人類的思想本是活的，『今日之我與昨日之我戰』也許就是進步的表示。但過於隨波逐流與世推移，便有汩沒『真我』的危險。況且真正對於『人生』有深切的體驗的人，他的內在真爲『生的歡喜』（Joy of Life）所燃燒的人，發揮而爲文藝，自有一段不可磨滅的光彩。這是他個性的表現，也就是他思想的表現。比那些在生命的冰河上，滑來滑去，永不能深入河底與生命大流相接觸的人，真不可同日而語（參看廚川白村苦悶的象徵）這種人自然會說自己的話，永不『俯仰隨人』了。

冰心之所以勝人一籌者，以其一開筆便有一種成爲系統的思想，又以一種固定的方式表出之。在一切文學主義的萬花鏡幻影中她靜穆地，莊嚴地，無所顧慮地，寫她母親的愛，小孩的愛，雲霞的變幻，花草的芬芳，深夜長空中繁星之燦爛，蔚藍無際的大海波濤之壯闊……也許被人嘲爲單調，但她那自成一派的作風，却有一種逼人不得不注意的力量。十年以來，許多作家的作品，雖喧赫一時，現在都煙銷火滅了。寂寞地被遺忘於時代後面去了。她的作品却是一方光榮的紀念碑，巍巍然永遠立在人們的記憶裏！

冰心所鼓吹者爲『愛的哲學』。她同太戈爾一樣抱着『宇宙和個人的靈魂間有一大調和』的信仰——見遙寄印度詩人太戈爾——。自近代自然科學發達，人們視宇宙間之森羅萬象，不過是物質的盲動。人在宇宙之中也不過是一種受着自然律支配着的机機。他同宇宙的給合不過是偶然的，是無意義的。人類旣作如是想，而懷疑苦悶，動搖不安之心情起，所謂『世紀末』『世紀病』便似黑雲似的昏慘慘地籠蓋歐洲了。自然科學傳入中國之後，中國人也傳染了『世紀病』加之國勢之凌夷，社會之紊亂，民生之憔悴困苦，愈使人汲汲皇皇，不可終日，遂相率而趨於厭世思想，憤激者，以自殺爲解決痛苦之不二法門，怯弱者則沈溺於酒精，鴉片，女色及種種刺激品以求刹那之陶醉而忘却這實現世界。中國近年以來，人心失其平衡，特別歡迎過激或頹廢的文學，無非是個中消息之流露。

在絕望中，矛盾中，呻吟咀咒中，如山的罪惡壓在人類靈魂上，把他們沈淪到地獄底去了。許多思想家不忍於此現象，想法救濟，唱出無數好聽的主義，但也不過是頭痛醫頭，脚痛醫脚的辦法，人生根本問題，究竟不能解決。冰心女士以她一雙慧眼，一片瑩晶透剔的心靈，觀察這紛糾的一切，忽然大有所悟。她深深感到人和宇宙之間，並不似唯物論所說的那麼毫無關係。它們中間其實有個『和諧』的存在。這『和諧』以『愛』爲之貫通聯絡。而愛之最强烈者則爲親子間的愛。所以冰心『愛的哲學』的起點是鼓吹母親的愛，推而至於小孩子，海，花，香，光，以及世間一切的美。她的哲學以超人爲發端，以悟爲收局。超人中的何彬是個冷冰冰的青年，拒絕愛與憐憫而想做超人。後來聽了深夜病孩的呻吟，三夜不眠，想起許多往事，夢見了他幼時院中的花，天上的繁星，甚至夢見慈祥撫愛他的母親了。但他還想保持他超人的嚴冷，賞給病孩幾元醫藥費，免得又以呻吟擾亂他的心曲。孩子病愈之後非常感謝他，送了他一籃花，寫了一封真摯動人的信。於是多年不動情感的何彬，也『淚痕滿面』了，他答覆了祿兒——病孩的名字——一封信，如何懺悔過去的罪惡，如何覺悟到『世界上的人都是互相牽連的，不是互相遺棄的』，而更向他的新人生觀努力前進。這篇小說早已感動了無數青年的心，博得無數讀者的贊美，此處恕不細述了。

悟是在她留學美國時寫的。悟的主人公星如答覆他懷疑苦悶的朋友鐘悟有以下的說話：

『……而童年的母愛的經驗，你的却和我的一般，自此推想，你就可以了解了世界。茫茫的大地上，豈止人類有母親？凡一切有知有情，無不有母親。有了母親，世上便隨處種下了愛的種子。於是溪泉欣欣的流着，小鳥欣欣的唱着，雜花欣欣的開着，野草欣欣地靑着，走獸欣欣的奔躍着，人類欣欣的生活着。萬物的母親彼此互愛着，萬物的子女，彼此互愛着，同情互助之中這載着衆生的古地，便不住的紆徐前進。懿哉！宇宙間的愛力，從玆千變萬化的流轉運行了。』

至於『宇宙的愛』怎樣呢？他又寫道：『你說「天地不仁萬物芻狗」然而爲何宇宙一切生存的事物，經過最不幸最痛苦的歷史，不死滅盡絕？天地盲觸爲何生山川？太空盲觸爲何生日月星辰？大氣盲觸爲何在天生雨雪雲霞，在地生林木花草？無數盲觸之中，却怎生流轉得這般莊嚴璀璨？依你說爲「盲觸」不如依我說爲「化育」』

『自私自利的制度階級的確已在人類中立下了牢固的根基。然而如是種種，均由不愛而來。斬情絕愛，忍心害理的個人，團體，和國家，正鼓勵着向這毀滅世界底目的奔走……』

所以青年有爲的朋友，應當擕起手來『……一邊迸着血淚，一邊肩起愛的旗幟領着這「當面輸心背面笑翻手作雲覆手雨」的人類，在這荆棘遍地的人生道上走回開天闢地的第一步上來！』

冰心全部的哲學思想，都在這幾節話裏表現了。哲學從沒有這樣晶瑩璀璨的外表，文學也從沒有這樣深徹透切的內容，詩人呢？哲學家呢？我竟不知如何喊她才好。只有把徐志摩『詩哲』的頭銜暫時奪來貢獻她吧！

這哲學系統的建設並非容易事。她是一個現代人，不能不帶點懷疑和苦悶的色彩，——有人批評她不帶『時代的創傷』，那是皮相的觀察。以前她也徬徨於厭世與樂天，信仰與懷疑之間，心頭交激着冰和炭，思潮起落如大海水，這狀況詩中屢有表現。她的最後的使者也不過的空幻的希望，鏡花水月般的希望，聊以自欺自慰吧了。粉霞色的快樂之中原是隱隱襯托着一層悲哀黑影呵！到了悟的出世，她的信仰才算確定。

你看她用怎樣鄭重的筆法寫她『證果』的快樂？當青年星如接到鍾梧的信，輾轉反側了幾天，弄病了，病入醫院又昏睡了三日，終於最末一夜大徹大悟得無上智慧。『他兩手交握着放在額上，從頭思索。太空穆然，衆星知道這青年人要在這末一夜的印證，完成了他永久的哲學，都無聲的端凝的揚光躍彩……四面繁花的溫香，暗中圍拂着，他參禪似的，肅然過了一夜。』幾天以內這位苦悶思索的哲學家如沉下酒池，如躍入氣海，如由死入生，又如由生入死，始得達於曠刦功圓光滅心死的境界。真我佛在菩提樹下趺坐四十九日於東方明星出時恍然大悟成無上正覺的情形相彿彷了。作者如此寫來，自負確是不淺，然而也值得自負。

在現代的中國，我們都受着帝國主義的侵掠，階級和經濟的壓迫，生活真『急如東濕』一般，冥冥之中若果有一位造物者除怨恨之外決不能說出感謝二字；對人類除咀咒之外也決不能說出愛憐二字。這時候我們『外表的人格』是閉着口，淌着汗，傴僂着背，在生活重擔下掙扎，我們『精神的人格』却早變成一隻被飢餓烙瘋了的野獸，紅燄燒在眼睛裏，森森的毛豎在脊梁上，見了人便要撲過去一陣亂咬亂撕整個吞下肚。『殺人呀！』『放火呀！』『血染全世界呀！』這樣戰慄的口號我們耳朵才歡迎。『愛！』什麼『愛』！去你的吧！

所以冰心的『愛的哲學』越是描寫得莊嚴圓滿，一般人越有『勸飢人食肉糜』的反感。那些『對社會的幼稚病』，『有閒階級的生活的讚美』『資產階級的女性作家』『在她作品裏只充滿了耶教式的博愛和空虛的同情』等等批評，像雨點似的集於我們女作家身上了。

人生是否有什麼意義，人與宇宙之間是否有什麼和諧，這是哲學上的大問題，我怕是永遠不能解決的。但人類不想生存則已，要想生存，則『互相愛護』是必要的條件。那些尼采式的超人學說，馬克斯式的階級爭鬪，未嘗沒有救世之效果，但其作用等於藥中之大黃硝朴，用之得當可以攻去病的癥結，天天用它則非送命不可。冰心的哲學像大米飯，在舉世歡迎大黃硝朴的時代，大米飯只好冷擱一邊，但等到病人的元氣略爲恢復，又非用它不可了。文卻斯德（C.T. Winchester）說文學須含有永久的興味（Permanent interest）我說冰心文學是具有這樣『永久』性的。

次則請論冰心作品之藝術。對文學的賞鑒別人的話都不如作者自己說的確當。在這裏我又要老實不客氣地借用冰心自己的批評了。她論太戈爾文字有二點一曰『澄徹』一曰『淒美』——遙寄印度哲人太戈爾——誰說這不是我們女作家的夫子自道呢？我們千百字的批評都搔不着癢處的，這兩句話不是直探驪珠似的說了出來呢？

（一）澄徹　文字的澄徹與思想的澄徹是有關係的。我很愛朱子『問渠那得清如許，爲有源頭活水來』冰心的系統思想，便是她汩汩不盡的文字之靈源。我又愛柳子厚小石潭記『下見小潭，水尤清洌，石以爲底。……潭中魚可百許頭，皆若空游無所依，日光下徹，影布石上，怡然不動，俶爾遠逝，往來翕忽，似與遊者相樂』文學的對象是人生，人生如大洋，各種人事波詭雲譎，氣象萬千，海市蜃樓，瞬息百變，普通作表面的描寫，每苦不能盡致，而冰心思想則如一道日光直射海底，朗然照徹一切真相，又從層層波浪之間，反映出無數的虹光霓彩，使你神奪目眩，渾如身臨神祕的夢境！

父親呵！
我願意我的心，
像你的佩力，
這般的寒生秋水！——繁星八五

知識的海中，

神祕的礁石上，

處處閃爍着懷疑的燈光呢。

感謝你指示我，

生命的舟難行的路！——繁星八七

她的心便是這樣寒生秋水的。她又是由懷疑燈光的指示而尋得生命之路的。我最愛她那一首：

軌道旁的花兒和石子！

只這一秒的時間裏，

我和你，

是無限之生中的偶遇，

也是無限之生中的永別

再來時

千萬同類中，
何處更尋你？

——繁星五四

以哲學家的眼，冷靜地觀照宇宙萬彙，而以詩人的熱心體會出之。一朵雲，一片石，一陣浪花的嗚咽，一聲小鳥的嬌啼都能發見其中妙理，甚至連一秒鐘間所得於軌道邊花石的印象也能變成這一段『神奇的文字』，這不叫人嘆賞嗎？而且這幾句詩有時數萬言的哲學講義解釋不出來，她只以十餘字便清清楚楚表出了。不是她文筆具有澄澈的特長，那能到此？

澄澈的文字，每每明白爽朗，條暢流利，無觀之刺目，讀之拗口之弊。有人因此不滿於冰心文字，將它也比之『水晶球』其實冰心文字決不像水晶球之一覽無餘，却是很深沈的。別人的『非水晶球』文字，或深入深出，或竟淺入深出，冰心的文字只是深入淺出。

澄澈之水每使人生寒冷的感覺，澄澈之文字亦然。她的筆名取『一片冰心在玉壺』之意既足見其冷了。而詩中冷字尤數見不鮮。『我的朋友，對不住你，我所付與你的慰安，只是嚴冷的微笑，』「我的朋友，倘若你憶起這一湖春水，要記住他原不是溫柔，只是這般冰冷』有些人遂又批評她專一板起臉說冷冰冰的教訓了。其實凡思想透徹的人，理智無不豐富，理智是冷的，所以冰心文字有一點兒冷。但它的冷非但不使你感覺難受，反而像夏日炎炎中走了數里路坐到碧綠的葡萄架下喝一椀冰淇淋那麽舒服。

澄澈的水只能嘆賞不可狎玩，所謂『淨不敢唾』卽是此意。讀冰心文字每覺其尊嚴莊重的人格，映顯字裏行間，如一位儀態萬方的閨秀，雖談笑風流而神情肅穆，自然使你生敬重心。因此也有一些無聊文士，笑她除母親的愛卽不敢寫。其實她結婚後文字還保有此種特色。

（二）淒美　冰心文學之淒美，由其稟賦而來。這在她詩文裏表示甚多『滿蘊着溫柔，微帶着憂愁』『我只是個弱者，光明的十字架，容我背上罷。我要拋棄了性天裏，暗淡的星辰。』『詩人投筆了！微小的悲哀，永久遺留在心坎裏了！』而煩悶的時候主人公寫給他姊姊的信，把他易感的心靈描寫得更爲詳細。大概天才乃人類中之優秀份子，其神經組織也比較纖細緻密，一有外界的刺激便起反應。甚至常人以爲不必悲者而天才引爲悲，不必樂者而天才以爲樂。歌哭無端，狀如癲癇，昔人有名句云『哀樂偏於吾輩多』便是指此而言。況以宇宙論之，那怕時空無盡，仍然不免成住壞空之刦。以人生論之：生老病死的根本悲劇，貴如秦皇漢武，聖哲如孔子蘇格拉底，智慧如所羅門，英雄如亞力山大拿破崙也不能避免，而日常生活亦『不如意事常八九』。庸碌的人昏昏沉沉，醉生夢死，倒也不大覺得；聰明的人則事事都生其感慨。所以『悲秋』呀，『傷春』呀，都是詩人鬧出的花樣。而『愁』呀，『悶』呀，『悲哀』呀，『苦痛』呀，也幾乎成爲詩人字典最多的名詞了。像冰心那樣溫柔美滿的環境實無『痛苦』可言，但她是個詩人，她的神經便不免易於激動；她又是個女子，更具有女性多愁善感的特徵，她的心琴彈的是莊嚴愉樂縹渺神奇的音樂，却常常滲漏幽怨的悲音，便是這個緣故。

她的悲哀是溫柔的悲哀，有人批評它是絨樣的，嫩黃色的，讀她的詩，每如子夜聞歌令人有無可奈何之嘆，又如明月空江之上，遠遠風送來一縷笛聲，不使你感觸到淚下，只使你悄然動心，悠然意遠；又如平伯論江南寒雨使你感覺悲哀，但我們平常所謂悲哀『名說而已，大半夾雜着煩惱，只有經過江南兼旬寒雨洗濯過的心，方能體驗得一種發淺碧色純淨如水晶似的悲哀。」

魚兒上來了，

水面上一個小蟲兒飄浮着——

在這小小的生死關頭

我微弱的心

忽然顫動了！

——春水一〇四

談笑着走下層階，

斜陽裏

偶然後顧紅牆

前瞻黃瓦，

霎時間我了解什麼是『舊國』了

我的心靈往此凄動了！

冰心淒美的風格這些詩裏是最具體的表見。

冰心的小詩都是些自由無韻詩。在新詩試驗時代這種詩作者甚衆，現在都被時間淘汰了。但冰心的詩却有永久存在的價值，因爲她的價值在內容不在形式。卽以形式而論她的詩也有幾端不易及處。

第一她是主張「中文西文化，今文古文化」第一人。這方法試驗而成功者後來有徐志摩，而最早則爲她自己。

夢未終！
窗外日遲遲，
堂前又遇見伊！
牽牛花！
昨夜靈魂裏攀摘的悲哀
可曾身受麼？

前三句全是舊詞腔調，但有後邊幾句一襯托，反而覺得有一種新鮮風味了。

第二讀者每謂冰心是女作家，故文字明秀有餘魄力不足，這實是大謬不然的話。冰心文字力量極大而能舉重若輕。『春何曾說話呢？但她那偉大潛隱的力量已這般的溫柔了世界了』現在舉寄小讀者一則爲例『天上的星辰，驟雨般落在大海上，嗤嗤繁響。海波如山一般的洶湧，一切樓屋都在地上旋轉。天如同一張藍紙捲了起來。樓葉子滿空飛舞。鳥兒歸巢，走獸躲到他的洞穴。萬象紛亂中，只要我能尋她，投到她的懷裏……天地一切都信她！她對於我的愛，不因着萬物毀滅而變更！』記得法國佛郎士的Le Gardin D'E'Pieme 有一篇文字描寫地球末日的慘狀，極其悽慘動人，然而寫得還很喫力，不像冰心將這樣大文字這樣容易的寫出來。你看她的：

小島呵：
何處顯出你的挺拔呢？
無數的山峯

沈淪在海底了。

一篇滄海桑田陵遷谷變的地質學上的大問題別人不知要糟糙多少文字來寫，她只用十餘字，便給你一個完全的概念，逼人的印象！

萬頃的顫動——
深黑的島邊，
月兒上來了。

生之源，
死之所！
——繁星三

某讀者說自己讀此詩時覺得骨髓裏迸出寒戰，我想只要神經纖維沒有失去彈性的人，都會感覺詩中的力量吧。

第三，她的詩筆恬適自然，無一毫矯揉造作的處所。『只這一枝筆兒；拿得起，放得下，便是無限的自然。』然而能有這樣本領的人却很少。

陽光穿進石隙裏，

和極小的刺果說

『藉我的力量伸出頭來罷，

解放了你幽囚的自己！』

樹幹兒穿出來了；

堅固的磐石，

裂成兩半了。

——繁星三六

這與胡適的威權，同樣用意，與郭沫若那些帶反抗精神的詩也差不多。但威權還沒有她寫得這樣自然，郭氏那些叫囂喧呶的作品更比不上了。

第四，清麗潤秀表現女性作家特色。如

清曉的江頭，

白霧濛濛，

是江南天氣

雨兒來了——

我只知道有蔚藍的海，
卻原來還有碧綠的江
這是我父母之鄉！——　繁星一五六

批評冰心文字也應當做一篇同樣優美而富於詩意的文章，可恨天才學力兩皆缺乏的我，只好就此而止了。而且世間最高的文字原也不容易分析，冰心自己也說過：世間只有雲霞最難用文字描寫，心裏融會得到，筆下卻寫不出，因爲文字原是最着迹的，雲霞卻是最靈幻的，最不着迹的，徒喚奈何！

我無端幹了一回描寫雲霞的傻事，真唐突我們的女詩人呵！

第五章　郭沫若與其同派詩人

郭沫若這名字自五四後一二年一直到於今，還是熱辣辣地掛在青年的口邊。女學生所熟悉的是冰心女士，男學生所熟悉的可以說是魯迅與郭沫若了。在出版事業不大發達的中國，他人用了全副精神的著作，往往不會受人歡迎；郭氏粗率地寫出的什麼我的幼年創造十年，一個中學生也寫得來。竟動輒銷行數萬册，他人在翻譯上偶有不經意的錯誤，或創作上技巧不甚成熟便會引起許多冷嘲熱罵，把名望葬送了；郭氏卽使把西洋名著如高爾斯華綏(J. Golsworthy)的銀匣，(The Silaer Box) 史托邦 (Theodor torm) 的茵夢湖(Jmmensee)譯錯得連篇累牘或在自作詩歌上留下許多瑕疵，一樣有人要讀。考古學者辨別古書的眞僞，比較材料的異同，孳孳屹屹，整月窮年才敢發表數篇心得，郭氏寫了一部證據不大充分的中國古代社會研究，居然想把胡適顧頡剛都打倒，讀者亦眞譽爲傑構。文學界猶之政治界原有許多幸運兒，郭氏便是這些幸運者中間的一個，所以我們對於郭氏的作品不得不詳細研究研究。

郭氏本是日本醫生出身。一九一九年在上海學燈欄發表長篇新詩鳳凰涅槃，天狗，晨安，地球我的母親，等等，在南方文壇上露了頭角。以後囘國與郁達夫張資平等辦創作季刊，一九二三年出版女神，遂一躍而爲詩界明星之一了。

雖然是幸運兒成功也有相當的條件郭氏女神之惹起詩壇注意，實有以下的原因

一則他的詩直抒情感握住了文藝的眞生命。而且表示原始的粗野精神，合乎青年人的脾胃。日本廚川白村說情緒主觀是文學的『最初與終結』(Alpha and omega) 這句話

是極有道理的。當時北方詩人如胡適劉復，沈尹默，周作人等欲以詩爲宣傳人道主義的工具，胡的人力車夫，沈的耕牛，劉的學徒苦，車毯，遊香山紀事詩，賣蘿蔔人，隔着一個窗子，周的兩個掃雪的人，沈玄廬的薦頭店，都是從漢樂府和杜甫白居易新樂府變化出來，音節既不逮古人，內容也不能別開生面，有過讀三別三吏兵車行折臂翁賣炭翁的經驗的人，讀他們作品，不見得有什麼興感的。而且這種婆婆媽媽的言語也不是帶着野蠻天性的青年所樂聽的吧。冰心女士的小詩可以說文藝的了。但首首都是哲學思想的化身，那冰冷的況味是青年所不願多嘗的了。那伴隨著複雜理智作用的情操，雖然在詩的女神的絃上彈出許多要眇幽遠的妙音，青年是不願更領略的了。青年所渴望的是發表單純情緒的作品，像白熱似的戀愛，大紅色的喜歡，深黑色的悲哀，熔崖噴薄似的憤怒，使人渾身神經震顫斷了的恐怖，狂風暴雨襲來時似的破壞之快感。一切熱烈的，奔放的，自由的。一切足以發皇耳目的，搖撼心靈的，才爲他們所接受。郭氏與宗白華通信時曾說『詩的專職是抒情』又說『詩要出於無心的自然流露』『詩是我們心中詩意詩境，純真的表現，命泉中流出來的Stream，心琴上彈出來的melody，生的顫動，靈的叫喊。』「女神全部作品，都是大氣磅礴，生機洋溢的，縱筆所之，不受一點拘束的，如「我飛奔，我狂叫，我燃燒。我如烈火一樣的燃燒，我如大海一樣地狂叫！我如電氣一樣地飛跑！』「（天狗）『無限的太平洋鼓奏着男性的音調！』「（浴海）『無限的太平洋提起他全身力量來要把地球推倒。……啊啊！不斷的毀壞，不斷的創造，不斷的努力喲！』（立在地球邊上放號）這種魯莽的『男性音調』在當時果然是久困於女性文學中的青年一種喜悅。

次則他的詩歌頗包含哲理。正如宗白華稱贊他道『你的詩是以哲理做骨子，所以意味濃深。不像現在有許多新詩一讀過後便索然無味了』詩不是發表哲學思想的工具，但詩而不蘊藏幾分哲理，就像沒有腦筋的美人，雖然眉目姣好，肌理曼澤，也就無甚意味。郭氏在東留學時頗喜研究汎神論。三葉集答宗白華書云『我想詩人與哲學家共通點，是在同以宇宙全體爲對像，以透視萬事無物核心爲天職。只是詩人底利器只有純粹的直觀，哲學家的利器更多一種精密的推理。詩人是感情的寵兒，哲學家是理智的幹家子。詩人是美的化身，哲學家是真的具體。可是我想哲學中的 Pantheism 確是以理智爲父，以感情爲母的甯馨兒，不滿足那 Upholsterer 所鑲逗出的死的宇宙觀的哲學家，他自然會趨向到 Pantheism 去，他自會要把宇宙全體從新看作個有生命有活動性的有機體。』他又說『詩人的宇宙觀以 Pantheism 爲最適合。』又常說李白的『吾將囊括大塊，浩然與溟涬同科』與『我與天地並生，與萬物爲一』或『本體卽神，神卽萬彙』相似。郭氏以前最服膺哥德，因爲哥德是個汎神論者，又贊美莊子，荷蘭的 Spinzo，印度的Kabir，（三個汎神論者）因爲旣愛他們的『Pantheism，』又愛他們是靠自己勞力喫飯的人。

鳳凰涅槃高唱著『我們更生了！我們更生了！一切的一，一的一切，更生了！我們便是『他』，他們便是我！我中也有你，你中也有我！我便是你！你便是我！火便是凰，鳳便是火！……』天狗云『我是月底光，我是日底光，我是一切星球的光，我是X光線底光，我是全宇宙底Energy底總量』都是汎神論者思想之表現。

三則他的詩帶着濃厚的西洋色彩，使人獲着一種新鮮的感覺。形式方面則打破舊詩起轉承合的章法，也不學新詩之分段，縱橫排奡不主故常。如『晨安』『我是個偶像崇拜者』章法均極特別。又多用西洋典故。閱一多說『女神中底西洋的事物名詞處處都是，數也不知從那裏數起。鳳凰涅槃底鳳凰，是天方國底非尼克司，並非中華的鳳凰，詩人觀畫觀的是millet底Sheherbess，讚像讚的是Beethouen。他所羨慕的工人是炭坑裏的工人，不是人力車夫。他聽到雞聲，不想着笙簧底律呂而想着Orchestra底音樂。地球自轉公轉，在他看來「就好像一個跳舞着的女郎」，太陽又「同那月桂冠兒一樣」他的心思分馳時，他又「好像個受着磔刑的耶穌」（女神之地名色彩）這是聞一多所極端反對的。但郭氏做詩時雖然把『此地』忘記了，而正以這些投合好新奇的青年的心理。又，郭氏極善製題，如『鳳凰涅槃』『晨安』『電火光中』『地球我的母親』『光海』『我是個偶像崇拜者』『太陽禮讚』『匪徒頌』『勝利的死』『巨炮之教訓』『死的誘惑』『春之胎動』『日暮之婚筵』到今日還覺得它新鮮，別說十年前了。精神方面則表示二十世紀動的精神，反抗的精神，科學的精神，大同精神，……聞氏在女神之時代精神一文中論之已詳，我亦同意。不更贅述。

但郭氏作品藝術不甚講究，久有定評。今更試爲申論之：

（A）布局的缺點

(一)用筆太直率無含蓄不盡之致　宗白華與郭氏通信時便說過『……不過我覺得你的詩，意境都無可議，就是形式方面還要注意。你詩形式的美同康白情正相反，他有些詩，形式構造方面嫌過複雜，使人讀了有點麻煩，你的詩又嫌單固定了點。還欠流動曲折。……你的詩意詩境偏於雄放直率方面，宜於做雄渾的大詩。……但你小詩的意境也都不壞，祇是構造方面還要曲折優美一點，同做詞中少令一樣，要意簡而曲，詞少而工。……』宗氏這批評極中肯綮，郭氏不但初作詩時有直率之病，便是後來發表星空，瓶，前茅也還是如此。袁枚說『詩有直無曲是漏卮也』又說『凡作人貴直，而作詩文貴曲。孔子曰情欲信，詞欲巧。孟子曰智譬則巧，聖譬則力』又說『天上有文曲星，無文直星』凡詩文過於直致，將應說之話一齊說盡，不使人有吟咏玩味之樂，不算是有價值的作品。而且不但小詩貴含蓄，長詩亦何嘗不貴含蓄。譬如泰岱華嶽蟠根數百里，拔地參天，巍峨無比，氣象宏偉極了。而人入其中則層巒疊嶂迴環起伏，蒼松翠柏，互相掩映，雖作數月之遊，尚不能盡窮其勝，這便可以當『名山』二字了。中國長詩如屈原離騷，白居易長恨歌，魄力雄厚而其中有無窮曲折，探之彌深，繹之愈出，宗氏謂長詩不必曲折實非知言。

（二）結構太單調，不知變化。長篇之詩須有複雜的結構，如阿房之宮，建章之殿，十閣五亭，千門萬戶，望之始有參差錯落，雲蒸霞蔚之致。長篇作品章法最貴變化，如枚乘七發設爲楚太子與吳客問答列舉聲色飲食，校獵游覽之樂以啓發太子。但章法或長或短，或複或單七章並不一致，尤奇者對於廣陵觀濤一段恣意形容洋洋千言，而於最後極重要之一章（卽全文之主要點）反輕描淡寫，以數語了之。結構甚爲奇特。

郭氏作長詩皆用單純的鋪排，又不知變化爲何事。如鳳凰涅槃，鳳唱了之後凰唱，凰唱之後鳳又唱，百鳥如岩鷹，孔雀，鴟梟，家鴿，鸚鵡，白鶴都來唱，唱來唱去，總是那一個調子。而鳳凰更生之後，唱『我們更生了』又將光明，新鮮，華美，芬芳，和諧，歡樂，熱誠，雄渾，生動，自由，恍惚，神祕，悠久，各唱一遍，唱着都是同樣調子。世間最單調的詩歌莫過於此了。陳西瀅說『……可是他那時的力量還不足，因此常常像一座空曠的花園，只有面積，沒有亭台池沼的點綴。他許多詩的單調的結構，句的重複，行的重複，章的重複，在後面又沒有石破天驚的收束，都可以表示郭先生的氣魄與力量不相稱。』這批評是很對的。

（B）造句用字的缺點　郭氏詩的句法字法每不修飾，常有笨拙，粗疏，甚至文理不通之處。這或是舊詩詞根抵太壞之故。他的舊詩我讀到者甚少。僅在三葉集致宗白華的信發現了三首。然而這三首裏面錯誤可就多了。如尋死之『畫虎今不成，芻狗天地間』係用『畫狗不成反類狗』的成語。但芻狗兩字用在此處，實爲不通。老子『天地不仁，以萬物爲芻狗』王弼的注解，說『他不爲獸生芻，而獸食芻，不爲人生狗，而人食狗。無爲於萬物，而萬物各適其用』『仁』有『仁愛』及『人』兩種解釋，據王弼解則作天地不是人，打破『擬人說』(Anthropomorphsm) 的舊觀念。郭氏用此典，實爲勉强之至。況芻代表可食的植物，狗代表可食的動物，明明是兩件東西，狗可承虎，芻則不可以承虎。若改爲『畫虎今不成，纍纍道路間』用孔子家語故事，暗示自己一身之飄泊無歸則遠勝了。

又『歸來入門首，吾愛泣汍瀾』門首普通作『大門口』解，既曰『入』則不能又在『大門口』了。雖說日本法屋的結構與中國的不同，有所謂『玄關』也者，是前後兩道門的進口中間的一個過道。郭氏所言，或卽指此。但譯爲「門首」意義總欠準確。卽勉强用之，也宜加以引號，表示它是個特殊名詞才對。

夜哭之「萬恨摧肺肝，淚流達宵曉」宵曉二字用在「達」字下，意義也難明白。

春寒之「兒病依懷抱咿咿未能談」小兒初學語曰咿啞，或曰咿唔，語尙未成，則何有於「談」？卽說那時他的和兒已四歲，「談」字也勉强可用了。但「咿咿未能談」五字總覺讀之不順。

棠棣之花「儂欲均貧富，儂欲茹强權，願爲施瘟使，除彼害羣遍」按湯顯祖牡丹亭曲文；「我是散布相思的五瘟使」梁啓超新羅馬傳奇學它道：「我是散播自由的五瘟使，我是點明獨立的北辰星」湯語之所以爲俊，以「五瘟使」上忽着「散布相思」四字，梁之擬作亦然。郭單用「施瘟使」便不可通，試問瘟神怎能除害羣者呢？再茹强權之茹字雖由「吐剛茹柔」而來，但如此用之，實有語病。當改爲「摧」字。

別離之「殘月黃金梳，我欲掇之贈彼姝，彼姝不可見，橋下流泉聲如泫。」按泫露光也。詩「白露泫泫」流涕貌，禮「孔子泫然流涕」沸貌，揚雄文「冀州糜沸，泫沄如湯』又水深廣貌，郭璞賦『囦汯』。均見辭源。可見古人從來沒有把『汯』當做聲音解．則『聲如汯』三字可議。

其用舊體詩譯西洋詩亦多笑柄。如譯Dobroliuboff詩，有『死殤不是傷我神』之句，按禮，未成人而死曰『殤』，楚詞九歌之『國殤』乃一特別名詞，不可亂學。中文明明有『死亾』二字音節頗諧，不知郭氏何以不用，而偏造此硬語？又原詩『偏有人來揮淚眼』淚可揮，眼則不可揮，眼而可揮，則比他譯的雪萊雲雀歌的『傾瀉汝胸膈』更爲難通了！

新詩這種例子比較少些，但也有許多可以商酌之處。

鳳凰涅槃『五百年來的眼淚傾瀉如瀑，五百年來的眼淚淋漓如燭』唐人詩『蠟燭有心如惜別，替人垂淚到天明』千古名句，蓋蠟燭本是無感覺無性情的東西，但被火融化而滴滴下流時實像人之流淚，所以詩人使它活了(To animate)而其妙實在『如惜別』三字所謂觸景生情，天機凑輻，並無一絲勉强存乎其間，否則便是『矯揉造作』了。

但以淚比燭是天才，以燭比淚則結果成爲柏格森(H. Bergson)笑(Le Lire)之『變體滑稽詩』。況且謂眼淚淋漓如燭淚尚可，單曰『如燭』則好像說眼睛裏流出一條大紅蠟燭來，這情形豈不可怕嗎！

大鷲『西比利亞的大鷲，你大比肥鵝而瘦』（星空）既曰瘦則不應又言肥。黃山谷贈妓『娉娉嫋嫋恰近十三餘』王若虛論之曰『近則未及，餘則已過，無乃相窒乎？』與郭氏此詩可謂無獨有偶。

南風『南風自海上吹來，松林中斜標出幾株煙靄。三五白帕蒙頭的青衣女人，殷勤勤地在焚掃針骸』『針骸』或指枯死之松針，但中文中從無此語。作者爲求押『來』『靄』勉強造出此種不美的名詞，與掛脚韻何別？

至於譯詩無論舊新體將西洋名著譯得死板生硬，毫無生氣，不啻塵羹土飯。刻畫無鹽，唐突西子，郭氏於此實造孽不淺。我也不多舉例了。

郭氏所有作品以詩爲最佳，小說戲曲大半更不堪一讀，當於後文論之。或謂如裴倫哀希臘歌，其在英國得名反不如各國之譯本。但其豪邁之氣勢，哀惋之深情，足以涵蓋行文之粗率而有餘。又若俄國黃金時代三大文豪之一的 Dostoevsky，作品亦不甚修飾，可見藝術雖偶有瑕疵，並不足妨礙作品之偉大，我們對於郭氏何獨苛求呢？但有裴崙之絕代天才，有杜氏之悲天憫人的胸襟，我們可加以原諒，否則還是把藝術弄精細了再說。

郭氏同派詩人爲王獨淸成仿吾鐵杏邨等。

王獨淸有聖母像前，死前二集，又有獨淸詩選。王氏之模仿郭詩如聖母像前卽可見之。郭氏有鑪火光中以三首聯絡而成，而意則一貫。第一首曰懷古，獨行市中忽然想到貝加爾湖畔牧羊之蘇武，第二首曰觀畫，因懷想蘇武便入街頭畫店而見到 Millet 的牧羊少女。又聯想而及蘇武之胡婦。第三首讚像，則在羣畫中，發現悲多汶像，而讚美一番，把蘇武胡婦又完全拋撇開了。王氏聖母像前亦說在一古老之陳列所中見馬利亞像而聯想及於叔梁紇與顏氏女野合而生孔子事。在聖母像中詩人恍惚看見早秋的尼丘，一個散髮長跪而祈禱着女郎，又恍惚聽見女郎口中訴出一番失身的悔恨，忽然又看見峨冠博袖，顏色愁苦的老人在顏女身後出現，那就是叔梁紇。後來一切幻象都消失了，詩人於是對着聖母像說道：『你兩個是東與西的悲哀之母喲！們兩個是東與西的智慧之母喲！……

……現在我醒了，醒了：智慧是由悲哀造成，悲哀是永遠不死！哦！智慧的尋求者！哦，我！我要先尋求悲哀去——我要以悲哀的尋求，爲我人生底開始！』此詩不但結構全仿郭作卽語氣亦肖。

王詩形式雖極力模仿郭氏，而精神則相反，郭有進取奮鬬之氣概，創造新生之志願，王則充滿頹廢的情調，失戀呀，悲哀呀，死呀，時時見於字裏行間，這或者與他在法國留學時浪漫生活有些關係吧。

王詩之病一曰太冗長，如失望的哀歌，共分五大節，長至千數百字，而所敍不過一個對於女人之回憶而已。最後的禮拜日，我飄泊在巴黎市上，動身歸國的時候亦犯同樣毛病。二曰喜用『鈎句』，鈎句中國古詩亦有之，偶以爲游戲尙無不可，千篇一律便覺討厭。王詩死前一集用『鈎句』最多，

這園中，這園中是灑遍了濛濛的，濛濛的細雨——Sonnet

這園中，這園中好像是全被這細雨和落花掩埋。——Sonnet

這都是因爲你，因爲你，我才改了行期——因爲你

我死了時，你，你須得一個人，一個人去，去叩，叩我的墓門——約定明日我，我就起程，我就起程。我們
要像，要像今日這樣談心——同你總是不肯，不肯多出聲音——別了

普羅文學家蔣光慈有光慈詩選，其社會革命的精神是從郭沫若反抗精神發展的，筆之直率也似郭作，不過有他自己豪邁不羈之氣。他的『血祭』，『在黑夜裏』，『我要到上海去』，都是階級爭鬪的戰歌。鴨綠江上的自席詩說道『我會憶起幼時愛讀游俠的事跡，那時我的小心靈中早種下不平的種子。』他平生所最欽佩的是那仗義扶助希臘獨立的裴崙，無怪他熱心階級革命從事於解放勞苦民衆了。

成仿吾是創造社的柱石之一，以批評著名。詩有流浪一集。大部分沿襲舊詩詞的聲律，——一般爛青年作此辦法者很多，如石民的良夜與惡夢，林憾的影兒集都是——小部分模仿郭沫若。序詩二篇，長沙寄沫若，更可以看出他們相互間的關係。

更有錢杏邨爲崇拜郭氏者之一人。所作有餓人與飢鷹，暴風雨的前夜。

第六章　徐志摩的詩

民國十年以前北方文壇爲魯迅兄弟及晨報副鐫統治，南方則創造社與文藝研究會對

峙對於青年心理有偉大勢力。北方唯一詩人爲冰心女士，南方則爲郭沫若了。忽然十一二年間從英國回來了一批留學生，其中頗有幾個後來以文學顯名，而徐志摩這名字更爲眩耀。當他在晨報副鐫，學燈，小說月報發表他的『康橋再會吧』『哀曼珠斐爾』等詩，其雄奇的氣勢，奢侈的想像，曼妙的情調，華麗的詞藻，都以一種嶄新的體裁而出現。所以大家不約而同的用一副驚異的眼光向他注視。有的心懷妒忌，恨不得趁這條巨蟒尚未完全變爲頭角崢嶸的龍來爭奪自己地盤時，把它一拳打死；有的却暗暗歡喜說我們的真詩人今日出現了，我們渴望的藝術今日誕生了。前輩文人爲梁任公之流對他特別賞識，甚至嫉視白話文學如寇仇的章士釗也許之爲『慧業文人』，學衡派巨子吳宓對他亦具有好感。徐志摩這奇怪的人物，出馬文陣不久便征服一切青年，中年，老年的心，躍登第一流作家的壇坫。他在文學家成名之迅速，正不亞胡適之於學術界。

『徐志摩曾一手奠定了新詩壇的基礎』這話雖成了反對黨嘲笑的口實。但我們若屏除任何成見，將他對於新詩壇努力的成績，一爲檢查，則將承認這話並不算什麼過分的恭維話。我們現在把徐氏創作分爲形式精神兩方面來研究一下

(A)志摩詩的形式

(一)體製的講求　新詩自胡適時代至於郭沫若時代，都沒有一定的格式。郭沫若雖然採取西洋格式以爲創作的模範，但他第一次試作鳳凰涅槃尙有些格律，後來他學上了美國詩人惠特曼（Whitman 1819—1892）的自由豪放的作風，又趨於鹵莽決裂之一途。他集中十分之九爲自由詩，他對於新詩體製尙無何等貢獻。徐志摩是知道詩沒有聲律便失去了詩的原素的一個人，所以他的試筆曼殊斐爾便是有韻的。民國十五年春于賡虞想在北新書局辦一個純粹的詩誌，徐氏與朱湘勸他移辦於晨報。於是遂有詩刊之發現。這詩刊便是後來新月書店詩刊之先驅。據于氏說詩刊發行之前夕，共聚於聞一多寓所討論如何進行。在座共有七八位新詩人，共同的意見是在使詩的內容及形式，雙方表出美的力量，成爲一種完美的藝術。詩刊的發刊辭卽出之徐氏手筆。詩刊發行後，每週要在徐寓開一次讀詩會。會中討論最多的是詩的形式及音節。及新月詩刊出後，詩的格律愈加嚴肅，胡適『新詩已上了軌道』便是那時說的話。

徐志摩的詩變化極多而速。他今日發表一首詩是一種格式，明日又是一種了，後日又是一種了。你想模仿他都模仿不了，他人是用兩隻脚走路，他却是長着翅膀飛的。他在一九二五年發表了一本『志摩的詩』據他朋友陳西瀅爲他做的體製統計，有：散文詩，自由詩，無韻體詩，駢句韻體，奇偶韻體，章韻體。詩刊派的詩有『方塊詩』之誚，他人爲之不免稍受拘束，而徐氏獨能於此嚴格規律之中，自由表現其天才，這一點也是他人所不能及的。

(二)辭藻的繁富　白話詩初起時，爲了擺脫舊詩詞的格調起見，排斥舊辭藻不遺餘力。又因胡適說過真正好詩在乎白描，於是連『渲染』的工夫故不敢講究了。看劉復揚鞭集那樣樸實無華，汪靜之胡思永雖說是比較年青的詩人也不敢把他們的作品帶上一點鮮明的色彩。宋初歐陽修排斥西崑體，創爲『禁體詩』，咏雪不得用『玉』『月』『梅』『梨』『絮』『練』『白』『舞』『鵝』『鶴』等字，蘇軾所謂『當時號令君記取，白戰不得持寸鐵』卽指此而言。白話詩之主白描，情形也正相類似。但詩乃美文之一種，安慰心靈的功用以外，官能的刺激，特別視覺聽覺的刺激爲更不可少。西洋某文學家說詩不過是『顏色』和『聲音』組成的，這話雖偏，不能說它完全無理。中國文人也早有見於此，劉勰文心雕龍有情采篇，曾說『綜述性靈，敷寫器象』，更少不得『彪炳縟采』。袁枚也說『美人當前，爛如朝陽，雖抱仙骨，亦由嚴妝』又說『聖如堯舜，有山龍藻火之章，淡如仙佛，有瓊樓玉宇之號，彼擊缶披短褐者，終非名家』所以文學革命大師的禁令，只能收效一時，略有才氣的詩人便不甘受這拘束。冰心的小詩是有些詞藻的，郭沫若的長篇也是充滿了『心絃』『洗禮』『力泉』『音雨』『生命的光波』『永遠的愛』種種西洋詞藻。徐志摩出來後詩的詞藻更爲富麗了。但他的詞藻不是中國的，也不是西洋的，那是經過他的心靈鍊製過的一種東西。陳西瀅說『他的文字是把中國文字西洋文字融化在一個洪爐裏鍊成一種特殊而又曲折如意的工具。它有時也許生硬，有時也許不自然，可是沒有時候不流暢，沒有時候不達意，沒有時候不表示是徐志摩獨有的文字。再加上他很豐富的意像與他的華麗的字句極相稱，免了這種文字最易發生的華而不實的大毛病。』這話是批評得最切當沒有。

但是我們不要忘記西瀅再說的『他的藝術的毛病却太沒有約束。在文字方面，有時不免堆砌得太過，甚至叫讀者感覺到煩膩』徐氏有一篇不品文字描寫星加坡和香港的風景題爲『濃得化不開』詭者遂以名其文。甚至『唯美派，』『新文學中的六朝體』也是反對派奉獻給他評論。鍾榮詩品論謝靈運道『頗以繁蕪爲累』又說『若人興多才博寓目卽書，內無乏思，外無遺物，其繁富宜哉。然若名章逈句處處間起，麗典新聲，絡繹奔赴，譬如青松之拔灌木，白玉之映塵沙，未足貶其高潔也』我於徐氏亦云。——徐氏後出版的翡冷翠的一夜猛虎集已免除上述毛病了。

（三）氣勢的雄厚　郭沫若詩頗雄，而厚則未必，因爲他的作品，往往祇有平面而無深度。所謂『力量與氣魄不相稱』也。徐氏詩則雄而且厚。凡詞藻過於富麗者氣每不充充者卽爲上乘。曾國藩日記云『奇辭大句，須得瑰瑋飛騰之氣，驅之以行，凡堆重處皆化爲空虛，乃能爲大篇，所謂氣力有餘於文之外也，否則氣不能舉其體矣。』徐氏作品，可當此語而無愧。散文詩爲毒藥，白旗，嬰兒，天甯寺聞禮懺聲，都足見他真實的力量。試舉一例：

你看那母親在她生產的床上受罪！

她那少婦的安詳，柔和，端麗，現在在劇烈的陣痛中裏變形成不可信的醜惡：你看她那徧體的筋絡都在她薄嫩的皮膚底暴漲着，可怕的青色與紫行，像受驚的水青蛇在田溝裏急泅着似的，汗珠站在她的前額上像一顆顆的黃豆，她的四肢與身體猛烈的抽搐着，畸屈着，奮挺着，糾旋着，彷彿她墊着的蓆子是用針尖編成的，彷彿她的帳圍是用火燄織成的；

一個安詳的，鎮定的端莊的美麗的少婦，現在在陣痛的慘酷裏變形成魔鬼似的可怖：她的眼，一時緊緊的闔着，一時巨大的睜着，她那眼原來像冬夜池潭裏反映着的明星，現在吐露着青黃色的兇燄，眼珠像是燒紅的炭火，映射出她靈魂最後的奮鬥，她的原來朱紅色的口唇，現在像是爐底的冷灰，她的口顫着，撅着，扭着，死神的熱烈的親吻不容許她一息的平安，她的髮是散披着橫在口邊，漫在胸前，她的手指間緊抓着幾穗擰下的亂髮；

這母親在她生產的林上受罪：——

選取極難的題目，試他正面描寫的手段，那麼形容得淋漓盡致，刻劃得入木三分，真是十分不易的工作。而且以上所引的兩段約三百五六十字，下文還有二百餘字，這一句才完了。一首六百多字的散文詩用一句寫，有曲折，有層次，有奔注，有頓挫，我們讀來毫不覺得它的冗長拖沓。真如韓愈所謂氣盛則言之短長，與聲之高下皆宜」又如吳摯甫所謂『聲音之道，嘗以意求之；才無論剛柔，茍其氣之旣昌，則所爲抗墜曲直斷續歛侈緩急長短伸縮抑揚頓挫之節，一皆循乎機勢之自然……了。

（四）音節的變化　陳西瀅又論徐詩音調云『音調方面也沒有下研究工夫，因爲他喜多用實字，雙雙的疊韻字，灰聲的字，少用虛字，平聲的字，他的詩的音調多近羯鼓鐃鈸，很少是提琴，洞簫等抑揚纏綿的風趣。他的平民風格的詩，尤其是土白詩音節就很悅耳，正因爲在那些詩裏，他不能不避去上面所說的毛病』這話未常不對，但我以爲徐氏作品在音節上試驗是同他體製上試驗一樣勤苦，而且一樣具有許多變化的。他的詩的音調隨着詩的情緒而生變化，情緒是愉快的，音節卽異常輕快，悲傷的，音節也顯出凄涼，試看他的雪花之快樂第三第四兩段：

在半空裏娟娟的飛舞，
認明了那清幽的住處，
等着她來花園裏探望——
飛颺，飛颺，飛颺——

啊，她身上有砞砂梅的清香！

★　★

那時我憑藉我的身輕，
盈盈的沾住了她的衣襟，
貼近了她柔波似的心胸——
消溶，消溶，消溶——
溶入了她柔波似的心胸！

音節之輕快，聽着真有雪花隨風迴舞的感覺。又落葉小唱：

一陣聲響轉上了階沿
（我正挨近了著夢鄉邊；）
這回準是她的脚步了，我想——
在這深夜！

★　★

一聲剝啄在我的窗上
（我正靠緊著睡鄉旁；）
這準是她來鬧着玩，你看，
我偏不張皇！

★　★

一個聲息貼近我的床，
我說（一半是睡夢，一半是迷惘；）——
『你總不能明白我，你又何苦
多叫我心傷！』

★　★

一聲喟息落在我的枕邊
（我已在夢鄉裏留戀；）
『我負了你』你說——你的熱淚

燙著我的臉！

這音響惱著我的夢魂

★ ★

（落葉在庭前舞，一陣，又一陣；）

夢完了，阿，回復清醒；惱人的，

却只是秋聲！

詩人失戀的苦惱，完全在這凄涼音調中傳出，讀之每使聯想而及白仁甫的梧桐雨和長生殿夜雨一折。雖然唐明皇的情況與詩人是不同的。

杭滬車中第一段：

匆匆匆！催催催！

一捲煙，一片山，幾點雲影

一道水，一條橋，一支櫓聲

一林松，一叢竹，紅葉紛紛：

匆匆，催催，象車輪的聲音以下連用「一……」三字短句，形容火車進行的速度。讀者也恍惚坐在那風馳電捲的火車中間了。此外則蓋上幾張油紙，連用疊句，如聆坐在風雪孤墳旁婦人的哽咽。天甯寺聞禮懺聲儼似梁皇懺的聲調。廬山石工歌用無數『浩唉』表出漢族耐勞苦愛平和的心聲，足與俄國Volga boatman,s song 媲美。其他音節優美的甚多，不及細述。

(五)國語文學的創造，胡適作文學革命論時，曾提出十個大字『國語的文學，文學的國語』所謂國語，不是指的白話文，其實是指的『官話』。

中國言語太龐雜，爲國民交換思想感情一大妨碍，而且也阻滯文化的發展與進步。我們提倡白話文，一半爲改良文學工具起見，一半也爲推廣國語的學習起見。但推廣國語，以文學的實驗爲要著。如法國國語之臻於完密也是魯易十四時代各個戲劇家文學家，詩人之功。moliere劇中的言語到今還在法國人口中說着呢。

但胡氏白話文雖寫得極其明暢流利，所用不過長江流域通行的言語，搭上舊有的白話文學如水滸，西遊，儒林外史……的調子。冰心的小說用的一半紅樓夢，一半歐化的文字，也不是純粹的國語。至於珠江流域的文人對於國語更不能自由運用了。所以胡氏『國語的文學』先就不能做到，至於文學的國語，那更談不上了。

徐志摩雖是硤石人，國語倒操得很好的，他就毅然肩起這創造『國語文學』責任。他的小品散文全用國語，詩則有一部分用國語，一部分用硤石調子，一部分是普通白話。劉復用北京下等階級的言語，模擬人力車夫的對語，雖然口吻逼肖，但像那『一個錋子』（一文錢）『半喇子』（一撮）『揍』（打）『甭』（不要）究竟太不普遍了。而且我們創造國語文學的宗旨，是要將國語提高程度作爲士大夫的言語，不是要把士大夫的言語降低，去與車夫談話，所以劉復的辦法是學不得的。徐氏寫叫化子，車夫，士兵，也模擬他們的口吻，至於別的詩便不如此。像『海，不再是我的乖乖』『殘詩』『卞爾佛里』都是用的國語，到了翡冷翠的一夜，猛虎集則作者運用國語的技術更爲進步。

不是的，乖，不是對愛生厭！
　　你胡猜我也不怪，
我的樣兒是太難

反正我得對你深深道歉。
不錯，我惱，惱的是我自已．
（山怨土堆不夠高；
河對水私下嘮叨。）
恨我自已爲甚這不爭氣。

（B）志摩詩的精神

（一）人生美的追求　陶孟和說徐志摩是一個『理想主義者，他的理想曾受了希臘主義的影響，求充分的完全的生命。他要生命中求得最豐富的經驗。……志摩不是哲學家尋求理智他是一個藝術家尋求情感的滿足。……他所愛的是人生的美麗。他的態度，可以說是哈代的對照。他啄哈代曾說「爲什麼放着甜的不嘗，暖和的坐兒不坐，偏挑那陰凄的調兒唱，辣味兒辣得口破。」正因爲他自已所尋求的都是陽光，暖和，甜蜜，美麗，一切人生的美，他永遠設法避開人生的醜陋，正如小兒避開狀貌猙獰的偶像一般。他不單是怕看醜陋，或蠢笨，他直是不看，不加理會。……他永遠希望他所尋到的是神奇，新穎，奧妙，聰明，美麗一切人生的寶貝，而不願有與他的相反的出現；他更希望他所尋到的永遠保持着他們的神奇，新穎，奧妙，聰明，美麗，而不願他們露出使他失望的破綻；卽使露出，他也不看。幻滅是志摩所不能忍受的。』這話真把徐志摩整個人格都表出了。有人因爲他文筆優美的緣故，喊他爲唯美派，其實，他是理想派。唯美派的文人對於俗衆以爲不足與語，把自已深深藏閉在『象牙之塔』裏，或高坐藝術宮殿。除遊心於古代希臘或異國文藝之外，與實現世界非常隔膜，理想主義者不然，他們看定了人生固然醜惡但其中也有美麗；宇宙固是機械而亦未常無情。況且他們又認識人類『心靈力』可以創造一切。宇宙是個舞台，人類是這舞台上的表演者，我們固可以排演出許多毫無精彩的戲劇，我們也可以表現出許多聲容荼火，可歌可泣的戲劇，只看我們肯賣力不賣力罷了。

所以徐氏尋求人生的美，不但爲了慰安自已，還想借此改善人生·他掉弄着一枝生花妙筆寫明月，星羣，晴霞，山嶺的高亢，流水的光華；寫那朝霧裏輕含閃亮珍珠的小花草；寫那像古聖人祈禱凝成『凍樂』似的王老峯；寫愛；寫光明，寫真美善。甚至雪中哭子之婦人，垃圾桶裏檢煤屑的一羣窮人，深夜拉車過僻巷的老車夫，跟若鋼絲輪討錢的乞兒，杭滬車中之一雙老婦，蠢笨汚穢的兵士，都予以無限的同情，他說『食苦不是卑賤，老衰中有無限莊嚴』人生美在這些裏面也可以尋着的。他寫精神上最高境界更好：他的前面有無窮的無窮；他在有限中見着永恒；他的精神似一顆無形的埃塵追隨造化車輪不停地前進；他的靈海中常常嘯響着偉大的波濤，應和更偉大的脉搏更偉大的靈潮。沈從文說在『多謝天！我的心又一度的跳盪』作者的文字簡直成爲一條光明的小河了。我說不如謂作者的思想，成爲一條光明的小河之爲恰當。

他在新月詩刊創刊號曾說『我們詩是一個時代最不錯誤的聲音，由此，我們可以聽出民族的精神，充實抑空虛，華貴抑卑瑣，旺盛抑銷沈。一個少年人偶爾的抒情的顫動，竟許影響到人類終古的情緒；一枝不經意的歌曲，竟許可以開成千百萬人熱情的鮮花，綻出瑰麗的英雄的果實。』他在最早發表的留別日本，對着那承繼古唐壯健精神的島國，追慕祖國過去的光榮。於是大發宏願道『我願化一陣春風，一陣吹嘘生命的春風，催促那寂寞的大木，驚破他深長的迷夢，我要一把崛强的鐵鍬，劃除淤塞與壅臃，開放那偉大的潛流，又一度在宇宙間洶湧』

但在這齷齪的，缺陷的，平庸的，罪惡的世界裏詩人的幻夢常常被打破，何況中國更是一個天昏地黑罪惡橫行的場所，一個刀山劍樹鬼哭神號的地獄，理想主義者想在這裏生活是更難上加難了。所以樂觀的詩人也常常喊着『可怖的夢饜，黑夜無邊的慘酷，甦醒的盼切，只增劇靈魂的麻木』(多謝天，我的心又一度跳盪)『又是一片闇淡，不見了鮮虹彩。希望，不曾站穩，又毀。(消息)又說『愛和平是我的天性，在怨毒，猜忌，殘殺的空氣中，我的神經每每感受一種不可名狀的壓迫(自剖)又說『我們靠着維持我們生命的不僅是麵包，不僅是飯，我們靠着活命的用一個詩人的話，且情愛，敬仰心，希望(Beline by love,admiration,and hope)又話又包涵一個條件，就是說世界這人類是能承受我們的愛，值得我們的敬仰，容許我們希望的。現代是什麼光景？人性的表現，我們看得到聽得到的倒底是怎樣人性的表現，除了醜惡，下流，黑暗。太醜惡了，我們火熱的胸膛裏有愛不能愛，太下流了，我們有敬仰心而不能敬仰。太黑暗了，我們要希望也無從希望。太陽給天狗喫了去，我們只能在無邊的黑暗中沈默着，永遠的沉默着！這彿彷是經過一次强烈的地震的悲慘，思想，感情，人格，全給震成了無可收拾的斷片，再也不成系統，再也不得連貫，再也沒有表現。（秋）至於毒藥那首散文詩也有同樣沈痛的話。

但是詩人還有完全灰心，對於人類熱烈的愛，使他還說出這樣的話『但我却不絕望並不悲觀，在極深刻的沈悶的底裏，我那時還摸着希望』所以在毒藥之後，他又有『白旗』想這罪惡的人類—尤其是罪惡的中國人—用眼淚，嚎動激起悠久沈微的懺悔，接着就希望那偉大的嬰兒出世了。

卽以他個人行爲而論，他的離婚第二次結婚，也無非爲了貫澈『人生美』追求的目的。雖弄得家庭關係斷絕，親友責難紛至，而他也不悔。他之殉身這個追求，竟似飛蛾投火的勇敢。胡適批評他道：『他的一生真是美的象徵，愛，是他的宗教，他的上帝』又說『他的人生觀，真是一種單純的信仰—這裏面只有三個大字：一個是愛，一個是自由，一個是美。他夢想這一個理想的條件能夠會合在一個人生裏。他的一生歷史，只是他追求這個單純信仰實現的歷史』

（二）真詩人人格的表現　這標題也許空泛了些，但我下的『詩人人格定義是很簡單的，第一，詩人宜具熱情，第二，詩人宜有寬大的度量。

熱情爲人類事業之原動力。『世上從沒有一樁大業的成功，不需熱情』黑格爾 Hegel 的話豈不可信嗎？至於文藝的創作，若缺乏熱情，便如煅鐵成鋼時缺乏火力。亞里斯多德說『要我哭你先得自己哭』司蒂文生(Stevenson)以『白熱』比作者之感情。此外還有許多名言，暫時不引。總之，凡是詩人，無不是熱情的化身，而徐志摩更是熱情化身之化身。熱情最具體的表現，是關於兩性的情愛。徐氏集中戀歌特多，所以有人說批評它爲『情慾的詩歌具爛熟頹廢的氣息』說『情慾』，我們還相對地承認，至於『頹廢』二字加之作者的作品真是風馬牛不相及了。作者對於戀愛，並不單純地受着肉慾的驅使，如佛洛伊德所謂 Libido 的『昇華作用』。其實他所蘄求的，就是由戀愛所得到的靈感，以達於精神上最圓滿的境界。直言之戀愛是他的手段，靈感的得到，是他的目的。他有一首删去了的『默境』，帶着他的女友去遊西山，有句道：『我友！知否你好自—漆黑的圓睛—放射的神輝，照徹了我靈府的奧隱，恍如昏夜行旅，驟得了明燈，剎那間周遭轉換，湧現了無量數理想的樓台，更不見墓園的風色，更不聞衰冬喟吁，但見玫瑰叢中，青春的舞踏與歡容，只聞歌頌青春的諧樂與歡悰：——』他要求『愛』引導他達到那最高的境界，所以又說『輕捷的步履，你永向前領，歡樂的光明，你永向前引：我是個崇拜青春，歡樂與光明的靈魂』在愛的靈感一首裏作者表示得更爲明白。雖然這首詩是爲一個單相思着胡適的女郎作的。

那天愛的結打上我的
心頭，我就望見死，那個
美麗的永恆的世界；死
我甘願的投向，因爲它
是光明與自由的誕生。
從此我輕視我的軀體，
更不計較今世的浮榮，
我祗企望着更縣延的

時間來收容我的呼吸
燦爛的星做我的眼睛，
我的髮絲，那般的晶瑩，
是紛披在天外的雲霞
博大的風在我的腋下
胸前眉宇間盤旋，波濤
冲洗我的脛踝每一個
激盪湧出光豔的神明！
再有電火做我的思想，
天邊掣起，蛟龍的交舞，
雷震我的聲音驀地裏
叫醒了春，叫醒了生命。
無可思量，呵，無可比况，

這愛的靈感，愛的力量！
正如旭日的威稜掃蕩
田野的迷霧愛的來臨
也不容平凡，卑瑣以及
一切的庸俗侵佔心靈
它那原來靑爽的平陽。

我們萬不能相信一個鄉下不識之無的女郎能有這樣的高深的思想，能說出這樣富有文學意味的話，作者不過在借他人酒杯澆自已壘塊吧。

我們的詩人永遠像春光，火燄，愛情。永遠是熱，是一團燃燒似的熱。他燃燒自已的詩歌發出金色的神異的光，燃燒中國人的心，從冰冷轉到溫暖如一陣和風一片陽光融解北極高峯的冰雪，但是可憐的是最後燃燒了他自已的形體，竟如他所說的像一支夜蝶飛出天外在星的烈燄裏變了灰！

再我要說他心胸是如何博大。新文學界謾罵之風前已略述。惡風蔓延比虎力拉百斯篤還要來得快，不受傳染者甚少。但徐志摩則始終保着他博大的同情，卽受人之無理謾罵亦不肯回罵。在他作品中尤處處有此人格之反映。胡適說『志摩所以能使朋友這樣哀念他，只因爲他爲人整個的只是一團同情心，只是一團愛。葉公超先生說「他對於任何人任何事從來未曾有過絕對的怨恨，甚至無意中都沒有表示過一些憎嫉的神氣。」陳通伯先生說「尤其朋友裏缺不了他，他是我們的連索，他是黏着性的，發酵性的。」在這七八年中國內文藝界裏，起了不少的風波，吵了不少的架，許多很熟的朋友，往往弄得不能見面，但我沒有聽見有人怨恨過志摩。誰也不能抵抗志摩的同情心，誰也不能避開他的黏着性，他總是和事老，他總是朋友間的連索，他從沒有疑心，他從不會妒忌，他的無窮的同情，使我們這些多疑善妒的人們十分慚愧又十分羨慕。』林徽音道『我們丟掉的不止一個朋友，一個詩人，我們丟掉的是個極難得的可愛的人格。』陶孟和說『濟南號的出險，結束了一個美麗的可愛的靈魂，但我們覺得我們生命上發見了不可彌補的真空，而這卑汚世界中消失了一個高貴的人格』鄭振鐸也說道『我不僅爲友情而悼我失去一位最懇摯的朋友，也爲這個當前大時代而悼她失去一個心胸最廣而且最有希望的詩人」

批評的話差不多都說完了，讓我再安上一個尾聲

新詩在現在當然說不上完全成功。但我們早說過一種偉大文學決不是短促時期裏所能成熟，新詩的黃金時代也許在五十年一百年之後，現在不過是江河的『濫觴』罷了。然而這個濫觴也值得我們珍愛，因爲其中有我們可愛的天才徐志摩。

好像詞，兩宋是成就期，五代不過是權輿期，五代許多詞人都受時間淘汰而至於消滅或不大爲人注意，而李後主却巍然特出足與周黃蘇辛爭耀。王國維說『詞至後主，眼界遂大，感慨遂深，遂變伶人之詞爲士大夫之詞』李後主爲詞的劃分時代的界綫，徐志摩是新詩的奠基石，他在新詩界像後主在詞界一樣佔着重要的地位，一樣的不朽！

第七章　聞一多的詩

『天才是一分神來九十九分汗下』愛狄生這句話用在文藝上也極確當。我們熟聞『吟安一個字撚斷數莖鬚』『吟成五字句用破一生心』等語；我們知道薛道衡登吟榻構思，聞人聲便怒，陳后山作詩，家人爲逐去猫犬嬰兒都寄別家的故事；甚至那些禿盡眉毛

的，踏翻醋甕的，鑽入深草的，爬上樹杪的種種笑話。這無怪乎他們的詩句是那樣精金似的光澤，水晶似的透明呀！無怪乎他們的技巧是那樣『美人細意熨貼平裁縫滅針綫迹』的渾然天成呀！那有高深精美的創作不由慘澹經營而就呢。

在文學革命的過渡時代，舊的聲調格律完全打破了，新的還沒有建設起來，於是什麼鹵莽毀裂的現象都出來了。我們只見新詩壇年年月月出青年詩人，我們只見新詩一集一集粗製濫造出來，比雨後春筍還要茂盛。許多讀者對新詩失望，這原是不足爲奇的事。

這裏有一位抱着杜甫『語不驚人死不休』和『頗學陰和苦用心』作他新詩的詩人，使讀者改變以前輕視新詩意見，便是聞一多。

徐志摩初期的作品，有時爲過於繁富的詞藻所累，使詩的形式缺少一種『明淨』的風光，有時也爲作者那抑制不住的熱情——所謂初期洶湧性——所累，使詩的內容略欠一種嚴肅的氣分，但聞一多的作品便沒有這些毛病。徐氏詩的體裁極爲繁複作風也多變化，清麗如問誰，鄉村裏的音籟；凄豔如朝霧裏的小草花，在山道旁；秀媚如她是睡着了；腴潤如沙揚那拉；瑰奇如多謝天我的心又一度跳盪，五老峯；豪放如這是個懦怯的世界，破廟；粗莽如灰色的人生•……但除此以外，他還有一種樸素的，淡遠的，剛勁的，崇高的作品。這些作品不做修飾全是眞性情的流露，不必做作，全是元氣的自在流行，不講章句法，全似流水似的行乎其所不得不行，止乎其所不得不止。像爲要尋一顆明星，落葉小唱，卡爾佛里，一條金色的光痕……至於後來的翡冷翠的一夜和猛虎集則十分之七都如此了。前者尙有蹊徑可尋，後者則高不可攀了。前者雖然蛻脫了舊詩詞的聲色和形體我們到底還同它們有些面熟，好像在兒子臉上依稀認出祖父的聲音笑貌一般，後者則完全以另一面目出現了。

聞一多的作品便和徐氏這一派有些相近，我們對於它們是陌生的，讀到它們時有乍遇素昧平生的客人不知不覺將放肆姿態斂起而肅然起敬的感覺。

聞氏第一部詩集紅燭便表現了一個『精鍊』的作風，他的氣魄雄渾似郭沫若而不似他的直率顯露；意趣幽深似兪平伯而不似他的曖昧掩沓；風致秀媚似冰心女士而不似她的腼腆濕柔。他的每首詩看出都是用異常的氣力做成的，這種用氣力做詩，成爲新詩的趨向。後來他的死水更朝着這趨向走，詩刊派的同人也都朝着這趨向走。

我們現在要論他詩的特色，我以爲有以下幾項：——

（一）完全是本色的　新詩初起時以模倣西洋詩爲能事，郭沫若的作品，不但運用西洋典故，竟致行行嵌用西洋文字，流末所至使新文學成爲中西合璧之怪物，聞氏於此事非常反對。他批評女神先論當時新詩人迷信西洋詩之害，最後他說『但是我從頭到今，對於新詩的意義似乎有些不同。我以爲新詩逕直是新的。不但新於中國固有的詩，而且新於西洋固有的詩；換言之，他不要做純粹的本地詩，但還要保存本地的色彩，他不要做純粹的外洋詩，還要儘量地吸收外洋詩的長處；他要做成中西藝術結婚後產生的甯馨兒』

他最要緊的主張是教新詩人不要忘記我們的『今時』和我們的『此地』。他的作品便切切實實履行這個條件。我們不信來看吧！他的劍匣鑲嵌的是白面美髯的太乙，雷紋扁嵌的香爐，瑪瑙雕成的梵像，彈着單絃古瑟的盲子；又有盤龍，對鳳，天馬，辟邪，芝草，玉蓮，萬字，雙勝等等圖案；他的寶劍的功用，不學李廣的射虎，李白的舉杯消愁愁更愁的抽刀斷水，漢高祖的斫白蛇，殺死無數人而又自刎烏江的楚霸王。……他生在藝術的鳳闕裏便似垂裳而治的大舜皇帝。（劍匣）枯瘦榆枝印在魚鱗的天上像僧懷素鐵畫銀鈎的狂草塗滿一頁淡藍的朶雲箋（春之首草）小小輕圓的詩句是些當一的制錢（詩債）紅荷是太華玉井的神裔（紅荷之魂）明星是天仙的玉唾，是鮫人泣出的明珠，（太平洋舟中見一明星）幸福的朱扉守者是金甲紫面的門神，壯閣的飛簷像隻大鵬翅子而有卍字格的窗櫺，（我是個流囚）紗燈帶着珠箔銀條（寄懷實秋）相思的關卡插着紅旗子，嬝嬝的篆煙又是淡寫相思的古麗文章……不過紅燭裏還偶爾有『維納司』『波希米亞』『Shylock』『notre dame』『Fra Angelico』『La Boêhme』等字樣，至死水則完全看不到了。

他有個東方的靈魂，天然憎惡歐美的物質文明，所以對於他們的文藝也不像別人那樣盲目的崇拜，不管好壞只管往自己屋裏拉。有時候他覺得『東方文化是絕對地美的，是韻雅的』。『東方的文化是人類所有的最徹底的文化，我們不要被叫囂獷野的西人嚇倒了。』在憶菊裏他更大發讚美祖國的熱忱，『莊嚴燦爛的祖國』『如花的祖國』，都在詩人筆底湧現。他之反對西洋色彩豈不是自然的事嗎？照我個人的意見，一國文字無用外來文字應當慎重考慮，至於外來典故術語，等等，可救固有文字之窘乏，只有歡迎決無反對之理。好像印度文化入中國後文藝也起變化，現在有許多言語便是從佛典上來的，前已略論。卽如聞氏所用『罡風』『天堂』『地獄』也不是六經上找得出的名詞，難道可以因爲它們入中國較早便用之不疑嗎？又如詩債之 Shylock 也極好，這種充類至盡的盤剝重利者中國是沒有的，要用只好向莎氏樂府去借了。若嫌 Shylock 是西字，則可改用譯音『歇洛克』。其他西洋文字或譯音，或譯義而附註其原文並無不可。

（二）字句鍛鍊的精工　作風精鍊無不由字句用法和構造講求而來。別人拿到一塊材料隨意安排一下便成功了一件作品；精鍊作家則須放在爐中鍛鍊，取到砧上鎚敲，務使一個個的字都閃出異光，一句句的話都發出音樂似的響喨，這才肯罷手。別人因爲泥像容易塑，都去塑泥像，並且往往只揑個粗胚了事；精鍊作家則偏去雕刻雲母石像，揮斧，揮斧，碎石隨着火花紛飛，先成了一個粗陋的模型，慢慢磨琢，然後從藝術家辛苦的勞力堅貞的思想裏產了一個儀態萬方的美人。

（1）字法　『這樣肥飽的鶉聲』之肥飽二字『一夏的榮華被一秋的饑風掃盡了』之饑字，『萑泥到處黏人鞋底』之黏字，『路燈也一齊偷了殘霞』之偷字，『他從皺緊的齒縫裏泌出聲音來』之泌字，『在方才淌進的月光』之淌字，『好容易孕了一個苞子』之孕字，『綠紗窗裏篩出的琴聲』之篩字。

（2）句法　『高步遠蹠的命運』，『月兒將銀潮密密地酌着』，『神祕的生命在綠嫩的樹皮裏澎漲着，』『一氣酣綠裏忽露出一角漢紋式的小紅橋真紅得快叫出來了，』『天是一個無涯的祕密一幅藍色的謎語，』『遊到被秋雨踢倒了的一堆爛紙似的雞冠花上，』『卍字格的窗欞裏瀉出醺人的燈光黃酒一般的釅，』『和平蜷伏在人人心裏，』『北京城裏底官柳裏上一身秋了罷』。

（三）無生物的生命他　聞氏做詩慣用譬喻，而尤喜將沒有生命的東西賦之以生命。這樣作法，中國舊詩人惟蘇軾擅長。孩子的眼睛看宇宙一切都是活的，有情感的，詩人也是小孩子常把非人之物加以『人格化』Personification或使它活起來 To animate 。聞氏詩如『幾朵浮雲仗着雷雨的勢力，把一天底星月都掃盡了。一陣狂風還喊來要捉那輭弱的樹枝，樹枝拚命地扭來扭去，但是無法躱避風的爪子。』『兇狠的風聲，悲酸的雨聲』『風聲還在樹裏呻吟着，淚痕滿面的曙天白得可怕』（雨夜）高視闊步的風霜蹂躪世界，森林裏抖顫的衆生戰鬭多時（雪）可是磕睡像隻秋燕，在我睛簾前掠了一週，忽地翻身飛去了，不知幾時才能囘來呢？（睡者）『太陽辛苦了一天，賺得一個平安的黃昏，喜得滿面通紅，一氣直往山窪裏狂奔。』單剩那墳水池不怕驚破了別家底酣夢，依然活潑潑地高呼狂笑獨自玩耍。』（黃昏）『一雙棗樹影子像堆大蛇，横七竪八地睡滿了牆下』屋角底淒風悠悠嘆了一聲，驚醒了懶蛇滾了幾滾；月色白得可怕，許是惱了？張着大嘴的窗子又像笑了！』（美與愛）你看；又是一個新年，——好可怕的新年——張着牙戟齒鋸的大嘴招呼你上前；你退既不能，進又白白地往死嘴裏攢（十一年一月二日作）『東風苦勸執拗的蒲根將才睡醒的芽兒放了出來。春雨過了，芽兒剛抽到寸長，又被池水偷着呑去了』『丁香枝上豆大的蓓蕾，包滿了包不住的生意，呆呆地望着寥闊的天宇，盤算他明日的榮華，彷彿一個出神的詩人，在空中編織未成的詩句』。（春之首草（『陰風底的冷爪子剛扒過餓柳的枯髮，又將池裏的燈影兒扭成幾道金蛇。帖在山腰下佝僂可怕的老柏，拏着黑瘦的拳頭硬和太空挑釁。失睡的蛙們此刻應該有些倦意了，但依舊努力地叫着水國的軍歌』—（初夏一夜底印象）『一個遲笨的晴朝，比年還現長得多。像條嬾洋洋的凍蛇，從我的窗前爬過。』—『傲霜的老健的榆樹，伸出一隻粗胳膊，拏在窗前底日光裏翻金弄綠，不奈樂何。』—（晴朝）『成了年的標樹，向西風抱怨了一夜，終於得了自由，紅着乾燥的臉兒，笑嬉嬉地辭了故枝』（秋色）『秋在對面嵌白框窗子的，金字塔似的木板房子檐下，抱着香黃色的破頭帕，追想春夏已逝的榮華，想的傷心時，颯颯地灑下幾點黃金淚。』—（秋深了）鉛灰色的樹影，是一長篇的惡夢，橫壓在昏睡着的小溪底胸膛上。山溪掙扎着，掙扎着，……似乎毫無一點影響。

（四）意致的幽窈深細　這是作者特具的優點。他所以常喜用象徵的筆法，紅燭裏如劍匣，如西岸，已經不大好懂。死水則更能以簡短的詩句，寫深奧的意思。避去笨重的描寫，技術更爲超卓。紅豆篇四十二首都以小詩組成。有許多極細膩極深刻的寫法『比方有一屑月光，偷來匍匐在你枕上，刺着你的倦眼，撩得你鎮夜睡不着，你討厭他不？那麼這樣便是相思了？』—（五）相思是不作聲的蚊子，偷偷地齩了一口，陡然痛了一下，以後便是一陣底奇癢』（六）『我的心是個沒有設防的空城，半夜裏忽被相思襲擊了，我的心旌只是一片倒降；我只盼望——他恣情屠燒一回就去了；誰知他竟永遠佔據着，建設起宮殿來了呢？』（七）又如『死』失敗，詩債，別後，玄思都是極好的篇章，是以表現作者幽窈深細的風格。

紅燭是一九二三年出版的，死水則一九二八年。五年的短時期內，技藝顯着了驚人的進步，譬如說紅燭注意聲色，死水則極其淡遠；紅燭尚有錘鍊的痕迹，死水則到了爐火純青之候；紅燭大部分爲自由詩，死水則都是嚴密結構的體製；紅燭十九可以懂，死水則幾乎全部難懂。這真是一個大改變，一個神奇的改變，我幾不信，一部詩集是出於一詩人之手。

作者是一個畫家，對色彩有敏銳的感覺，和深切的愛好。他有一首色彩說『生命是張沒有價值的白紙，自從綠給了我發展，紅給了我情熱，黃教我以忠義，藍教我以高潔，粉紅賜我以希望，灰白贈我以悲哀；再完成這幅彩圖，黑還要加我以死。——從此以後我便溺愛於我的生命，因爲我愛他的色彩。』而在芝加哥潔閣森公園裏寫的一首秋色，顏色之絢爛鮮明竟使人目光為之眩耀。他收局說『哦我要請天孫織件錦袍，給我穿着你的色彩！我要從葡萄，橘子，膏粱……裏，把你榨出來，喝着你的色彩！我要借義山濟慈底詩唱着你的色彩！在蒲寄尼的 La Boêhme 裏，在七寶燒的博山爐裏，我還要聽着你的色彩，嗅着你的色彩！——哦！我要過個色彩的生活，和這斑斕的秋樹一般！』紅燭的全部都反映着調和的顏色，而死水却是樸素的，淡雅的，不着一毫色相。讀了紅燭又讀死水，好像捲起大李將軍金碧輝煌的山水，展開了倪雲林淡墨小品，神思為之灑然！

但死水的淡並不是淡而無味的淡，紅燭的色現在表面，死水却收斂到裏面去了。王厚齋謂『蘇子由評文輒云不帶聲色』，何義門說『不帶聲色則有得於經矣』。姚永概又從而論之道：『此言有得有失，須善參之。如唐書論韓俆之文，如太羹玄酒有典則而薄於味。竊謂經者道之腴也，其味無窮，何止但有典則。矧經亦自有極其聲色者在也。蘇東坡評韓柳詩……所貴乎枯澹者謂其外枯而中膏，似澹而實美。……若中邊皆枯澹亦何足道？佛云如人食蜜，中邊皆甜。人食五味，知其甘苦者皆是，能分別其中邊者百無一二也。據此則陶柳之詩其平澹處，且非真枯，而況六經哉？』讀死水當作如是觀。

紅燭字句的鍛鍊法，死水不能忘情時也偶爾運用一二，如次寫寫在他臉上之寫字，芭蕉的綠舌舐着玻璃窗之舐字，一掬溫柔，幾朵吻，幾炷笑之掬字，朵字，炷字。『黃昏裏織滿了蝙蝠的翅膀』『還有珊瑚色的一串心跳』『甚至熱情開出淚花』『春光從一張張綠葉上爬過』『靜夜來鐘擺搖來一片閒適』，『落葉像敗陣紛逃，暗影在窗前睥睨』『黃昏排着恐怖，直向她進逼』，『這燈光漂白了的四壁』，『你看太陽像眠後的春蠶一樣，鎮日吐不盡黃絲似的光芒』等句法。然而與全部詩歌相比則不啻百分之一的比例了。死水字句都矜鍊，然而不教你看出他的用力處。這是藝術不易企及的最高的境界。叔其子論文有之『以字攝句，以句攝篇，意以不盡爲奇，詞以不費爲貴，氣以不馳爲上。讀者但見其淵然之色，蒼然之光，而無條暢快利之形，如高山深淵回互起伏，觀者意有虎豹龍蛇穴其中，而特未之見，乃所以爲貴也』這叚話對死水可謂天造地設的評語。至於『體裁』，『可懂性』的問題，比較不重要可以不論。總而言之，聞氏有奇蹟長詩一首發表於新月詩刊創刊號。他說：

我要的本不是火齊的紅，或半夜裏
桃花潭水的黑，也不是琵琶的幽怨，
薔薇的香；我不曾眞心愛過文豹的矜嚴，
我要的婉孌也不是任何白鴿所有的。
我要的本不是這些，而是這些的結晶，
比這一切更神奇得萬倍的一個奇蹟！

紅燭的美好像就是火齊的紅等等，而死水則是這些結晶了。作者要求的『奇蹟』，在死水裏是尋到了。然而這又談何容易呵。經過了雷劈，火山的燒，全地獄的罡風亂撲，他才攀登帝庭在半啓的金扉後看見一個頭戴圓光的『你』出現！假如沒有作者那樣對藝術的忠心，奇蹟決不會臨到他的。

你見我滿口讚美死水，而批評的話還沒有紅燭的多，這使你懷疑不是？但是，朋友，告訴你，最高深的思想是不落言詮的，最精妙的藝術也超過了言語文字解釋的能力。羚羊掛角在枳枝，你偏滿雪地裏尋它脚迹，豈不是太笨？世尊在靈山會上拈花示衆，是時衆皆默然，惟迦葉尊者破顏微笑。你這樣去讀死水，你的態度才對了！

聞一多的紅燭出版後竟沒有引起新詩壇如何的注意，到於今我們幾乎忘了他有這部處女作了。死水也在差不多的寂寞的形况之下產生，存在。新文藝讀者眼光之遲鈍，欣賞力之薄弱，直到了不可原諒的程度。但是精神貴族的詩人感情思想都是『明日』的，藝術也是『明日』的。對於只知道『昨日』『今日』的庸衆，兩者間原保存着若干距離。勃來爾百年之後作品始爲人賞識，斯文堡，白朗吟易卜生前半生都碌碌無聞風塵潦倒。聞氏之不爲人所知，正吾人意中事。

我又覺得現代中國讀者譽賞一個人的作品不是直接而是間接的。直言之，就是他們不能以自己的心靈印證作品的好處，却像買物一般要看廣告。這做廣告的義務，作家自己擔任也可，像某新劇家評注自作劇本某筆是『伏線』，某段是『接筍』，某句是『神來之筆』，某語是『頰上添毫』讀者只有加倍的點頭敬服，決不會笑你。假如你想避一點嫌疑則最好由朋友來捧場，過幾天我再捧他，像蕭伯訥說的並開衣店交換洗衣，你洗我的，我洗你的，那也未常不風雅。要是你這人還有點『紳士臭架子』不願自己叫喊，又不願朋友替叫喊，那你就得倒霉，你得忍耐地接受命運冷酷的賜予！

易卜生在一八七一年曾說『我不願把自已的衣服爲街頭之泥所汚，我要穿了佳郎的新衣，以待將來之到。』詩人呵！穿着你那天孫織就的錦袍，佩着你那陸離光怪的寶劍以待那光榮偉大的「將來」之來臨吧！

第八章　朱湘和其他詩刊派詩人

詩刊派詩人除徐志摩聞一多以外還有朱湘，孫大雨，饒孟侃，陳夢家，方瑋德等，但除朱湘，陳夢家專集容易徵求外，其餘均是雜誌上的斷鱗隻爪，所以只好先論朱湘，別人俟有機會時再說。

在詩刊派詩人中朱湘也是比較成功的一個，他在一九二二年發表夏天，那是一本極薄的詩集，裏面很缺少成熟的作品。一九二七出版草莽集，其中作品，雖不及徐志摩天才之橫恣，也不如聞一多風格之深沈，但其技巧之熟鍊，表現之細膩，丰神之秀麗，氣韻之嫺雅，也可以算得一部不平凡的詩集了。大約朱詩之長處：

第一・善於融化舊詩詞的文詞，格調，意思，使爲我用。這一點很像北宋詞人中之周邦彥。劉濳夫說『美成頗偷古句』，陳質齋說『美成詞多用唐人詩語櫽括入律渾然天成』張叔夏說『美成負一代詞名，所作之詞渾厚和雅，善於融化詩句』英國喬治隆George Loane文學小字典有論剽竊(Plagiarism)一段說彌爾頓曾說過「文人間的借用並無不可，但如借用者不能運用得更好，卽爲剽竊」，又說絕少人像格萊那樣繼續的巧妙的偷，他的詩多是些鑲嵌工作，用前詩人的碎片湊成的。有的見他創作的那樣寫成以爲受了欺騙，有的人見舊識珍寶裝在新的座盤上，反感到一種特別愉快。』——周作人看雲集

所以偷呀，剽竊呀，都不要緊，只看他能否融化，能否把我們舊識的珍寶裝上新的座盤。朱湘有一首落日其末段道：

蒼涼呀，大漠的落日，
筆直的煙，連着雲
人死了戰馬悲鳴
北風起驅走着砂石。

這幾句詩是用王維『大漠孤煙直，長沙落日圓』漢樂府『梟騎格鬥死，努馬徘徊鳴』岑參的『輪台九月風夜吼，一川碎石大如斗，隨風滿地石亂走』但自有一種新的意境。

熱情『我們發出流星的白羽箭，射死醜的蟾蜍，惡的天狗，我們揮彗星的篠帚掃除，拏南箕撮去一切汚朽……』『我們把九個太陽都掛起，我們拏北斗酌天河的水』這都使我們恍惚想到楚詞九歌的『靑雲衣兮白雲裳，舉長矢兮射天狼，操余弧兮反淪降，援

北斗兮酌桂漿」詩經「維南有箕，不可以簸揚，維北有斗，不可以挹酒漿」以及盧仝月蝕詩中的一切。不過比落日那樣直抄法已有變化了。——以上屬於文詞的方面。

催粧曲「畫眉在杏枝上歌，畫眉人不起是因何？遠峯尖滴着新黛，正好蘸來描畫雙蛾……起呀！趁草際珠垂，春鶯兒銜了額黃歸」采蓮曲「日落，微波，金絲閃動過小河……溪間，采蓮，水珠滑過荷錢……」都像舊詞的調子，昭君出塞，「琵琶呀伴我的琵琶，記得當初被選入京華，常對着南天悲吒；那知道於今去朝遠嫁，望昭陽又是天涯」又像舊曲的調子。——以上屬於調的方面。

曉朝曲的莊嚴典重雍容華貴的氣象，全從唐人早朝詩套來。還鄉寫一個軍人久戰還家，父死妻亡，母亦哭泣盲目，情景甚爲可慘，但大半從豳風東山脫化而出，不過反用之罷了。情歌分春夏秋冬四段敍述，用六朝子夜四時歌，及齊梁間詩人的十索十憶的意思——以上屬於意的方面。

第二·音節的調協。詩刊派詩人對於音節和體製一樣的看重，朱湘也是極力主張新詩是可以歌唱的一個人。聽說有所謂讀詩會者便是由他發起的。他有一首搖籃歌是唱給孩子臨睡時聽的。在某個文藝會上，我曾親聆作者誦之。其音節温柔幽靜，飄忽輕揚，有說不出的甜美與和諧，聽衆的靈魂在那富有彈力的音調上輕輕簸搖着也恍恍惚惚要飛入夢鄉了。誦完之後，大家才從催眠狀態中遽然醒來，甚有打呵欠者其音節之魅人力可想而知。又採蓮曲聽說也預備在一個集會中由作者讀唱，雖然我再沒有那樣耳福了。但觀全曲音節宛轉抑揚，極盡嘽緩之美。誦之恍如置身蓮渚之間，菡萏如火，綠波盪漾，無數妙齡女郎划小艇於花間，白衣與翠蓋紅裳相映，婀娜之歌聲與伊鴉之畫槳相間而爲節奏。這種優美幽閒的古代東方式的生活與情調真使現代的我們神往呵！又曉朝曲用東陽韻，黃鐘大呂，氣象堂皇，與典重的內容相稱。

第三．長詩創作的試驗。詩刊派詩人除體製音節二端之外，又注意長詩的創作試驗。如聞一多李白之死，徐志摩愛的靈感等，朱湘則有貓誥與王嬌。

貓誥借父子二貓談話，寫出一篇滑稽文字。此詩別無何等深刻的寓意，也不含何等教訓，只是純粹的『游戲文章』或者有人要批評這種文字沒有什麼意義，但周作人曾引 De Quincey 之說『有意思的話各人都講得出，沒有意思的話却只有具有異常才能的人才能講呢。』中國文學大都只知道拉長臉子說正經話，對游戲精神排斥不遺餘力。韓愈做了一篇毛穎傳，柳宗元便不以爲然，無怪中國文學之不如西洋富有諧趣了。貓詰是作者童心來復時的作品，除文筆活潑之外，更富有機智，風趣，而且二句一換韻，音節異常輕快，更增滑稽意味。

又有許多觸景生情，涉筆成趣的插筆。如老貓正在訓話之際忽聞鼠聲立卽跳去捉住吞下，訓子道『孔子雖曾三月不知肉味，佛雖言殺生於人道有悖，但是西方的科學在最近，證明了肉質富有維他命』又說『我們於人類這般有功勞，不料廣東人居然會喫貓……所以我主人如去廣東，那時候你切記着要罷工』『維他命』『罷工』都是我們常說的口頭禪，這樣用來，不愁不會令讀者發笑。後段老貓和它兒子到廚房喫飯，來了一隻狗將魚飯奪去，老貓尙有誡子的妙語道『有一句話終身受用不竭，便是老子說的大勇若怯！』

王嬌見於明代稗官，今古奇觀有王嬌鸞百年長恨一則便是演的這故事。朱氏又把它化爲長篇敍字詩，全詩共長七千四五百字，比康白情廬山紀遊尤長，而且紀遊乃是許多斷片湊合而成，王嬌則是整個的；紀遊爲無韻的自由詩，王嬌則爲有韻的長篇；紀遊拉雜紀途中見聞不成系統，王嬌則寫一故事，首尾秩然。它的結構上當然比康作難多了。

原來故事的間架由詩人的想像加以改變，把不相干的情節刪去，而人物心理方面則又添出許多瑣碎細微的描寫。不但使幾百年的殭尸復活，而且使它變爲一個具有現代人靈性的亭亭美人呢。如寫王嬌父親鰥居時對亡妻追念的幾段，和春香引周生進房，王嬌大怒將鴉頭嚴加申斥，鴉頭回答的一段也寫得曲折傳神極有趣味。長詩若平平敍去，每苦枯燥，故必用色澤渲染，以期生色。如孔雀東南飛及杜甫北征均有幾段描寫。但那些描寫，乃是隨手插入，與全詩結構無關，而王嬌則爲有機的。此必受過西洋文學影響，始能臻此。

第六節周公子別王嬌回家，竟一去不返。嬌使孫虎前往探視。則周已負心別娶，這是悲劇的頂點 Climax 空氣極爲緊張，所以用不分行的詩句來寫，共三百十二行，三千一百二十字。爲畫家『大落墨法』氣勢雄厚之極。

但朱湘藝術最高的作品，爲有一座墳墓，葬我，雉夜啼，夢，序詩，若全如此，則草莽集的價値和死水是相同的了。

陳夢家新月詩選論及孫大雨說「十四行詩（Sonnet）是格律最謹嚴的詩體，在節奏上它需求韻節在鍵鎖的關聯中最密切的接合；就是意義上也必須遵守合律的進展，孫大雨的三首商籟體給我們對於試寫商籟增加了成功的指望，因爲他從運用外國的格律上得着操縱裕如的證明。」我現在引孫氏一首商籟題爲老話的：

自從我披了一襲靑雲憑靠在
渺茫間，頭戴一頂光華的軒冕，
四下裏拜伏着千峯默默的層巒，
不知經過了多少年，你們這下界
才開始在我底脚下盤旋往來——
自從那時候我便在這地角天邊
醮着日夜的顏波，襟角當花箋
起草造化底典墳，生命的記載
（登記你們萬衆人童年底破曉，

少壯底有爲，直到成功而歌舞；
也登記失望怎樣推出了陰雲，
痛苦便下一陣秋霖來嘲弄：）到今朝
其餘的記載都已經逐漸模糊，
只賸星斗滿天還記着戀愛的光明。

商籟體是最不易作的，作者帶着脚鐐跳舞，能彀舞到這樣自由自在，真教人喫驚了。我又愛他弔徐志摩的一首小詩名爲招魂的

你去了，你去了，志摩，
一天的濃霧
掩護着你向那邊
月明和星子中間
一去不再來的莽莽的長途。

✶ ✶

沒有，沒有去，我見你
在風前氷裏
披着淡淡的朝陽
跨着浮雲的車輛，
倏然的顯現，又倏然的隱避。

*　　*

快回來，百萬顆燦爛
點着那深藍
那去處闊得可怕
那兒的冷風太大
一片沈死的靜默你過得慣？

這兩首詩雖然受過很深的西洋文化但讀了它，又恍惚想起楚辭中那些觀念。第二首尤似招魂和大招，足見我們的詩人怎樣具着一個中國的靈魂了。他又有一千行長詩名爲

『自己的寫照』據陳氏評『是一首精心結構的驚人的長詩，是最近新詩中一件可以紀念的創造。他有闊大的概念從整個的紐約城中的嚴密深切的觀感中，托出一個現代人錯綜的意識。新的詞藻，新的想像，與那雄渾的氣魄都是給人驚訝的。』

介乎朱孫之間的爲饒孟侃。陳氏稱其『同樣—指聞一多—以不苟且的態度在技巧上嚴密推敲，而以單純意象寫出淸淡的詩。』又稱其『澄淸如水，印着淸靈的雲天』試看他的呼喚

有一次我在白楊林中，
聽到親切的一聲呼喚；
那時月光正望着翁仲
翁仲正望着我看。
再聽不到呼喚的聲音，
我吃了一驚，四面尋找；
翁仲祇是對月光出神

月光祇對我冷笑。

陳夢家與方瑋德乃是詩刊派後起之秀，也可以說直承徐聞道統的新詩人。陳有夢家詩集一九三一年出版，其中佳作甚多。陳曾自道作詩宗旨云『我們歡喜「醇延」與「純粹」。我們以爲寫詩在各樣藝術中不是件最可輕易製作的，他有規範，像一匹馬用得着韁繩和鞍轡，儘管也有靈感在一瞬間挑撥詩人的心，如像風不經意在一支蘆管裏透出諧和的樂音，那不是常常想望得到的』……『醇正與純粹是作品最低限的要求，那精神的反映，有賴匠人神工的創造，那是他靈魂的移傳。在他的工程中，得要安詳的思索，想像的完全，是思想或情感淸濾的過程。』『……所以詩也要把最妥貼最調適最不可少的字句安放在所應安放的地位：它的聲調，甚或它的空氣，也要與詩的情緒相默契。』又說『主張本質的醇正，技巧的周密，和格律的謹嚴，差不多是我們一致的方向……態度的嚴正又是我們共同的信心。』這些話都算得詩刊派的每個詩人思想的代表。陳氏有夢家詩集一九三一年出版。包含詩約五十首。首首都是醇正純粹之作。現引雁子一首爲例：

我愛秋天的雁子

終夜不知疲乏，
（像是囑咐像是答應）
一邊叫，一邊飛遠。

從來不問她的謌
留在那片雲上？
祇管唱過，祇管飛揚，
黑的天輕的翅膀

我情願是隻雁子，
一切都使忘記——
當我提起當，當我想到：
不是恨，不是歡喜。

方瑋德的詩現在似尚無專集。陳氏說他的詩「又輕活，又靈巧，又是那麼不容易捉摸的神奇。「幽子」「海上的聲音」皆有他特殊的風格，緊迫的搥煉中却顯出溫柔。」好，我們就來看他的幽子罷。

每到夜晚我躺在牀上，
一道天河在夢中裏流過，
河裏有船，船上有燈光
我向船夫呼喚：
『快搖幽子渡河』
天亮我睜開兩隻眼睛，
太陽早爬起比樹頂高，
老狄打開門催我起身，
我向自己發笑：

『幽子不來也好。』

陳方又有悔與罔長詩各一首。數年前曾印爲單行本，傳誦一時。兩詩熱情噴薄，筆勢迴旋，有一氣呵成之妙，也算得新詩中有數傑作。

方全孺和林徽音是兩個女詩人。方詩甚少，不易批評。林有笑一首，用筆極其細膩精緻，不愧女詩人的作品。

笑的是她的眼睛，口唇，
和唇邊渾圓的漩渦。
艷麗如同露珠
朵朵的笑向：
貝齒的閃光裏躲。
那是笑——神的笑，美的笑：
水的映影，風的輕語。

笑的是她惺鬆的鬈髮，
散亂的挨着她耳朵。
輕軟如同花影，
癢癢的甜密
湧進了你的心窩。
那是笑——詩的笑，畫的笑：
雲的留痕，浪的柔波。

沈從文乃小說家，但他的詩獨抒性靈，每有未經人道語。頌，是用著野蠻人的天真，放肆對女人肉體的渴望和讚美。真是一首撲實無華的好詩。又無題

妹子，你的一雙眼睛能使人快樂，
我的心依戀在你身邊，比羊在看羊的
女人身邊還要老實。

白白臉上流着汗水，我是走路倦了的人，

你是那有綠的枝葉的路槐，可以讓我歇憩。

我如一張離了枝頭日晒風吹的葉子，半死，

但是你嘴唇可以使它潤澤，還有你頸顙同額。

讀了這些詩，令人想到舊約裏面雅歌的風格。作者不解西洋文字，而文筆之歐化却罕有比倫，其特殊天才真教人驚羡。

還有卞之琳，梁鎮，俞大綱，沈祖牟，及已故詩人楊子惠，朱大枏，劉夢葦等，均有格律極謹嚴的作品，現在不及具引。請讀者看陳夢家選的新月詩選，便可得一個簡單的印象。

第九章　邵詢美和李金髮的詩

邵洵美和李金髮在徐聞諸大家之間並不見得如何出色，即以名望論也不及郭沫若。但邵代表中國頹加蕩派的詩，李代表中國象徵派的詩，在新詩中別樹一幟，不論好壞，總該注意他們一下。況二人之中李金髮作品影響尤其偉大隱然成爲新詩界的一支大流，更逼得我不能不費些篇幅來討論了。

頹加蕩與象徵主義在西洋文學裏原出一源，所以有些頹廢作家，同時又爲象徵作家。像波特萊爾 Baudelaire 原屬頹廢派，但以文字之曖昧神祕而論，我們也可以叫他爲象徵派。魏崙 P. Verlaine 是象徵文學的大師但其思想多偏於頹廢。邵洵美和李金髮的詩都受過西洋文學的影響，兩人也頗有通同之點，把他們放在一章裏研究。是沒有什麽不可以的。

我們現在先來討論邵洵美的詩。邵氏有天堂與五月，和花一般的罪惡兩部單行集又在新月詩刊也常刊布詩篇。他詩的特點

第一是强烈刺激的要求和決心墮落的精神　所謂『世紀病』Le mal du Siècle 的狂潮蕩激全歐之後，人類的精神起了很大的變化，像素性憂鬱的俄國民族受了這種影響則發生『托斯加』Toska（英人提隆 Dillon 譯爲世界苦 World Sorrow）大都相率趨於厭世一途以自殺了事，而天性活潑善於享樂的法國人則於幻滅絕望之中還要努力求生。他們常用

强烈的刺激如女色，酒精，鴉片，以及種種新奇的事情，異呼尋常的感覺……以刺激他們疲倦的神經聊保生存的意味。

一切刺激中女色當然是最基本的最强烈的刺激，所以邵氏詩對於女子肉體之贊美就不絕於書了。那 Légende de, paris, pâris 對維納絲說：

但這美人吓須要像你，
須要完全的像你自己，
要有善吸吐沫的紅脣；
要有燃燒着愛的肚臍：

也要有皇陽色的頭髮；
也要有初月色的肉肌
你是知道了的維納絲
世上祇有美人能勝利。

又如 Madonna mia

啊，月兒樣的眉，星般的牙齒，
你迷盡了一世，一世爲你癡；
啊，當你開閉着你石榴色的嘴唇
多少有靈魂的，便失去了靈魂。

他常說『美人是我靈魂之主』美人是『我們的皇后』然而他之崇拜女人不過將她們當做一種刺激品，一種工具。當他躭溺着美色弄到自巳地位，名譽，身體，金錢，交受損失時便來咀咒女人了。什麼『你是毒蟒，你是殺人的妖異』呀；什麼『你這似狼似狐的可愛的婦人』呀；什麼『你口齒的芬芳便毒盡了衆生』呀；什麼『處女的舌尖，壁虎的尾巴』呀，而『恐怖』一首對女於人尤與菲洲野鹿對於毒蛇，明明知道於自己生命有危險却被它色彩和音響所催眠而不忍去，結果是哀鳴就死的情形相類，你說這不是好笑麼？

頹廢派既以强烈刺激爲促醒生存意識之唯一手段，所以沈淪到底義無反顧，結果他們把醜惡當做美麗，罪惡當做道德，甚至流爲惡魔主義(Diabolism)法國頹廢派祖師波特來爾 Baudelaire 詩集惡之華 Les fleures du mal 好咏黑女，鴟梟，墳墓，敗血，燐光，及各種不美之物，集中有死屍 une Charogne 一首於那臭穢難堪的東西津津樂道若有餘味，卽其感覺變態之表現。邵氏 To Swinburne 說『我們喜歡毒的仙漿及苦的甜味』也是感覺變態之一例。又常說『我們在爛泥裏來仍在爛泥裏去，我們的希望便是永久在爛泥裏』『天堂正好開了兩片大門，上帝吓，我不是進去的人。我在地獄裏已得安慰，我在短夢中曾夢着過醒。』又說『我是個不屈志不屈心的大逆之人』『我是個罪惡底忠實信徒』西洋文學家批評波特來爾說是由地獄中跑出來的惡鬼，邵氏這些話也有這樣氣息。

第二，以情慾的眼觀照宇宙一切有人批評徐志摩的作品是『情慾的詩歌具爛熟的頹廢的氣息』我前已說過這話對於志摩是不確切的，但以之贈邵洵美則真是天造地設不可半毫移動了。邵氏看天地間的萬彙好像法朗士 A. France 在他某小說中做一修道高僧嘆息道：『唉，一切事物都表示着愛的形式。自然萬物，從禽獸以至草木，都對我表示肉的推抱，對我們似說這個世界上有誰能以貞節自誇……』甚至說邪教徒所想像的一切奇怪的淫行，其實都不及最單純的野花。你若一旦知道百合與薔薇的姦淫則這些穢惡猥褻的花

朵非從祭壇上撒去不可的了。邵氏的春

　　啊，這時的花總帶着肉氣，

　　不說話的雨絲也含着淫意；

花一般的罪惡第一節

　　那樹帳內草褥上的甘露，

　　正像新婚夜處女的蜜淚；

　　又如淫婦上下體的沸汗，

　　能使多少靈魂日夜迷醉。

春天第一節

　　當春天在枯枝中抽出了新芽

　　處女的唇色的鮮花開遍荒野

頹加蕩的愛

　　睡在天牀的白雲

伴着他的並不是他的戀人

許是快樂的慫恿吧

他們竟也擁抱了緊緊親吻

啊和這朵交合了

又去和那一朵纏綿地廝混

在這音韻的色彩裏

便如此吓消滅了他的靈魂

第三生的執着　一切厭世詩人都是死的讚美者，而患着世紀病的現代人於死更極端表示歡迎。聞一多紅燭裏有死，死水裏有葬歌，末日；未湘草莽集有光明的一生，夢，葬我，徐志摩有塚中的歲月，……但頹廢流詩人雖壓世而對於生的執着反較尋常人爲甚，邵氏死了有甚安逸說道

死了有甚安逸，死了有甚安逸？

睡在地底香聞不到，色看不出；
也聽不到琴聲與情人的低吟
啊，還要被獸來踐踏，虫來噬嚙。

西施的冷脣，怎及××的手熱？
惟活人吓，方能解活人的飢渴
啊，與其與死了的美女去親吻
不如和活活着的醜婦○○○○

五月

這裏生命像死般無窮
像是新婚晚快樂的惶恐。

還有『不死的快樂』『沒有冬夏也沒有我』等等不及細述。

頹廢派的作家偏重技巧，所以文筆無不優美。波特來爾的詩，人稱其充滿了病的美，如貝類中之珍珠。孟代Catulle mendes 的文字聖白甫 Sainte Beune 評爲『蜜與毒』湯姆孫 Thomson 則說『他有青春的美與奇才…他寫珍異的詩，恍惚地，逸樂地，昏曚地，惡的，——因爲在他那裏有着原始的罪惡的斑痕。』彼得魯易 Pierre Louys (1870——) 專寫希臘故事其名著愛神 Aphrodite (我國有東亞病夫父子合譯本改名肉與死)及詩集Chansons de Bilitis 都極頹廢之能事，而文筆之秀麗精工又一時無出其右。

邵氏的二集雖然表現了頹廢的特色而造句累贅，用字亦多生硬，實爲藝術上莫大缺憾。但作者天資很高，後來在新月詩刊上所發表的便進步多多。像蛇，女人，季候，神光，都是鍛鍊過好詩。而長詩洵美的詩更顯出他驚人的詩才。陳夢家批評他道：『邵洵美的詩是柔美的迷人的春三月的天氣，豔麗如一個應該讚美的豔麗的女人，只是那綣綿是十分可愛的。「洵美的夢，」是他對於那香豔的夢在滑稽的莊嚴下發出一個疑惑的笑。如其一塊翡翠真能說出話讚美另一塊翡翠，那就正比是洵美對於女人的讚美。』

次則我們要討論李金髮的詩。

在許多新詩人中李氏可算一個作品產量最豐富而又最迅速的。他於一九二〇至二三間在柏林作微雨，一九二六年在文學研究會出爲幸福而歌，二七年在北新出食客與凶年，都是厚厚的集子。雖然都是些單調的字句，雷同的體裁，但近代中國象徵派的詩至李氏而始有，在新詩界中不能說他沒有相當的貢獻。我們一檢查李氏作品則與西洋象徵派一般具有以下各點；

第一朦朧恍惚意義驟難了解　法國格蘭吉司 Granges 所著插圖法國文學史 Histoire Illustr'ee de la Littérature, Francaise ）說道『浪漫主義之後有高蹈派，高蹈派之後有象徵派。象徵派之反對高蹈謂其文字過於機械，形式上過於修飾，甚至對於行文素號清麗之Sully Prudhomme, Coppée 等人，肆其非笑，謂其思想感情亦窒息於笨重明確之修辭下去云。魏崙P. Verlairne謂詩不過是音樂，須有優美之韻脚，但不必過於明確。又謂詩者須無組織 Sans Composition，須無辨才 Sans éloquence。美國約翰馬西 John macy 世界文學史話 the Story of World's Literature 論『魏崙的詩是他的感覺，愛憎，希望，絕望等奔放的發露。

他對於言語差不多無視了法蘭西詩的古典底規則而使用着。只依着幾乎無誤的內部旋律之感。他的詩學第一原則是音樂超於一切，沒有聰明，沒有機才，沒有修辭惟有音樂常在着。』又格蘭吉司說『馬拉梅 S. Mallarmé 常言作詩宜竭力避免明瞭 (Clarté) 與確定 (précision) 所以他的詩極其曖昧難懂。』

李金髮的詩沒有一首可以完全了解，卽具象徵特色不必細引。他也知道這一點，所以常常自已聲明道：『我愛無拍之唱，或詩句之背誦，呵，不定意，肯聲調，東冬隨着先蕭（殘道）『你向我說一個『你』我了解只是『我』的意思，呵！何以有愚笨的言語』（故人）『我們的心充滿了無音之樂如空氣間輕氣之顫動。』又說『人若談及我的名字只說這是一個祕密，愛秋夢與美人之詩人，倨傲中帶點 méchant。

第二神經的藝術　神經過敏爲現代人之特徵而頹廢象徵的詩人尤爲靈敏。頹廢派詩人要求强烈及奇異之刺激而象徵派詩人則幻覺 hallucination 豐富異乎尋常。猶太醫生諾爾度 Mat nordau 變質 Degeneration 一書論之甚詳，想讀者早已知道。神經以過度之運用而能力發達，如音樂家之耳，畫家之視覺均較常人敏銳。藍波 A Rimband 謂母音有色；

波特來爾香和色與音是一致的，卽其一例。李金髮所謂『一個臂膊的困頓和無數色彩的毛髮』『以你鋒利之爪牙濺綠色之血』『綠血之王子，滿腔悲哀之酸氣』則屬於視覺的。『黑夜與蚊虫聯步徐來越此短牆之角，狂呼於我清白之耳，後如荒野狂風怒號，戰慄了了無數遊牧』蚊虫之聲無論如何之大，必不如怒號之狂風，作者聽覺之敏銳與昔人聞牀下蟻鬪以爲牛鬪，竟無二致。

象徵派詩人幻覺豐富，往往流於神祕狂 Mystical delirium 如十八世紀英國詩人勃來克 W, Blake 常見天使與鬼怪之行動。李金髮有寒夜之幻覺亦然。

牕外之夜色，染藍了孤客之心，
更有不可拒之冷氣，欲裂碎
一切空間之留存與心頭之勇氣。
我靠着兩肘正欲執筆直寫
忽而心兒跳蕩，兩膝戰慄
耳後萬衆雜沓之聲

似商人曳貨物而走，
又如貓犬爭執在短牆下，
巴黎亦枯瘦了，可望見之寺塔
悉高插空際
如死神之手。
Seine 河之水，奔騰在門下，
泛着無數人尸與牲畜，
擺渡的人
亦張皇失措。
我忽爾站在小道上
兩手為人獸引着
亦自覺既得終身擔保人
毫不駭異。

隨吾後的人
悉望着我足跡而來。

將進園門，
可望見巍峨之宮室
忽覺人獸之手如此其冷。
我遂駭倒在地板上，
眼兒閉着，
四肢僵冷如寒夜。

又小鄉村則聯想及於原始時代之光景，大加描寫歷歷如親睹，也無非幻覺作用。李氏常自傲云『他的視覺常觀察遍萬物之喜怒，爲自已之歡娛與失望之長嘆。執其如椽之筆寫陰靈之小照和星斗之運行（詩人）

第三感傷的情調　詩人五官之感覺旣如此之靈敏，則心靈之有觸卽應，不言可喻。

所以有人說詩人之心如風籟琴 Acolian lyre 微風一來便發出縹緲之妙音也。李氏詩集中『慟哭』『悲哀』『憂愁』『恐怖』等等字樣不可勝數。如『我有一切的憂愁，無端的恐怖』『無量數的傷感在空間擺動，終於無休止也無開始之期』『我仰頭一望不能向青春訴我的悲哀』『我仗着上帝之靈，人類之疲弱，遂慟哭了……耳後無數雷鳴，一顆心震得何其厲害，我尋到了時代死灰了，遂痛哭其墳墓之旁』『流星在天心走過，反射我心頭一切之幽怨』

第四頹廢的色彩　頹廢派與象徵派同出一源，而兩派作家每具同一色彩前已略論。李氏詩如『罪惡之良友徐步而來與我四肢作伴』『吁豔冶的春與蕩漾之微波帶來荒島之暖氣溫我們冰冷的心與既汚損如汚泥之靈魂』『我的既破之心輪永轉動的汚泥之下』『七尺的情慾之火燄長燃在毛髮上端』『我浸浴在惡魔之血盆裏』

第五異國的風韻　李氏微雨發表後大多數讀者卽說『他的詩我們雖不了解，但我們總愛他那一種特有的異國情調。』真的，李詩大都作於法國之地雄，百留吉，巴黎，德之柏林等處，所以他的詩所敍以異國事爲多，所以也就天然變成異國的了。現選其鍾情你了一首爲例：

廚下的女人鍾情你了：
輕輕地移她白色的頭巾，
黑的木杓在手裏
但總有眼波的流麗。

如你渴了，她有淸晨的牛奶
檸檬水，香檳酒；
你煩悶了，她唱
靈魂不死，和"Ried que nous deup"（謂僅僅我們兩人也）

她生長在祖母的村莊裏，
認識一切爬出樹大葉草

蝶蛹和蟋蟀的分別

葵花與洋菊的比較。

她不羡你少年得志，

似說要『精神結合』

若她給你一個幽會

是你努力的成功

最後我們若研究李氏詩的藝術，則我們發見的第一就是觀念聯絡的奇特。譬如中國古人形容暮。春風物，而說『綠暗紅稀』以綠代葉紅代花，暗代茂盛，稀代飄零，已經很妙了，而李清照『綠肥紅瘦』則更妙。因爲肥瘦普通用以形容人類或動物，至於花草則萬不能以此加之。今忽曰『綠肥紅瘦以從來不相聯絡之觀念連結一處，所以覺得分外令人驚奇。其他如『寵柳驕花』『欺煙困柳』亦然。李金髮詩如『棄婦之隱憂堆積在動作上』之堆積二字；『衰老之裙裾發出哀吟』之『衰老』二字；『脉管之跳動顯出死的歌言』之歌言二字；『一二陣不及數的遊人統治在蔚藍天下』之統治二字；『陽樹的同僚也一齊唱歌了』之同僚二字。其他類此者尚不可勝述。次則善於用擬人法，而比聞一多更用得奇突，大有想入非非之概。如『晴春露出伊的小眼正睨視着我的背脊和面孔』『蜂兒無路出晴春之窟』『萬物都喜躍地受溫愛的鮮紅…月光還在枝頭躑躅』『睡蓮向人諂笑，桐葉帶來金秋之色』『晨光在我額上蹀來蹀去』『無計較之陽光將徐行於天際』『既往之春吹動枝兒哭泣』『冷冬在四周哭泣』『在蒼立的松邊遇着金秋之痛哭』又次則爲省略法，舊式所謂起轉承合雖不足爲法每一首詩有一定的組織，則爲不可移易之理。但李氏作品則完全不講組織法的，或於一章中省去數行，或於數行中省去數語，或於數語中省去數字，所以他的詩變成極端的曖昧了。如自題寫像

卽月眠江低

還能與紫色之林微笑。

耶穌敎徒之靈

吁，太多情了。

感謝這手與足
雖然尙少
但既覺夠了
昔日武士被着甲
力能搏虎！
我麼？害點羞。

熱如皎日
灰白如新月在雲裏。
我有革履，僅能走世界之一角
生羽麼，太多事了呵！

第一節起二句寫景是明白的，忽然接下耶穌教徒太多情云云，便莫名其妙了。大約中間省去一段解釋所以變成這樣款式·第二節『雖然尚少』大約說少力吧。『我麼?害點羞,』大約說我也有搏虎之力不過害羞不使出來。第三節『熱如皎日,灰白如新月在雲裏』大約是形容自己之貌,但因爲中間省略的文字太多,我猜不出它指什麼了。因爲省略太利害所以李氏文字常常不通,如上引『雖然尚少』可覘一斑了。

李氏作詩雖用白話而頗喜夾雜文言而『之』用得最多。至於其他虛字亦不少。如『惜夫,黑色之木架我們已失其 Sens』『終無已時乎?狼羣與野鳥永棲息於荒涼乎?』『長使渭流漲膩矣』『長襯鐘聲而和諧也』這雖然是作者特具的風格然而却是他可厭的毛病。

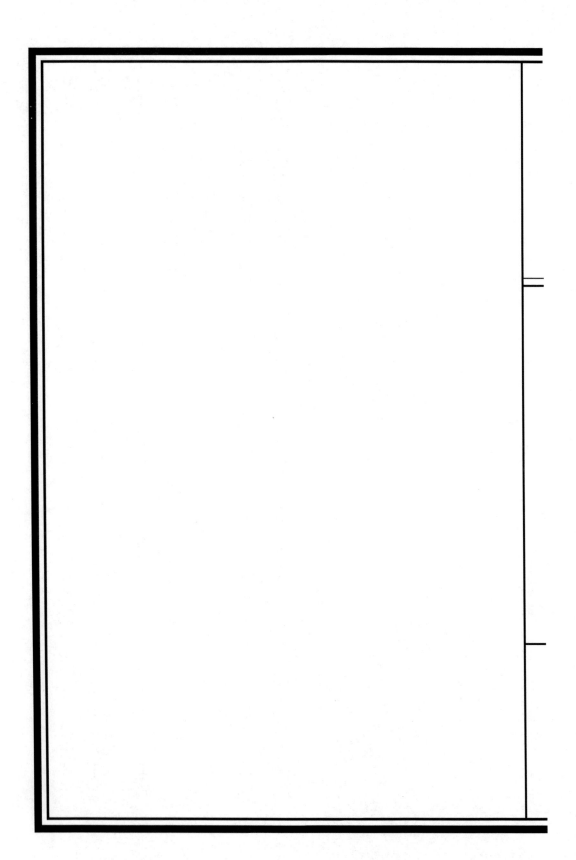

第二編　論小品文

小品二字是古人由釋氏辨空經『詳者為大品略者為小品』引取出來用以名短篇文字的。原來的意義甚為廣泛，體裁如何不問，只篇幅短小罷了。所以無論序跋，論說，傳記，箴銘，碑誌，詔令，奏疏凡在二三百字以下五六十字以上者便都合小品文的資格。譬如王安石的孟嘗君論算是小品文而賈誼的過秦論則否；吳均的與朱光思書算是小品文而鮑照登大雷岸與妹書則否；柳宗元的小石潭記算是小品文而始得西山宴遊記則否。這樣文學分類的標準，當然是不大對的。

現代文學之所謂小品文與古人之所謂小品文頗有不同，而與西洋的 Essay 則甚相近。其性質的解剖可讀廚川白村出了象牙之塔，中論試筆與報章一文概括的說來，則是大約是一種專門表現自己的隨便的抒情，說理，記錄瑣事，描寫風景，而富於藝術趣味的散文。

十年以來小品文的發展是值得樂觀的。一九二二年胡適便說除了顯然進步的長篇議論文外，最成功的便是小品散文。六年後曾樸給胡適的信也說他覺得這幾年文學界的努力很值得贊頌的，確有不可埋磨的成績固然很多，而小品文字則須佔第一位。

小品文在新文學裏的成績是否如諸公所論，我不敢說，但除了長短篇小說之外，似乎更沒有什麼能超過它了。

現在小品文的派别是很多的，正如朱自清所說『有種種的樣式，種種的流派，表現着，批評着，解釋着人生的各方面。遷流曼衍，日新月異，有中國名士風，外國紳士風，有隱士，有叛徒，在思想上是如此。或描寫或諷刺，或委曲，或縝密，或勁健，或綺麗，或洗鍊，或流動，或含蓄，在表面上是如此』我們若勉强把十年以來的小品文分個門類，則有如下的形情：

第一爲思想表現類如周作人所有著作幾乎全是如此。周氏曾說過這幾句話『有許多思想，既不能作爲小說又不適於做詩，便可以用論文式去表他。他的條件，同一切文學作品一樣，只是真實簡明便好』周氏平生做小說和詩很少，有的只是論文式的小品文。然而他的作品都是那樣的富有趣味大約是小說和詩化了的。又古人的議論文字也未嘗不是思想的表現，但板起衛道的臉孔說着冠冕堂皇的話，令人望而生畏，周氏却寓嚴肅於詼諧之中，既足令人失笑也足發人深省。他常說自己心裏住着兩個鬼，其一是紳士鬼其一是流氓鬼。這正如 Jsaac goldberg 批評Hanelosk ellis『在他裏面有一個叛徒，與一個隱士』相似。因爲這樣所以周氏的表現思想著述不是枯燥的論文而是藝術。朱光潛的給青年的十二封信以及談美，雖然用的是書牘體裁但也算是表現思想的小品文字。

第二爲諷刺類，如魯迅林語堂老舍，芳草高長虹，向培良及論語派語絲派的作品。它雖然也是表現思想的，但諷刺的色彩較濃，所以名之以此。某文學家曾說『專制使人變成冷嘲』在言論不自由的時代諷刺文學之盛，原是不足怪的。但須合乎藝術條件才是上好的諷刺文學。叔本華說『無刺的薔薇是沒有的。——然而沒有薔薇的刺却很多。』現代諷刺文字像荊棘的倒不缺乏而像那色香俱美而又具有鋒利之刺的薔薇却寥寥可數了。

第三爲美文類如徐志摩的自剖，巴黎鱗爪，落葉，魯迅的野草，俞平伯朱自清一部分的作品，冰心女士的往事，落華生的勞網綴蛛，空山靈雨，川島的月夜，都是美麗清雋富於詩情畫意的小品。在過着苦鬭惡戰乾枯急迫生活的現代讀者讀着這些作品，無異在黃沙烈日的大戈壁中碰見一片綠洲，那快感是難以描寫的。

第四爲遊記類如孫福熙的山野掇拾，歸航，徐霞村的巴黎生活，王世穎徐蔚南龍山夢痕，王世穎倥偬，陳萬里的閩南遊記，劉薰宇的南洋遊記。

第五爲日記類如鄭振鐸的山中日記，羅文漢的旅蜀日記，田漢的薔薇之路，郁達夫的日記九種。

第六爲書翰類如馮沅君的春痕，陸晶清的素箋，冰心女士的寄小讀者。朱光潛給青年十二封信。

第一章　周作人的思想及其著作

小品文最早試作者以周作人爲第一人，而且他也是小品文的專家。因爲別人創作時每向多方面發展，小說，戲劇，詩歌都要玩一角，他是除小品文之外更無其他嘗試的；又別人以餘力爲小品文，他却是全副心靈的。

周氏的著作有自己的園地，雨天的書，澤瀉集，永日集，談虎集，談龍集，看雲集，其他譯述不在此內。胡適於一九二二年三月所作五十年來中國之文學卽說『除了長篇議論文顯然進步以外，周作人等提倡的小品散文，用平淡的談話，包藏着深刻的意味；

有時很像笨拙，其實却是滑稽。這類作品的成功，就可以徹底打破「美文不能用白話」的迷信了。』我們現在將他作品分析來看：

（A）思想方面的表現　周氏雖然是個文學家，我們毋甯喊他爲思想家。十年以來他對青年影響之大和胡適陳獨秀不相軒輊，而其文字也因思想深湛的緣故表現一種特異的精彩。

（一）對國民性弱點的掊擊　他在與友人論國民文學書提出幾件思想革命的計劃：

我們要針砭民族卑怯的癱瘓

我們要消除民族淫猥的淋毒

我們要切開民族昏憒的癰疽

我們要閹割民族自大的風狂

第一點論中國民族卑怯照著者看來有正反兩面。正面則求生意志的缺乏而反面則是凶殘。新希臘與中國說『希臘人有一種特性也是從先代遺傳下來的，是熱烈的求生慾望。他不是只求苟延殘喘的活命，乃是希求美的健全的充實的生活……中國人實在太缺少求生的意志，由缺少而幾乎至於全無。……中國人近來常以平和耐忍自豪，這其實並不是好現象。我幷非以平和爲不好，只因爲中國的平和耐苦不是積極的德性乃是消極的衰耗的證候，所以說不好。譬如一個强有力的人他有壓迫或報復的力量而隱忍不動，這才是真的平和。中國人的所謂愛平和，實在只是沒氣力罷了，正如病人一樣。這樣沒氣力下去，當然不能『久於人世』。這個原因大約很長遠了，現在且不管他，但救濟是很要緊的。這有什麼法子呢？我也說不出來，但我相信一點興奮劑是不可少的；進化論的倫理學上的人生觀，互助而爭存的生活。尼采與托爾斯泰，社會主義與善種學都是必要。『民衆的詩歌對於店彩酒色財氣詩的批評道『這些詩裏所說的話，實在足以代表中國大多數的人的思想：妥協，順從，對於生活沒有熱烈的愛着，也便沒有真摯的抗辯。他辯護酒色財氣的必要，只是從習慣上着眼，這是習慣以爲必要，並不是他個人以爲必要了。……倘或有威權出來一喝說「不行」我恐怕他將酒色財氣的需要也都放棄了去與威權的意志妥協，因爲中國的人看得生活太冷淡，又將生活與習慣併合了，所以無怪他們好像奉了極端的現世主義生活着而實際上却不曾真摯熱烈的生活過一天。』在另一文裏周氏以中俄兩民族相比較，結論是俄國民族好像一個飽經憂患的青年，艱難痛苦將他人格鍛鍊得更加偉大而堅實，併發生他向上進步力求生存的勇氣，而中國民族則爲一飽經憂患的老人，被艱難痛苦磨得筋力衰敝志氣頹唐，除終日枯坐追溯已往外，不問其他。所以俄國民族是有希望的，中國則是沒有希望的。

至於凶殘似乎不是懦夫所能幹的行爲了。然暴虐之行，僅僅施於弱者，或無抵抗力者還是卑怯的變相。咀咒一文云『我常說中國人的天性是最好淫殺，最凶殘而又最卑怯的』。他於歷史人物常反對明朝的永樂帝，因清故宮裏藏有永樂聖旨的鈔本，朱棣殺人之殘忍，引起他的反感的緣故。他有鬼的叶賣一詩曾提及此事。又自己的園地永樂的聖旨『我相信上邊所錄的聖旨，是以後不會再有的了，但我又覺得朱棣的鬼還活在人間，所以煞是可怕。不但是禮教風化的大人先生們如此，便是「引車賣漿」的老百姓也都一樣，只要聽他平常相駡的話便足證明他們的心，還爲邪鬼所佔據』雨天的書讀京華碧血錄『我向來是神經衰弱的，怕聽那些凶殘的故事，但有時却又病理的想去打聽，找些戰亂的紀載來看。最初見到的是明季稗史的揚州十日記，其次是李小圭的思痛記使我知道清初及洪楊時情形的一班。寄園寄所寄，曲洧舊聞，因子巷緣起還是記得，正如安特來夫的小人物的自白的惡夢使人長久不得寧貼……但是愚蠢與凶殘之一時的橫行乃是最酷烈的果報，其貽害於後世者比敵國的任何種懲創尤爲重大』

第二點論中國民族淫猥則尤爲痛切。半春『中國多數的讀書人幾乎都是色情狂的差不多看見女字便會眼角挂落現出獸相。這正是講道學的自然結果，沒有什麼奇怪。』又說『中國男子多數皆患着性狂，其程度雖不一，但同是「山魈風，」Satyriasis 的患者則無容多疑耳。』周氏又看出中國禮教的根本爲『性的恐怖』之迷信。如四川督辦，因爲要維持風化把一個犯姦的學生槍斃。湖南省長因爲求雨半月不回公館。周氏引弗來則博 J. G. Frazer 之學說證明此二事爲情的恐怖之表現。蓋野蠻人每以爲性的過失並非害及本身惟能觸怒神靈招致災禍殃及全族。所以於姦罪懲罰獨嚴。於是情成爲禁忌 Tobu 之一種。又野蠻人信禁戒某種性行爲或舉行某種性行爲可以促鳥獸之繁殖與草木之生長。湖南省長求雨法亦與此相似。

中國人以大半患性狂之故不能克制自己之情慾，於是對戀愛每抱畏懼態度，卽略涉猥褻之言語亦絕口不談。藹理斯Havelosk Ellis嘲笑英國紳士談人體以胸以下脛以上爲止，中國道學家亦有此等情形。然另一方面則喜談猥褻，成爲天性。凡及中冓之言，房闈之私，以及人家隱諱之事，每興高而采烈。茶餘酒後消遣之小報及小說十九爲刺激色情之記載，固不待論；即以衛道自命之大人先生，亦於高談性理之餘，刊布素女經等等。對於性的觀念缺乏清醒健全態度，於是可見。

第三點論中國民族之昏憒，半春『中國人的頭腦不知是怎麼樣的，理性太缺，情趣全無，無論同他講什麼東西，不但不能了解，反而亂扯一陣，弄得一塌糊塗。』與友人論性道德書引陳獨秀青年的誤會云『教學者如扶醉人，扶得東來西又倒。現代青年的誤解也和醉人一般。……你說婚姻要自由，他就專們把寫情書尋異性朋友做日常重要的功課。……你說要脫離家庭壓制，他就拋棄年老無依的母親。你說要提倡社會共產主義；他就悍然以爲大家朋友應該養活他。你說青年要有自尊的精神，他就目空一切，妄自尊大，不受善言了。……』

第四點論中國民族之自大，則於日本安岡秀天所著從小說上看出支那民族性一文書後云『我承認他所說的確是中國的劣點……我們不必遠引五六百年前的小說來做見證，只就目睹耳聞的實事來講，卑怯，凶殘，淫亂，愚陋，說誑，真是到處皆是。便是最雄辨的所謂國家主義者也決辨護不來，結果無非是追加表示其傲慢與虛僞而已。……中國人近來不知吃了什麼迷心湯相信他的所謂東方文化與禮教以爲就此可以稱霸天下，正在胡叫亂跳這真奇極了。安岡這本書應該譯出來發給人手一編，請看看尊範是怎樣的一副嘴臉，是不是只配做奴才？』又代快郵論國恥問題云『我想國恥是可以講的而且也是應該講的。但我這所謂國恥並不專指喪失什麼國家權利的恥辱，乃是指一國國民喪失了他們做人的資格的恥辱。這樣的恥辱才真是國恥……中國女子的纏足，中國人以吸鴉片買賣人口都是真正的國恥比被外國欺侮還要可恥。纏足，吸鴉片，買賣人口的中國人卽使用了俾士麥毛奇這些人才的力量，憑了強力解決了一切的國恥問題，收回了租界失地以至所謂藩屬，這都不能算作光榮，中國人之沒有做人的資格的羞恥依然存在。……所以中國如要好起來第一應當覺醒，先知道自己的醜惡，痛加懺悔，改革傳統的荒謬思想惡習慣以求自立，這才有點希望的萌芽……照此刻的樣子以守國粹誇國光爲愛國，一切中國所有都是好的，一切中國所爲都是對的，在這個期間中國是不會改變的，不會改好，卽使也不致變得更懷。』又與友人論國民文學書亦有同樣見解。

（二）驅除死鬼的精神　周氏有一個很特別的歷史觀念，卽『過去曾如此，現在是如此，將來也要如此。』所以『彊尸』『死鬼』『重來者』是他常用的名詞。歷史云『天下最殘酷的學問是歷史。他能揭去我們眼上的鱗，雖然也使我們希望千百年後的將來會有進步，但同時將千百年前的黑影投在現在上面，使人對於死鬼之力不住地感到威嚇。我讀了中國歷史對於中國民族和我自己先就失了九成以上的信仰和希望。『僵尸』『僵尸』！我完全同感於阿爾文夫人的話。世上如沒有還魂奪舍的事，我想投胎總是真的……』閉戶讀書論『歷史所告訴我們的在表面的確只是過去但現在將來也就在這裏面了。正史好似人家祖先的神像畫得特別莊嚴點，但從這上面總還看得出子孫的面影，至於野史更有意思那是行樂圖小照之流更充足地保存真相往往令觀者拍案叫絕嘆傳神之妙。正如獐頭鼠目再生於十世以後一樣，歷史的人物亦常重現於當世的舞台，恍如奪舍重來，懾人心目。此可怖的悅樂爲不知歷史者所不能得者也。』代快郵與萬羽君論愛國運動云『我很慚愧自己對於這些運動的冷淡一點都不輕減。我不是歷史家，也不是遺傳學者，但我頗信丁文江先生所謂譜牒學，對於中國國民性根本地有點懷疑，……巴枯寧說歷史的唯一用處是教我們不要再這樣，我以爲讀史的好處是在能豫料又要這樣了；我相信歷史上不曾有過的事中國此後也不會有，將來舞台上所演的還是那幾齣戲不過換了脚色，衣服與看客。五四運動以來民氣作用，有些詫爲曠古奇聞，以爲國家將興之兆，其實也是古已有之，漢之黨人，宋之太學生，明之東林，前例甚多。照現在情形看去與明季尤相似；門戶傾軋，驕兵悍將，流冦，外敵，其結果——總之不是文藝復興——孫中山未必是崇禎轉生來報仇，我覺得現在各色人中倒有不少是幾社復社，高傑左良玉，李自成吳三桂，諸人的後身。阿爾文夫人看見她的兒子同他父親一樣地在那裏同使女調笑，叫道『僵尸』！我們看了近來的情狀怎能不發生同樣的恐怖與驚駭？佛教我是不懂的，但這「業」——種性之可怕，我也痛切地感到。即使說是自然的因果，用不著怎麼詫異，灰心，然而也總不見可以歎許，樂觀。』與友人討論國民文學書『……但是有時又覺爲這些夢想也是輕飄飄的，不大靠得住；如呂滂Gustane le Bon所說人世事都是死鬼作主，結果幾乎令人要相信幽冥判官，或是毗騫國王手中的賬薄，中國人是命裏註定的奴才，這又使我對於一切提倡不免有點冷淡了』。

周氏自抱這樣歷史觀念以來對中國頓個民族甚至對他自己似乎都很悲觀，但後來漸由消極而轉爲積極。他在歷史裏說『……不過有這一點，自己知道有鬼附在身上，自己謹愼了，像癩病患者一樣搖着鈴鐺叫人避開，比起那吃人不饜的老同類來或者是較好一點吧。』又我們的敵人『我們的敵人是什麼？不是活人乃是野獸與死鬼附在許多活人身上的野獸與死鬼。……在街上走着在路旁站着，看行人的臉色，聽他們的聲音，時常發見妖氣，我們爲求自己安全起見，不能不對他們爲『防禦戰』：我們要從所依附的肉體裏趕出那依附着的東西……我們去拿許多桃枝與柳枝，荊鞭蒲鞭，儘力的抽打面有妖氣的人的身，務期野獸幻化的現出原形，死鬼依托的離去患者……』周氏所有隨感錄中對於『僵尸』的討論層出不窮，或者就是他警告之一種，或防禦戰之一種吧。

（三）健全性道德的提倡　中國人之所以好談挑撥肉慾的言語，或道學地對性加以嚴峻的反對，都是沒有健全性道德的緣故，所以我們的『中國藹利斯』周作人先生便從這方面的工作努力了。

第一他提倡淨觀，他說『平常對於猥褻事物可以有三種態度，一是藝術地自然，二是科學的冷淡，三是道德的潔淨：這三者都是對的，但在假道學的社會中我們非科學及藝術的凡人所能取的態度只是第三種（其實也以前二者爲依據）自己潔淨的看，而對於有不潔淨的眼的人們則加以白眼，嘲弄，以至于訓斥。』他佩服被禁三十餘次而依然出版穢褻著作的日本廢姓外骨，和那披着猥褻的衣出入于禮法之陣的法國拉勃來 Rabelais 因爲他們的行爲顯然是對於時代的一種反動，對於專制政治及假道學的教育的反動。有一次有個心琴畫會展覽作品有一人批評云『絕無一幅裸體畫，更見其人品之高矣！』周氏爲之氣極，大罵道『中國現在假道學的空氣濃厚極了，官僚和老頭子不必說，就是青年也這樣。中國之未曾發昏的人們何在，爲什麼還不拿了十字架起來反抗？我們當從藝術科學尤其是道德的見地，提倡淨觀，反抗這假道學的教育直到將要被火烤了爲止。』

第二他對性主張嚴肅的態度這在他的『人的文學』裏早經說過了。他論情詩道『戀愛不過是性的要求的表現，凱本德在愛之成年裏曾說道「性是自然界愛之譬喻」但因了戀愛而能了解求神者的心情，領會入神Enthousiasmos與忘我Ekstasia的幸福的境地……愛慕，配偶與生產，這是極平凡極自然，但也極神祕的事情。凡是愈平凡愈自然的便愈神祕；所以現代科學上的性的知識日漸明瞭，性愛的價值也益增高，正因爲知道了微妙重大的意義，自然興起嚴肅的感情，更沒有從前那種戲弄的態度了。……但是社會上還流行着半開化時代不自然的意見，以爲性愛只是消遣的娛樂而非生活的經歷，所以常有年老的人儘可躭溺，若是少年的男女在文字上質直的表示本懷便算犯了道德律：還有一層性愛是不可免的罪惡與汚穢雖然公許但是說不得的，至少也不得見諸文字。』又說『我們對於情詩當先看其性質如何再談其藝術如何。情詩可以豔冶，但不可涉於輕薄；可以親密，但不可流於狎褻；質言之可以一切只要不及於亂。這所謂亂與從來的意思有點不同，因爲這是指過分，過了情的分限，即是性的遊戲的態度』。

臨了，他標出他的宗旨『道德進步，並不靠迷信之加多而在於理性之淸明，我們希望中國性道德的整飭，也就不希望訓條的增加，只希望知識的解放與趣味的修養。科學之光與藝術之空氣，幾時才能侵入靑年的心裏造成一種新的兩性觀念呢？』

（B）趣味方面的表現

（一）人類學民俗學之偏愛　看我們新文學大師對於野蠻人的宗教，迷信，禁忌，神話，童話等等那樣談得起勁，那樣研究得精細深澈足知他是一個對人類學和民俗學有偏好的人了。

（1）神話　鬚髮爪序說我是一個嗜好頗多的人……我也喜歡看小說但有時又不喜歡看了，想我一本講昆虫或是講野蠻人的書來看，但有一樣東西我總是歡喜沒有厭棄過而且似乎足以統一我的凌亂的趣味那就是神話。因爲淺薄的中國人見神話多荒唐無稽之談，遂以爲不合科學思想加以排斥，周氏雨天的書有神話的辨護續神話辨護兩篇又自已的園地神話與傳說均有矯正此項錯誤觀念之語。他又說神話在民俗研究上的價值大家多已知識，就是在文藝方面也很有關係，大約神話的種類有四種（一）神話(Myth)（二）傳說（Legend）（三）故事（Anecdote）（四）童話（Faisy tale)離開了科學的解說卽使單從文字的立脚點看去，神話也自有其獨立的價值，不是可以輕蔑的東西。來來現在的所謂神話等原是文學，出自古代原民的史詩史傳及小說。他們做出這些東西，本來不是存心作僞以欺騙民衆，實在只是真誠的表現出他們質樸的感想。我想如把神話等提出在崇信與攻擊之外還他一個中立的位置，加以學術的考訂，歸入文化史裏去，一方面當作古代文學看，用歷史批評或藝術賞鑒去對待他，可以收獲相當的好結果。

（2童話　藹利斯有一段名論道『童話是兒童精神上最自然的食物，倘若不供給他，這個缺損，無論能夠補救。正如使小孩喫澱粉質的東西，生理上所受的餓，不是後來給予乳汁所能補救的一樣。神話也是兒童所愛讀而其唐荒無稽也是相等的所以周氏又道人之反對神話以爲兒童讀之就要終身迷信便是科學知識也無可挽救。其實神話只能滋養兒童的空想與趣味，不能當作事實，滿知識與要求。這個要求當由科學去滿足他，但也不因此而遂打消空想。知識上貓狗是哺乳類食肉動物，空想上却不妨仍是會說話的四足朋友。而且童話與文學也至有關係大約可分爲民間童話與童話文學兩種，前者是民衆的傳述的，天然的；後者是個人的，創作的，人爲的；前者是小說的童年，後者是小說的化身，抒情與敘事詩的合作。

（3）民歌及童謠　海外民歌序『我平常頗喜歡讀民歌，這是代表民族的心情的，有一種渾融清澈的地方，與個性的詩之難以捉摸者不同。在我們沒有什麼文藝修養的人，常覺得較易領會。我所喜讀的是：英國的歌詞（Ballad）一種敘事的民歌，與日本的俗謠普通稱爲「小唄」

江陰船歌序「民歌（Folksong）的界說據英國F. Kidson是生於民間，並且通行民間，以表現情緒或抒寫事實的歌謠……民歌的特質並不偏在有精彩的技巧與思想，只要能真實表現民間的心情，便是純粹的民歌。民歌在一方面原是民族的文學的初基倘若技巧與思想上有精彩的所在原是極好的事；但若生成是拙笨的措詞，粗俗的意思也就無可奈何。」

讀童謠大觀『現在研究童謠的人大約可分爲三派，一民俗學認定歌謠是民族心理的表現，含蓄許多古代制度的遺踪。二教育的，既知道歌吟是兒童一種天然的需要便順應這個要求供給他們整理的適用的材料，能夠得到更好的效果，三是文藝的，曉得俗歌裏有許多可以供我們取法的風格與方法，把那些別有文學意味的風詩選錄出來供大家的賞玩，供詩人的吟咏取材。這三派的觀點儘有不同，方法也迥異，但是各有用處，又都憑了清明的理性及深原的趣味去主持評判，所以一樣的可以信賴尊重的。』但他說五行志流則宜打倒。

（4）民間故事及野蠻人風俗與迷信　民間故事的搜集他在語絲上不斷的提倡而野蠻人風俗與迷信則他有殭尸，榮光之手，論山母，平安之接吻，野蠻民族的禮法，關於夜神，關於妖術，祖先崇拜，初夜權，花煞，買水，回煞，甚至江湖上所謂鐵算盤迷魂藥均以極大之興趣討論之。

（二）人間味的領略　中國人活在這世界上只是生存，不是生活。原因是經濟的壓迫，但有錢而不知享受著也很多。這大約我們並不會把生活當作藝術所以如此。善於生活者在最簡單的物質條件下仍然能夠滿足，這就是人間味的領略。

（1）生活藝術化　芥川龍之介曾說『因為使人生幸福，不可不愛日常的瑣事，靈的光，竹的戰慄，雀羣的聲音，行人的容貌，在所有的日常瑣事之中，感着無上的甘露味』周氏也說『我們於日用必須東西外，必須還有一點無用的遊戲與享樂，生活才覺有意思。我們看夕陽，看秋河，看花，聽雨，聞香，喝不求解喝的酒，吃不求飽的點心，都是生活上必要的。』又論喝茶道『當於瓦屋紙窗之下，清泉綠茶，用素雅的陶瓷茶具，同二三人共飲，得半日之閑可抵十年的塵夢。喝茶之後再去繼續修各人的勝業，無論爲名爲利都無不可，但偶然的片刻的優遊乃正斷不可少……』這就是他具體的解釋。

所謂藝術的生活是什麼？就是相當的節制。周氏說『生活不是很容易的事。動物那樣的，自然地簡易地生活是其一法；把生活當作一種藝術，微妙地美的生活又是一法：二者之外別無道路，有之則是禽獸之下的亂調的生活了。生活之藝術只在禁欲與縱欲的調和。……生活之藝術這個名詞用中國固有的字來說便是所謂禮。——這是指本來的禮，後來的儀禮教禮却是墮落的東西——日本雖然也很受到宋學的影響，生活上却可以說是承受平常朝系統還有許多唐代的流風餘韻，因此了解生活之藝術也更是容易。在許多風俗日本確保存這藝術的色彩，爲我們中國人所不及。』周氏又有日本的人情美一篇論日本人喝茶弄花草時之閒情逸致，以爲他們能了解生活。

（2）好事家的態度　鬚髮爪序『我是個嗜好頗多的人。假如有這力量，不但是書籍，就是古董也想買，無論金，石，磁，瓦我都很歡喜的。』他在玩具一文裏說出他對收藏古董的意見道『大抵玩骨董的人，有兩種特別注重之點一是古舊，二是希奇。這不是正當的態度，因爲他所重的骨董，本身以外的事情，正如注意於戀人的門第產業而忘却人物的本體一樣：所以真是玩骨董的人是愛那骨董的本身，那不值錢沒有用極平凡的東西。收藏家與考訂家以外還有一種賞鑒家的態度，骨董家，其所以與藝術家不同者只是沒有那樣深厚的知識罷了。他愛藝術品，愛歷史遺物，民間工藝以及玩具之類。或自然物如木葉貝殼亦無不愛。這些人稱作骨董家或者不如稱之曰好事家 Dilettante 更爲適切：這個名稱雖然似乎不很尊重，但我覺得這種態度是很好的。在這博大的沙漠似的中國至少是必要的，因爲仙人掌似的外粗厲而內腴潤的生活是我們唯一的路，即使近於現在爲世詬病的隱逸。』周氏有鐔百姿，法布爾昆虫記，草木蟲魚，金魚，虱子，兩株樹，莧菜梗，水裏的東西，案山子，關於蝙蝠等文字。

（三）文藝論　周氏既以文學家而兼思想家他對於文藝的意見當然是値得我們尊重的。他並沒有成爲系統的文藝論但在他著作中則有如下的意見。

（1）寬容的態度　他常說文學『以自己表現爲主體，以感染他人爲作用，是個人的而亦爲人類的。……各人的個性旣是各各不同，那末表現出來的文藝當然是不相同。現在倘若拿了批評大道理要去强迫統一，卽這不可能的事情居然實現了，這樣的文藝作品已經失去了他唯一的條件，其實不能成爲文藝了。因爲文藝的生命是自由不是平等，是分離不是合併，所以寬容是文藝發達的必要的條件。』在文藝的統一一文中說『世間有一派平論家憑了社會或人類之名建立社會的正宗，無形中厲行一種統一。在創始的人如居友，別林斯奇，托爾斯泰原也自成一家言，有相當的價値，到了後求却正如凡有的統一派一般不免有許多流弊了。』又說『現在以多數決爲神聖的時代習慣上以爲個人的意見以至其苦樂是無足輕重的，必須是合唱的呼噪，始有意義，這種思想現在雖然仍有勢力却是沒有道理的』詩的效用說『君師的統一思想定於一尊，固然應該反對；民衆的統一思想定於一尊也是應該反對的。』

（2）貴族平民化　在社會主義發達的現代，大家都以爲民是好的貴族是壞的。周氏却說不然他說『平民的精神可以說是淑本華所說求生的意志，貴族的精神便是尼采所說的求勝的意志了。前者是要求有限的平凡的存在，後者是要求無限的超越的發展；前者完全是入世的，後者却幾乎有點出世的了。』因爲如此所以『平民文學的思想，太是現世的利祿的了，沒有超越現代的精神；他們是認人生只是太樂天了，就是對於現狀太滿意了。貴族階級在社會上憑藉了自己的特殊權利，世間一切可能的幸福都得享受，更沒有什麽歆羨與留戀，因此引起一種超越的追求，在詩歌上的隱逸神仙的思想卽是這樣精神的表現。至於平民，於人們應得的生活的悅樂還不能得到，他們理想自然限於這可望而不可卽的平族生活，此外更沒有別的希冀，所以在文學上表現出來的是那些功名妻妾的團圓思想了。』『我不相信某一時代某一傾向可以做文藝上永久的模範，但我相信眞正的文學發達的時代必須多少含有貴族的精神。求生意志固然是生活的根據，但如沒有求勝意志叫人努力的去求「全而善美」的生活則適應的生存容易是退化的而非進化的了。』結果他主張文學應當是平民化，那就是以平民的精神爲基調更加以貴族的洗禮，這才能夠造成眞正的人的文學。』

（3）平淡　自己園地序『我近來作文極慕平淡自然的境地，但看古代或外國文學才有此種作品，自己還夢想不到有能做的一天，因爲有氣質與年齡的關係不可勉强。像我這樣褊急的脾氣的人生在中國這個時代實在難望能夠從容鎮靜的做出冲澹的文章來』

（4）清澀　周氏的文字平淡之外便是清澀正如胡適所稱『用平淡的談話包藏着深刻的意味，有時很像笨拙其實却是滑稽』燕知草跋『我也看見有些純粹口語體的文章，在受過中等教育的學生手裏寫得很是細膩流麗，覺得有造成新文體的可能，使小說戲劇有一種新發展，但是在論文——不，或者不如說小品文不專說理敍事而以敍情分子爲主的，有人稱他爲絮語的那種散文上，我想必須有澀味與簡單味，這才耐讀。所以他的文詞還得變化一點。以口語爲基本，再加上歐化，古文，方言等分子雜揉調和，適當地或吝嗇地安排起來，有知識與趣味的兩重的統制才可造出有雅致的俗語文來。』又藹理斯感想錄抄晦澀與明白一條『但在別一方面絕頂的明白也未必一定可以佩服。照呂南 Renan 的名言說來看的真切須是看的朦朧。藝術是表現，單是明白，不成什麼東西。藝術家之極端的明白未必由于能照及他的心的深淵之偉力，但是單由並無深淵可照緣故……我們初次和至上的藝術品相接時的印象是晦冥，但這是與西班牙教堂相似的一種晦冥，我們看着的時候，逐漸光明，直至那堅固的構造都顯現了。又如東方舞女帶面幕跳舞，初見其「深」之透明，繼見其「美」之面幕之落，最後乃見其「明白」但面幕一落，跳舞亦畢』。

周氏的思想趣味及對文藝的意見既都介紹了一個大概，現更把他給現代中國的影響略爲談談。

周氏的文字素以幽默出名，但一到針砭中國國民性時便覺有火燄似的憤怒，抖顫在行間字裏。一句話便是一條鞭，向這老大民族身上劇烈地抽打，那怕我們的肌肉是如何的頑鈍，神經是如何的痲痺也不能不感覺痛苦。想不到我們這位面白身弱溫柔和雅的教授，憤恨時也會吐出雷霆般尼采式的言語來。但他的態度是這樣的懇摯和真實，我們不惟不覺其言之過火，反而覺得羞愧感奮，發出遷善改過的勇氣和決心，這真是興頑立懦的好文字，每個中國人都應當讀的。

他的歷史觀念——僵尸和死鬼的說法——對青年影響則似乎不大好。中國民族本來缺乏自信力，讀了他這些驚心怵目歷史證據，再將社會現象一爲觀察，大都嗒然若喪，頹然氣短，對自身和民族前途抱起悲觀了。但我們要知道死鬼僵尸之為物，豈惟中國有之，各民族莫不有之。卽不是一個民族裏的鬼而以文化相同的緣故也可以亂附的。譬如現代是社會主義的世界，而墨索瑪尼竟率領數十萬棒喝黨，勵行侵略政策，以恢復羅馬古代光榮自任，我們豈不儼然看見凱撒的僵尸揚威耀武地走出墳墓來嗎？又如德國自希特勒專政以來，大捕反對黨，屠戮工人，壓迫智識份子，排斥猶太民族。近且有大學生聚衆焚燒關於心理及醫學的性書及馬克斯的著作的事件發生。其種種倒行逆施，不講人道，幾不能令人信為二十世紀文明國人民之行動。十四十六世紀西班牙的『異教審判』，佛羅倫司的『大燒浮華』以及教士們焚燬阿刺伯墨西哥大圖書館之慘劇，恐將一一重演。誰說他們身上沒有附著斐狄南（Ferdinand）薩伏那洛拉（Savonarola）和那些獰厲可怖的主教們的鬼魂嗎？

中國民族其實也未必便如周氏想像之庸下。六朝以後常受異族的侵陵與統治，人民習於奴隸生活，養成許多卑劣根性，所以歷史也就不大光榮，但漢以前則又何嘗如此？我們且不談那制作文物的黃帝周公（？），悲天憫人的孔老墨，捨身報仇的荆軻聶政，驚才絕豔的屈原宋玉，卽漢以後的人物如銘燕山的班超，通西域的張騫，威服四夷推中國聲教於海外的唐太宗、遠求經典傳印度文化於中土的玄奘法師，抱社會主義而實行變法的王安石，堅苦卓絕爲民族奮鬪的岳飛，文天祥，史可法，比之西洋歷史上的偉人亦何多讓。周氏說中國歷史上所演的常是幾齣老戲，所出台的不過幾個舊角，若上述的這些古人肯粉墨登塲重演一齣如火如荼可歌可泣的英雄劇，則我們真歡迎之不暇了。

他提倡性教育的結果，歐美幾本有名的性教育研究如司托潑夫人（M. C. Stopes）的結婚的愛(Married Love)聰明的父母(Wise Parenthood)藹利斯愛的藝術（Ars amatoria)凱本德（E. Carpenter）愛的成年(Loeés Coming of age)都翻譯到中國來了。青年對於性，不再將它當作神祕或猥褻的事而不敢加以討論了。對文藝上性慾的描寫從前是一概含着不莊重的眼光看視的，現在也能根據『人的文學』的論點，辨別其何者爲嚴肅的，何者爲遊戲的了。郁達夫沈淪初出時，攻擊者頗多，周氏獨爲辯護，謂此書實爲藝術品與留東外史有異，衆論翕然而定，而郁民身價亦爲之驟長。但天下事利弊每相半，國人不健全的性觀念固因此而略爲矯正，而投機者流亦遂借性問題而行其蠱惑青年之術。某博士卽在周氏筆鋒掩護之下，編著乂乂，其後又在上海開美的書店專售誨淫作品。周氏雖悔之而已無如之何。又一切下流淫猥的文字都假『受戒的文學』(Literature for the intiated) 爲護身符公然發行，社會不敢締，亦周氏階之厲。

人類學的研究對文學亦有偉大的貢獻。神話則有黃石之神話研究，鄭振鐸之希臘神話，ＡＢＣ叢書中有北歐神話，南歐神話。其他神話著作不可勝述。童話則民間的童話翻譯過來者固不下百十種，文學的童話如王爾德童話，安徒生童話，拉斯金的金河王，喀洛爾的阿麗斯漫遊奇境記，鏡中世界，庚斯來的水孩，以及繆塞的風先生和雨太太，孟代的紡輪故事，格林童話集、列那狐歷史，均有譯本。關於民歌童謠則周氏曾於一九一四年在紹興教育會月刊上登過徵集歌謠的啓事，一九一八年又在北京大學與劉復，錢去同沈萬士設立歌謠徵集處，一九二二年又成立歌謠研究會。發行歌謠週刊至九十六期乃停版。其後何中孚的民謠集，顧頡剛的吳歌甲集，王翼之吳歌乙集，謝雲聲閩歌甲集，及台灣情歌，召靜農淮南民歌，鍾奴文客音情歌集，蛋歌，及狼獞情歌，李金髮嶺東戀歌，劉半農瓦釜集，婁子匡紹興歌謠，皆在這影響之下產生，民間故事則林蘭女士對此幾為專家，如徐文長故事，朱洪武故事，呂洞賓故事，呆女婿故事，新仔婿故事，烏的故事，鬼的故事。又有鍾奴文民間趣事，顧頡剛孟姜女故事，研究妙峯山等等。民俗學研究之影響有江紹原鬚髮爪，黃石野蠻民族迷信之研究星零章篇甚多。

平淡與清澀作風的提倡，發生兪平伯廢名一派的文字。又有作風雖與此稍異而總名為語絲派者其作品大都不拘體裁，隨意揮灑，而寓諷刺於詼諧之中，富於幽默之趣。周氏常論浙東文學的特色謂可分為飄逸與深刻二種。『第一種如名士清談，莊諧雜出，或清麗或幽玄或奔放，不必定含妙理而自覺可喜。第二種如老吏斷獄，下筆辛辣，其特色不在詞華，在其著眼的洞徹與措語的犀利』語係派文字之佳者，亦具此等長處。但其劣者則半文半白，搖曳而不能生姿，內容亦空洞可厭。

鍾奴文曾推崇周氏道：『在這類創作家中，他不但在現在是第一個，就過去兩三千年的才士羣裏，似乎尚找不到相當的配侶呢。』這話固然有些溢美，但最近十年內『小品文之王』的頭銜，我是心悅誠服地奉獻給他的。

第二章　諷刺派與幽默派

所謂諷刺與幽默本來都是語絲派裏出來的，後來分途發展。但兩者間的關係，還很密切。諷刺派我們可推魯迅爲代表，幽默派則推林語堂爲代表。

魯迅本是個小說家而非小品文家・然他做雜感文字很有名，有『雜感家』之號。其作品有熱風，墳，華蓋集；華蓋集續編，而已集，二心集，三間集，朝華夕拾，野草，又與許廣平女士共編兩地書。近來改筆名爲何家幹在申報自由談做諷刺文字。

這位作家頭銜極多：有人恭維他是『東方的尼采』中國的『羅曼羅蘭』『蕭伯訥』『青年叛徒的領袖』『思想界的威權』；也有人喊他爲『刀筆吏』『紹興師爺』『學匪』『土匪』『世故老人』

作者的創作小說頗帶『虛無哲學』的色彩，而雜感的精神則大半積極。他不像他老弟作人先生一樣對中國的前途和民族悲觀，他還是抱着新青年『思想革命』的宗旨。他說他知道那古老堅固的堡壘不容摧破，但願意在黑暗中時時閃着匕首的光，使同類者知道有人還在進行攻擊。他又說養成思想革命的戰士而後去和中國傳統思想決勝負，這種意見實在迂遠渺茫，可悲可嘆，但他認定了『除此沒有別的法。』

他對東方文明的抨擊比乃弟激烈了不知幾倍。廚川白村痛罵日本人，曾引尚書『若藥不瞑眩，厥疾勿瘳』的話。尼采痛罵歐洲人也曾說『對於軟羽的入眠的感覺，要同它說話，應當用的鑠的雷光和砰訇的雷聲不斷的襲擊』魯迅似乎也如此。

在熱風裏和華蓋集裏有許多文字宛如高山峻嶺的空氣那砭肌的尖利，沁心的寒冷，幾乎使體弱者呼吸不得，然而於生命是極有益處的。這與尼采的 Thus spake Zarathustra 風格很有些相近，無怪人家要喊他爲『東方尼采』了。矛盾的魯迅論曾有這樣的話，

『……他確沒有主義要宣傳，也不想發起什麼運動，他絕不擺出我是青年導師的面孔，然而他確指引青年一個大方針：怎樣生活著，怎樣動作著的大方針，魯迅決不肯提出口號來呼號於青年之前，或板起了臉教訓他們，他的著作有許多是指引青年應當如何生活，如何行動的。在他的創作小說裏有反面的解釋，在他的雜感和雜文裏就有正面的說明。』

但是作者自華蓋集以後便掉轉攻擊中國腐敗文明的筆鋒施之於個人或一個團體了。

他那引繩批根，絮絮不休；他那『散佈流言』『揑造事實』『放冷箭』種種手段使用得太多而露出的破綻，都使讀者煩膩挑讀者反感。他把牛刀去割雞固然可惜，而因此露出自己『不近人情』的性格，失去讀者的同情則更爲可惜。

文學無非作家個性的表現，不管是誰讀了魯迅的雜感，都覺得這位作家的性格是那麼的陰賊，嶮刻，多疑，善妒，氣量褊狹，復仇心强烈堅韌，處處令人可怕。不信，有他文字爲證：

他的陰賊的天性在孩提時便顯著了。爲了一匹所愛『隱鼠』之失踪，而至於殘酷地害殺許多貓，而至於加保姆以『謀害』的罪名。這很容易使人聯想到史記張湯幼時掘鼠的故事。魯迅，他不但是一位刀筆吏，而且還是一位酷吏。他以他的犀利深刻的刀筆入人於罪又加以極殘酷的裁判，與長大後的張湯也正相似。又如聽人談二十四孝郭巨埋兒的故事，他說『但我從此總怕聽到我的父母愁窮，怕看我的白髮的祖母，總覺得她是合我不兩立。至少，也是一個和我的生命有些妨礙的人』這樣凶狠的思想居然會發生於一個小孩子腦筋裏，不是很奇怪的嗎？

他所有的雜感從華蓋集起至於最近的兩地書，百分之九十九在攻擊那些正人君子，大有『逃進棺材還要拖出戮屍之概』。（兩地書）其文字之辛辣陰毒，尖酸刻薄，及深文周納，任意羅織之處，我也不及一一舉例了。總而言之，都是性情巉刻的表現。

他的多疑出乎尋常情理之外。人家固得罪他不得，恭維他也是『公設的巧計』，用精神的枷鎖來束縛他的言動的。『不但恩惠，連弔慰都不願受。老實說罷，我總疑心是假。』狂人日記聞狗吠則以爲對他吠，趙貴翁看他一眼則以爲有陰謀，其兄與人偶語則以爲商議着要喫他的肉，雖是描寫狂人心理，也就是我們作家自己性格的流露。或謂魯迅所患乃患『迫害狂』一半是根於天性，一半則小時困阨的環境造成，檢查魯迅性格，不得不以爲然。

善妒有事實證明不必多述。氣量褊狹故將自己的世界也縮小得無以復加。如野草影的告別『有我所不樂意的在天堂裏我不願去，有我所不樂意的在地獄裏我不願去，有我所不樂意的在你們將來黃金世界裏我不願去。』失掉的好地獄，『朋友．你在猜疑我了。是的，你是人！我且去尋野獸和惡鬼……』而過客一文也說不願住在這有人的世界甯可走到陰森的墓地裏去。

復仇心的强烈也是自幼卽然。當『隱鼠』失踪後他說『當我失掉了所愛的，心中有着空虛時，我要充塡以報仇的惡念』此外則復仇二字常見於字裏行間。野草希望『這以前我的心也曾充滿過血腥的歌聲，血和鐵，火燄和毒，恢復和報仇』而且他還有消極的復仇法。野草有復讐二篇，其一則設爲二勇士相鬬，引路人聚觀忽又不鬬了。觀者無聊而至於失了生趣。二士乃以『死人的眼光，賞鑒這路人們的乾枯，無血的大戮，而永遠沈浸於生命的飛揚的極致的大歡喜中』其二則設爲耶穌被釘十字架時之感想。他不肯喝那用沒藥調和的酒，就是『要分明地玩味以色列人怎樣對付他們的神之子，而且較永久地悲憫他們的前途，然而讎恨他們的現在』

復仇的堅韌則如華蓋集雜感『無論愛什麼—飯，異性，國，民族，人類等等—只有糾纏如毒蛇，執着如怨鬼，二六時中沒有已時者有望。但太覺疲勞時也無妨休息一會罷；但休息之後，就再來一回罷，而且兩回，三回……』他對於愛如此對於恨自然更如此。他在孩子時代人誤殺其『隱鼠』可以懷恨至於大半年之久，則現在人揭其短宜乎怨恨至於十年尙不釋了。魯迅這人好像滿腔懷着毒念，不向人發洩則將自斃似的。野草有墓碣文一篇，中有句云『有一游魂，化爲長蛇，口有毒牙。不以嚙人，自嚙其身，終以殞顚……』這就是替自己寫照吧？

這樣『眦睚必報』陰險狠毒的性格，給青年影響當然說不上好字。十年以來新文壇忮刻之風大熾恐怕都是魯迅煽動的。長虹之推刃於他，使人聯想到『逢蒙射羿』的喜劇。所以魯迅的雜感文除了幾篇以外，其餘則正如陳西瀅所說『看過了就該放進應該去的地方』！

但魯迅的野草，却是不可不介紹的。這是一部一半散文詩，一半美的小品文的著作。李素伯批評它道『……這是作者不多賜予的珍貴的贈品，極其詩質的小品散文集，這是貧弱的中國文藝園地裏一朵奇花，正如這本小書的封面所繪的，在灰闇的天地間，有幾痕青青悅目的小草非常地可愛。那裏面精鍊的字句和形式，作者的個性和人生真實經驗的表現，人間苦悶的象徵，希幻滅的悲哀，以及黑而可怖的幻景，讀了不由得要想起散文詩的鼻祖波特萊耳和他一卷精湛美麗的散文小詩來。……雖然有人說展開野草一書便覺冷氣逼人，陰森森如入古道，而且目爲人生詛咒論，但這如波特來耳的詩集惡之華一樣是不適合於少年與蒙昧者的誦讀，但明智的讀者却能從這裏得到真正希有的力量」。

野草的全部文字都帶着神祕的意味，似乎受了李舍髮詩的影響，但藝術則高明多了。其筆墨冷峭精警，遒鍊幽麗，以舊有佛經句調與西洋色彩融和而成功一種特創的風格。裏面的空氣果然是陰闇而寒冷的，讀著時每引起低吟李賀「幽愁秋氣上青楓，涼夜波間吟古龍」和『我墳鬼唱鮑家詩恨血千年土中碧！』那種情味。

野草裏面有許多富於詩情畫意的自然描寫，不但爲舊文學所無也爲新文學所罕有。徐志摩寫景頗濃麗但論筆調之變化，似乎還輸作者一籌。現引好的故事一節爲例

我在朦朧中，看見一個好的故事。

這故事很美麗，幽雅，有趣。許多美的人和美的事，錯綜起來像一天雲錦，而且萬顆奔星似的飛動着，同時又展開去，以至於無窮。

我彷彿記得曾生小船經過山陰道，兩岸邊的烏桕，新禾，野花，雞，狗，叢樹和枯樹，茅屋，塔，伽藍

，農夫和村婦，村女，曬着的衣裳，和尚，簑笠，天，雲，竹……：都倒影在澄碧的小河中，隨着每一打槳，各各夾帶了閃爍的日光，幷水裏的萍藻游魚，一同蕩漾。諸影諸物，無不解散，而且搖動，擴大，互相融和；剛一融和，却又退縮，復近於原形。邊緣都參差如夏雲頭，鑲着日光，發出水銀色餤。凡我所經過的河，都是如此。

…………………………………………

河邊枯柳樹下的幾株瘦削的一丈紅，該是村女種的罷。大紅花和斑紅花，都在水裏面浮動，忽而碎散，拉長了，縷縷的胭脂水，然而沒有暈。茅屋，狗，塔，村女，雲，……也都浮動着。大紅花一朵朵全被拉長了，這時是潑剌奔迸的紅錦帶。帶織入狗中，狗織入白雲中，白雲織入村女中……。在一瞬間，他們又將退縮了。但斑紅花影也已碎散，伸長，就要織進塔，村女，狗，茅屋，雲裏去。

寫水光再沒有像這樣『潑刺奔迸』的筆調了。看到這樣風景的人是幸福，讀著這樣文字的人更是幸福。因爲世間不乏這樣風景却很少人能夠這樣寫。還有雪，風箏，臘葉都是溫度比較暖和的作品，文字也甚爲美麗

在莽原異執筆而後來又和魯迅決裂去提倡狂飆運動的高長虹著有實生活，從荒島到

莽原，春天的人們，給——，時代的先驅，光與熱，心的探險，曙，獻給自然的女兒，走到出版界，遊離及青白。長虹文筆頗有才氣能充分表現五四後青年狂狷精神其論文常有大膽的見解，如論雜交，天才破壞論，評胡適中國哲學史大綱，但惜理由缺乏。他的小品則有許多迷離恍惚難以了解處，也許是故意矜奇立異，表現什麼『未來主義』的特色吧——其實長虹所標榜的未來主義與西洋的Futurism不同。譬如『我殺了十五萬九千九百九十九萬九千九百九十八個人』（從荒島到莽原中我的死的幾種推測）殺人的數目爲什麼一定如此，很難教人明白。又如我想起一個頭來了，讓我叫他做最好的頭吧。但這也無關重要。頭們太多了，而且會變化！在公園裏，他們排列成棋子；照相上他們又建造了台階。（同書，天上人間）『黑的雲簇擁着黑的天空，像要從窗中闖入。我不去看牠。剎時，我也許會變成一座小山，雲和天空都變成雲，我和雲——雲……牠立刻又掉回頭去，我看見牠頸子直挺，說牠怒了。牠要用雷來驚嚇我。我是不怕雷的』（同書，黑的條紋）也都是些費解的言語『記得魯迅曾嘲笑他道『天上掉下一個頭，頭上站着一頭牛，哎呀，海中央的青天霹靂呀！這然是未來派的詩。』大約就是指這些話而說的。

彭芳草有苦酒集和殘燼集，小說集管他呢。他是直承魯迅道統的一個雜感家，其口吻模擬魯迅維妙維肖。雜之魯迅集中真可亂楮葉。其思想則就魯迅的思想做一番演義工作而已，並無持別見解。這樣文字，我們可以替它杜撰一個名目爲『假今董』但如進行曲，紀念張三，瑪麗的日記，神的對話，骷髏篇也都還做得有些意思。

現在生活週刊作望遠鏡與顯微鏡和主編星期三的徒然也是魯迅嫡系。惟三人所得於魯迅者各不同，長虹得其曖昧，芳草得其獷暴，徒然則得其冷峭。

林語堂以前常在語絲中撰文，女師大風潮之後，著有剪拂集對所謂正人君子大肆醜詆，什麼『暗娼』『野鷄』『文妓』『文妖』『叭兒狗』『畜生的畜生』『妖孽』並繪『魯迅先生打叭兒狗』一圖，至今常傳爲彼黨中佳語。

林氏在語絲時期主張謾罵主義，其論語絲文件一文卽可覘其意見之一斑。去年在上海辦論語半月刊一改而提倡幽默文件。

論語某期有文章五味一文『嘗謂文章之有五味，亦猶飲食。甜，酸，苦，辣，鹹淡，缺一不可。大刀闊斧，快人快語，雖然苦澀，常是藥石之言。嘲諷文章，冷峭尖刻，雖覺酸辣，令人興奮。惟鹹淡爲五味之正，其味雋永，讀之只覺其美，而無酸辣文章讀之肚裏不快之感。此小品文佳作之所以可貴。大抵西人所謂射他耳 Satene（諷刺）其味辣；愛倫尼 Jrony（俏皮）其味酸；幽默 Humour（談諧）其味甘。然五味之用貴在調和，最佳文章亦應莊諧雜出，一味幽默者其文反覺無味。司空圖與李秀才論詩書曰江嶺之南凡足資適口，若醯，非不酸也，止於酸而已若鹾，非不鹹也，止於鹹而已。中華人所以充飢而遽輟者，知其鹹酸之外，醇美者有所乏耳。知此而後可以論文。』又某期會心的微笑引韓侍桁談幽默一文云『這個名詞的意義，雖難於解釋，但凡是真理解這兩字的人，一看它們，便會極自然地在嘴角上浮現一種會心的微笑來。所以你若聽見一個人的談話，或是看見一個人作的文章，其中有能使你自然地發出會心的微笑的地方，你便可斷定那談話或文章中是含有幽默的成份。……』又說『新文學作品的幽默，不是流爲極端的滑稽，便是變成了冷嘲……幽默既不像滑稽那樣使人傻笑，也不是像冷嘲那樣使人在笑後而覺着辛辣。它是極適中的使人在理知上以後在情感上感到會心的甜密的微笑的一種東西。』

又與李青崖討論幽默。李氏主張以『語妙』二字譯 Humour 以音義均相近。林氏則謂『語妙』含有口辨隨機應對之義，近於英文之所謂 Wit。『幽默』二字本爲純粹譯音，所取於其義者，因幽默含有假痴假呆之意，作語隱謔，令人靜中尋味。…但此亦爲牽强譯法，若論其詳，Humour 本不可譯，惟有譯音辦法。華語中言滑稽辭字曰滑稽突梯曰詼諧，曰嘲，曰謔，曰謔浪，曰嘲弄，曰風，曰諷，曰誚，曰譏，曰奚落，曰調侃，曰取笑，曰開玩笑，曰戲言，曰孟浪，曰荒唐，曰挖苦，曰揶揄，曰俏皮，曰惡作劇，曰旁敲側擊等。然皆指尖刻，或流於放誕，未能表現寬宏恬靜的『幽默意義，猶如中文中之「敷衍」「熱鬧」等字，亦不可得西文正當譯語。最者爲「謔而不虐」蓋存忠厚之意。幽默之所以異於滑稽荒唐者：一，在於同情於所謔之對象。人有弱點，可以謔浪，已有弱點亦應解嘲，斯得幽默之真義。若單尖刻薄，已非幽默，有何足取？……二，幽默非滑稽放誕，故作奇語以炫人，乃在作者說者之觀點與人不同而已。幽默家視世察物，必先另具隻眼，不肯因循，落人窠臼，而後發言立論，自然新穎。以其新穎，人遂覺其滑稽。若立論本無不同，故爲荒唐放誕，在字句上推敲，不足以語幽默。滑稽中有至理，此語得之。中國人之言滑稽者，每先示人以荒唐，少能莊諧並出者，在藝術上殊爲幼稚。……中國文人之具有幽默者如蘇東坡，如袁子才，如鄭板橋，如吳稚暉，有獨特見解，既洞察人間宇宙人情學理，又能從容不迫出以詼諧，是雖無幽默之名，已有幽默之實』。

經此種種解釋『幽默』究竟是什麽大約可以明白了。現將論語創刊號緣起節錄如下以覘幽默文體之如何。

論語社同人，鑒於世道日微，人心日危，發了悲天憫人之念，辦一刊物，聊抒愚見，以貢獻於社會國家。大概其緣起是這樣的。我們幾位朋友多半是世代書香，自幼子曰詩云絃誦不絕。守家法甚嚴，道學氣也甚深。外客來訪，總是給一個正襟危坐，客也都勃如戰色。所談無非仁義禮智，應對無非『豈敢』『托福』自揣未嘗失禮，不知怎樣，慢慢地門前車馬稀了。我們無心隱居，迫成隱士，大家討論，這大概就是古人所謂『養晦』名士所謂『藏暉』的了。經此幾年的修養，料想晦氣已經養得不少，暉光也大有可觀；靜極思動，頗想在人世上建點事業。無奈泰半少不更事，手腕未靈，托友求事總是羞答：難於出口，效忠黨國，又嫌同志太多；入和尙院，聽說僧多少；進尼姑庵，又恐塵緣未了。計議良久，都沒出路，頗與失意官僚情景相似。所幸朋友中有的得享祖宗餘澤，效法聖人，冬天則狐貉之厚以居，夏天則絺綌必表而出之；至於美術觀念，顏色的配合，都還風雅，緇衣羔裘，素衣麑裘，黃衣狐裘，紅配紅，綠配綠，應有盡有。謀事之心，因此也就不大起勁了。其間，也曾有過某大學系主任要來請我們一位執教鞭，那位便問該主任：『在此年頭，教鞭是教員執的，還是學生執的？』那位主任便從此絕跡不來了。也曾有過某政府機關來聘友中同志，同志問代表，『要不要赴紀念週？做紀念週，靜默三分鐘是否十足？有否折扣？』由是黨代表也不來過問了。

這大概是去年秋間的事。謀事失敗，大家不提，在此聲明，我們朋友，思仰聖門，故多以洙泗問學之門人做綽號。雖然跡近輕浮，不過一時戲言，實也無傷大雅。例如有聞未之能行者自稱『子路』，有乃文好羊棗者爲『曾子』，居陋巷而不堪其憂者爲『顏回』，說話好方人者爲『子貢』。大家謀事不成煙仍要吸。子貢好吸呂宋煙，曾子好吸淡巴菰，宰予晝寢之餘，香煙不停口，子路雖不吸煙，煙氣亦頗重過屠門而大嚼故也。至於有子雖不喫煙家中各種俱備，所以大家樂於奔走有子之門。有子常曰『我雖不吸煙，煙已由我而吸』由是大家都說有子知禮，並不因其不吸，斥爲俗人。閒時大家齊集有子府上，有時相對吸煙，歷一小時，不出一語，而大家神遊意會，怡然而散。

一天，有子見煙已由彼而吸得不少，喟然嘆曰：『吸煙而不做事可乎？譬諸小人，其猶穿窬之盜也與？

』顏淵憮然對曰『嘗聞之夫子，飽食終日，無所用心，難矣哉！不有博弈者乎？爲之猶賢乎已！難爲了我們飽食終日，無所用心，至三年之久！積三年所食，斐然成章，亦可以庶幾也矣乎？』子路亦曰『嘗聞之夫子，年四十而見惡焉，其終也已！』於是大家決定辦報，以盡人道，而銷煙賬。

惜其時子路之岳母尚在，子路以辦報請，岳母不從，事遂寢。

今年七月，子路的岳母死，於是大家齊聲曰『山梁雌雉，時哉！時哉！』三嗅而作，作論語。（下略）

像這樣文字論語是很多的，但我總覺得滑稽的份子多而幽默的份子少。林氏也有自知之明，所以他曾說『論語發刊以提倡幽默爲目標，而雜以諧謔，但吾輩非長此道，資格相差尚遠』不過中國人本來不大懂得『幽默』，新文壇上的人物跳踉叫罵，極粗獷鄙倍之能事，更使人頭痛。林氏提倡的『幽默』若能將這惡風氣矯正一二分過來，功德便不淺了。

第三章　俞平伯和他同派的文字

俞平伯的詩是一種失敗的嘗試，前面已經說過了。至於他的小品散文則周作人稱之爲『近來第三派新散文的代表，是最有文學意味的一種。』他有雜拌兒，燕知草，又有與葉紹鈞合作的劍鞘。他的文字的特點據周氏說就是直承明末小品文的系統。周氏嘗以『集團』『個人』兩時期表示文學的變遷，又嘗把三千年文學分爲循環出現的『言志』『載道』兩派。載道派屬於集團，言志派則屬於個人。言志派必在王綱解紐，君師勢力衰歇的時代方得發展，所以晚周，魏晉六朝，五代，元，明末，民國有著真的言志文學。明代公安竟陵一路的文字是那時的一種新文學運動，兩派文學融合起來產生了清初張岱（宗子）諸人的作品。他們所作以小品爲多。小品是文學發達的極致，其位置處於個人文學之尖端。是集合敘事說理抒情的分子，浸在自己的性情裏，用了適宜的手法調理起來的東西。（參看周氏中國新文學源流，近代散文鈔新舊兩序）

現在的新散文實在還沿着明末小品文字的統系發展。所以周氏又在陶庵夢憶序中說『現代散文在新文學中受外國的影響最少，這如其說是文學革命的，還不如說是文藝復興的產物，雖然在文學發達的程途上復興與革命是同一樣的進展……我們讀明代有些名士派的文章，覺得與現代文的情趣幾乎一致，思想上固然難免有若干的距離，但如明人所表示的對於禮法的反動則又很有現代氣息了。』又雜拌兒跋說『現代的散文好像是一條湮沒在沙土下的河水，多少年以後又在下流被掘了出來；這是一條古河卻又是新的。』他說俞平伯和廢名的文字像竟陵派的清澀而其情趣則又似明末諸子。

關於前一點，周氏於講主張抒寫性靈的公安派之餘又說道『不過公安派後來的流弊也就因此而生。所作文章都過於空疏，浮滑，清楚而不深厚，好像一個水池，污濁了當然不行，但如其清得一眼能看到池裏，水草和魚類一齊可以看清，也覺得沒有意思。於是竟陵派又加以補救。竟陵派主要人物為鍾惺譚元春，他們的文章很怪，裏面有許多奇僻的詞句，但其奇僻絕不在摹倣左馬，而任着他們自己的意思亂作的。其中有許多很好玩，有些則很難看得懂。』他又說『胡適之冰心徐志摩很像公安派，清新透明而味道不甚深厚。好像個水晶球樣雖然晶瑩好看，但仔細地看多時就覺得沒有多少意味了。和竟陵派相似的是俞平伯廢名兩人，他們的作品有時很難懂，而這難懂却正是他們的好處。同樣用白話寫文章，他們所寫出來的却是一樣，不像透明的水晶球，要看懂不須費些功夫才行。』

俞平伯有一篇夢游是用文言寫的，脫稿之後不署姓名叫朋友們去猜，他們猜是明人做的，至遲也在清初。其白話文字也如他評張岱的文字『練熟還生以澀勒出之』又如前已引的周作人燕知草跋『以口語為基本，再加上歐化語，古文，方言等分子雜揉調和，適宜或吝嗇地安排起來有知識與趣味的兩重統制。』

關於後一點，則朱自清曾說『近來有人和我論平伯，說他性情行徑有些像明朝人。我知道所謂明朝人，是指張末張岱王思任等一派名士而言。這一派人的特徵我慚愧還不弄得清楚；借了現代的流行話大約可以說「以趣味為主」吧。他們只要自己好好地受用，什麽禮法，什麽世故，是滿不在乎的。他們的文字也如其人有著「洒脫」的氣息，平伯究竟像這班明朝人不像，我雖不甚知道，但有幾件事可以說他說明。你看夢游的跋裏，豈不是說，有兩位先生猜那篇文字像明朝人做的？平伯的高興從字裏行間露出，這是自畫的供招，可為鐵證。標點陶庵夢憶，及在那篇跋裏對於張岱的嚮往可為旁證……我知道平伯並不曾着意去模倣那些人，只是性習有些相近，便闇合罷了；他自己起初是並未以此自期的，若先存了模倣的心，便只有因襲的氣分，沒有真情的流露，那倒又不像明朝人了。』（燕知草序跋）又周作人也說平伯的雅致與明末人士相近。

按明末人士輕視傳統思想，掙脫禮教束縛，其性格大抵豪邁淸狂，風流放誕，甚有流於性僻者：如張岱文粃五異人傳，張山來虞初新志所記人物，頗有魏留名士和希臘犬儒派精神。其生活則主張『情趣主義』興之所在，立卽見諸行事。沒有什麼可以阻當得住。甚至有人將他全部生命犧牲在興趣上面的，好像徐霞客肩荷一襆被手挾一油傘，遨遊國內名山大川三十餘年，遠至粵西滇貴。飢渴寒暑盜賊虎狼及其他困難均不足稍沮其氣。嘗因友人一言之激登雁宕絕頂與麋鹿爲羣三晝夜；以一念好奇西行萬里求黃河之源。這樣奇人寄事實爲以前歷史所無，也就是明末人士精神之所在。

又對於生活能仔細地欣賞，享受。有周作人所說『好事家』態度。讀張岱陶庵夢憶，劉侗帝京景物略！李漁笠翁偶集，及隨時卽景就事行樂之法，均可覘其一斑。俞平伯夢憶跋謂張岱『其人更生長華腴，終篇著一毫寒儉不得，然彼雖放恣，而於鍼芥之微，莫不低徊體玩，所謂「天上一夜好月，與得火候一盃好茶，祇可供一刻受用，其實珍惜之不盡也」……』這就是生活享樂法的具體解釋。

相傳平伯赴美留學，到數日卽歸，朋友挽留不住，其興到卽來興盡卽返與山陰訪戴故事相彷彿。性格之脫落不羈可以相見。又平伯為俞曲園孫，家世甚舊。詩集憶所述童年瑣事富有細膩溫麗風光！在這樣環境裏長大的人當然能將生活加以藝術化。他的趣味與明末人士闇合，就不算什麼奇事了。

燕知草有許多文字情趣逼似明人，如春晨，緋桃下的輕陰，西冷橋上賣甘蔗，眠目，雪晚歸船，打橘子，槳聲燈影裏的秦淮河。

作者文字可分為兩個時期。第一時期注重細緻綿密的描寫，第一時期則文句較為單純表現一種素樸的趣味。朱自清說『書中文字頗有濃淡之別。……平伯有描寫的才力，但向不重視描寫。雖不重視，却也不至於厭倦，所以還有湖樓小揷一類文字。近年來他覺得描寫太扳滯，太繁縟，太矜持，簡直厭倦起來了。他說他要素樸的趣味。雪晚歸船一類東西，便是以這種意態寫下來的。……書中前一類文字好像昭賢寺的玉佛雕琢工細光潤潔白，後一類呢，恕我擬於不倫，像是吳山四景園馳名的油酥餅——那餅是入口卽化，不留渣滓的。』（燕知草序）

作者之詩喜談哲學，作散文此癖亦不能改。朱自清謂其『夾敘夾議的體製，却沒有墮入理障裏去，因爲說得乾脆說得親切，既不隔靴搔癢，又非「懸空八隻脚」這種說理，此實也是抒情的一法。』但我以爲這還是作者失敗的地方湖樓小擷寫風景大談其佛理，和同異之理，實覺令人頭痛。

朱自清的小品又有背影，踪跡（一部分爲新詩）最近在中學生上發表歐游雜記。

朱氏與兪平伯爲好友，文體亦頗相類，蓋同出周作人之門而加以變化者也。但兪氏雖無周廣博之學問與深湛之思想，而曾研哲學，又躭釋典，雖以不善表現之故有深入深出之譏，而說話時自然含有一種深度。至於朱氏則學殖似兪氏爲遜故其文字表面雖華贍而內容殊嫌空洞。兪似橄欖入口雖澀而有回甘；朱則如水蜜桃香甜可喜而無餘味。

兪朱筆法都是細膩一路。但兪較綿密而有時不免重滯，朱較流暢有時亦病輕浮。兪似舊家子弟雖有些討厭的架子，而言談舉止總是落落大方；朱似小家碧玉姿質聰明丰神秀麗有楚楚可憐之致，但終非大家風範。

這話或者有些唐突我們的作家吧。但看下面這一節文字，我又覺得這樣批評不算過分了。

她那幾步路走得又敏捷，又勻稱，又苗條，正如一隻可愛的小貓。她兩手各提一隻水壺，又令我想到在一條細細的索兒上抖擻精神走着的女子。這全由她的腰；她的腰眞太軟了，用泉的話說，眞是軟到使我如喫蘇州的牛皮糖一樣。不止她的腰，我的日記裏說得好：「她有一套和雲霞比美，水月爭靈的曲綫，織成大大的一張迷惑的網！」而那兩頰的曲綫，尤其甜蜜可人。她兩頰是白中透着微紅，潤澤如玉。她的皮膚，嫩得可以掐出水來；我的日記裏說「我很想去掐她一下呀！」她的眼像一雙小燕子，老是在瀲灩的春水上打着圈兒。她的笑最使我記住，像一朵花漂浮在我腦海裏。我不是說過，她的小圓臉像正開的桃花麼？那麼，她的微笑的時候，便是盛開的時候了；花房裏充滿了蜜，眞如要流出的樣子。她的髮不甚厚，但黑而有光，柔軟而滑，如純絲一般。

這段文字真是風流跌宕，詩意籠葱。尤其那活潑輕靈的筆調好像並不喫力，要模倣時半句也難。在新文學中這樣不落窠臼的『女性美』描寫，果然少有。但你知道他描寫的對象是什麼人呢？原來僅僅是友人家裏一個青年傭婦。

我並不說傭婦中沒有美人，也不敢限制作家描寫的自由。但總覺作家說話應當有點分寸。一個傭婦用了這樣美麗的形容詞去形容，真的見了西子王嬙又當說什麼話呢？作者與俞平伯共作『槳聲燈影裏的秦淮河』把那『一溝臭水』點染得像意大利威尼斯一樣。我已嫌其『描寫力』之濫用。但那是夜間所遊，所見景物本不明確，作家以想像力加以改造尙無不可，至於人物也要化『腐臭爲神奇』那就不大妥當了。總之作者見聞過於偏狹而描寫才力有餘遂不擇對象而亂用，所以如此。又他對於生活感覺得很美滿，只有讚頌永無咀咒，表現於文字者遂亦覺太甜，甜得至於令人膩。

其寫自然風景更多穠麗微婉，性靈流露之處。如荷塘月色之一段

> 目光如流水一般，靜靜地瀉在這一片葉子和花上。薄薄的青霧浮起在荷塘裏。葉子和花彷彿在牛乳中洗過一樣；又像籠着輕紗的夢。雖然是滿月，天上却有一層淡淡的雲，所以不能朗照；但我以爲這恰是到了好處—酣眠固不可少，少睡也別有風味的。月光是隔了樹照過來的，高處叢生的灌木，落下參差的斑駁的黑影，峭楞楞如鬼一般；彎彎的楊柳的稀疏的倩影，却又像是畫在荷葉上。塘中的月色並不均勻；但光與影有着和諧的旋律，如梵婀玲上奏着的名曲。

溫州蹤跡記馬孟容海棠橫幅，筆致之細緻秀媚也如畫中的花一般『嫵媚而嫣潤』『紅艷欲流』

但我們要知道作者風格也和俞平伯似的顯然分爲兩個時期。第一期如工筆花卉，設色鮮活而究覺扳滯。第二期則是寫意筆法了。像旅行雜記與溫州踪跡作風便不相同。

作者有些文字頗有雅氣像記仙岩梅雨潭的綠一段：『那醉人的綠呀，我若能裁你爲帶，我將贈給那輕盈的舞女，她必能臨風飄舉了。我若能挹你以爲眼，我將贈給那善歌的盲妹：她必明眸善睞了。我捨不得你；我怎捨得你呢？我用手拍着你，撫摩着你，如同一個十二三歲的小姑娘。我又掬你入口，便是吻過你了。我送你一個名字，我從此叫你「女兒綠」，好麼？』却是最可厭的濫調。新學爲新文學者每易蹈此而不自覺。特爲舉出以便知所取捨。

葉紹鈞爲五四後有名之小說家。小品文有與俞平伯合著之劍鞘．及脚步集。前者多寫景抒情，後者則多維感及短篇小說體之散文。

作者散文的好處第一是每寫一事，刻劃入微。思想深曲沈着，有鞭辟入裏之妙。試引回過頭來一節：

佤頭做功課也只是微薄的強制力，勉強支持着罷了。這可以把樂器的弦綫來比喻：韌強的弦綫找不到，固然可以把粗鬆一點的蹩腳貨來湊數，從外貌，這樂器是張着齊整的弦綫偶一揮指，也能夠發出卜東的聲音。但是這粗鬆的弦綫經不起彈撥的，只要你多彈一會或者用力重一點，她就拍地斷了。當然的，你能夠把牠重行續上；然而隔不到一歇，牠又拍然斷了！斷是常，不斷是變；不能彈是常，能彈是變；這蹩腳的弦綫還要得麼？可憐我僅有這蹩腳的弦綫，這微薄的強制力，所以「神思不屬是常」而「心神傾注」是變了。

形容不能潛心之苦，何等深細，而譬況又何其恰當巧妙。第二，他因爲氣力充足之故，常能不借『比喻』『形容辭』的幫助而爲正面的描寫。描寫借助於『比喻』原是文學上少不得的辦法，但真正上乘文字則自能以白描見長。如老殘遊記聽白妞說書一段文字是有目共賞的了。但胡適說它不如齊河縣看黃河打冰的一段。俞平伯朱自清的描寫好用比喻，徐志摩更多，甚至近於鋪排。而葉氏獨能擺脫這種習慣，『白戰不許持寸鐵』那得不令人拜倒！

回過頭來記福州某校籃球比賽，描寫球員跳擲奔馳的姿勢，曲折自如，淋漓頓挫，真公孫大娘舞劍手段！

葉紹鈞與俞朱亦屬至契，所以無形中有些受他們的影響。像腳步集裏的讀書，雙雙的脚步，與佩弦，國故研究者，「怎麼能……」頗有難拌兒風味。但以著者私見而論：這實是葉氏失敗之着。葉氏自己的文字，結構謹嚴，針縷綿密，無一懈筆，無一冗詞，沈着痛快，愜心貴當，既不是舊有白話文的調子，也不是歐化文學的調子，却是一種特創的風格，一見便知道是由一個斲輪老手筆下寫出來的。這實在是散文中最高的典型，創作最正當的軌範，豈惟兪平伯萬不及他，新文壇尙少敵手呢。——周作人雖爲小品散文之王但在所長在思想不在藝術——若他捨自己之所長而學他人之所短，那眞不啻下喬木而入幽谷的辦法了，我希望他以後不再如此。

豐子愷是一個藝術家以漫畫出名。關於藝術文字甚多，散文則有緣緣堂隨筆。豐氏乃葉紹鈞之友與兪朱大約亦相識。其作風當然不能强說與兪平伯一路，但趣味則相似。所謂趣味卽周作人之『隱逸風』及兪平伯『明末名士的情調』我們又不妨合此二者以日本夏目漱石的東方人『有餘裕』『非迫切人生』『低徊趣味』來解釋。

漱石草枕一書解釋東方趣味卽『採菊東籬下，悠然見南山，』『獨坐幽篁裏，彈琴復長嘯，深林人不知，明日來相照』的生活。他以爲『如果在二十世紀睡眠是必要的話，那麼在二十世紀，這出世間的詩味是很要緊的。在這些詩裏我們尋着了別的乾坤，那就是在令人疲倦的輪船，火車，權利，義務，道德，禮義之外，尋着了一個忘却一切，甜然入夢的乾坤。

豐氏說他的心爲四事佔據着：天上的神明與星辰，人間的藝術與兒童。他說『世間有一個極大而極複雜的網。大大小小的一切事物，都被牢結在這網裏，所以我想把握某一種事物的時候，總要牽動無數的線，帶出無數的別的事物來，使得本體不能孤獨地明晰地顯現在我的眼前，因之永遠不能看見世界的真相。』把這世網剪破，真相便顯露。藝術宗教，便是剪破世網的『剪刀。』怎樣剪法呢？他教人『對於世間的麥浪，不要想起是麵包的原料；對於盤中的橘子，不要想起是解渴的水菓；對於路上的乞丐，不要想起是討錢的窮人；對於目前的風景不要想起是某鎭某村的郊野。』這就將網剪斷了。其人便能『常常開心而讚美』了。這思想在現代也許是什麼『反革命』吧，什麼『落伍』吧，也許又是什麼『東方墮落文明』的結果吧，但在我個人却頗歡喜。

第四章　孫福熙兄第與曾仲鳴

孫福熙也是寫作很早而又有特殊風格一位作家。單行集有山野掇拾，北京乎，大西洋之濱，歸航，又與其兄孫伏園曾仲鳴合著三湖遊記。在貢獻，南華文藝，文藝咖啡所發表之小品散文尙不計其數。其作品特色是細緻。

一則喜注意瑣碎微小之事，無論何種艱窘題目都能做出一篇文章。如五四後他赴法留學。以三十餘日海船生活著爲赴法途中漫畫一文，逐日披露於北京晨報副鐫。海船生活至爲單調枯燥，卽善作文者亦苦無可說，而作者每日必有數百字記載，觸緒引申，詞源滾滾不絕，而趣味亦異常濃郁。歸國時所經皆原來路線，他又以三十餘日生活作爲歸航一集與前文毫無重複之處。山野掇拾乃暑假二十餘日之鄉村生活，每日記三四則五六則不等，無論一喫飯送信之微都能敷衍成爲一篇，不能不說難能了。孫氏常謂其友人呼已爲『細磨細琢的春台』——孫字——因他『取了一個梨子必削皮，削皮之前還要擦刀，等他削好皮，他人已每人一個帶皮喫完了。他還將梨切成薄片，結果每人再喫一片。』又說他這項細磨細琢的脾氣是他姑母和父親傳授給他的。他描寫他的姑母道：

認識我的姑母的人都十分羨慕他的針綫功夫，我在那時雖然還只是一個小孫——比現在還要小得多——

但也知道他做來的衣服的顏色和剪裁之稱心。他不但在針綫上用功夫，他在一切事務上都表現他的女性之美。……他每於我們產生之前給白銅大錢一千，這是他平日選擇而積儲起來的。串在紅綫上，結上許多象徵福壽的結。此後，滿月的帽，週歲的鞋，上學的書包都是精緻的繡花的。平日，穿的絲緜襖，布底鞋；喫的供神過的水菓饅頭，他人喜事送來的紅鴨子，常常封在包裹中從四十里外的鄉下送來。包裹上總是紅紙的封面，表明這是吉利的；好不容易拆開他堅固的縫綫，見有紅綫在衣角上互相的縫綴起來，以妨鬆散，衣袋中常有所謂長生果等以祈我們的長壽，而且使小孩高興，他決不讓人看見空袋，使人聯想到失望空虛等之感。有時在信裏寫明，這水菓是供過文昌帝君的，須個個小孩都喫到，將來讀書一樣的聰明；倘是紅鴨子則說這是某家的喜事，小孩們喫了可以像他們的昌盛。

這段文字也就可以代表孫氏的作風了。他後來文字更加細磨細琢，如北京平中之『味兒！』『淸華園之菊，』『畫餅充飢中的新年多慶，』『大家都起來放風箏呀，』細緻得教人頭痛，然而正是我們作家的長處。

次則他不但喜注意細微之事物，且能於細微中見出大處來。所謂一粟中現丈六金身，一微塵中現大千世界也。憶浮生六記的作者沈三白亦具此種天性。幼時以蚊爲鶴，閉之帳中徐噴以煙蚊飛且嗎，儼然縞衣玄裳之羣唳於青雲之上爲之怡然意遠。又見二虫戲於階石間，忽有龐然大物排山倒海而來，舌一伸而二虫已渺，不覺呀然以驚，神定視之這龐然大物原來不過是個蝦蟆而已。因爲他注全神於虫，自已也就化爲虫之渺小，所以蝦蟆在他那時感覺上不啻荒古之大爬虫了。這種記述每能給讀者以一種說不出的趣味。

孫氏大西洋之濱之九云『我很愛看海，但也愛看街上的水潭，水潭之大不如手掌，然而他是洋海的一部分，大風起來時，水潭起微波，在這波紋裏，看見漁舟一高一低的顚簸，幾個男子張網牽帆或轉舵，就是在家操手悵望的婦女們的父親大夫或兒子』之十九云『烏賊骨的斷塊零落的暴露在沙上，他們曾經是完全的，而且曾經是生活；水母有大有小的分布着，都有海蝨羣在上面，享受水母正腐爛了的氣味，直到海潮再來時止；有長有圓有紅有綠有粗有細的蚌殼，有雙殼完全的，有左缺右全的，有只留左殼或右殼的，有只留一角而不辨左右的，這個在那個的底下，那個在這個的旁邊，在同一床中各做各的夢；我俯身隨手檢起一個殼，鏟起一撮沙，放在掌中細着，有透明的彩色的石英，有灰白的輕鬆的石灰，有各種藻類各種蚌類的殘屑，啊，我的社會太寂寞了，他們的社會正熱鬧呢！」之十八『忽然動我的注意的是碼頭柱子上的黑點，我明白，這一定是書上所見的藤壺的羣體了。走近去，果然，幾百幾百的小孔如蜂窠的挨擠着，每個孔中有細小的肉是微露在孔外。我設想，他們中或者有時也有一個伸出他的脚，踢隣居一下，或者有時也有一個說出一篇大道理，要將某個擠出這個羣。……」

作者是個畫家，文字也就富於畫意。像山野掇拾之又是一個海天遠別『……雲霧忽然的遠去了，我追至山崖，盡我的目力送他到天邊！這又是一個海天遠別！天際有黃有紅，是黃海，是紅海。山峯浮出霧上是海中的小島。一樣的景象，一樣的相思！山與樹經霧的洗刷而更清，他已一掃塵濁而去了。小鎭的瓦屋及白楊參差而却有行列，不如地圖的塊紅塊綠，然而是變化有致；不如軍隊的一縱一橫，然而自成行列，這或者就是藝術家所找尋的原則，所可名爲活潑，名爲調和，名爲生命或名爲靈魂者是也」安納西湖『這時的夕陽正好，從雲後射出輻輻的光線，大小雲片如海上漁舟，在此金液炫煌的大海中徜徉。其色彩之豐富勻和，極天然的能事了。紫綠的山嶺襯在前景，使這幻夢的天空更顯得鋌鋌塘塘有如濃色的粉袋在此山間振拍，無處不現鬆軟蒸騰之感，而隨處分其綠褐紅紫的層次，這又是天工奪畫工的能事了。這樣一幕一幕的變換景色，一刻不停地產出瑰麗的情調，非筆墨所能盡致，而畫家順次的採納胸中，供給他美滿的寶藏……』

作者文字人皆稱其『富有陰柔之美』其實自周作人至於俞朱葉豐都是陰柔一路，而作者更爲顯著罷了。姚鼐與魯挈非書云『其得於陰柔之美者則其文如升初日，如清風，如雲如霞，如煙，如幽林曲澗，如淪如漾，如珠璧之輝。如鴻鵠之鳴而入寥廓。其於人也謬乎其如嘆，邈乎其如有思，暵乎其如喜，愀乎其悲……』曾國藩論陰柔之美標出『茹遠潔適』四字。他們這一路文字正與此相近。但能夠如此，也需要相當的條件，至少你要有一副沖和恬淡的胸襟，一團溫柔和同情，一片飄逸瀟灑的韻致，再加以敏銳的觀察力，精鍊的藝術，與後才能做一個陰柔派的文學家。

孫伏園爲福熙之兄，五四時當晨報副刊的編輯，提倡新文化。對於新文藝之介紹亦不遺餘力。因爲副刊是日刊性質，人家長篇作品雖不願意到上面登載，但富於時間性的短篇却爭在這文藝之園求其出路了。晨報副刊在五四後儼然成爲新文藝的主要機關，說者謂其功績較之文學研究會更大，創造社則更不能望其背項了。而副刊之所以能如此出色，都是孫伏園的努力。

孫伏園在副刊主筆時代自己創作甚少，惟曾與顧頡剛合著妙峯山，對於民間信仰甚有研究。民國十六七年間在上海與同志辦嚶嚶書店，發行一種半月刊名爲貢獻者，以經濟無來源之故不久卽停。去年與曾仲鳴等辦南華文藝以回教徒不喫猪肉一文激起風潮，此刊遂亦夭折。現在聽說他們又捲土重來另辦刊物了。在上述幾種刊物中伏園均有零星文字發表。

伏園純文藝長篇述作以三湖遊記之麗芒湖記爲著。

其文字風格沉着，用筆精鍊，措詞雅飭，不愧『醇正』『純粹』二語的批評，一見卽知爲身經百戰的老將出手。他的文字也與孫福熙一派，用筆至爲細緻，但還有勝於乃弟之處。因爲福熙少年時作品疏宕散漫，藝術不甚完美，近年漸趨凝重，但有時又顯雕琢的痕迹，像他那篇安納西湖遊記已經大不自然，小說集春城更矯揉造作了。伏園則穩重之中仍含流利；修飾之中尙有自然，像一個飽經世故的中年人不肯胡亂說話，不肯輕舉妄動，但有時他那天真坦白的談笑比浮薄少年的更可愛呢。

再者伏園又有一種詼諧風趣，也是福熙集中找不出的。他在北京晨報副刊時代因為有幾根鬍子大家都叫他『老頭子』或『孫鬍子』他遂居然以老以居了。像麗芝坐船一段『我們三人便上了船，照這裏辦法，所謂三人乘船者這三個人當然既是乘客也是船夫，但他們兩位是麗芒式的，我却是西湖式的；麗芝式的人跑到西湖去垂拱而天下平的事是誰也會幹的，我一個西湖式的人跑上麗芝來却束手無策了。恰好怒安兄忽然敬老起來，我便劃了船頭一席地作養老院。……現在我還沒有看見你的釣竿呢，養老院的老人照例是多嘴的……』又如論房東德立發夫人終日殷勤作工的問題『……在中國社會裏常見有好喫懶做的例如我自己，難道我是富翁嗎？決不然的，只是因為情願餓死，懶得作工吧了。……這又是貪懶人的觀察了，一開口便是「輕鬆」這類字眼……』

曾仲鳴的作風與語絲派大不相同放在孫氏兄弟一處談論委實不倫不類。但他與孫氏兄弟合著過三湖遊記又合辦許多文藝刊物，就借這點關係使他們璧合在一章吧。

曾氏雖是學化學的人，對於文學自具『宿根』不但對於法國文學多所探討，中國舊詩詞的造詣也不錯。他的詩詞秀麗明爽，風韻天然。輕揚哀婉淒惻欲絕有落花迴雪微風咽簫之致。散文句法短峭韻味雋永絕似宋明名家小品。雖不脫文言窠臼，但比起那滿口槎枒似通非通的歐化文還是這個爽快。引其蒲爾志湖遊記中譯自荷（Réraud）文字一段

每處名勝，都有引人遊覽的特點，每處名勝，也都有何時宜於遊覽，何時不宜於遊覽的時節，只有沙維華便不同了。到了春候，沙維華的山谷裏東風和煦，羣花怒發，燦然與浩浩的天色相掩映。迨至夏日湖光山影，互相爭碧，皓白的孤帆，每從波上，颯然搖空綠而去，直達天涯，縹緲始不可見。秋季的紅葉黃樹，或搖曳水邊，或橫斜遠峯。嚴冬旣深，遙峯極雪，長松懸冰，晨受日光，則暈紅似玫瑰色，夜照明月則益覺皎潔無塵，沙維華的風景，真是隨時隨地都使人流連呢！

譯拉馬丁在夏佛哀 Raphoël 小說中描寫蒲爾志湖之初雪已下，將遠峯的松杉染作白色，我已不能在山中散步了。十月底的溫和氣息，沈聚於山谷裏，湖邊的空氣，與湖上的波浪尙微暖可近。白楊徑間，正午時爲陽光所映，枝影參差密布地上，

深山的聲籟亦時時聞到……

又有一段：

如今已經不是秋候了。日光從雲隙射出，照耀四遠，覺得冬天尙帶暖氣……有時晨起，忽見微雪片片，如天鵝的白羽，飛翔空際『輕覆晚開的玫瑰花，與園隅的長靑草。正午日出，薄雪盡融，湖光更淸麗動人，最後的殘照，浮漾波間，作光明滅……巖旁的無果花樹葉尙未落，疎枝倒映湖面，隨風搖蕩，斜陽留影巖石，石色更暈紅如醉……

他自已散文亦大都如此，不更細述。

第五章　幾個女作家的作品

冰心的小詩在新詩壇已獲得特殊地位，她的小品散文和短篇小說也著盛譽。但以她的小說與小品散文並論則我覺得後者更勝。無怪周作人要列之爲三派文字的代表之一了。她的散文有往事，寄小讀者，南歸。還有收在超人中的遺書，笑，和發表在小說月報的到青龍橋去，夢，如其說是小說還不如說是散文。

往事共有二篇，其一收在小說集超人裏，其一則收在單行本往事裏，現在都收到冰心散文集裏去了。

第一篇往事所記都是北京學校和家庭的生活斷片：有母親膝下的嬌癡，有姊弟窗前燈下的溫馨笑語，有同學讀書遊嬉的瑣事，有春郊的俊遊，有夏晚的追凉，有秋宵的清談，有冬夜的好夢。……文字之輕倩新清，靈幻豔異，無法可以形容，借作者自已的話來說：則似夜，似新，似繁星，似溫柔的黃昏，似醉人的春光，似瞬息百變黃金色的雲霞，似開滿在時間空間專供慧心人採擷的空靈淸豔的花朶。

第二篇則記美國留學時養病醫院的生活。我們的女作家離開她最崇拜最親愛的母親已經孤寂不勝：更加之臥病萬里的海外，倚枕百般迴腸凝想，於是如水的客愁如絲的鄉夢，都化成一行行悲涼淒怨的文字了，這篇文字正像她描寫林中月下的青山，充滿了凝靜，超逸，與莊嚴，中間流溢着滿空幽哀的神意。而思想則較前篇更爲透澈，你看她「別離碎我爲微塵，和愛和愁，病又把我團捏起來，還敷上一層智慧。等到病叉手退立，仔細端詳，放心走去之後；我已另是一個人！」又說『我要從此走上遠大的生命的道途！感謝病與別離。二十餘年來，我第一次認識了生命。』那又豈是尋常人能說的話！

兩篇文字風格亦略有不同：前者是縹渺幽深，後者是纏綿悲壯。前者是迴憶的甜蜜，後者是迴憶的悽清。前者是天真少女的談心，後者是病中詩人的靈感。前者之色濃，後者之色淡。前者之味甘，後者之味苦。前者略病矜持，後者純任自然。我覺得第二篇愜意些。

寄小讀者共通訊二十九則。作者赴美時，特在晨報副刊上闢兒童世界一欄逐日向小讀者們報告行程與感想。其中有幾篇則寄其父母與弟妹的家書。另有山中雜記十篇，也是遙記小朋友的。這本書的文字固力求顯淺，但哲理還自湛深，那些愛談貓哥哥狗弟弟的兒童們未必能領略吧。孟代 Catulle mendes 的紡輪故事雖作童話體裁，但說者謂這本書不是爲兒童而作却是爲青年男女而作。我於冰心寄小讀者亦云。

作者四版自序云『假如文學的創作是由於不可遏抑的靈感，則我的作品之中，只有這一本是最自由，最不思索的了。』這本書的筆路揮灑自然，有行雲流水之致。在別的文字裏，我們看見一個明璫翠羽嚴裝橡飾的冰心，在寄小讀者裏我們却看見一個鉛華盡卸蛾眉淡掃，現出自然丰韻的冰心了。

通訊中如通訊二，六，十，十二，十三，十四，十五，十七，十九，二十一，二十二•都值得細讀。

那些鼓吹母親的愛的，描寫自然情景的，發揮哲理的，早已有許多人欣賞批評了，我也不必更費紙筆來鈔錄。但她過日本時參觀遊龍館中日戰勝紀念品和壁上戰爭的圖圖，有一段很可注意：

周視之下，我心中軍人之血，如泉怒沸。小朋友，我是個弱者，從不會抑制我自己感情之波動。我是沒有主義的人，更顯然的不是國家主義者，我雖那時血沸頭昏，不由自主的坐了下去。但在同伴紛紛嘆恨之中，我仍然沒有說一句話。

我十分歉仄，因爲我對你述說這一件事。我心中雖豐富的帶着軍人之血，而我常是喜愛日本人。我從來不存着什麼，屈愛與仇視。只爲着「正義」，我對於以人類欺壓人類的事，似乎不能忍受。

我自然愛我的弟弟，我們原是同氣連枝的。假如我有吃不了的一塊糖餅，他和我索要時，我一定含笑的遞他。但他若逞强，不由分說的和我爭奪；爲着「正義」，爲着要引導他走『公理』的道路，我就要奮然的懷着滿腔的熱愛來抵禦，並碎此餅而不惜！

我們的女作家是不主張有國界的。像她的短篇小說國旗，以及爲晨報週年紀念作的好夢，都透露此中消息，但爲了『正義』和『公理』，眼中也就放射凜然『神聖之光』了。她的長詩『我愛，歸來罷，我愛！』爲濟南慘案而作。其中以母親象徵中國，兒女象徵國民，惜詞悲慘而壯烈，讀之使人深切的感動。作者不食人間煙火的仙子，偏自說血管中蘊有軍人的血。他通訊中『羨慕大刀闊斧的胸襟，想望帶鏢背背劍的夜行者，含茹勝利者的悲哀，致慨於紅人的淪亡』——用李素伯語——再合之以這一段感想，我們應當認識她的真精神。誰說我們的女作家專以『愛』字解釋人間的一切問題呢？

南歸是她記述母親的死一篇長文。從得病重電報返滬至下葬後兄弟陸續得着噩音時止，洋洋數萬言，侍疾送終的情事，纖息無遺，讀之歷歷有如目覩。其深哀極慟，出之以平靜的筆調，愈覺纏綿悲惻引人無窮眼淚。我們女作家一生歌頌母愛，非有這篇有力的大文字不足以結束她以前一切文章。古文中寫家庭骨肉生死離別的情感：如李密陳情，歐公瀧表，歸有光林紓等之先妣事略，也曾使我泣下，但讀了南歸再讀那些文字又覺有些不滿足的感想。這不滿足當然不是他們的文字不好，只覺得現代人的精神飢餓，不是那一點食物所能救療的罷了。雖我們對古人的同情不如對今人之厚，但古文呆板粗疏不能表現深厚細徵的情感也是重要的原因。冰心這篇文字證明了白話文學遠勝文言，我們不可不注意。

馮沅君女士曾與陸侃如合著中國詩史，此外發表關於國學的研究尚多，我們以爲這是一個故紙堆中討生活的人物，與創作是無緣的了。但她有小說集卷葹，刦灰，又有書翰集春痕。

春痕後記裏說『春痕作者告訴我：春痕是五十封信假定爲一女子寄給她的情人的，從愛苗初長到攝影定情，歷時約五閱月。作者又說：這五十封信並無長篇小說的結構，雖然女主人的性格是一致的，事實也許是銜接的』這樣看來這本書當是書翰體(Letter-Writing)的小說了。但細讀內容，其中故事沒有小說之有意的結構，倒有事實之自然的進展，如其將文歸入『假定』的小說裏講，不如歸入表現自己的抒情小品裏講。

作者寢饋於舊文學甚深，所以書中富有舊文學辭藻，而且常有掉書袋的脾氣。有些短篇竟全完似明清名人小札如：

冒雪視故人病歸，意璧君必有信來；乃遍尋阿兄案頭，僅得不識者之賀年片一張，失望殊甚！今日病幾全愈，然精神仍散漫，不能靜心讀書。

又降雪矣！西園景色何如？冥想今日騎小驢行西山道中，眞神仙不啻也。

——冒雪

說起花來就有話說了。我以爲花中之最香者當數蘭與玫瑰。蘭之香清遠，玫瑰則甜美。蘭如高士，玫瑰如好女。……春日玫瑰如美人之妙年，嚴妝；秋日的玫瑰則如美人之遲暮，病起。樹中，璦愛松，柏，梧桐，楊柳。花中，璦愛菊，蘭，玫瑰，荷花。樹與花之間者愛芭蕉。

——說起

像這樣『冰雪小品』春痕中頗爲不乏。她的書簡與曾仲鳴正可相提並論。因爲兩者都是從古文中出來雖未融化乾淨而趣味却極其清雋的。至於全部的故事則呑呑吐吐，隱約其詞，令人摸不着頭腦，大類『淸澀派』的作風。與作者用淦女士筆名發表的卷葹大異其趣。也許作者有不得已的苦衷，所以如此，但私人尺讀旣用小說名義公之於世、又不願讀者明瞭內容，叫人猜悶葫蘆，則殊使人不滿。

陳學昭有倦旅，煙霞伴侶，寸草心，南風的夢，又有用野蕖筆名發表的憶巴黎。唐嗣羣評她的憶巴黎云『他的散文有時是秋天——如像她以前的倦旅和煙霞伴侶等集無處不帶着一種肅殺的氣氛，可是這本却像冬天，我們聽得那裏怒號的北風，好像是等待春光的來臨，而又不耐的覺得牠珊珊來遲的哀怨。』李素伯以她和冰心等比較之後却說『比如說「雜花生樹羣鶯亂飛」一明陽春煙景固然可愛；「空山無人水流花開」的空靈妙境，也能使人意遠；而「哀猿叫月獨雁啼霜」的凄涼的樂曲更是人事之常，易爲人情所理會，激起深切的感興來。』這可見學昭的文字是怎樣一種情調了。

盧隱女士創作短篇小說的時期正在五四之後和冰心一樣遲早，至於小品散文則似近年始有嘗試。已成單行本者有歸雁，雲鷗情書集，散在華嚴月刊者有許多散文詩，載在婦女雜誌者有東京小品。廬隱文字以情感熱烈著名。像雲鷗情書集對於戀愛之逞行直遂，不顧一切，也可以看出我們作家個性之一斑了。總而言之廬隱對戀愛的態度頗類昔人批評蘇東坡詩如丈夫見客大踏步便出，從不扭捏作態，其豪爽至爲可愛。

石評梅有評梅日記及其他遺著。她生前作品多披露於革嚴及晨報副刊。其文字朋麗哀怨，頗爲動人。

陸晶淸有素箋，信十封，分致十個對她有恩有情而始終不能與她結合的男子。其中故事，眞實而富於趣味，可當記事散文讀，也可以當小說讀。在許多書翰體著作中，這本書體裁最爲奇特。

謝冰瑩以從軍日記得名。林語堂曾譯之爲英文並極力爲之揄揚。此外則有麓山集。

自陳學昭以下幾個女作家的作品，都賦有現代中國女子的特色。即熱情噴湧，性格偏激，行動跅弛不羈，輕視傳統的禮教，富有反抗的精神，也許她們都是將來革命主力軍之一吧。——破壞後的建設當然不是她們的事——至於藝術則完美者甚少。像冰瑩的麓山集，受過中學教育國文淸順的女孩子就寫得出來，不過她們沒有冰瑩那樣經驗罷了

第六章　徐派散文

徐志摩不但爲新詩領袖而且爲小品散文的名手。平生著作有落葉，（其中大部分爲講演稿子）自剖，輪盤（其中半爲短篇小說）巴黎的鱗爪四種。

寫新詩態度的謹嚴自聞一多始，寫散文態度的莊重自徐志摩始。志摩前的散文如語絲派之半文半白隨筆亂寫固不必論，冰心可算得有意試寫小品的人，但其筆調出自明清人小品，雖雅潔可誦，而本來面目還依稀存在，略爲聰明的女孩子都可學得幾分像。至於徐志摩的散文則以國語爲基本，又以中國文學西洋文學方言土語鎔化一鑪，千錘百鍊，另外鑄出一種奇辭壯彩，幾乎絕去町畦，令學之者無從措手。

志摩在輪盤集自序裏說『我敢說我確是有願心想把文章當文章寫的一個人』又提出幾個西洋散文家如 G. Moor, W. H. Hudson 等的作品，說道『這才是文章，文章是要這樣寫，完美的字句，表達完美的意境。高抑列奇界說詩是 Best words in best order 但那樣的散文何嘗不是 Best words in best order? 他們把散文做成一種獨立的藝術。他們是魔術家。在他們的筆下，沒有一個字不是活的。他們能使古奧的字變成新鮮，粗俗的雅馴，生硬的靈活，這是什麼祕密？』這話正可以說是志摩的自讚。梁實秋說『志摩的文字無論扯得離題多遠，他的文章永遠是用心寫的，文章是要用心寫，要聚精會神的寫才成。……志摩的文章往往是頃刻而就，但是誰知道那些文章在他腦子裏盤旋了幾久？看他的自剖和巴黎鱗爪，選詞造句，無懈可擊。志摩的散文有自覺的藝術。(Conscious workmanship)

志摩散文等於他的詩，所以優點和缺點也和他的詩差不多。他的散文很注重音節。——散文也有音節，中國古人早已知道。阮元文韻說『梁時恆言所謂韻者固指韻脚亦兼謂章句之音韻，卽古人所言之宮羽，今人所言之平仄也。』其子阮福曰『八代不押韻之文，其中奇偶相生，頓挫抑揚，詠歎聲情，皆有合乎音韻宮羽者，詩騷之後，莫不皆然……』——自已誦讀時音節的優美，簡直可說音樂化。善操國語的人揣摩他散文語氣的輕重疾徐，和情感的興奮和緩，然後高聲誦讀，也可以得到他音節上種種妙趣。——像周作人魯迅的散文便不可讀。至於色彩的濃厚目前散文中尙無敵手。辭藻之富麗，鋪排之繁多，幾乎令人目不暇給。真有如青春大澤，萬卉初葩；有如海市蜃樓，瞬息變幻；如有披閱大李將軍之畫，千巖萬壑，金碧輝煌有如聆詞客談論，飛花濺藻，粲於齒牙；更如昔人論晚唐詩『光芒四射，不可端倪，如入鮫人之室，謁天孫之宮，文彩機杼，變化錯陳』但有時也與他的詩一樣顯出堆砌太過的毛病。

志摩是個理想主義者，感情極其豐富，而且相信感情的力量可以改造人生，改造世界。所以他的文字異常熱烈，真誠，富於感人的魔力。。可以說是感情的散文』其爲人所不能及處，正如梁實秋所說是『無論寫的是什麼題目，永遠保持着一個親熱的態度』梁氏又說『他的散文不是板起面孔來寫的——他這人根本就很少有板起面孔的時候。他的散文裏充滿了同情和幽默。他的散文沒有教訓的氣味，沒有演講的氣味，而是像和知心的朋友談話，無論誰，只要一讀志摩的文章就不知不覺的非站在他的朋友的地位上不可。志摩提起筆來毫不矜持，把心裏的話真掏出來說，把他的讀者當做頂親近的人，他不怕得罪讀者，他不怕說寒傖話，他不避免土話，他也不避免說大話，他更儘量的講笑話，總總他寫起文章來，真是痛快淋漓，使得讀者開不得口，只有點頭，只有微笑，只有傾服的份兒！他在文章裏永遠不忘他的讀者，他一面說着話，一面和你指點，和你商量，真跟好朋友談話一樣，讀志摩的文章的人，非成爲他的朋友不可，他的散文有這樣的魔力。』又說『文章寫得親熱，不是一件容易事，這不是能學得到的藝術。必須一個人的內心有充實的生命力，然後筆鋒上的情感，才能逼人而來』（所引梁語均見志摩紀念）

這話是很不錯的，讀了志摩的文字，就好像親自和志摩談話一樣，他的神情，意態，口吻，以及心靈的喜怒哀樂，種種變化，都活潑潑地呈露讀者眼前，透入讀者耳中，沁入讀者心底。換言之，就是他整個的人永遠活在他文字裏。于賡虞說『我們知道風格就是文字的風采，神韻，形式，而這風采，神韻，形式之中就蘊藏著作者生命的影像。這種內質與形像是不能分離的，所以單是文字不足以表示風格的特色，單是生命的神思，而所寄託的形像也不能表出它的容態，我們又知道文字是死的，而情思是活的，以死物來表現靈感，無人不感覺困難，惟天才者能戰勝此種難關。志摩文體的風格所以能做到前無古人雄視一世的原因，就在他的靈活，巧妙，善變的筆調中有着生龍活虎一般的神思』（志摩的詩）

但情感的文字容易流於梁氏所說的 Mannerism。志摩常自謂『在筆頭上扭了好半天，結果還是沒有結果』所謂『扭』便是 Mannerism 的解釋。有人譯爲『作態主義，』卽拿腔做勢的意思。譬如李白代壽山答孟少府移文書起句云「淮南小壽山謹使東峯金衣雙鶴銜飛雲錦書於維揚孟公足下」可說是一種 Mannerism，梁啓超羅蘭夫人傳「羅蘭夫人何人也，彼拿破崙之母也，彼梅特涅之母也，彼瑪志尼，噶蘇士，俾士麥，加富爾之母也。」「於是風漸起，電漸迸，水漸湧，譆譆出出，法國革命！嗟嗟咄咄，法國遂不免於大革命！」也是一種 Mannerism 不過我們要知道的志摩文字以有純真的人格做骨子，所以雖然文字有些『拿腔做勢』並不惹人憎厭，至於不善學他的人便難說了。

情感的文字易於表現不受羈勒縱情任性的本色。某批評家批評他的思想道『他是沒有穩定的思想的，祇如天空一縷輕煙，四向飛揚，隨風飄蕩而已。』揚振聲也說『奏節他是沒有，結構更談不到（按此二語乃另一意義的說法）但那股瀟洒勁直是秋空一縷行雲，任風的東西南北吹，反正他自已沒有方向。他自如的在空中舒卷，讓你看了有趣味就得，旁的目的他沒有。』（論志摩的散文）志摩自已說做文章好跑野馬，一跑就是十萬八千里，而且差不多沒有一篇文章不跑。落葉描寫日本地震忽然拉扯到中國人的幸炎樂禍，又拉扯到人類患難時的同情，又拉扯到聖經的天地末日，死城在外國姑娘墳上忽發一大篇飛蛾殉光的道理，又說到自已從前愛人的死（想兩者都是他自已現想的象徵）甚至連翻譯小說都戒不了他這『跑野馬』的習慣，像他譯的渦堤孩第十六章竟跑了一二千字的野馬，什麼書中所無的『阿彌陀佛』『孔夫子』『貞節牌坊』『怒髮衝冠』都拉扯上了。梁實秋在志摩紀念裏又說道『嚴格地講，文章裏多生枝節(Digression)原不是好事，但是有時那枝節本身來得妙讀者便全神傾注在那枝節上，不回到本題也不要緊。志摩的散文全是小點文的性質，不比是說理的論文，所以他的「跑野馬」的文筆不但不算毛病，轉覺得可愛了。我以爲志摩的散文優於他的詩的緣故，就是因爲他在詩裏爲格局所限，不能「跑野馬」以至不能痛快的顯露他的才華。』

胡適在追悼志摩一文裏說『他這幾年來想用心血澆灌的花樹也許是枯萎的了；但他的同情，他的鼓舞，早又在別的園地裏出了無數可愛的小樹，開出了無數可愛的鮮花。他自已的歌唱有一個時代是幾乎銷沈了；但他的歌聲引起了他的園地外無數的歌喉，嘹亮的唱，哀怨的唱，美麗的唱，這都是他的安慰，都使他高興。』果然，志摩的詩影響了許多青年詩人成爲新月詩派（本書稱爲詩刊派）志摩的散文也影響了許多人而成爲徐派，他並沒有錯把種子撒在荊棘和山石上。

第一還是他的老朋友聞一多，那篇『杜甫』誰不說是志摩另一筆底的化身？不過他有他自已態度謹嚴的特色而已。至於陳夢家方瑋德，方令孺，儲安平，李祈，何家槐一羣後起之秀，其有心模擬他的筆調更爲顯而易見的事實。現暫引幾段文字以見一斑。

剝，剝，看護在門上輕輕的敲。裏面，由如從一個深洞裏應出來的一聲回響。答應說『進來』。門開了，可是，呀，是跌進了一個地洞還是誤扭開了另一個世界的門！一層紅昏昏的光暈，一股熏熏的陳氣，烘的撲上來模糊了彩蕉的視線，塞住了他的呼吸。外面的陽光，這兒沒有，外面的空氣，這兒沒有，每一件東西上罩着紅灰灰的一層甚麼東西，這麼裏也像滿滿的飛着這紅灰灰的灰星子。……彩蕉心裏想，小說上說的做黑道生意的，地窖子，剝皮房，該也就這樣罷。房那頭一個高個兒的人在那兒謅着一碗稠稠的東西，怕不就是蒙汗藥，這兒這黑滲滲的大長春櫈似的案版，就是開剝的地方。那個更高大的洋人正在帶上一雙挺長的皮手套，哪，該在預備了，他一定高興他又有機會來練習他的本領。刀尖出彩，不是麼？現在的人樣樣都興講藝術，做人有做人的藝術，罵人有罵人的藝術，殺人有殺人的藝術，行行出狀元。這開剝人的屠夫，你看他帶手套的那姿勢，就斷得定他是他是個中能手。他這磁琅琅一刀開下去，這刀尖下的臟腑位置，那兒是胃，那兒是肺，那兒是甚麼經絡，甚麼骨頭，他全不會弄錯，他一點也不捨得糟榻，他骨頭分做骨頭，軟筋分做軟筋，黃牛肉分做黃牛肉賣，水牛肉分做水牛肉賣。彩蕉想到他瘦，只好做水牛賣，就自個兒笑了。李祈照X光室

這幾十個青年拋下了他們二三十年來在他們自已的生活裏所積蓄下來的物質及精神的全部產業，合着他們目標相合的同志，要想爆裂出一聲，爆裂出一聲像獅子的狂吼；演一次，演一次像颶風捲起了太平洋的大浪。他們要帶着他們不可忍的義憤，跨過那雄壯的山海關，上山海關去洒下一滴血為他們老大民族開一朵鮮豔的花。經過千百的努力，靠了同情他們的人的助手與鼓舞，在××月×日的上午，他們檢點檢點他們的同志，有着三百不到這樣的一個數目。在這三百不到這樣一個數目的一支假軍隊裏，有着他之一員。儲安平一段軍行散記

第七章　幾個文學研究會舊會員的作品

落華生(許地山)王統照，鄭振鐸都是文學研究會基本會員，除了各種著述之外小品散文也有相當的成功，本書不能不給他們一個位置。

落華生據說是台灣人，長於福建，受基督教教育於北京燕京大學，後又到牛津學宗教考古學，識梵文。出版小品文集空山靈雨，

佛教文學是中國文學無盡的寶藏，不但使前代的許多文人成功而去，而且使新文學家也籠罩在它神祕美麗的光影之下。魯迅的野草，語調是佛經化的，俞平伯則好表現佛教思想，落華生的文字佛經他的痕迹更自明顯，舉香爲例：

妻子說，『良人，你不是愛聞香麽？我曾託人到鹿港去買上好的沈香線；現在已經寄到了。』她說着便抽出妝臺的抽屜取了一條沈香線，燃着，再插在小宣爐中。

我說在香煙繞繚之中得有清談，給我說一個生番的故事吧。不然，就給我談佛。』

妻子說『生番的故事太野了。佛更不必說，我也不會說。』

『你就隨便說些你所知道的吧。橫豎我們都不大懂得，你且說什麽是佛法吧？』

『佛法麽？一一色，一一聲，一一香，一一味，一一觸，一一造作，一一思維都是佛法，惟有愛聞香底愛不是佛法。』

『你又矛盾了！這是什麽因明？』

『不明白麽？因爲你一愛，便成了你的嗜好，那香在你聞中便不是本然的香了。』又舉願爲例：

『這樣的薩算什麽！我願你作無邊寶華蓋，能普蔭一切世間諸有情。願你爲如意淨明珠，能普照一切世間諸有情。願你爲降魔金剛杵，能破壞一切世間諸障礙。願你爲多寶盂蘭盆能盛百味，滋養一切世間諸飢渴者。願你有六手，十二手，百手，千萬手，無量數那由他如意手，能成全一切世間等等美善事。』

但作者究竟是中國文化的產兒所以腦筋裏並不缺乏中國傳統的哲學思想像鬼讚是襲取莊子髑髏　和曹植的髑髏賦思想的。至於文體則頗有漢譯聖經的趣味。

沈從文說『他把基督教的愛慾，佛教的明慧，近代文明與古舊情緒，揉合在一處，毫不牽涉的融成一片』（落華生論）是很確切的批評。

作者生長熱帶，所以文字喜以南洋閩廣等處爲背景。像那高可觸天的桄榔樹，濃綠欲滴的綠陰，鮮明耀眼的紅花，被滿瘢痕的龍舌蘭，穿着五彩衣裳的會叫的蛇，樹抄躥來躥去的長尾猿，紅嘴綠毛的鸚鵡，還有其他的一切都與他創作小說『命命鳥』一樣給我們以一種縹緲的夢幻的異國情操。

王統照發表過的小說有春雨之夜，一葉，嵩童心（詩集）等，其文字誠如趙景深之所批評『藝術份子太多，每刻劃過甚。事項的進行，因以遲緩。』照舊文藝批評的話說來便是『肉多於骨』幸而作者天才尚高。又肯用心，近年文字極力在『峻潔』二字上用工夫，已戒去以前的毛病。

作者文字本富有『深邃』和『細膩』的優點，改變作風後，這優點還能夠保存。所以他的小品文有廢名俞平伯一派的幽窈深細，而文字比較流暢顯豁，有葉紹鈞孫伏園的老練純熟，而比較饒有絃外之音，所以也可以說是我理想中的『典型散文』之一。他的北國之春發表於一九三一年恰是九一八事變的前一年。那時日本帝國主義侵略的陰謀已很露骨的顯現，所以作者筆底也常帶着憂深慮遠的調子。他告訴我們以沿途被『鄰人』嚴密檢查的情形；東北人民沈醉於鴉片酒精，女色的頹廢生活；他告訴我們蒙古民族新興的氣象以及一般蒙古青年怎樣感覺帝國主義的壓迫而渴望我們的援助；他告訴我們東北邊境建設事業的邁進；他告訴我們在窮荒咬緊牙根挺起肩骨苦幹的模範軍人的丰采言論；他告訴我們蒙古大廟神祕而有趣的內幕；還有其他種種為我們所隔膜而頗所樂聞的的情景。這寥寥二十篇文字有許多是用小說和詩的筆調寫的。有許多感想也用富於主觀抒情調子來寫所以不像官樣文章的調查錄，也不像質直呆板的旅行指南一類的文字而是富於藝術趣味的文學。

北國之春與空山靈雨同樣以描畫殊方風土供給讀者以異國情調爲宗旨，因此兩部書天然成爲一種對照，一個是鮮明的，活潑的，强烈的熱帶風景的描寫；一個是灰黯的，沈鬱的，質樸厚重的北方水土的刻劃。落華生的文字是對五四運動後寫實文學反動的浪漫文學，是未經世故的青年人作品，所以常有空洞的理想膚淺的議論，不自然的描寫，拿現代的眼光讀起來，頗難叫人滿足；——我所說的限於空山靈雨——至於北國之春則爲近數年，中國民族在反省後重復抬頭的寫實文學，是飽經憂患的中年人作品，所以字字有力，句句着實，並且語重心長，態度懇摯，雖平平寫去，自有一種强烈的感人性，是一種嚴肅的文字。我們且看他夜話中那個模範軍人的一段議論：

『日本人預備戰爭久了，自從日俄在我們這一帶拚過生死之後，他們一步都不肯放鬆。歐戰期間尤其是他們發展一切的機會。……滿洲問題是他們的中心對象，這裏說不到甚麼公理，正義，世界上原是由人的解釋而生出的差別，到現在還不是只有利害而無確定的是非麼？人家實地的爭利害，我們那些紙片上的公理那能弄來嚇鬼？……話說回來，講軍事的科學化，朋友，且不必拿日本有四十二生的大炮與中國比——從實說中國最好的炮隊人才戰器，還是東北多些——就說這一尊大炮照例的要將近一連的炮與侍奉牠，到了危急的時候，牠方能施展施展牠的力量。要攜帶隨時安置的小鐵道，運送炮彈要用電力，將大的炮彈裝入鋼管。……那些手續說來誠屬麻煩，的確放射起來沒有小炮的省事，然而你明白，這一彈的力量要毀滅多少的建築與人的生命！至於飛機戰，壕溝戰……那一時在戰場能離開科學。我不是說發明摧毀一切的科學器具便算是人類的功績，但相比之下，像我們只能肉搏，只能靠熱血去爭公理的，究竟是那一份可恃？……』

二十年來中國人只空喊『打倒帝國主義』『解除不平等條約』，決不肯下一點苦工，抱一毫虛心去學人家的長處。到了帝國主義飛機大炮真的轟了進來，又只好束手待斃了。平常固然感覺到『人浮於事』，有事時倒感覺『事浮於人』，十九路軍在上海抗日的時候買了無線電話沒人會裝，買了唐克車和新式戰器也沒人能駕駛，這不是我們應得的教訓麼？然而現在還有人提倡青年應當奔走政治運動，不要切實做學問，不要讀書，這種別具肺肝之談，青年似乎不能再上當吧。

這位模範軍人又曾憤慨地說過多少新青年 方出學校的專憑意氣的青年的誤事，以及只有知識的教育却沒有品格的修養的人，很容易腐化，並曾舉出許多例子。『品格』『修養』這些話在現代專備唯物史觀的青年，早成了陳腐之談了。他們常說『不是人類的意識決定人類的存在，倒是人類的社會的存在決定人類的意識」所以立身行事常教範境去負責，自己絲毫不肯作主，固然這話也有相當的理由，但我們不可不提防那位模範軍人所說的流弊。

鄭振鐸是現在中國文壇最多產的作家，創作小說有戀愛的故事家庭的故事。小品散文則有山中雜記海燕。前者是他避暑莫干山的回憶錄草篇，其中如月夜之話，蟬與紡織娘，苦鴉子，均屬富於詩意的小品。作者於研究中外文學，眼最留意民間故事和歌謠以及一切民間文學，所以他的作品常帶一種色彩像苦鴉子便是一例。海燕大部分是議論文，小部分是游歐時沿途記事。詞句之雋麗，文筆之細緻韻致之生動，可以比並許王而無愧色。現引其一段。

海水是皎潔無比的蔚藍色，海波是平穩得如春晨的西湖一樣，偶有微風，只吹起了絕細絕細的千萬個鱗鱗的小縐紋；這更使照晒於初夏之太陽光之下的金光燦爛的水面顯得溫秀可喜。我沒有見過那末美的海！天上也是皎潔無比的蔚藍色，只有幾片薄紗似的輕雲，平貼在空中就如一個女郎穿了絕美的藍色夏衣而頸間却圍繞了一段絕細絕輕的白紗巾。我沒有見過那末美的天空！我們倚在青色的船欄上，默默地望着這絕美的海水；我們一點雜念也沒有，我們是被沈醉了，我們是被帶入晶天中了。
就在這時，我們的小燕子二隻，三隻，四隻在海上出現了。他們仍是雋逸的從容的在海面上斜掠着，如在小湖面上一樣；海水被他的似剪的尾與翼尖一打，也仍是連漾了幾圈圓暈。小小的燕子浩莽的大海飛著飛著不會覺得倦麽？不會遇着暴風疾雨麽？我們眞替他們擔心呢！
小燕却從容的憩着了。他們展開了雙翼，身子一落，落在海面上了，雙翼如浮圈似的支持着體重，活是一隻烏黑的小水禽，在隨波上下的浮着，又安閑，又舒適，海是他們那末好的家我們眞是想不到。
在故鄉，我們還想像得我們的小燕子是這樣的一個海上英雄？

第八章　自傳文學與胡適的四十自述

自傳文學在西洋實爲一大宗派。遠如聖奧古斯丁 St. Augustine 的懺悔錄 Confessions，佛郎克林 Franklin 的自傳，Outo-biogvophy 盧梭懺悔錄 Les Confessioss，哥德的我的詩與眞理的生活 Poetsy and Truth from my own Life 托爾斯泰的我的懺悔 my Confessions, 都是膾炙人口的自傳；近如俄國克魯泡金 Kropotkin 高爾基 Gorky 的自傳，也具有文學上很高的價值，無怪乎法國佛郎士說『世界上最佳的文學都是自傳了』。

返觀吾國則自傳文學殊不發達。司馬遷史記太史公自敍爲散文自傳文學之嚆矢，然以敍述中國史家之源流遷變及史記之內容爲主，自己家世及行藏爲賓，不算純粹的自傳。其後文人著作自成一家之言者輒踵爲之：如班固前漢書一百卷之敍傳，王充論衡三十卷之自記篇，劉勰文心雕龍第五十之序志皆屬此等性質。而魏文帝典論之自敍，以及傅玄，陶梅，葛洪等人之著作亦然。劉知幾史記曾著序論一篇專論此事。近人顧頡剛古史辨第一編，冠以數萬言之長序，自敍身世，兼治學方針，也應歸入這類自敍傳的範圍。

至於純文藝的自傳，則有司馬相如之自序，而真僞難辨。五代時馮道之長樂老敍及金王鬱之王子小傳均不甚著名，惟張山來所編虞初新志，載汪价之三儂贅人廣自敍，自述一生經歷長萬餘言，趣味濃郁，姿態橫生，實爲明末名士『情趣主義』之結晶品，也可說是我所見舊體文自傳最佳之一篇，但學者或以其近小說家言而薄之，此文遂不能登於大雅之堂，後人亦卽不敢以爲楷模，殊爲可惜。

韻文的自傳則始於屈原離騷，杜甫壯遊，康有爲六十自述但自傳的文字著筆極爲不易，若照事實記錄，像司馬相如自敍與卓文君私奔，王充述其父祖不肖爲州閭所鄙，則人責之爲名教罪人；隱巳所短，而顯其所長，則又招露才揚巳之譏。在此兩難的地位，比較謹嚴的文人，便不敢輕易做自傳，中國沒有盧梭托爾斯泰一般的懇切真誠的懺悔錄，其原或卽在此吧？

新文學運動起來後，用小說體裁作自傳的固不乏其人，而純釋文藝性質之自傳則尚無所聞，胡適常勸朋友林長民，梁啟超，梁士詒，蔡元培，張元濟，高夢旦，陳獨秀，熊希齡，葉景葵爲自傳，因爲他們均屬中國名士其一生行事與三四十年來之政治學術大有關係，若肯作一部詳細的自傳，價值一定不少。可惜他的勸告尚未發生效果，而林長民梁啓超梁士詒已與世長辭，其餘諸人能否於生前作爲自傳究屬疑問。

郭沫若自傳有三種一爲我的幼年敍自巳家世及小中學時代之經歷，二爲反正前後敍辛亥革命左右四川政治和社會各方面變動的情形，三爲創造十年敍自巳日本留學及辦創造社的經過。這三本書在時間上尚稱連貫，不過文筆則極拙劣。至於黑貓，則爲斷片之自傳，橄欖爲小說體的自傳，我們不能將它們放在這裏論了。李季我的平生也是一部自敍傳。這書共三册，第一第二兩册尚有趣味，第三册則大部分是攻擊胡適中國哲學史的文章。我們與其說它是自傳文字，不如說它是學術論辨集罷了。

截至最近爲止，自傳文學中當以胡適的四十自述爲白眉了。胡之自敍云「我的四十自述，只是我的「傳記熱」的一個小小的表現。這四十年的生活可分爲三個階段，留學以前爲一段，（一八九一——一九一〇）留國的七年爲一段（一九一〇——一九一七）歸國以後（一九一七——一九三一）爲一段。現在僅出第一段，他最早的計劃『本想從四十年中挑出十來個有趣味的題目，用每個題目來寫一篇小說式的文字，略如第一篇寫我的父母的結婚。……因爲這個方法是自傳文學上的一條新路子並且可以讓我（遇必要時）用假的人名地名描寫一些太親切的情緒方面的生活』但作者寫完第一章我父母的結婚時，計劃又改變了。他說『但我究竟是一個受史學訓練深於文學訓練的人，寫完第一篇，寫到自已的幼年生活，就不知不覺的拋棄了小說的體裁，回到謹嚴的歷史敍述的老路上去了。』這一變頗使志摩失望（因爲徐志摩贊成他用小說體）但他讀了那寫家庭和鄉村教育的一章，也曾表示贊許，還有許多朋友寫信來說這一章比前一章更動人，從此以後我就爽性這樣寫下去了」。

傳記文學很難出色，因爲一顧事實卽難騁其才華反不如虛構的小說，得以任意裝點，所以金聖嘆倡爲史記勝於水滸之議。梁遇春傳記文學曾說英國 Fielding 亦曾諷侃當時傳記文學他說『在許多傳記裏只有地名，人名，年月是真的，裏面所描寫的人物都是奄奄一息，不像人的樣子；小說傳奇却剛剛相反，地名，人名，年月全是胡謅的，可是每個人都具有顯明的個性，念起來你能夠深切地了解他們的性格，好像就是你的密交膩友』梁氏又說『可是近十年裏西方的傳記文學，的確可以說開了一個新紀元。這段功勳是英德法三國平分的：德國有盧德偉格 Emil Ludwing 法國有莫爾亞斯 André mauroise 英國有施特拉齊 Lytton Strachey 他們不約而同地在最近數年裏努力創造了一種新傳記文學，他們的作品自然帶有個性色彩，但大致是一樣的。他們三位都是用寫小說的筆法來做傳記，先把關於主要人物的一切事實放在作者腦子裏鎔他一番然後用小說家的態度將這個人物渲染得同小說裏的英雄一樣，復活在讀者的面前，但是他們並沒有扯過一個謊，說過一句沒有根據的話。他們又利用戲劇的藝術將主人翁一生的事實編成像一本戲，悲歡離合，波起雲湧，寫得可歌可泣，全脫了從前起註式傳記的乾燥同無聊。但他們既不是盲目的英雄崇拜者也不是專以毀謗偉人的人格爲樂的人們。他們始終持一種客觀的態度，想從一個人的日常生活細節裏看出那個人的真人格，然後用這人格做中心，加上自已想像的能力，成就了這種兼有小說同戲劇的長處的傳記，胆小心細四字可做他們最恰當的批評。』據說盧德偉格的哥德傳 Goethe 又名一個人的傳記The Story of a man; 莫爾亞斯的 Ariel 和 Beethouen; 施特拉齊有 Eminet Victorians, Queen Victoyia都是富於小說戲劇性的傳記。中國則二十年前梁啓超的羅蘭夫人傳，意大利建國三傑傳也可以說是半小說的體裁，近日聞一多的杜甫雖則才寫了一個開端，但我們可以看出它感染不少西洋新傳記文學的作風的影響。胡適的四十自述序幕『我的母親的訂婚』照他的自敘是試用小說體裁寫的，而且寫得很是成功試引他描寫故鄉太子會一節於下：

> 粗樂和崑腔一隊一隊的過去了。扮戲一齣一齣的過去了。接着便是太子的神轎。路旁的觀衆帶着小孩的，都喊道，『拜呵！拜呵！』許多穿着白地藍花布褂的男女小孩都合掌拜揖。
>
> 神轎的後面便是拜香的人！有的穿着夏布長衫，捧着柱香；有的穿着短衣，拿着香爐掛，爐裏燒着檀香。還有一些許願更重的，今天來『弔香』還願；他們上身穿着白布褂，扎着朱青布裙，遠望去不容易分別男女。他

們把香爐弔在銅鈎上把鈎子鈎在手腕肉裏，塗上香灰，便可不流血。今年弔香的人很多，有的只弔在左手腕上，有的雙手都弔；有的只弔一個小香爐，有的一隻手腕上弔着香爐。他們都是虔誠還願的人，懸着掛香爐的手腕，跟着神轎走多少里路，雖然有自家人跟着打扇，但也有半途中了暑熱走不動的。

馮順弟擠着她的兄弟，跟着她的姑媽，站在路邊石磴上看會。她今年十四歲了，家在十里外的中屯，有個姑媽嫁在上莊，今年輪着上莊做會故她的姑丈家接她姊弟來看會。

她是個農家女子，從貧苦的經驗裏得着不少的知識，故雖是十四歲的女孩兒，却很有成人的見識。她站在路旁聽着旁人批評今年的神會，句句總帶着三先生。「三先生今年在家過會，可把會弄糟了。」「可不是呢？招閣也沒有了。」「三先生還沒有到家，八都的鴉片煙館都關門了，賭場也都不敢開了。七月會場上沒有賭場，又沒有煙燈，這是多年沒有的事。」

看會的人你一句，他一句，順弟都聽在心裏。她心想，三先生必是一個了不得的人，能叫賭場煙館不敢開門。

會過完了，大家紛紛散了。忽然她聽見有人低聲說，「三先生來了！」她抬起頭來，只見路前人都紛紛讓開一條路；只聽得許多人都叫「三先生」

前面走來了兩個人。一個高大的中年人，面容紫黑，有點短鬚，兩眼有威光，令人不敢正眼看他；他穿着苧布大袖短衫，苧布大脚管的袴子，脚下穿着蔴布鞋子，手裏拿着一桿旱煙。和他同行的是一個老年人，瘦瘦身材，花白鬍，也穿着短衣，拿着旱煙管。

此文所謂馮順弟卽胡氏的母親，所謂三先生卽他的父親。寫父母未訂婚前相見的情景，既曲折委婉而又撫莊重。那些中國舊二千篇一律的先母行述，先父行述無論如何尋不出這樣文字，新傳記文學勝於舊傳記，於此可見一斑了。不過最動人的則係描寫他母親孀居後的生活。他的父親死時，母親僅有二十三歲，前妻子女年齡都和她差不了幾多，如大姊大她七歲，大哥兩歲，三姊比她小三歲，二哥三哥（孿生的）比她少四歲。以如此年輕之後母，且又爲當家之後母，則生活之痛苦，不言可知。原書第一章「九年的家鄉教育」云：

我母親二十三歲做了寡婦，又是當家的後母。這種生活的痛苦，我的笨筆寫不出一萬分之一二。家中財政本不寬裕，全靠二哥在上海經營調度。大哥從小就是敗子，吸鴉片烟，賭博，錢到手就光，光了就回家打主意，見了香爐就拿出去賣，撈着錫茶壺就拿出去押。我母親幾次邀了本家長輩來，給他定下每月用費的總數。但他總不夠用，到處都欠下煙債賭債。每年除夕我家中總有一大羣討債的，每人一盞燈籠，坐在大廳上不肯去。大哥早已避出去了。大廳的兩排椅子上滿滿的都是燈籠和債主。我母親走進走出，料理年夜飯，謝竈神，壓歲錢等事，只當做不曾看見這一羣人。到了近半夜，快要「封門」了，我母親才走出後門去，央一位鄰舍本家到我家來，每一家債戶開發一點錢。做好做歹的，這一羣討債的才一個一個提着燈籠走出去。一會兒，大哥敲門回來了。我母親從不罵他一句，並且因爲是新年，她臉上從不露出一點怒色。這樣的過年，我過了六七次。

大嫂是個最無能而又最不懂事的人，二嫂是個很能幹而氣量窄小的人。她們常常鬧意見，只因爲我母親的和氣模樣，她們還不會有公然相罵相打的事。她們鬧氣時，只是不說話，不答話，把臉放下來，叫人難看；二嫂生氣時臉色變青更是怕人。她們對我母親鬧氣時也是如此。我起初全不懂得這一套，後來也漸漸懂得看人臉色了。我漸漸明白，世間最可厭惡的事，莫如一張生氣的臉；世間最下流的事莫如把生氣的臉擺給旁人看。這比罵還難受。

我母親的氣量大，性子好，又因爲做了後母後婆，她更事事留心，事事格外容忍。大哥的女兒比我只小一歲，她的飲食衣料總是和我的一樣。我和她有小爭執，總是我吃虧，母親總是責備我，要我事事讓她。後來大嫂二嫂都生了兒子了，她們生氣時便打罵孩子來出氣，一面打，一面用尖刻有刺的話罵給別人聽。我母親只裝做不聽見。有時候，她實在忍不住了，便悄悄走出門去，或到左鄰立大嫂家坐一會，或走後門到後鄰度嫂家去閒談。她從不和兩個嫂子吵一句嘴。以下還有許多關於其母賢德的敘述。不更引本章結束時對作者更有一段可敬可感的議論道：

我在我母親的教訓之下住了九年，受了她的極大極深的影響。我十四歲（其實只有十二歲零兩三個月）就離開她了，在這廣漠的人海裏獨自混了二十多年，沒有一個人管束過我。如果我學得了一絲一毫的好脾氣，如果我學得了一點點待人接物的和氣，如果我能寬恕人，體諒人－我都得感謝我的慈母。

作者在他的『先母行述』中曾自跋云『此篇因須在鄉間用活字排印，故不能不用古文。我打算將來用白話爲我母親做一篇詳細的傳』四十自述中序幕和第一章可說是『胡母傳』－作者數年前所發心願現在總算補償了。自第二章『從拜神到無神』第三章『在上海』第四章『我怎樣到外國去』等篇才算是作者的自傳。全書文字簡潔，敍述生動，自具胡適文章的特色。尤其可貴的是書中的一種誠懇坦白的態度像第四章自述新中國公學解散後，心緒鬱牢，生活漸趨頹廢，打馬將，喝酒，逛窰子醉倒在馬路上與巡捕打架，種種情事均毫無諱飾地抽寫出來，這樣便見得大學者原來也不是超人，也有同凡人一樣的缺點，便更對他發生親切的情感了。

這書出版後曾引起一點反響，文學第一卷第五號傳記文學卽針對胡氏四十自述而言，其中有云：『可是在中國個人主義的是思潮，只有在五四時代曇花一現，過後便爲新興思潮所吞滅。中國的中產階級在現實壓得緊緊的時代中也不容有個人主義的幻想。在半殖民地的中國不能產生真正的民族英雄或法西斯帝領袖；同樣地在封建家族思想減落，集團主義思想興起的中國，也不會有偉大的傳記文學的產生。……因爲目前還有些人忘想中國產生偉大的傳記文學，妄想把平凡的血肉之軀，用文學描寫，來造成英雄我所以寫了這小小的一些見解』此外則申報自由談也有顯明的譏嘲。這種別有用意的話我們當然不必加以理會。

第三編　論小說

有人說現代是『小說的世紀』這就說小說是現代文學正宗的意思。中國現已附於世界文藝潮流之末當然也不能例外。新文學最初的作品卽以新詩及短篇小說爲較多。今日對於新詩嘗試者日見其少，對小說的嘗試則竟有普遍化的現象，短篇之外，二三十萬的長篇巨著也已接連出現；技術意境，都大有進步，較之五四時代已不可同日而語。我們若說小說是新文學園地最豐富的收獲，或者不算過譽之詞吧。

新小說歷史雖僅有十四五年，而派別之繁多，作風之歧異，有百川入海，洶湧爭流；白雲在天，從風變滅之槪。論主義則寫實，浪漫，新寫實，新浪漫，新古典，高蹈，唯美，象徵，印象，頹廢，未來，感覺，都應有盡有。論文藝的立足點則人生主義功利主義藝術至上主義，也爭辨得煞是起勁。論思想則或爲世界的頌歌，或爲人生的詛咒，或樂天進取；或懷疑悲觀，或高踞象牙之塔，或走向十字街頭，或對社會作刻毒之諷刺，或對人生爲含蓄之幽默，或標榜愛的哲學贊美造化的神奇自然的美麗，或鼓吹憎的哲學主張以眼還眼以牙還牙，更是一時數說不盡。西洋自文藝復興以後需要幾世紀長期進化的文學過程，我們在短短十餘年中差不多都一一經歷，這正像胎兒在母腹中將人類從阿米巴演化到人數十萬年的歷史在十個月中都表演一番一般。一種文學的成熟是需要相當時間的，中國現代文學正像雨後到處茁生的菌，雖然外觀繁盛，根柢却異常脆弱，只須片時陽光的灼射，便已萎謝無餘譬如雖有浪漫文學這個名詞，實際上我們沒有看見半個盧梭半個囂俄，半個司各德，半個哥德。其他各主義也是如此。並非中國人的天才不如人，實爲時間太促迫，不及慢慢進步的緣故。這狀況的解釋，最好借譚丕謨的話『中國始終還沒有脫離半殖民地的羈絆，在這裏一方面正值自身的封建式的農業經濟和工業經濟相交替，他方面又值世界資本主義經濟和社會主義經濟相交替，便構成歷史的兩個過度期同時奔赴的局勢。因此革命的浪潮非常緊急，社會的生活發生非常迅速的變化。中國文學家在中國社會生活轉變極迅速的歷程中，有趕不上的倦容，遂發生中國文學對於中國社會生活落後的事實。』胡秋原也有同樣的論調他說：『中國是一個半殖民地化的半封建的社會，而舊的地主及小有產階級在日益崩潰的過程中。在這社會蛻變時間，各階級，層，集體，都有其不同的意識形態。其次，中國文學是落後時常受先進國文藝思潮之刺激而影響中國的作家，然而這移植是沒有什麼深刻的社會根據，而僅是有限的地方連絡的，於是什麼寫實主義浪漫主義，唯美主義……在他國經過一兩百年的過程，在中國幾年之間走馬流轉而終於曇華一現。』這二人的話都有相當理由的。不過中國新小說與歐美日本先進國相比，固然望塵莫及，而與其他文藝如新詩戲劇相比，則成績已根優異。特別寫實主義和新寫實主義人才最多，作品也最好，其中有數種創作甚或可與先進國名家作品並駕齊驅，將來前途獲未可限量，我們何必爲一時混亂情形而失望呢。

新文壇的橫斷面固然有上述許多派別，豎斷面則亦不過三大派而已。五四前後新作家所標榜者爲寫實主義，北京的新青年，新潮，晨報副錄及上海的文學研究會爲之主要機關。郭沫若郁達夫等辨創造社提倡浪漫主義，甚得青年共鳴。其勢之盛，幾有代寫實主義而興之勢。惜從有虛名實力則甚缺乏終於他們自已也不得改變方面。五卅運動後新寫實主義如大火之燎原，如洪濤之湧海，把寫實和浪漫兩派都吸收過去，融化一爐，蔚爲異彩，「九一八」之後這派勢力尤爲活躍，大有籠罩整個文壇之勢。

在新文壇上活動時期，較早的小說作家有魯迅，葉紹鈞，王統照，落華生，謝冰心，黃廬隱，陳衡哲，郁達夫，張資平等人。稍後有廢名王魯彥，徐祖正，黎錦明，許欽文，李健吾，汪靜之。更後有沈從文，丁玲，楊振聲，凌叔華，茅盾，巴金老舍，曾孟樸父子，徐蔚南，蔣光慈等人。再後些的則有施蟄存，戴望舒，蓬子，張天翼，魏金枝，穆時英，馬國亮，靳以，沙汀，徐轉蓬郭源新等人。還有許多作家不及備錄。現在擇其重要者介紹於後。

第一章　魯迅的吶喊和徬徨

五四運動以後，新作家嶄然露頭角者甚多，但有的一度成名即呈暮氣，有的發表一二部作品即滅迹銷聲，十餘年來在此波詭雲譎瞬息萬變的新文壇中，始終保持着他領袖的地位如魯迅其人者，不能不說難能可貴。而且中國新文學歷史尚淺作品尚多幼稚，其能如魯迅一樣與世界作家分庭抗禮，博得國際榮譽者，更罕有所聞，因此我們這位老作家是値得注意的了。

魯迅的小說雖僅有吶喊和徬徨兩部，而已足使他的名譽垂諸不朽吶喊是一九二二年出版的，凡十四篇。其中一件小事，頭髮的故事屬雜感，兔，和貓鴨的喜劇則屬小品，惟風波，故鄉阿Q正傳等始得稱爲短篇小說。

阿Q正傳爲魯迅最成功之作，現在有梁社乾的英譯，王希禮 B. A. Vassiliev 俄譯，敬隱漁的法譯，還有德譯日譯等，已算得世界聞名的作品。其最早批評有胡適陳西瀅沈雁冰等；現在『阿Q』二字還說在青年口頭，寫在青年筆下，評論文字真可謂漢牛充棟。此文在新文學界的價値可比法國伏爾泰的戇第德 Candide 俄國龔察洛夫 J. Gantcherov 之阿蒲洛摩夫 Oblomov

阿Q正傳之所以好，並不因爲它把一個鄉下無賴漢寫得惟妙惟肖，實因阿Q代表着的是中國人氣質的典型性。當阿Q正傳用『巴人』筆名在北京晨報副鐫發表時，有人在小說月報上說阿Q不像真有其人，爲的作者形容太過火了。沈雁冰便說，『阿Q有否其人我不知道但阿Q在中國確乎處處可以遇見，我同他面熟的很，中國人個個都有阿Q的性質，阿Q可算中國人之代表。』沈氏又說『我們不斷地在社會的各方面遇見「阿Q相」的人物我們有時反省，常常疑惑自身中也不免帶有一些「阿Q相」的分子』

因爲阿Q具有中國人的典型性，所以發表後，讀者每疑指的是他自己。涵廬(卽高一涵)曾記過他一個朋友的故事。卽他疑阿Q正傳爲諷刺自已而作及打聽出作者與已初不相識始爲釋然。(見現代評論)這種笑話西洋也曾有過。英國梅來台斯 G. merodith傑作自我者 The Egoist 以威羅比 Sis willoughby Pattern 爲主人公。其友某觀之疑爲指巳對梅氏說道:『你太惡作劇了，威羅比這個人便是寫我。』梅氏囘答說『不!那個人物無論那個人都要說寫的是我的事』奧大利作家顯尼志勒 Arthur Schnitzler 的戲曲描寫維也納社會的形形色色，讀者常覺戲中人物是他相識者，可是始終不能指實是誰。又如上文所引龔察洛夫的 Oblomov 者讀都覺自已血管裏有着他的氣質成分在內。一時『阿蒲洛夫的氣質』Oblomovism 一語竟成爲知識階級之口頭禪云。

但善作小說者旣賦作品中人物以典型性Typical Trait同時亦賦以個性 Individual Trait,否則小說中人物變爲Everyman如中國舊劇中之臉普紅臉代表忠烈，粉臉代表奸邪，流爲一種公式主義反爲不美。陳西瀅云『阿Q不但是一個 Type, 同時又是一個活潑潑的人，他大約可以同李逵劉老老等同垂不朽了。』（新文學運動以來十部著作）這就是說阿Q雖是曲型人物同時也是個性人物。魯迅之所以成功在此。

阿Q所代表中國人氣質種類甚多，而其犖犖大端者則有下列數種：

（1）卑性　徐旭生曾與魯迅書，謂聽天任命與中庸乃中國人大病，亦卽中國人的惰性。魯迅囘答道：這不是惰性，乃是卑怯。『遇見强者不敢反抗，便以中庸這些話來飾聊以自慰。倘他有了權力，別人奈何他不得時，則凶殘橫恣，宛然如一暴君，做事並不中庸。』阿Q最喜與人吵嘴打架而必估量對手，口吶的他便駡，氣力小的他便打。及喫虧過多乃以自已發明的精神勝利法制之。與五鬍打架輸了時，則說君子動口不動手，假洋鬼子打他則伸出頭顱以待。對抵抗力稍弱之小D則揎拳擄神擺出挑戰的態度，對毫無抵抗力之小尼姑則動手動脚大肆輕薄，都可以看出他卑怯的性格來。然而正是中國人性格的象徵。

（2）精神勝利法　阿Q與人打架喫虧時，輒心裏想道：『我總算被兒子打了，現在的世界真不像樣，兒子居然打起老子來了。』於是他也心滿意足，儼如得勝地回去了。

中國自宋以後，與異族周旋，動遭挫敗，既不能以實力復仇，遂亦發明一種精神勝利法以自慰解。這裏我可以舉歷史爲例。好像宋代君主受異族之害，最爲酷毒：太宗征遼中箭而崩徽欽二帝爲金人所擄，輾轉遷徙沙漠中，極人世不堪的慘苦；（見南燼紀聞，及竊憤錄）元楊璉真珈發南宋會稽諸陵，以諸帝后之骨，雜牛馬骨以埋，並截取理宗頂骨爲飲器，中國民族每引爲最切齒的仇恨，最痛心的紀念，爲安慰自己起見，既有冬『青樹』的傳說，又有元順帝爲宋末帝瀛國公血胤的傳說。到了清代，則初葉諸帝幾乎無一不爲漢種。故老相傳順治，爲關東獵夫王某之子；雍正爲衛大胖子之子；乾隆爲海寧陳閣老之子，呂不韋以呂易嬴的故事，這時竟成爲最廣遍的複寫了。無論宮闈深祕，外人不易知聞，即以血統換易之巧而論，也太不近情理吧。我們的祖宗當時造爲這種謠言，一面既可以快意於異族統治者帷薄之羞，一面又可以自欺欺人地緩和自己失敗的創痛。其情固有可原，其事則珠可笑。又如同治間與英國爭持一件什麼國體問題御史吳可讀上疏勸朝庭不必堅執。並說外國人爲夷狄之民；等於禽獸，我們人類和禽獸相爭，勝固不足爲榮敗亦不足爲辱云云。樊增祥彩雲曲涉及英石維多利亞有句道：『河上蚊龍盡外孫，虜中鸚鵡稱天后』以武則天來比她已很刻毒了。但這還可恕。及又紀賽金花與英后合攝影片道『誰知坤媼河山貌，却與楊枝一例看』則輕薄得不成話了。如果這首詩翻譯到英國去恐怕還會惹起外交嚴重問題哩。這些舊式文人在文字間討人一點便宜，而不知失却自已身分，可憐他們還要沾沾自得，自以爲勝利。而不知這正是最卑劣的阿Q式精神勝利！

(3)善於投機　阿Q本來痛恨革命及辛亥革命大潮流震盪到未莊，趙太爺父子都盤起辮子，贊成革命阿Q看得眼熱，也想加入他們。但阿Q革命的目的不過爲了他自已的利益，於革命意義實係毫無所了解。所以一爲假洋鬼子所驅斥，就想到衙門裏去告他謀反的罪名，好讓他滿門抄斬。華蓋集忽然想到一條云『中國人都是伶俐人也都明白中國雖完，自已決不會喫苦的；因爲都能變出合式的態度來。……這流人是永遠勝利的，大約也將永久存在。在中國惟有他們最適於生存，而他們生存的時候中國便永遠免不了反覆着先前的運命』這話可謂沈痛極了。不但明清之末如此，現在何常不如此，每次革命起來最先附和的總是從前反革命最出力的人，而革命事業便逐漸腐化於這些病菌的滋生中了。不過我們診斷這民族劣根性要看他是先天的還是後天的，是先天的便無可救藥，是後天的則尚有拔除的希望。照我個人意見這種劣根性似乎與異統長久的統治大有關係。中國自西晉以後或半部或全部輪流屈服於異族威權之下，做人奴隸差不多有一千多年的光景。異族駕取漢人手段都異常嚴酷，五胡十六國，遼，金，元，清代都曾留下無數血腥的記錄，無數怨毒的紀念。那些忠憤激烈有節概有血氣的人，非慷慨死敵，即舉室自焚；而貪生無恥迎合取巧之徒，反多得生存傳種的機會，天演公例是優勝劣敗，而我們恰得其反。經過這千餘年的淘汰，品性優良的人慢慢死完了，而善於看風色的人物却傳布遍中國了。爲防止中國民族性不再趨於墮落起見，我們臥薪嘗胆發揚蹈厲誓死抵禦異族的侵掠，不再讓異族的軛加到我們的頸上。而要達到這目的則非喚醒民族的意識不可，非鼓勵民族獨立的精神不可。徒爲魯迅式的消極的諷刺，不過使中國人所餘無幾的「自信力」更加喪失，罷了，我以爲不是正當辦法。

(4)誇大狂與自尊癖　阿Q雖是極卑微的人物，而未莊人全不在他眼裏，甚至趙太爺的兒子進了學，阿Q在精神上也不表示尊崇，以爲我的兒子將比他闊得多。加之進了幾囘城，更覺自負。但爲了油煎大頭魚的加葱法和條橙的稱呼異於未莊，他又瞧不起城裏人了。中國人動不動自稱其國爲數千年聲明文物之邦，自己是軒轅華胄，神明貴種，視西洋人爲野蠻民族毫無文化可言。及屢遭挫敗，則又說西洋人所恃的不船堅礮利而已，所有的不過聲光化電而已，談到禮教倫常則何能及我們萬分之一。甚至飽受西洋教育的辜鴻銘還說中國人隨地吐痰及娶妾制度爲精神文明呢。現在中國人的誇大與自尊又變換一種方式出現了，那就是大部分的青年鄙視西洋文化爲不久即將崩潰的資本主義的文化而不屑加以一顧的那種態度了。

此外則色情狂，薩滿教式的衛道精神，多忌諱，狡滑，愚蠢，貪小利，富倖得心，喜湊熱鬧，糊塗昏憒，痲木不仁，皆切中中國民族的毛病，作者以嘻笑之筆出之其沈痛逾於怒駡。或謂阿Q正傳係由日本某作家之作品脫化而來，然阿Q究竟是中國道地土產，魯迅做賊並未傷事主，我們也不能判斷他剽竊之罪了。次於阿Q正傳的便是魯迅最初發表的狂人日記。沈雁冰說『一九一八年的新青年上登載了一篇小說模樣的文章。牠的題目，體裁，風格，乃至裏面的思想都是極新奇可怪的：這便是魯迅君第一篇創作狂人日記●……這篇文章除了古怪不足爲訓的體裁外，還頗夾雜些離經畔道的思想。傳統的舊禮教在這裏受着最刻薄的攻擊，蒙上喫人的罪名了。至於青年方面則狂人日記最大影響，却在體裁上。因爲這分明給青年們一個暗示使他們拋棄了「舊酒瓶」努力用新形式來表現自己的思想。』我們現在來看狂人的話：

凡事總須研究才會明白，古來時常喫人，我也還記得，可是不甚清楚。我翻開歷史一查這歷史沒有年代歪歪斜斜的每葉上都寫「仁義道德」幾個字，我橫竪睡不着，仔細着了半夜才從字縫裏看出字來滿本都寫兩個字「喫人」

黑漆漆的不知是日是夜，趙家的狗又叫起來了。

獅子似的凶心，兔子的情弱，狐狸的狡猾……

自己想喫人又怕被別人喫了都用着疑心極深的眼光，面面相覷……去了這心思，放心做事，走路，喫飯，睡覺，何等舒服，這只是一條門檻，一個關頭，他們可是父子兄弟夫婦朋友師生仇敵各不相識的人都互相勸勉，互相牽掣，死也不肯跨過這一步。

結局則成人已無可救藥了，作者只好說出極沈痛的話道「沒有喫過人的孩子或者還有，救救孩子！」所以此文是一篇掊擊舊禮教的半象徵文章，發表以後『喫人禮教』四字成爲五四左右知識階級的口頭禪，其影響不能說不大。體裁之奇特，亦如沈氏所言，全文分爲十三節，長者六七百字短者僅十餘字，分行全用西法，三四字亦可爲一行。二三十年前中國文學感受西洋影響，短篇小說也有學西洋之分段分行者，但如狂人日記體裁之斬新，則爲初見。此外則風波，故鄉，社戲孔乙巳均爲精彩之作。

其第二集小說爲徬徨，說者謂藝術較第一集尤爲進步。如祝福寫村婦祥林嫂悲慘的命運，及舊禮教和迷信之害。肥皂用嘲笑的筆法喜劇的寫法，描畫道家先生的變態性慾。兄弟寫張某的假友愛。長明燈與狂人日記爲姊妹篇寫一個革命失敗者的悲劇。在酒樓上則爲感傷主義的作品。示衆寫中國人喜歡看殺頭的變態心理。

現在我們要把魯迅的藝術略爲討論。他的小說的特色正與他的隨感錄一樣第一是用筆的辛辣與深刻，第二是句法的簡潔峭拔，第三是體裁的新穎獨創。魯迅是曾學過醫的，洞悉解剖原理，但他所解剖的不是人類的肉體而是人類的心靈。我們魂靈深處的祕密，掩藏最力的弱點，都逃不出他一雙銳眼的觀察。尤其你們平日自命爲道學先生，或儼然搭着正人君人架子的人更遭殃。他舉起那把鋒利的解剖刀對準你要害刺將去，不管你如何叫喊，如何哀求，只冷靜地以一個醫生的態度來觀察他發現的病的癥結。他描寫腦筋簡單的鄉下人雖然繪影繪聲淋漓盡致，而用筆尚比較寬恕，至於寫到阿Q正傳裏的趙太爺，祝福裏魯四爺，高老夫子的高爾礎，便針針見血，係毫不肯容情了。他不但在你們清醒時把你們的心靈狀態赤裸裸地給宣布出來，便是在你們睡眠中意識已失去裁制力時也還要把你們夢中的醜態——或者這才是你們的真相——披露給大家看。像兄弟那篇的張沛君一聞他弟弟患了猩紅熱便驚憂交集寢食皆廢，可見他對兄弟如何友愛。而他在夢中則虐待他兄弟的遺孤，把平日隱藏着不敢表示的自私自利心思一齊發洩了。這雖然應用奧大利心理學家 J. Freud 夢的解釋 (Die Travmbeutng) 的原理來解剖張沛君的潛意識，而不是魚迅也寫不出這樣深刻。因爲深刻，他的文字便天然帶着濃烈的辛辣味。好像吃胡椒辣子，涕淚噴嚏齊來，而能使你得到一種痛快的感覺，一種久久鬱悶痲木之後由强激刺激梳爬起來的輕鬆的感覺。

魯迅的作品用字造句都很短峭，他答北斗雜誌問如何寫創作說一篇文章「寫完後至少看兩遍，竭力將可有可無的字，句，段，刪去，毫不可吝惜。寧可將作小說的材料縮成Sketch，不可將Sketch的材料拉長成小說』新文學講究歐化，遣辭造句，漸趨複雜，一變從前舊小說簡單的習慣，這原是好現象，不過運用不得其當，則繁冗拖沓，令人生厭，王統照文字之有肉無骨，可爲龜鑑。古人作文有『惜墨如金』之說，魯迅『Sketch』的說法足與媲美。魯迅作小說更有一習慣，當事項進行緊張時完全用舊小說單純的筆法，如風波中七斤嫂與八斤嫂吵罵一段；阿Q正傳，阿Q在趙太爺家調戲女僕被打一段皆是。事項進行到緊張時，讀者精神振奮起來了，好奇心也被撩撥得按捺不住了，只希望快快讀下去好知道那事項的結果。若讀到灣灣曲曲的描畫，必定大感不快。 其欲擒故縱，引逗讀者追逐以爲樂者不在此例 法國服爾泰作Candide喜笑怒罵皆成文章爲諷刺文學絕品，而書中事項連續而下，毫無停頓。筆調簡單，故其輕快流利如彈丸脫手如駿馬下坡。佛朗士批評這部書道：『筆在服爾泰指中一面飛奔，一面大笑』我們想若他的筆拖着許多繁重的辭藻，許多贅累的描寫，還能彀飛奔麼！

古人作文也知道『去陳言』魯迅小說體裁之新穎既見於上文沈雁冰的批評。孫福熙也說『究竟他用什麼藝術使人如此愛看呢？我的意思第一個條件是「嶄新」他用字造句都盡力創造，不蹈襲別人窠臼」這話是對的。不過我們要知道魯迅文章的「新」與徐志摩不同，與茅盾也不同。徐於西洋文法之外，更乞靈於活潑靈動的國語；茅盾取歐化文字加以十巳天才之鎔鑄別成一種他特有的漂亮文體；魯迅則十分之五仍利用舊小說筆法，但安排組織之法不同，便能給讀者以一種新鮮的感覺。化腐臭為神奇，用舊瓶裝新酒，是這老頭子獨到之點。譬如他寫單四嫂死掉兒子時的景況：

> 下半天棺材才合上蓋，因為單四嫂子哭一回看一回總不肯死心塌地的蓋上，幸虧王九媽等得不耐煩，氣憤憤的跑上前，一把推開他，才七手八腳的蓋上了。

若全篇皆如此則尚何新文藝之可言，但下文寫棺材出去後單四嫂子的感覺：

> 單四嫂子很覺得頭眩，歇息了一會，倒居然有點平穩了。但他接連着便覺得很異樣：遇到了平生沒有遇過的事，不像會有的事，然而的確出現了。他越想越奇了，又感到了一件異樣的事：——這屋子忽然太靜了。

這種心理描寫便不是舊小說所能有的了。其他大都類此。

最後，我們要知道魯迅是中國最早的鄉土文學家。而且是最成功的鄉土文藝家。他的弟弟周作人一生以提倡鄉土文藝為幟志，隨筆中屢有發揮。魯迅的吶喊和彷徨十分之六七爲他本鄉紹興的故事：其地則無非魯鎭未莊，咸亨酒店；其人物則無非紅鼻子老拱，藍皮阿五，單四嫂子，王九媽，七斤，七斤嫂，八一嫂，閏土，阿Q，趙太爺，祥林嫂；其無非單四嫂子死了兒子而悲傷，孔乙己偷書而被打斷腿，七斤聞宣統復辟而惹起一場辮子風波，閏土以生活壓迫而變成麻木呆鈍……而已。他把這些腦筋簡單的鄉人或世故沉深的的土劣，像活動影片似的在我面前行動着；他們的喜怒哀樂，他們愚蠢或奸詐的談吐，可笑或可恨的舉動，都惟妙惟肖地刻劃着，那樣濃厚的『地方色彩』Local Color竟把我們的靈魂攝取到紹興鄉下去了。而且使我們生活在那地方了。

魯迅描寫鄉民談話並不用紹興土白，這也是一個值得研究的問題。胡適常惜阿Q正傳沒有用紹興土白寫，以爲若如此則當更出色。但我對於此說頗不敢贊同。鄉土文學範圍本甚險狹，更用土白，則本地人讀之固感到三倍興趣，外鄉人則將瞠目不知所謂了。譬如法國文學家 A. Daudet 是法國南部人，所作磨房書牘 Lettres de Mon Moulin 多外省(La Provence) 風土色彩。這書在法國幾於家絃戶誦，而譯到中國來則趣味大減。又如都德的 Tartarin de Tarascon 係寫南部某鄉紳的故事滑稽突梯，法人讀之無不笑不可仰；而我們讀到中譯時則竟味如嚼臘，覺得遠不如左拉莫泊三作品之動人。這因爲鄉土文學缺乏「普遍性」所以如此，若上述二書更用南部鄉村土白則不但我們中國人感覺無味連翻譯也不可能了。可見阿Q正傳之不用紹興土白正是魯迅特識。

記得周作人論浙東文學時說浙東文學可分爲「飄逸」與「深刻」二派，「深刻」那一派則源於紹興之法家——俗稱「紹興師爺」。魯迅文筆既爲「深刻」一路也可說鄉土關係了。他的小說與他的隨筆，體裁雖不同，而態度則一。這態度就是他覺得世界上的人都是自私自利的僞善者，卽有什麼好人，他也要尋出他行好的不純潔動機來。有時他不惜曲筆殺人，深文羅織露出紹興師爺的真面目。因此他的小說毫無和穆渾厚博大昌明的氣象，只是冷酷，凶狠字字像惡毒的咀咒，句句像獰厲的冷笑，使人可怕。司馬遷言「韓非思想「慘礉寡恩」陳深評其備內篇曰「至於夫婦父子俱不可信，千古以來無此刻薄之言……爲文自是千古奇觀」魯迅連睡在夢裏的人還要拖起來鞭笞炮烙，逼他寫罪惡的供狀，比韓非的夫婦父子俱不可信，不是一樣「慘礉」，一樣「刻薄」麼？也許他要使他的文字成爲「千古奇觀」所以儘量發揮他那浙東文學深刻的特色吧！

第二章　葉紹鈞的作品

五四左右以創作小說引人注意除了魯迅，冰心便要推葉紹鈞了。他是一個雖然比較多產，而作風却極其精鍊純粹的作家。短篇小說集有隔膜，火災，線下，城中，未厭；長篇小說有倪煥之；童話有稻草人，古代英雄的石像；散文集有脚步集和與俞平伯合著的劍鞘。現在他的創作力還極盛旺，技巧意境有與年俱進之概，其前途實不可限量。

葉氏的思想可分爲兩個時期，五四至五卅爲第一時期；五卅至現在爲第二時期。前者爲整個五四時代思想之反映；後者則感染世界潮流而有左傾色彩。

當五四運動前周作人在新青年提倡『人的文學』又翻譯波蘭捷克等弱小民族的作品甚多。於俄國文學尤多介紹。俄國文學本有一種悲天憫人的博大同情，和一種四海同胞的主義。而十九世紀與托爾斯泰柴霍甫鼎足而三之陀思妥夫斯奇尤爲當時青年所歡迎。按英國 W. B. Trites 論陀氏所著小說二我者 Dvojnik 主人公戈略特庚 Goljadkin 的性格『他斷不肯受人侮辱被人踏在脚下同抹布一樣，但倘有人要將他當做抹布，却亦不難做到。他那時就不是戈略特庚而變成一塊不乾淨的抹布。但並非尋常的抹布，乃是有感情，通靈性的抹布。他那溼漉漉的摺疊中隱藏着靈妙的感情，抹布雖是抹布，那靈妙的情感却依然與人無異。陀氏著作就善能寫出這抹布的靈魂給我們看。使我們聽見最下等最穢惡最無恥的人所發的悲痛聲音。醉漢睡在爛泥中叫喚，乞人躲在漆黑地方說話，竊賊，謀殺老嫗的兇手，娼妓，靠娼妓喫飯的人，亦都說話。他們的聲音都極美，悲哀而且美。他們墮落的靈魂原同爾我一樣，他們也愛道德，也惡罪惡，他們陷在泥塘裏悲嘆他們不意的墮落，正同爾我一樣的悲嘆，倘爾我因不意的災難同他們到一樣墮落的時候」按陀氏名著罪與罰 The Crime and punishment 主人公 pasholnikov 在酒店吸啤酒有醉鬼 Marmelalw 與之攀談自述靠女賣淫維持生活之身世，爲有名感人的文字。又卡瑪助兄弟 The Brothers karamazoff 白癡 The gdiot 被壓迫與被侮辱的人 The down Trodden and offonded 窮人 poor people 差不多篇篇都是高貴的災難圖畫，篇篇閃射着神聖的同情和憐憫的光輝。雖沒有完全翻譯到中國來却常爲五四前後中國文學界所稱道。

這些小說和理論初介紹到中國來時思想比較敏銳即所謂感受性較强的人自然會受到他的感染，一時模仿其作風者甚衆，而葉紹鈞可算中國第一個成功的陀氏私淑者。他在阿鳳裏曾說『世界的精魂：是愛，生趣，愉快『顧頡剛替他解釋道：『他理想中有一個很美滿的世界的精神：他秉着這個宗旨努力把牠描寫出來，可說是成功了。試看這幾篇裏寫學校中認爲頑皮的學生，和低能的兒童，婆婆認爲可生氣的養媳婦，在平常人眼光之下真是不足挂齒的人物，但這輩不足挂齒的人物內心裏正包含着無窮的生趣和愉快。至於沒人理會的蠢婦人，腦筋單簡的農人和老媽子他們也都有極深摯的慈愛在他們的心底裏。他們雖是住在光線黴弱的小屋裏過很枯燥的生活，雖是受着長輩的打駡，旁人的輕視，得不到精神的安慰，但是「愛，生趣，愉快」是不會給這些環境滅絕掉的。不但不會滅絕，並且一旦逢到伸展的機會，就立刻會得生長發達，這時候從前的痛苦一切都忘了，他們就感到人生真實的意義了」

葉氏表現這種傾向的創作，隔膜中有低能兒，阿鳳，綠衣，潛隱的愛，……而末一篇，寫一貧家少年寡婦對鄰居小孩發生母愛的故事，更是悱惻動人。作者描寫少婦小時狀貌道『命運和愚蠢，使伊成爲一個沒人經心的人。伊彷彿階前一個小小的水泡，浮着也好，滅了也好，誰還加以注意呢？伊有小而瘦的臉龐，皮膚帶着靑色，眼睛圓睜，看外物時常呈悵惘的神情，微帶紅色的髮，生得非常之濃，挽成髮髻，擁腫而散亂，更增全體的醜陋。』這種描寫出現於民十間，實不可多得因爲我們那時的腦筋尚受浪漫主義的支配，覺得世間人物只有英雄豪傑，才子佳人，有被寫作小說的資格，貧窮卑微的人實不必加以盼睞。即學寫實主義的寫法，也必如英國迭更司小說描寫落難的男女，貌必美麗，性必聰明且必禀有醇厚正直的天性，如 The Old Cwiosity Shop 中之孝女耐兒，The Adventmes of Oliner Twist 中之倭利佛是也。葉氏將潛隱的愛的女主人公寫得那樣醜陋，愚蠢，別個讀者感想如何不可得而知，本書著者當時實曾引起一種反感。以爲此種女子那裏値得描寫，她的不幸的遭遇，又那裏値得我們惋惜與同情，現在才知我們只知珍惜陷於泥淖中的無瑕美玉，却不知看重具有靈性的抹布，實是一種重大的錯誤。

這個醜陋的女孩長大後，嫁給陳家，丈夫不久死去，生活日益悽苦，忽一日鄰居孔媼抱來一肥白可愛的小孩，日在她家中嬉戲。天然之母愛一天一天發榮滋長於那寡婦胸中，但以貧富懸殊之故，心裏雖然火熾似的想抱他一抱，却總不敢接觸他。一日小孩無意摔了一交，才使她達到這個願望。作者描寫少婦這時的感覺道：

當肥白的小手撫伊的額角，溫軟的小臉龐親伊的額頰時，伊與得自已和他已合而爲一，遨遊於別個新的世界，是親愛和快樂造成的；而眼前的婆婆嫂嫂，自已冷寂陰暗的臥室和使自已兩手作酸的接蔴工作，那許多造成的舊世界早已見棄於已，而且毀滅了，沒有了。」

她後來以接蔴所得的工資，買了一些糖果贈給小孩。

伊從沒吃過糖果也不知道糖果是什麼滋味，看人家都買了給孩子們喫，伊就學着他們的樣。伊認那些糖果就是自已的勞力，將勞力餽贈於他，實是無上的快樂，而且這才覺每天的工作確有甜美的意味。總之伊的外形雖然並沒有變更，別人看伊依然是愚蠢和不幸，實則伊內面的生活變化了。伊的近二十年往迹，悉數解放了對於伊的束縛，伊是幸福，快慰，眞實和光明了。

又一四五至一四六頁小孩患病陳婦聞之焦急一段，一四七頁採白茶蘼花問病一段，均寫得非常細膩，一〇五頁陳婦見孩母唱歌撫慰病孩在旁發呆一段也非常微妙傳神，爲全篇極有力量的結束。

火災集被忘却者，述一小學女教師田女士被丈夫所棄而與一同事童女士友誼，因而忘却本身痛苦。地動和小蜆的回家，則寫小兒原始的對人類和動物的同情。

葉氏這類作品固然與俄國文學影響有關，而也可爲五四時代新生的氣象和那時的人生觀的代表。那時青年思想固極其混亂，社會現象亦依然昏濁，而希望，光榮幸福，却像美麗的星光似的，不時在黑暗的前途閃耀。大家都想憑着人類心靈的偉力來改造這不合理的世界，所以除了深於世故的魯迅以外，冰心，汪敬熙，落華生，王統照以及葉氏筆下所表現的都以樂觀調子居多。

但是，現代人生的痛苦，社會的醜惡，正像鐵一般的事實擺在你的面前。你雖然想由琥珀色的大路，走進黃金的理想王宮，而四周傳來一陣陣啼飢號寒的酸楚呼聲，你不能塞着耳朶不聽；身邊圍繞着一幅：宛轉於刀山劍樹，油鼎血池的地獄變相你能閉着眼睛不看；這慘苦現象，應如何消弭的問題你不能叫你的心靈不思考？况葉氏本是悲觀主義的作家在民初禮拜六雜誌中所作小說如博徒之兒，姑惡，飛絮沾泥等篇，都是偏於社會黑暗面的描寫。後來他的心靈受了五四新潮的洗滌，才有世界的精魂爲愛，生趣，愉快的主張，並想借着下等階級的性靈來表現這主張的偉大。而展布在他面前的人生，倒底無法否認，所以他一面借着美麗的幻想，來美化醜惡的人生，一面又以寫實作風刻畫社會黑暗真相像曉行，悲哀的重載，毋，苦菜，寒曉的琴歌，飯，火災等篇描寫梏桎於苛稅下的農人；轉輾於火窟中的妓女，被經濟壓迫而犧牲母愛或屏息於視學淫威之下的小學教師，……的生活，都寫得異常慘澹筆墨間含着無數淚點血痕，讀過之後使人神經緊張心靈上感着一層沈重壓迫。作者不惟對成人讀物如此，卽供給天真孩童閱讀的稻草人，也滲進無數悲觀色彩。

當他第一集小說收集時以集中隔膜一篇爲全書題目。顧頡剛勸他改爲『微笑』他的理由是：人與人之間固然不免有若干隔膜，但書中像阿鳳方老太等人同情的微笑，却可將這消除了。葉氏竟未加以採納。這可見卽作者那時腦筋裏悲觀的黑雲並沒有被樂觀的光明衝破。所以他五四後的作品可以說是有着『兩重人格』的。

這樂觀和悲觀的『兩重人格』在作者心靈裏，本像天平一般的均衡的。但十餘年來中國情況江河日下，民生憔悴日甚一日，悲觀這一頭秤盤好像加多幾個法碼漸漸沈重起來，於是作者的思想不知不覺脫離了五四的型式，而與現在一般社會改造家的思想接近了。有人說葉氏初期作風近似日本白樺派　以武者小路篤實及有島武郎等爲中心份子，講究人道主義，以愛他，愛人生，靠愛來救人生爲目的蓋爲新理想主義之一派——其後改爲柴霍甫式的幽默。其實我覺得作者才在文壇露面即是揉合白樺派樸實的技巧與含淚的微笑的精神的。到現在思想雖然改變，作風並沒有改變。

他思想的轉變，在短篇小說集城中已有萌芽，而長篇小說倪煥之則更可以顯明地看出。所以有人說這部書是時代的劃分線也是葉人個人思想劃分線，倪煥之是江蘇某縣鄉間小學教師，以才學超卓服務熱心的緣故，大得校長蔣冰如的信任。他用最新的教育方法教他學生，在校中立農塲，開商店，造戲台，設備博物館，開各種的會，想借此培養學生處理事物，應付情勢的能力。但他的學生卒業出去後並無特殊表現。煥之已很覺失望了。後遇舊同學之妹金女士以理想志願之相合而發生戀愛而至於結婚，不意婚後之金女士終日瑣瑣於家務育兒，變爲家庭人物，使他更感幻滅。而且國內幾次競爭，引起他往實際方面思索的道路。後來遇見了現在已從事社會改造工作的舊同學王樂山，一席話轉移了他的心境，辭去固有職務，赴滬參加實際工作。最後以革命計劃失敗，王樂山被亂刀刺死，他的學生密司殷被拘辱，煥之悲憤萬分，跑到某小酒店喝酒，悲歌痛哭，終於得腸窒扶斯而死。

此書似爲作者自敍傳，雖亦有隨意串插的情節，而大部分事實與那些嚮壁虛造無中生有的究竟不同所以寫來極其親切有味。前半部記述倪煥之小學教師的生活和學校的一切情形，更富有『教育小說』的氣分，因而有人以此與盧梭愛彌爾並稱。我則覺得煥之初次從事黑板粉條生涯的幾段描寫，很容易令人聯想到都德 Daudet『小東西』Le petit Chose 的初出芳廬。書中五四運動和五卅運動更寫得酣暢淋漓有聲有色，非葉氏如椽之筆不是表現這兩個偉大時代。茅盾譽爲『扛鼎之作』實不算什麼溢美之詞。

至於葉氏作品藝術上的特點，我以爲有以下幾項：第一他的作品有真實的情感。顧頡剛隔膜序云『聖陶做的小說決不是敷衍文字，必定有了事實的感情著作的興味，方始動筆，既動筆則直寫也不能改竄，換句話說他的小說完全出於情之所不容已絲毫假借不得的。』按這裏所謂真實的情感，與現代某作家所自白，事非親歷，便寫不出文章的話不同。一則觀察力敏銳，對於世間萬事，均有深細的解剖。二則想像力强大，雖未曾經驗的事也能揣摩出之。三則同情心豐富，能以他人的喜怒哀樂爲自已的喜怒哀樂。不過最要緊的還是葉氏自已所說的『醞釀』（見顧序）。史稱韓幹畫馬神形俱化。又相傳施耐庵作水滸傳畫三十六人之像於壁，朝夕徘徊其下，揣摩其情性口吻，想像其行藏舉止，積時已久形之筆墨，於是三十六人有三十六種個性，三十六種面目與行藏。這都是藝人文人醞釀情感的好例。某氏除自已生活外不知其他，葉氏則婦人小孩，小學教員，學者，工人，農人，及社會各色人物，無不寫得頰上添毫相相欲活。而於他們心理的分析更是細膩曲折，體貼入微有如指上螺紋，歷歷可數。我想他下筆之前一定要設身處地把自已當做婦人小孩……吧。情感醞釀已熟，發之文章自然也有一種醇醇醉人的力量，自然會使讀者感到一種低徊咏歎玩味不盡的韻致。第二，他的描寫富有雕刻美。我初讀葉氏隔膜集時曾說冰心的小說似詩，葉紹鈞小說則似雕刻。後來讀顧頡剛的序文才知道作者最初果有成爲一個雕刻師的志願，可惜那時中國尚無此種藝術他始做了一個文人。但葉氏雖沒有達到做雕刻師的目的，也不必惋惜，他已經將他的創作造成雕刻品了。他的創作裏雖然沒有飄逸的風神，沒有瀟洒的韻致，更沒有瓌麗神奇幻想的美，但他雕出的『人生』石像，氣象是何等嚴莊，魄力是何等深沈，能不使我們驚嘆大匠的『匠心』之不可及呢？有人比雕刻爲一首凝固的詩，一部無聲的音樂一幅立體的繪畫爲的它的德性是堅實，靜默，沈重，葉氏的創作正有這等好處。雕刻又是由細磨細鑿出來的，葉氏的筆致正是善於細磨細鑿。

第三章　王統照與落華生

王統照早年發表的小說短篇有春雨之夜，長篇有一葉，黃昏，近時則有長二十餘萬言的山雨。他在創作上也算得一個努力的作家，雖然成功並不是如何偉大。

他是能將現代思潮之一的決定論 Determinism 和宿命論 Fatalism 作爲小說骨幹的一個作家。不過思想並不澈底，一面拜倒於命運的無上威權，一面也相信人類心靈神奇的能力。命運雖能給人以痛苦，而人類的『愛』和『美』却能消弭痛苦於無形。與舊說『天定勝人，人定勝天』的理論倒有些彷彿。這本是五四時代一般作家矛盾思想的反映，像葉紹鈞樂觀悲觀之時相衝突，又何常不如此呢？

一葉出版於民國十一年，假係作者的自敍傳。青年舊家子弟李天根，遭遇人生種種波折之後

『他深深地感到人生在一個環境裏沒有不是痛苦；而且周圍是有尖端的荊棘向着的。他知道這是人類社會在宇宙中一個不可避免的循環律，但是永遠是這樣的，彼此刺着與互相以痛苦爲贈遺，永久，永久，沒有止息地。從前他也曾讀過理想的小說，與那時很稀有的社會主義的零星著作，覺得一個如天堂的光明的境界彷彿即刻可以在地上出現。又想人人眞能「各盡所能」「各取所需」的那樣簡單，與有秩序而公平的對於人生的分配與解決的方法也是最好不過的，而且或者將來可以實現。但他自從自己病中聽過芸涵的痛苦歷史：與讀過關於她自己驚心動魄的記錄之後又遇見柏如的遭遇使他對於以前的信仰都根本搖動與疑惑了，』

他進大學之後更變成一個悲觀主義與定命論者，整天埋首室中寫他的感想錄，其沈鬱乖怪癖性引得人人詫異。但他的信仰雖然是灰色；

『同時又發明了一件人間可寶貴而稀有的東西，知道現在人類的全體尙有可以連結之一點的：能使有裸露的胸膛與眞誠的眼淚的勢力，那就是「愛」。他以自身的經驗母親與姊妹的親愛，又如芸涵的哀慕她的可憐的父母，其餘如柏如的夫婦，海岸上老漁夫的談話都堅定他的發明與有助他對於「愛」的考究。……以爲人間尙有花，有光，有同情的慰解，有深沈的密合，使彼此純白的靈魂，可以融化的機會。他又相信人間的痛苦，與憂鬱是與愛相並行的，因凡事必有個因，使人類的心底完全從沒有愛的痕，痛苦從那裏來呢？更有甚麼事可以憂鬱？他常想刀子割破了皮膚，或是火油盪傷了，以及沒有食物入口，或是遭遇了金錢上的缺乏與壓迫，他以爲這不是痛苦與可憂鬱的眞質素。眞痛苦與憂鬱不是物質上的剝喪也不是物質的給予可以慰悅的。精神上的靈性上的痛苦與憂鬱，才是眞正的。不過他也知道人類的精神作用與物質作用是常相爲因應的。但他由經驗及思想中得來，從此確信「愛」爲人間的最大的補劑了。』

本書結束時天根手持一松葉發揮他的哲學思想：『一個人的生活譬如一個樹葉子尤譬如一個松樹的葉子，在嚴冷的冬日受了環境的風和雪便黃枯些，到了春風吹來的時候，便青而長大起來，人生的痛苦與「愛」是這樣的循環，不過沒有一定的周回律，如一定的天時一般。……或者也可說人生還不如一葉能有幸福呢？……但是也一樣的總需要春風的吹長！』除了「愛」之外又需要「美」。瞿世英春雨之夜的序說道：『劍三是對於人生問題下工夫的。他以爲人生應該美化，美爲人生的必要，是人類生活的第二生命。他說：「此類煩悶混擾之狀態亘遍於地球之上，果以何道而使人皆樂其生得正當之歸宿歟？斯則美之爲力巳」……小說作家的作品的內容，大致是描寫實際生活與理想生活不融洽之點而極力描寫他理想的生活的豐富和美麗，劍三的小說也是如此。他所呪咀的是與愛和美的生活不調和的生活想像中建設的是愛和美的生活。』

黃昏出版於十六年商科大學生趙慕璉應胞叔趙建堂之招至故鄉創設羊毛公司，因與叔妾周瓊符英茗相熟。二人不耐非人的生活，苦求慕璉救援。費盡周折將她們救出後，性格荏弱的瓊符見建堂尋覓逃妾的廣告，竟驚懼而自殺，剛强的英茗則投身伶界得享盛名，即同逃之婢女瑞玉也考入職業學校，我們可以預測她結果不壞。這書似乎有些受俄國屠介涅夫 Twgenieff 父與子 Fathers and Sons 的影響，描寫熱烈的感情與冷靜的理智，人類的同情與倫理觀念，反抗精神與傳統威權，舊習慣與新知識，老年與青年思想中間的一切衝突，而作者的定命論的理論也時時顯露於字裏行間，像慕璉決策拯救二女出險時寫的日記『我乃竟有此等思想毋乃太奇！然事實迫我，我豈不願以清靜身，向大野灝氣中而翺翔自如？及今而後我乃不能不低首於命運的指揮之下，任其顛播。……』不過命運之神的鐵腕雖然堅强，能決心反抗者也可以得到最後的勝利，只看那畏首畏尾瞻前顧後的周瓊符逃出苦海後還不免一死而衝決一切雅有俠氣的英茗則竟因此而恢復自由，可知作者命意之所在了。

山雨的命題係由『山雨欲來風滿樓』的成句取出，乃是大革命前夜的象徵。書中背景爲山東一個農村，時代則自張宗昌的統治到國民革命軍的北伐爲止。全書百主旨則要寫出北方農村崩潰的種種原因與現象，以及農民的自覺。茅盾葉紹鈞描寫南方農村破產的慘況，已經獲得相當的成功，而北方農村則王統照是第一次試驗。本來北方農村與南方農村是有着兩個型式的：像氣候地理的差異；土地的出產，農民的性格，風俗習慣的種種不同；還有關外移民的情景，若能詳細寫出，很可以表現一種强烈的「地方色彩」王氏在這方面的努力，還不算怎樣失敗。

此書開場時作者借一個農夫名叫魏二的喝出昔日農村的狀况道：

言的是名利二字不久長，但都是東奔西走空自忙。
見幾個朝臣待漏五更冷，見幾個行客夜渡橋板霜，
皆因爲名利牽繩不由已，趕不上坡下農夫經營强。
蓋幾間竹籬茅屋多脩補，任一個山明水秀小村莊，
種幾畝半陵半湖荒草地，還有那耕三耙四犁一張，

到春來殷殷下上種，牆而外栽下桃李十數行。
早早的擁撮兒孫把學上，預備一舉成名天下揚。……
過罷了大雪紛紛隆冬至，看家家戶戶把年忙，
買上些金簪木耳黃花菜，買上些菠菜芫荽與生薑，
常言道閒裏治下忙裏用，預備着過年請客擺桌張，
不多時買罷菜品還家轉，大門上吉慶對聯貼兩旁，
頭一句一統太平眞富貴，次一句九重春色大文章。

這春耕夏耘秋收冬藏的秩序生活，與擊壤而歌鼓腹而嬉的太平氣象，真是過去農村的黃金時代。然而這値得令人憬憧的黃金時代早已化爲夢幻了現在的農村怎樣呢？預征錢糧呀，强派學捐呀，討赤捐呀；旱災呀，手工業的破產呀，現金的流出國外呀，已經使農夫們骨枯髓竭，無法聊生，而最劇烈的災禍則第一是土匪爲患，第二是應兵差，第三是强派修路，第四是過路的飢兵的佔住，農村在這些層層壓迫，層層朘剝之下終於不能維持了。書中主角奚大有，家有田數畝，草屋數間，在鄉間尙稱小康，自已身體强健

，慾望低微，一年到頭像牛馬似的在田裏工作，可算是一個典型的中國農民。但在農村總崩潰的運命中，大有終於破了產。到山窮水盡時，他也不得不改變中國農夫安土重遷的特性，盡室逃到青島做工，後來竟加入了工人集團，成爲革命一份子。現在我們且來看全書描寫最精彩的飢兵佔居一段：

忽有一天下午從旺谷溝與別的地方突然過來許多南邊幾縣裏守城不住敗下來的省軍，屬於一個無紀律，無錢，無正當命令向那裏去的這一大隊餓兵，雖然有頭領却有幾個月不支軍餉了，這一來非喫完所到的地方不行。……最奇怪的每一個兵差不多都有家眷，小孩子略少些。女人的數目不很少於穿破灰色的男子，除掉有軍隊的家眷之外還帶一些婦女，少數的沒穿灰衣的男子說是挈帶來的。總之他們都一樣，衣服不能夠擋住這樣天氣的寒威，沒有食物，恰是一大羣可怕的乞丐，令人怎樣對付？他們到那裏十分凶橫，索要一切，連女人也多數沒有平和的面目，困頓與飢餓，把他們變成另一種心理。……佔房子，搶食物之外，人家的衣服，較好的被窩，雞，鴨，豬凡是弄得到的，該穿，該喫，絲毫不容許原主人的質問。隨便過活。這一來全村中成了沸亂的兩種集團：受災害的無力的農民，與在窮途不顧一切的兵客。雖然在槍托子皮帶之下，主人們只好事事退避。

後來真鬧得太不像樣了。全村只好用了一筆重欵買通了他們的頭目才將這一羣餓鬼打發動身。臨走的時候每個兵如同遷居似的，衣服，被褥，零用的小器具，甚至如碎木柴，磁飯碗，都由各村中的農人家强取來了，放置在高高堆起的行李包上……將鎮上與近村的耕牛驢子全牽了去，馱載他們的行囊。……剩餘的糧米他們喫不了全行帶去，只有土地還揭不動。然而他們也還是不容動身的：

尤其是他們的女人，那些小脚蓬頭，不知從那裏帶來的多少女人，因飢勞與風塵早已改變了女人們的柔和，慈善的常性。她們雖沒有執着步槍與皮鞭可是也一樣的威風！她們對於那些沒有衣服穿着農民根本上就看不在眼裏。至於她們的同性，更容易惹她們動怒。也有像是有說不出苦痛的年輕女人，有時凄楚的說着對農婦們用紅袖子抹眼淚，不過一到餓得沒有力氣的時候，誰還去回顧已往與憧憬着未來呢！由兵士們的手裏拏得到粗饅頭充足了飢腹，這樣的生活久了，會將喜樂與悲苦的界限忘掉，所以女人們在這片地方暫時安穩地住過十幾天，臨走的時候，在街上巷口上都難堪的咒駡她們的軍官，男的更沒有好氣，說是頭目圖了賄，他們却不過甘喫過幾天搶來的飽飯。於是在左右的農民很容易觸動他們的火氣。這一日在鎮上無故被打的人都沒處訴苦，有的包着頭上的血跡，還得小心伺候。辦公所中只有吳練長與旅長團長在一處吸鴉片，交款，喫不到一點虧。別的鄉董，耳光，挨駡，算得十分便宜的事。大家都在無可如何之中忍耐，忍耐，任管甚麽侮辱都能受！只求他們早早的離開這裏。

前文說過作者早年的作品有肉多於骨的毛病。他的文章折開一句一句讀，都完美無疵，合在一處讀便顯得拖沓繁冗，令人沈悶。而且無論寫什麼故事都缺乏一種緊張的空氣。像黃昏的題材原很富於刺激性，若能將緊張的情緒，表現出來，未常不可成爲一部興味濃郁的佳作。可惜作者浪費了無數的筆墨，僅僅描出一個淡淡的輪廓。書中情節的穿插，既不適當，事項的進展，也不自然，人物心理的刻劃，更談不上了。趙建堂的二妾對姪少爺萌生感情，乃全書最緊要的關節一部黃昏，可說都由這一點發生出來的，不意作者竟用突如其來莫名其妙之筆寫之。這個地方尚輕輕放過，全書結構之無力，可想而知。春雨之夜，爲二十個短篇所組成，命意非不深奧，遣詞非不雅潔，辭藻非不富麗，而以表現毫無力量的緣故，藝術都顯得很幼稚，以今日眼光評之，沒有一篇值得一讀。

山雨發表時作者的學問閱歷都比從前進步。那種『真痛苦與憂鬱不是物質上的剝喪也不是物質的給予可以慰悅的』的唯心論不再唱了。『人生在一個環境裏沒有不是痛苦；彼此刺着與互相以痛苦爲贈遺。』的定命論也不大主張了。他知道人類的精神也受着物質律的支配，肚皮餓着時以及虐待受到無可再受時，馴良的會變成殺人放火的罪犯，戀田園的會舉家逃亡，頑固的也會贊成革命理論，這種傾向新寫實主義的文學的寫法比之他從前那些帶着浪漫氣分的作品自不可同日而語。不過藝術上的鬆懈，瑣碎，重複的毛病還有改去多少，所以他的現代農村描寫不如茅盾葉紹鈞之感人，不能成爲第一流的作品。

落華生在小說月報陸續發表的創作小說有綴網勞蛛，又有在文化書局出版的無法投遞之郵件。現又有在文學月刊上發表長篇女兒心。落華生的文字勝於王統照，久有定評，不必贅述。他的文字專以供給讀者『異國情調』爲主，與他的小品散文並無二致。如命命鳥，醍醐仙女是以印度爲背景商人婦，枯楊生花，海角孤星，綴網勞蛛，則以南洋爲背景。又好寫滿洲貴族的戀愛故事，像換巢鸞鳳，及最近的女兒心都是。異國的風物，熱帶光與影，旗人的生活，在讀者都是陌生的，作者用美麗細緻的筆致將它們介紹過來，自然會使我們感到一種新鮮風味。落華生在十年前得着讀者熱烈的歡迎，不算偶然的了。但更重要的還是這類文字蘊蓄的『逃避性』趙家璧論勃克夫人與黃龍有一段議論，我以爲很可以作這話的解釋。他說

『最近歐美的物質文明已發展到了峯極，一般有靈魂的人都在機械生活裏呻吟着，在都市裏感到了極度的疲乏。這不特在精神上有這一種厭倦的趨勢，事實上從十九世紀後期發長起來的機械生產和都市建設因爲受了資本主義制度不合理的處置，近數年來早已達到了一個將瀕破滅的危險期。當大家都感覺到無路可走的痛苦時，就有一部分人提倡脫離都市囘到農村去，而過着原始生活的初民，就形成現代人唯一的夢想。

在今日歐美的文學上就明白的表現了這一種現代人逃避的慾望。他們和黃龍同樣不敢用人力去改造現狀，而祇求在觀念上獲得片刻的安慰。因此極端寫實主義的作品沒有銷路了。心理分析小說也不能獲得大衆的擁護了。爲適應現代人的這種心理的要求，那種以猛獸和菲洲土人爲對象的小說遊記和影片在一個時期曾給了都市的居民一種很大的刺激和安慰。當勃克夫人在素稱精神文明的中國農民裏挑選了這一位較富人性的初民型的黃龍作她小說中的主角去替代那輩獸性未脫的菲洲土人，那當然使讀者在觀念上獲得更大的慰安了。

在勃克夫人所創造的天地裏，他們可以不必再顧慮機械生產的毀滅，都市的破產，他們也不再求什麼挽回這危殆現象的實際方法。祗要能夠給他們在理想間一點安靜，他們就緊抓住不肯放手了。

因此，在這數年來的小說裏，理想主義就逐漸的回來，那位詩人而又兼小說家的史特朗 L. A. G. Strong 更說「文化已很明顯的到達了亨利亞達 Henry Adams 所說的客觀範圍外邊，今後的大運動便是轉向內去的了。人類的思想，以前是由一個圓錐形的尖端向外擴展成一種機械的文化今後是要走向新的圓錐形的尖端去那個精神的文化」在這種主張理想主義文學旗幟下的作家，有開守 Wille Cather 有羅勃芝 E. M Roberts 有誰特爾 the Wilder 有史特朗等。而史特立 A. G Street 的農夫的榮光 Farmer's Glory 和比耳 Adim Bell 的土地的三部曲與勃克夫人的大地取的更是相類的題材，他都給現代的讀者一種逃避現實的夢想力，因而史特朗一輩人更以理想主義爲標榜而提倡柏克立Berkely『唯心論哲學家）的復活運動。』

但是逃避性的文學對於那些尚未感受切膚之痛的歐美人士和十五年前的中國人還可以發生一點效力至於現代中國農村破產，百業蕭條，苛政如虎，萑苻遍地，一般人民轉輾於水深火熱之中，救死不遑，逃生無路，要想用精神上的痲醉來緩和實際的痛苦竟絕對的不可能，所以落華生若不改變他的作風，過去的光榮恐難保持呢。

第四章　郁夫的沈淪及其他

在文藝標準尚未確定的時代，那些善於自吹自捧的，工於謾罵的，作品含有强烈刺激性的，質雖粗濫而量尚豐富的作家，每容易爲讀者所注意。所以過去十年中創造社成爲新文藝運動主要潮流之一；誇大狂和領袖慾發達的郭沫若爲一般知識淺薄的中學生所崇拜；善寫多角戀愛的張資平爲供奉電影明星玉照捧女校皇后的摩登青年所醉心；而赤裸裸描寫色情與性的煩悶的郁達夫則爲荒唐頹廢的現代中國人所歡迎，都不算是什麼不能解釋的謎。

郁達夫在一九二一年發表小說集沈淪，引起上海文藝界劇烈的攻擊，當時握批評界最高威權的周作人曾特作論文爲他辯護，不但從此風平浪靜，而且沈淪居然成爲一本「受戒的文學」，郁氏亦因此知名。以後他陸續出版寒灰，鷄肋，過去，奇零，敝帚，薇蕨，懺餘等短篇小說集，迷羊，她是一個弱女子（現改名饒了她！）等中篇小說，日記九種及其他雜著，以產量論總算是很富的。

郁氏是作品，所表現的思想都是一貫的，那就是所謂『性慾』的問題。本來『性』是人類一切情欲中最基本的一個，像佛洛依德所說竟是情感的源泉，能力的府庫，整個生活力的出發點，抓住這個來做談話和寫作的題材，決不怕聽者讀者不注意。何況中國民族本如周作人所說多少都患著一點『山魈風，』最喜談人閨闥和關於色情的事情，對於這些蒙着新文藝外衣的肉麻猥褻的小說……那有不熱烈歡迎之理。況且郁達夫的作品儘量地表現自身的醜惡，又給了頹廢淫猥的中國人一個初次在鏡子裏窺見自己容顏的驚喜。郁氏作品之不脛而走，傳誦一時便是這個緣故了。

但郁氏雖愛談性慾問題，但他所表現的性的苦悶，都帶着强烈的病態。即所謂『色情狂』(Satyriasis)的傾向。這是郁氏自已寫照而不是一般人的相貌。像沈淪中的主人公一見女性呼吸就急促，面色就漲紅，臉上筋肉就起痙攣渾身就發顫，還有其他許多不堪言說的情形，這是一般青年所有的麽？茫茫夜裏的于質夫到小店女人處買針買帕囘來自刺等等可笑的行爲，又是普通男子感到性慾無可發洩時的情况麽？這些地方若能自敍體的文字來寫，我們無非說作者生理狀態異乎常人而已，若用他敍體並聲明這可爲現代青年的典型那就大大地錯誤了。小說貴能寫出人類『基本的情緒』Fundamental emotions和不變的『人間性』，偉大作品中人物的性格雖歷千百年倘可與讀者心靈共鳴：郁氏作品中人物雖與讀者同一時代而已使讀者大感隔膜，豈非他藝術上的大失敗？陳文釗論達夫代表作，有這樣幾句話『總之，達夫初期的創作背景性的苦悶，是其骨幹。這種苦悶自然不是達夫個人的，每一個人在青年期從生理的發展，必然會發生這種作用……而像達夫這種病態在一時成爲青年苦悶的典型。』這非故作違心之論，便是青天白日閉了眼睛說夢話了！

此外則『自我主義』(Sgotism)『感傷主義』(Sentimentalism)和『頹廢色彩』，也是構成郁氏作品的原素。他的作品自沈淪到最近，莫不以『我』爲主體，卽偶爾揑造幾個假姓名，也毫不含糊的寫他自已的經歷。像茫茫夜裏的于質夫，煙影裏的文樸……誰說不是郁達夫的化身？郁氏曾說『我覺得「文學作品都是作家的自敍傳」是千真萬真的。客觀的態度，客觀的描寫，無論你客觀到怎樣的一個地步，若真的純客觀的態度，純

國立武漢大學印

客觀的描寫是可能的話，那藝術家的才氣可以不要，藝術家存在的理由。也就消滅了。最後他表明他創作的態度，『起初就是這樣，現在還是這樣，將來大約也是不會變的。我覺得作者的生活應該和作者的藝術緊抱在一塊，作品裏的 Jndinidnolity 是決不能喪失的』

本來自我主義是由個人主義 Jndividualism 發展而來。個人主義原是現代思潮的產兒。而在頹廢派作家的思想裏這色彩的反映更爲濃厚。他們常說『我們所真能知道而且真實存在的，在這世上只有一個就是自已。宇宙不過因爲自已的心緒如何而看成了美或醜的一張壁畫罷了。我們須要始終執着我於我們自已。』無怪乎廚川白村說所謂現代是什麽，那就是佛朗士說的『人者常將自已擺在世界的中心』的時代了。現代文藝裏『自我表現』(Self-oxpressior)之特多，原是當然的道理。

但是，像郁達夫的自我表現，如其說他想踵羨西洋，特意提倡這一派文學，無甯說他藝術手腕過於拙劣，除了自已經歷的事外便想像不出來罷了。他說沒有這一宗經驗的人決不能憑空揑造做關於這一宗事情的小說所以沒有殺人做賊經驗的人不能描寫殺人做賊，無產階級的文字。只好讓無產階級去創作，這也不能說沒有一部分的理由，像水滸傳上的武松打虎，兒女英雄傳裏十三妹能仁寺救安公子時發彈打小和尚三兒的情形都不合事實。因爲作者沒有打虎和彈人的經驗，所以寫來雖用了十二分氣力，却不値識者一笑。不過說個個作家如此，亦復不然。我們並沒有聽說 F. Dostoevsky 殺過人，而他的罪與罰中青年 Raskolnikov 謀殺盤剝重利的老婦姊妹，繪聲繪影，慘澹動人爲膾炙人口之謀殺描寫。莫泊三並沒有現女郎身，而他的一生寫一個女子一生悲苦的經歷，能叫身世相同的女子讀時感動到下淚？此外如茅盾春蠶林家鋪子等均能教我們知道現代中國農夫和小店主慘苦的生活景況，所謂無產文學要由無產階級自身來創造，又靠不住了。總之人生經驗，當然極其重要，而所貴乎文學家者還是能利用他豐富的想像力，來補足未經驗的人生，若事事必經驗而後能寫，則世間那裏有這許多文章呢。

『感傷主義』也和『自我主義』一樣是近代思潮的特徵，是『世紀病』所給予現代文人的一種歇私里到 hysteria 的病態。郁達夫作品裏的主人公大都有一個灰白色臉龐，高高顴骨和深深下陷的眼窩，而且眼窩外必帶一層黑圈。又必終日無緣無故自悲自歎，見了曉林薄霧，眼裏會湧出兩行清淚；對着平原秋色又會無端哭了起來，回答日本下女自己是支那人時，又感觸至全身發抖而滾下眼淚，我們看起來那些事實不值得落淚發抖的，而作者却非如此寫不可，那只好說作者自已神經有病了。不過自已神經有病，竟叫小說中人物也個個患着神經病，不知小說中『個性』爲何物，這樣作家，居然在中國文壇獲得盛名，豈非奇事！

郁氏除了性的苦悶，又好寫鴉片，酒精，痲雀牌，燕子窠，下等娼妓，偷竊，詐騙，以及其他墮落行徑，所以人家給戴上頹廢作家的冠冕。醜惡的題材本非不能採取，不過緊要的是能將它加以藝術化；使讀者於享樂之中而不至引起實際情感。我們瞻仰希臘裸體雕像時的感覺與閱覽春畫時不同卽因我們的情感已被優美的藝術淨化。法國 Paulhan 一派批評家主張藝術是欺瞞的，卽說藝術是給我們以現象的假象，而不是給我們以現象本身的東西。戈恬 Gautier 說藝術的作用不過喚起了意識的幻影 Jllusion 或半欺瞞的狀態，就是使我們不忘却現實而踏出現實一步的狀態。西洋頹廢派所取題材，大半是不能給人快感的，而經過他們巧妙藝術陶鎔後，居然使讀者覺得可愛。卽如李金髮邵洵美的詩也富於頹廢色彩，我們仍然覺得好，這就是因爲他們懂得藝術化的緣故。郁氏雖號爲頹廢派作家，但並沒有西洋頹廢派的藝術手腕，不過利用那些與傳統思想和固有道德相衝突的思想，激動讀者神經，以此獲得人的注意而已。像他很坦白的暴露自己醜行，甚至暴露他母親的——如他母親之酗酒，凶狠，瘋狂 對於善自諱飾和富於倫理觀念的中國人自然覺得是很新奇的。若屏去這些，他的作品還有什麽?有人罵他的作品爲『賣淫文學』實不爲過。近年以這類文學銷路漸少，而藝術又苦於無法進步，遂明目張胆爲獸慾的描寫，而有她是一個的女子出現。書中女主人公追逐性慾的滿足，宓似瘋狂，而且同性戀愛，叔姪結婚，父女通姦等故事，穢惡悖亂可謂無以復加。刺激性不能說不强烈了，而以藝術過於糟糕故竟不堪一讀。這本書是郁達夫『賣淫文學』圖盡匕見的著作是他背城借一的決戰。這次決戰失敗，他著作運命的末日已將來臨了。

現在我們再將郁氏作品的藝術來研究研究。第一他的作品不知注重結構，所以有人呼之爲『生活的斷片』La trache de Vie 正如陳西瀅批評他所說一篇文字開始時我們往往不知道爲什麽那時才開始，收束時也不知爲什麽到那時就收束。因爲在開始以前在結束以後我們知道還有許多同樣的情調，只要作者繼續的寫下去，幾乎可以永遠不絕的。所以有一次他把一篇沒有寫完的文章發表了，讀時也不感缺少。有時他有意的想寫一個有力的結束，好像沈淪那一篇，我們反感覺非常不自然』從前一篇小說大都由一個主要情節和瑣碎情節組成，而『緣起』，『進展』，『借綜』，『峯極』，『收場』這五個堦段更像八股文章格式一樣，不能略有變動。現代小說動作故事，變成了次要的，有時完全沒有，或者將它當作框子，在這框子裏作家反映他的印象，展開他的幻夢，宣布他的奇想，討論他對一切社會道德宗教問題的意見，結構已不如從前嚴格。所以郁氏作品不講結構，原也不算什麼奇怪，但篇篇如此却也討厭，更顯得作者對文字缺乏安排組織的天才。現在中國文藝新趨勢又講究客觀描寫，排斥第一人稱，對結構也重視起來了。所以郁氏那些散漫鬆懈首尾不分的作品，漸漸已有淘汰的傾向。

第二，句法單調也是郁氏作品最大毛病，單調(Monotone)與簡潔(Consisé)單純(Simple)的體裁是大有分別。前者是根據優秀的感覺，正確的判斷力，屛去堆砌的辭藻，無謂的形容詞，和一切可以壓抑情感的描寫直接表現的力的藝術；後者則字句間缺乏細陰影（La Nuance）好像沒有件音樂調的文字。中國文字言語所含陰影本不豐富，今日正在力學西洋文字上的長處以爲補救，郁氏的文字比之舊小說更爲單調豈非太無價值？

第三，小說人物的行動沒有心理學上的根據，這又是郁氏作品的大缺點。現代西洋小說有所謂心理小說（Psychological noevl）其寫人物除外表的刻劃外兼重，心理的解剖（Psychological Analysis）。卽不作心理小說，人物行爲的「動機」Motive和行爲的進展，變化，也非有心理學上的根據不可。現在我們不妨來舉一個例！好像佛朗士的黛絲Thaïs一個沙漠裏苦修數十年的高僧忽變爲肉慾的奴隸，而一個奢華淫蕩的女優倒能成爲聖女，這當然不是什麼「魔障」「夙根」的話頭可以解釋的。不過高僧之所爲，乃禁慾過度的反動，女優則恰得其反，所以有此結果罷了。作者雖沒有顯明的解釋，暗中却都給他們行動以心理學上的根據了。不然這二人生活態度之轉變，豈不突兀離奇，遠於情理之至。

郁氏沈淪主人公的種種墮落，尙略有少時環境不良，和到日本後患憂鬱病的背景，其他小說則不如此了。其他各篇近年發表她是一個弱女子，描寫之拙劣，句法之生硬，布局之不自然，尙可置而不論，最可笑的書中女主人公之汲汲於性的滿足，不惟沒有心理的過程，更不合病理學的原理。作者把一羣男女勉强湊在一處演了幾齣毫無劇情的戲，然後把他們一個個趕上預定『目的』的路上去，簡直搬演傀儡裏是在做小說？去年發表短篇遲桂花，自負爲一年來之傑作，大意是寫他和朋友翁則生妹子發生了一段純潔愛情的故事。不過一個鄉村長大僅識之無中等階級的少年寡婦，是否肯單獨地陪伴一個男子去遊山？遊山的時候，是否能在最短時期裏與男子戀愛？這都是極成問題的。若有相當的心理學上的根據原無不可，但遲桂花雖有二萬餘言，對於這不近情理的行爲却沒有一句解釋。

貧窮，失業，潦倒，牢騷，厭世，疾病是郁氏小說構成的重要原料。這幾端若表現得巧妙，未常不可博人同情。可惜作者都把它們寫成矛盾了。他所寫性苦悶，是生理上有異態的他自已個人的，不是一般青年的，上文已說過了。沈淪裏主人公爲了不能遏制情慾，自加戕賊，至於元氣銷沈神經衰弱，結果投海自殺。自殺前泣言道：『祖國呀祖國！我的死是你害我！你快富起來！强起來罷，你還有許多兒女在那裏受苦呢！』我們實不知道那墮落青年的自殺到底受了祖國什麼害？他這樣自殺與中國的不富不强有什麼關係？作者必自以爲以愛國思想作結，給了全書一個警策的有力的收束。而不知愛國思想和這樣自殺放在一處實爲極度的滑稽與不和諧。他寫自身受經濟的壓迫的情形尤其可笑。一面口口聲聲的叫窮，一面又記自己到某酒樓喝酒，某飯館喫飯，某家打麻雀牌，某妓寮過夜，看電影，聽戲，出門一步必坐汽車，常常陪妓女到燕子窠抽鴉片，終日過着的花天酒地的生活。一面記收入幾百元的稿費，記某大學請他去當教授，某書局請他去當編輯，一面怨恨社會壓迫天才；一面刻畫自己種種墮落頹廢下流荒淫的生活，一面却憤世嫉邪，以爲全世界都沒有一個高尙純潔的人。他作品本來沒有力量，即說有點力量也被他這樣自相乘除而消失無餘了。他叫喊愈厲害，讀者愈覺得這不過是小丑在台上蹦來蹦去扮醜臉罷了，何嘗能得到一絲一毫真實的感想？不過我所引以爲怪的居然還有一部分盲目批評家，替他捧場稱贊他善能表現現代青年困於經濟和情慾的苦悶。記得從前有一個裝乞丐的伶人出場時手上戴着寶石戒子，曾惹起台下的鼓噪；畫工畫截髮沽酒，而臂間御一金鐲的陶侃的母親，也引某神童的指摘，現在的批評家似乎連這點評刋的常識都沒有了。

郁氏善說大話，善發牢騷，有人以爲是中國名士遺風。其實中國名士談吐之蘊藉風流，高華俊逸，郁氏固不及。卽笑謔時之輕倩幽默，使受之者哭笑不得；或使酒罵座時那種滿腹骯髒目空一切的磊落可愛態度，又豈能在郁氏身上找出？他的說大話毫無風致，只覺粗鄙可憎；他的發牢騷也不過是些可笑的孩子氣和女人氣。他何常彀得上名士的資格，只不過是糟粕之糟粕而已！

郁氏自宣告寫作態度轉變後每以革命的文家自居。然而他的革命情緒也令人莫名其妙。儘官向讀者介紹自己荒淫頹廢的生活，却常鼓勵讀者去提刀殺賊（見寒灰集序）鼓勵讀者去赴湯蹈火爲人類爭光明。這好像一個臉青似鬼骨瘦如柴的煙客，一面嬾洋洋躺在鋪上抽鴉片；一面却瞇着眼啞着聲喊道『革命！革命！你們大家努力呀！都上前呀！』這不是一幕空前的滑稽戲麽？錢杏村說『現在的文藝已經走到力的文藝的一條路了。我們的技巧也應該是力的技巧，處處要現表出力來。……希望達夫在今後的創作中在技巧方面表現出偉大的力量……要震動！要咆哮！要顫抖！要熱烈！要偉大的衝決一切，破壞一切，表現出狂風暴雨時代精神與力量。』我想這希望是終於希望吧。這樣一個元氣被酒色斲盡的作家，我可以斷定他永遠說不出一句有力量的話。

郁氏文派曾有兩個信徒：一個是王以仁，一個是葉鼎洛。王的孤雁收在文學研究會叢書，內包含孤雁，落魄，流浪，還鄉，沈緬，殂落書信體小說六篇、並代序我的供狀一篇。他是文筆和行徑都刻意模仿達夫而模仿得非常之像的一個。前幾篇寫自已失業後在上海杭州一帶流浪以及飢寒困頓風塵潦倒的情形，比郁氏作品還來得真切些。因爲他還沒有像郁氏那些矛盾的描寫。作者不過是一個二十三歲中學卒業的青年，他的作品雖經過商務印書館嚴密的校對，還保存幾許別字——如噴作濆，稟作禀——學問之有限，可想而知，而他的孤雁置之郁氏集中，幾可亂真，這又可見郁氏作品藝術的價值之如何粗疏低劣了。葉鼎洛有他鄉人語，男友，未亡人，歸家及其他，前夢，雙影，烏鴉，等集。他的作品也是感傷頹廢一路，藝術不惟勝過王以仁，更遠勝郁達夫。是因爲郁文筆粗拙而葉描寫細膩；郁無結構而葉結構謹嚴；郁無意境，而葉意境幽窈，真可謂青出於藍而勝於藍了。現在引他對鴉片的贊頌一段來證明我的話：

凡是沒有抽過大煙的人，當然只曉得牠的壞處而不知道牠的好處。就在我，起初也是這樣。可是在一兩次知道了那大煙的功用之後，便知道這所以能夠使一般人因此一蹶不振的道理來了。我覺得，牠的可愛之處，便是能夠安慰人們的心，與有病的病的人以暫時的健康，與精神不濟的人以幾個鐘頭的興奮，與心神不寧的以寂靜的寧貼，與悲哀的人以恬淡的安逸，與失望的人以平穩的心情，牠的功用，不單是能夠醫治肉體上一切的微疾，却能夠醫治一切精神上的病痛的。常常有許多人說，在酒裏可以忘去一切的憂愁，我以爲，在大烟裡面得到比酒還大的幫助。我想，在這世界上除掉愛人之可愛，就可算大煙可愛了。人們在愛惜裏可以忘記他的痛苦，然而如果得不到愛人的愛情的，或者反而在愛情中得到痛苦的，只好鑽到大煙的國土裏去了。所以在某一個地方，有些人把大煙稱之爲黑美人的那的確是一個確當的名字。

這段描寫以現在新文學眼光看來並沒有什麼了不起，但他能夠將筆擲空中，迴旋繞繚，做出許多姿態，便爲郁氏之所難能了。郁氏的筆每每偃蹇紙上，站立不起。即遇着感情激動時，讀者以爲他必有一篇熱烈沈痛氣充詞沛的議論要發了，誰知他只『喲！喲！』發幾聲感歎詞便了事。說來說去，他的文字只是缺乏『氣』和『力』

第五章　多角戀愛小說家張資平

『要你們——平日只要是「哥呀」「妹呀」「珍重呀」「努力呀」地叫的俗不可耐

的青年男女們——讀我的小說，才說是幾角戀愛小說。你要知道 William Blake 所繪的熱烈地在擁抱着的兩性的畫面，是表現上帝和心的接觸，但是卑俗的觀者對它會發生猥褻之念。你們就是和那個卑俗的觀者相類似的人物了。」

這是張資平氏在明珠和黑炭裏替自己作品的辯護狀。讀過張氏幾種小說的人肯相信他這冠冕堂皇的話是真實的麼？他自一九二二年從事文藝生涯以來發表的作品，長篇小說有冲積期的化石，飛絮，最後的幸福，苔莉，青春，紅霧，長途，糜爛，柘榴花，愛力圈外，愛之渦流，明珠與黑炭，天孫之女，羣星亂飛，跳躍着的人們，上帝的兒女們，脫了軌道的星球，北極圈裏的王國；短篇小說有愛之焦點，梅嶺之春，素描種種，雪的除夕，不平衡的偶力等等約有二三十種。其間除去冲積期化石，脫了軌道的星球和一些短篇之外那一部小說不談戀愛？那一部小說不是寫的三角四角的戀愛？則人家奉送他這『多角戀愛的作家』這頭銜，正應當欣然受之，爲什麼還要故作違心之論峻加推辭呢？

在討論張資平小說之前我們須先知道張氏不過是個『通俗小說家。』(The popular novelist) 本來通俗作家現代各國都有美國有 Clarence Budington Kelland 等人；法國有

Paul Morand, 及 maurice Dekolra 等人；日本有菊池寬等人。中國五四運動前有著留東外史江湖奇俠傳的平江不肖生，有著玉梨魂，雪鴻淚史的徐枕亞，有著廣陵潮的李涵秋，及禮拜六派的周瘦鵑等。現在則有以啼笑因緣春明外史傾倒全國的張恨水。張資平雖然自稱爲新文學作家，但他專以供給低級的趣味，色情或富於刺激性的題材娛樂一般中等階級因而名利雙收爲宗旨。他作品產量雖豐富，而十九粗製濫造，毫無藝術價值可言；甚至有傭僱大批無名作家替他寫述而加上自己姓名出版的事，故令被人喊爲『海派』的領袖，『小說商』現在黑幕被人揭破，羣加唾棄，新文壇已無他立脚地，只好老老實實安於他的通俗作家的生活了。

他的多角戀愛小說其實也做得不好，第一人物都像郁達夫式的表現有病態的傾向，女主角尤甚。汪倜然說『張資平小說裏主人總是一個女性，小說裏的故事總是這個女性的戀愛的生活，而這個女性又總是一個都會的少女；早熟的，肉感的性衝動强烈的。她們總是喜歡享樂的生活，喜歡壯美的男子，因爲感情的豐富，舉動常受感情的驅使，不由理智出發，結果就演出悲劇』。我也覺得張氏的小說關於性的問題，總是女子性欲衝動比男子强，性的飢渴比男子甚，她們向男子追逐，其熱烈竟似一團野火，似乎太不自然，太不真實。以最後的幸福爲例卽可看出他的缺點。這部書大體像有意模仿法國佛羅培爾(Flaubert)的鮑梵麗夫人傳。(Madame Bovary)女主角美瑛初以選擇丈夫的條件太苛，遂致蹉蛇青春，精神大受挫折，後與年已四旬，身體久被煙酒淘虛了的表兄士雄結婚，深感性的煩悶；與鮑梵麗夫人嫁了 Charles Bovary 後感到平凡猥瑣的人生打破了她早年在修道院裏得來的美麗神祕的浪漫憬憧因而鬱鬱不樂相似。美瑛後來與妹夫廣勛，舊情人松卿，士雄前妻之子阿和，少時竹馬件侶阿根都發生性關係終被松卿所棄且以傳染梅毒死於醫院；與鮑梵利夫人戀愛書記雷翁(Leon Dupuis)及地主坡朗齊 (D. Boulanger) 借債揮霍，終以逼於債務服毒自殺相似。但佛氏乃外科醫生之子，稟有長於診斷和分析的醫生的頭腦，所以他的小說有生理學病理學上種種根據。他寫鮑梵麗夫人「性的憂鬱」由無而有，由淺而深，有步驟，有層次，她最後自殺的悲劇是「必然的」，張氏寫美瑛「性的憂鬱」則錯雜混亂，一開頭便似瘋狂，收局的悲劇又是「勉强的」他想學佛氏豈非東施效顰愈增其醜。

他寫女性之追逐男性，不但已嫁之婦人而然，處女亦然。不平衡的偶力女主角玉蘭要與朋友均衡親吻，飛絮中雲姨之於梅君；公債委員中玉蓮之於陳仲章，也是都俯就或追逐的態度。我不相信現代中國少女浪漫的程度竟至於此！——若說那是特殊的例子尚可原諒，然張氏所寫女性却都是典型的。

他寫男性也是病態的。正如韓待桁所說「他書中的人物最主要的根性便是自私，當他們到了性慾高漲的時候，那些人們看着不過只是些具有人體的下等獸類而已。所以在他們之間沒有愛只有性慾」

第二，作品中常作家不良品格的映射，一是欠涵養，譬如他憎恨日本人，對日本人沒有一句好批評，作天孫之女乃儘量汚辱。其人物名字也含狎侮之意：如女主角名「花兒」又曰「阿花」，其母與人私通則偏名之以「節子」其父名曰「鈴木牛太郎」伯父則名「猪太郎」書中情節則陸軍少將的小姐淪落中國爲舞女，爲私娼；大學生對於敗落之名門女子始亂終棄；帝國軍人奸騙少女並爲爲人口販賣者，巡警在朧台雪中凍死小孩，以及妓院老闆凶醜淫亂的事實，均令人聞之掩耳。聽說此書翻譯爲日文登於和文的上海日報，大惹日人惡感。爲懼怕日人之毒打，張氏至不敢行上海北四川路。其後又曾一度謠傳他被酗酒之日本在水兵毆斃云。（見楊昌侯文人有趣的故事）我並不願替日本人辯護，但我覺張氏這樣醜詆日本人痛快則痛快了，他情緒中實含着阿Q式的精神制勝法成份在。

作者氣量褊狹無容人之量，略受刺激必起反感，亦其品格欠涵養之一端。他自被人揭破了在家裏『祕密開小說商塲』的黑幕之後，氣憤不堪，對於那此攻擊他的批評家，動輒報以謾罵。外間謠傳他作小說頗賺了些錢，置有洋房產業。他於是寫了一部明珠與黑炭形容自己何如的潦倒窮困，直了令人難以相信的程度。又說：

……可是遍查我上述的履歷，在軍閥時代固然沒有做官，在國民革命成功的今日，……官運更輪不到我身上來。雖曾希望能有十數萬花頭，但是夢想終於是夢想。假定在礦坑裏持Hammer，在講堂上捻粉條，也能弄得十數萬的花頭，那是由自己汗血換來也應受之無愧，你們又何必眼熱呢？可憐的小孩子喲！你們該趁這大好時光去幹些於社會於你個人都有益的事業由來！何苦去造謠生事，寫那些無聊的小文章，弄低了你們的人格！

這類於人無損於巳反失體統的牢騷，在糜爛，天孫之女，脫了軌道的星球中也發得不少。郭沫若和郁達夫也有此病。他們說話本粗鄙直率，毫無蘊藉之致，罵人時更如村婦罵街，令人胸中作三日惡。這幾個創造社巨頭似乎都帶有島國人的器小，凶横，獷野，蠢俗，自私，自大的氣質，難道習俗果足以移人麽？

次則表現男性的殘酷。他的少說中男主角大都是一位家庭的暴君，就是當他在表白懺悔之時，我們也看不出這位作家的可愛處。這位男性過强具有殘酷天性的人，無疑是作家自己的影子。這是韓待桁所說的話。我們讀張氏自敍式的幾個短篇，對於妻子的喜怒無常横恣暴戾的舉動很覺不快。 冰河時代動輒罵妻子『賤東西』『潑婦』『該殺』『沒有小孩子，我早和你離婚了！』毆打妻子的舉動也常見於其他小說中。 又天孫之女中的男子自栗原到荒川，安藤，池田竹三無一不是善於蹂躪女子的殘酷男性，更可證韓氏所言之不謬。

第三，張氏小說有『千篇一律』的毛病。他雖發表了二三十種單行小說，但我們說他僅僅發表了一本，也不算過甚其詞。上帝的兒女們中的余約瑟與公債委員中的陳仲章身世相似，雪的除夕與小兄妹結構雷同。此外則女主角發狂般追逐男子，三角四角戀愛的藤葛，更是他百變不離其宗的一套陳戲法。

除了上述三端以外張氏小說特具的色彩，一則多用科學術語。他的處女作沖積期化石（是一部自敘傳。韋鳴鶴是作者自指，天厂則爲他的父親）。是留學日本時期寫的，學生原好賣弄知識，所以科學術語繹絡筆端，並繫原文以矜奧博：

這小河在數千萬年前不過是一座高山的斷層(Fault)。

這河的兩岸也受了不知多少次的洪水浸洗變成一個很規則的河成段丘(Terrace)。

由上海運搬來的沙土堆積成的三角洲(Delta)

說要到山頂上去看火山噴火口(Crater)

我像一塊均質性的破碎石片(Isotropic),無論你拿什麼強度的十字聶氏柱(Crossed nicols prisms)來檢查我都不能叫我發生別種顏色。

承有父系的剛毅的感動氣質(Sentimental Temperament)和母系的沈靜的，胆汁氣質(choleric Temperament)。

串牧師此時氣得幾根鼠鬚倒竪起來，臉色像按着光色帶 Spectrum 的順序，由紅轉黃，由黃轉青。

她頭上兩條乳鎖頭筋(musculus Strerocleidomostendens)祇有一層蒼白的薄皮包裹着。

Cenotherabiennis是一種屬柳葉菜科Onograceae的植物，日本人稱她做月見草。

以上所舉之例屬地質學者四條，心理，物理，生理，植物各一條。他在日本是研究地質學的所以後來作品別的科學名詞雖略見減少，地質學名詞則仍然是搖筆即來。這種「掉書袋」的壞習慣殊不足取。

再則反基督教的色彩狠是濃厚。沖積期的化石描寫教會學校腐敗的內幕，大表不滿。短篇小說約伯之淚，公債委員，約檀河之水，均有涉及教會生活之處。上帝的兒女們則是對教會總攻擊了。書中主角余約瑟窮苦出身，以善於逢迎美國傳教士，得至牧師地位。但他表面雖裝做十分虔誠，暗中酗酒賭博無惡不作。他與K夫人私通生一女名瑞英。後娶一貞操已破且懷身孕之女郎金恩，生一子阿咼。瑞英與阿咼長大後兄妹通姦。金恩情人文博士與她的母親又曾發生戀愛，則又爲母女聚麀。此外則美籍某主教愛中國女郎而至成孕打胎；教友偷偷摸摸抽大烟，開旅館房子，私販烟土，以博取些微利益而向外人獻媚取憐，以爭奪權位而互相排斥造謠，其腐敗墮落，幾出情理之外。基督教徒固未必個個善良，而這樣醜態百出亦未必有人批評曹拉作品爲「野獸的喜劇」（Bestial

不過平心而論：張氏作品文筆淸暢，命意顯豁，各書合觀結構雖多單調，分觀則尙費匠心。他是以『爲故事而寫故事』爲目的的，所以每部小說都有教人不得不讀完的魔力。木馬，約伯之淚，不平衡的偶力，及公債委會尙算得優秀的作品。

第六章　廢名晦澀的作風

廢名卽馮文炳，是語絲派重要人物之一。一九五用眞姓名發表竹林的故事，後用『廢名』的筆名發表桃園，橋，棗，莫須有先生傳。作者文字最得周作人的賞識，不但替他『包寫序文』甚至譽其作品爲新文學轉變後一派的代表，相當於明朝代公安派而興的竟陵派。作者在現代文壇獲得相當的地位，可說一大半是周氏吹噓之力。廢名作風感受俄國和弱小民族文學的影響，喜於表現平凡的人生類似初期的葉紹鈞。他對於魯迅的吶喊獨愛『孔乙己』那一篇，說與顯克支微的『樂人揚珂』梭羅古勃的『微笑』相似。他說『我讀完孔乙己之後總有一種陰暗而沉重的感覺，彷彿遠遠望見一個人，屁股墊着蒲包，兩手踏着地在曠野中慢慢地走。我雖然不設想我自己便這「之乎者也」的偷書賊，但我總覺得他於我很有緣故』俄國柴霍甫一流作品表面雖然滑稽，內心實含深切的悲哀，故人稱之爲『含淚的微笑』沈冰雁批評孔乙已時曾引此語。廢名獨愛這派文字可知他所受影響爲如何了。

周作人竹林故事序云『馮君的小說我並不覺得是逃避現實的。他所描寫不是什麼大悲劇大喜劇，只是平凡人的平凡生活——這却正是現實。特別的光明與黑暗固然也是現實之一部但這儘可不去寫他，倘若自己不曾感到欲寫的必要，更不說如沒有這種經驗。……馮君所寫的多是鄉村的兒女翁媼的事，這固然他所見的人生是這一部分。其實這一部分未始不足以代表全體。』

桃園序云『其次廢名君的小說裏人物也是頗可愛的。這裏邊常常出現的是老人，少女與小孩。這些人與其說是本然的無寧說是當然的人物；……特別是長篇無題（編者按現改名橋）的兒女似乎尤是著者所心愛，那樣慈愛地寫出來仍然充滿人情，却幾乎有點神光了。……在桃園裏有些小說較爲特殊與著者平常的作品有點不同，……無論言行怎麼滑稽，他們身邊總是圍繞悲哀的空氣。廢名君的小說中的人物不論老的少的村的俏的都在這空氣中行動，好像是黃昏天氣在這時候朦朧暮色之中一切生物無生物都消失在裏面，都覺得互相親近，互相和解，在這一點上廢名君的隱逸性似乎是佔了勢力。」

像廢名作品裏的柚子，初戀，阿妹，小林，琴子，細竹，……為鄉村小兒女的寫真，而火神廟和尚，河上柳，浣衣母則為尋常翁媼生活的記錄，都是所謂「平凡的人生」的表現。然而不像葉紹鈞小說中的人物屬於實際的人生，而他的却偏於理想的。所以周作人說「這不是著者所見聞的實人世的，而是所夢想的幻景的寫象，」又有人批評橋這部小說道：「這本書沒有現代味，沒有寫實成分，所寫的是理想的人物，理想的境界。作者對現實閉起眼睛而在幻想裏構造一個烏托邦。」又說『橋裏面寫的東西都太美好，更使人覺得不像是現實的。這裏的兒童，老婦，莊漢，和尚，尼姑無一不可愛，無一不是和平快樂地過日子。這裏的田，疇，山，水，樹木，村莊，陰，晴，朝，夕，都有一層縹緲朦朧的色彩，似夢境又似仙境。這本書引讀者走入的世界是一個世外桃源』但著者個人對於廢名小說素不喜讀，橋和莫須有先生傳尤其不愛。並不說理想的人物和理想的境界不可以描寫，但總要寫得自然，近人情。書裏的小林在塾中讀書讀到左傳，聽講聽到綱鑑，並且會做史論，總算是個知識已開的小孩了。而當其頑皮淘氣時作者描寫他的心理却似一個四五歲的人。使人覺得十分不自然，對他不能發生親切之趣。這倘可恕，十年之後少林已長大成人，作者寫他同琴子細竹一處玩耍時，還是用那一副青梅竹馬的筆墨，便更無謂了。雖說世間原不乏至老尚具『童心』的人物，但也看作家如何表現。表現得巧妙，白髮老人亦自天真可愛，否則小孩子也虛僞可憎。周作人稱讚這羣小兒女身上彷彿帶有神光，我只覺得他們好像泥團紙剪，毫無生氣。比之早年發表竹林的故事中的人物相去真不可以道里計。他是上了周氏的當走進死胡同，不容易轉出來了。

至於廢名的藝術一言蔽之，『晦澀』而已。他初寫竹林故事時『晦澀』文字原屬清晰明白一路，而他於書末引法國象徵派作家 Baudelaire 散文詩『窗』代跋，可見他已傾向於這一派作風了。棗與橋出版後『晦澀』的特點，始大顯着，到寫莫須有先生傳時則這特點已擴充到無以復加的地步。

周作人主辦語絲時一味提倡『清澀』的作風，而於雜拌兒跋，燕知草序，近代散文鈔，中國新文學源流各文中發揮此說更不遺餘力。廢名與俞平伯的作品獨蒙他老先生之垂青，原非無故。不過晦澀文字暫時雖可以獨樹一幟，自成一家，而實際上每不能垂諸久遠。唐樊宗師著詩文千餘篇，爲當時大作家之一。韓愈對他五體投地似的佩服，生時爲文以薦，死後爲作墓銘。照理他的作品應當篇篇不朽；而易世之後，僅存絳守居園池記，及幷序韵某詩一篇罷了。其園池記載於陶宗儀輟耕錄，宋王晟，劉忱嘗爲解釋，元趙仁舉又爲箋註，但至今尚難卒讀。像那些「西有門曰虎豹，左畫虎搏立，萬力千氣，底發，彘匿地，努肩腦，口牙快抗。電火雷風，黑山震將合」。「樵途隝徑幽委，蟲鳥聲無人風日燈火之」。句法雖怪，意義尚可以猜測得出，還有許多奇怪句子，則簡直叫注家無從下手。又如宋遺民謝翺、唐珏，鄭思肖等爲避免異族統治者猜忌迫害起見，詩文故爲深曲。謝翺的冬青樹「恆星晝隕夜不見，七度山南與鬼戰」唐珏的「餘花拾飄蕩，白日哀后土，六合忽怪事，蜺龍掛茅宇！」非用索隱手段不知所語云何，鄭思肖自稱嘔三斗血著「大十無工空經」暗含「宋」字折字格謎。書今不傳，其心血總算白嘔。可見文字過於生僻艱奧的將來都不免要受時間的淘汰。但樊宗師的文字尚有簡鍊奇倔的好處，宋遺民詩文，若知其背景，亦愈覺意味深長，耐人咀嚼。廢名的「晦僻」則由思想混亂與表現手腕太不高明而來，藝術價值實有限得很。現在因周作人爲之護持，讀者心雖不滿，口尚不敢有所疵議，將來的情形我便不敢預說了。

作者思想的混亂可由他行文支蔓蕪雜看出，莫須有先生傳尤可爲證。現在我把第十章莫須有先生今天寫日記開首一節引來讓大家賞鑒賞鑒：

光陰似箭，日月如梭，不覺又到了莫須有先生睡午覺的時候。但很不容易眼睛一閉，心裏就沒有動靜了，世上沒有一個東西不干我事，靜極卻嫌流水鬧，閑多翻笑白雲忙，房後頭那個野孩子還把我的牆上寫一個我是王八，他以爲莫須有先生一看就怒目了。天皇皇，地皇皇，我家有個夜啼郎，今天早晨我上街我也唸了牠一遍，我倒好笑我以爲有什麼新的標語，我又被牠騙了。至於那個剃頭店之對我生財，則全無哲學上的意味，令我討厭。這叫做我我歌。我還是睡不着。狗吠深巷中，鷄桑樹顛，但與我何干？然而聽牠越有詩情，我越不成眠，我就詈而罵之，無父無君是禽獸也！鄉鄰有鬭者或乞醯焉。有孺子歌曰八月十五日光明。七月七日穿針夜，夜半無人私語時我都聽得見！針落地焉。……

這些地方周作人稱之爲「情生文，文生情。」又用流水之灌注瀠洄，大風之怒號萬竅爲喻，將全書着實恭維了一頓。不知天生妙文，有目者自知嘆賞，苟其不然，你就說它是李杜重生，施羅再世，也沒有什麼益處，不過顯得你阿私所好，或缺乏藝術上的良知而已。

但廢名的文字雖不能說如何的美，而造句往往新奇短峭，與那些爛熟調子不。如

這一羣孩子走進芭蕉巷，雖然人多，心頭倒有點冷然，不過沒有說出口，只各人的笑鬧突然停住了，眼光也彼此一瞥，因爲他們的說話，笑，以爲跑跳的聲音，彷彿有誰替他限定着，留在巷子裏儘有餘音，正同頭上的一道青天一樣深深的牽引人的心靈，說狹窄呢，可是到今天才覺天是青似的。同時芭蕉也眞綠，城牆上長的苔，叢叢的不知名的紅紫花也都在那裏啞着不動。

又如：

太陽快要落山，史家莊好多人在河岸「打楊柳」拿回去明天掛在門口。人漸漸走了，一人至少拿去了一枝，而楊柳還是那樣蓬勃。史家莊的楊柳大概都頗有了歲數。牠失掉了什麼？正同高高在上的晴空一樣，失掉了一陣又一陣歡喜的呼喊，那是越發現得高，這越發現得綠，彷彿用了無數精神盡量綠出來。這時倘若陡然生風，楊柳一齊抖擻一點也不叫人奇怪，奇怪倒牠這樣啞着綠。

「紅紫花都在那裏啞着不動」「彷彿用了無數精神盡量綠出來」可算「新奇短峭」的例子。不過我所可惜者化小部分文字雖有風致，而大部分則像河底石子似的雖齒齒可數，却缺乏玲瓏剔透之觀。有些地方沾滯笨拙，簡直是滿篇費話。作者寫文字用心不能說不苦用功不能說不勤，——那部橋據自序說寫了六年——而天分究竟太低所以只有這

一點可憐的成就。

第七章　王魯彥許欽文和黎錦明

在魯迅作風影響之下，青年從事鄉土文藝或爲世態人情之刻劃者，不乏其人，比較成功的則有王魯彥，許欽文，黎錦明三位。這三位中像王魯彥是專在文學研究會發行的小說月報上面做文章的。許和黎則爲語絲北新兩定期刊物的撰員。

王魯彥作品有柚子，黃金，童年的悲哀及未曾收集的短篇甚多。作品感傷灰色的氣分極爲濃厚，但其善於描寫鄉村小資產階級和農民的心理與生活，則使他天然成爲魯迅高足了。他是寧波人，寫寧波民族氣質的澆薄勢利，極爲深刻。像自立那一篇記他父親告訴他兄弟祖上某太公造屋子賣屋子的故事，便是一個好例。太公因有錢要造一所大屋，被一個平日極其和睦的嫡親哥哥王大眼去告了一狀，說他牆腳放出太多，侵佔了官路。於是打了多少時候官司，他的太公不單賣完僅有的九十九畝田，用盡了現款，而且把大屋的一半基地也賣掉了。『那末王大眼太公打贏了官司，得到多少呢？』『他有好處嗎？他忽而從家裏跑到縣裏，忽而從縣裏跑到家裏，兩條腿跑得不要跑，渡船錢化了不要化，我們太公一個破銅錢也沒有到他手中！袋袋裝得飽飽的是縣官！」這樣檮杌惡蛇一類的東西人間不會有的吧？然而我相信世上有這樣人，這樣事。王大眼之所爲是爲了嫉妒，嫉妒的毒燄是可以燒燬情誼，恩愛，理性的。又像黃金那一篇，史因爲兒子一時沒有寄錢來，大家猜疑他破了產，便加以種種譏嘲，種種輕侮，甚至散布關於他不利的謠言；屠夫又無故砍死他的狗，叫化子到他家强討，把老夫婦急得幾乎想尋死。後來兒子寫信來說現已任祕書主任，先匯上大洋二千元，再親解價值三十萬元的黃金來家，以前那些刻薄過他的人立刻蜂擁到史家磕頭賀喜。炎涼的世態反覆的人情，被作者用拉雜如火的筆寫來不教人笑而要教人哭了。

　　阿長賊骨頭係中篇小說與許欽文的鼻涕阿二同學魯迅的阿Q正傳而王魯彥比許的技術似乎更超卓。是一幅絕妙的「小癟三行樂圖」文筆之輕鬆滑稽處處令人絕倒也。有些彷彿阿Q正傳。阿長是易家村一個窮苦階級的人，自小頑皮狡獪，喜歡說謊，偷竊，拐騙，賭博，調戲女人，作一切壞事受了許多教訓還是不改。長成後幹過賣餅，賣洋油，等小販生活。後來娶了個醜陋不堪的老婆，墜落做了刨墳賊，被人發覺逃亡了事。作者形容阿長好竊的天性道『到了十二三歲，他在易家村已有了一點名聲。和他的父親相比，人人說已青出於藍了。他曉得把拿來的錢用破布裹了起來，再加上一點字紙，塞在破蛋殼中，把蛋殼丟在偏僻的牆脚跟，或用泥土捻成一個小棺材，把錢裹在裏面，放到陰溝上層的亂石中，空着手到處的走，顯出坦然的容貌。隨後他還幫着人家尋找。直找遍最偏僻的地方。』又寫他在史家橋拐小孩項圈。他送餅給孩子喫，一面同他談着話，『啊，你的鞋子多麼好看！比你弟弟的還好！那個——誰給你的呢？穿了——幾天了？好的，好的！比什麼人都好看！鞋上是什麼花？菊花，——月季花嗎？……』他一面說着，一面就把項圈拉大，從孩子的頸上拿了出來，塞進自己的懷裏。孩子正低着頭快活看着自己的鞋，一面咕嘰着，阿長沒有注意他的話，連忙收起盤子走了。』寫阿長這樣機詐之處甚多，他雖然常常喫別人的虧，却也能常常教別人喫他的虧。他偷了人家的東西被人發覺能容色不變的否認，能跪在神前發血淋的惡誓；被人毆打急時，能吐口水，便溺併流地裝死。甚至他母親垂死時他也會假作瘋顛假作被鬼拖入河底，在外邊躲了一日一夜將殯殮費推到別人身上。他是個天生的壞胚，永遠改不好的下流種子。但在魯彥溫厚同情的筆下，我們反覺他有些可愛了。

許是不至於罷，寫王阿虞財主在戰氛緊急時娶媳婦請親鄰喫喜酒的情形。菊英的出嫁，係寫冥婚之害，但寫法極特別。先用隱約的筆法寫菊英的母親怎麼愛女兒，担心女兒，要替她定一頭親事。又按着寫如何辦嫁奩，如何送嫁，直寫到送親的儀仗中，一口十幾個人抬着的沈重棺材，我們才知菊英是已經死了多年的，這大排場的婚禮也不過是冥婚，點明了冥婚之後然倒轉筆鋒寫菊英患病和死的情形。這篇小說的章法是完全倒裝的，是作者故示『匠心』的所在。菊英冥婚前，她的母親。

她進進出出總是看見菊英一臉的笑容。『是的呀，喜期近了呢，我的心肝兒』她暗暗對菊英說。菊英的兩頰上突然飛出來兩朵紅雲。『是一個好看的郎君，聰明的郎君哩！你到她家去，做「他的人」去！讓你日日夜夜跟着他，守着他，讓他日日夜夜陪着你，抱着你！』菊英羞得抱住了頭想逃走了。『好好的服侍他，』她又莊重的訓導菊英說：『依從他，不要使他不高興。歡歡喜喜的明年，就給他生一個兒子！對於公婆要孝順，要週到。對於其他的長者要恭敬，幼者要和藹。不要被人家說半句壞話，給娘爭氣，給自已爭氣，牢牢的記着……』

我們未讀到儀仗中的葡萸的棺材而先讀這些描寫時誰不被作者巧妙的筆所欺蒙呢？然而他這段似乎從俄國梭羅古勃Sologub『未生者之愛』脫化而出。

秋雨的訴苦，燈，秋夜，狗，微小的生物，都是小品性質文字，都是陰森幽麗的散文詩與魯迅野草風味相似。狗的那一篇涵着極顯明的『人道主義』正是五四後青年受俄國文學影響的表現。小雀兒是一篇童話借一個麻雀看出人類的虛僞，姦詐，兇惡，自私，及戰爭的罪惡，寫得似乎不怎樣好。

沈雁冰曾在小說月報上發表『王魯彥論』譽之爲『現代典型作家。』那時沈雁冰尚沒有用茅盾筆名發表驚人偉著，他的批評也沒有多少人注意，所以粗濫作家如郁達夫因周作人一吹噓而聲價十倍，真正有着創作天才的王魯彥竟未曾因茅盾這篇論而提高他文壇的地位，也可謂有幸有不幸了。作者在毒藥那篇小說裏假設作家馮介檢查他自己的小說『他覺得也還不十分粗糙。在這些小說裏面，他看見了自己的希望和失望，快樂和痛苦，淚和血，人格與重魂』然而這些小說集雖託書店出版，書店經理回答他說銷路很壞，『這使他非常的憤怒，對於讀者，他眼看着一般研究性的或竟所謂淫書，或一些無聊的言情小說之類的書，印了三千又三千，印了五千又五千，而對於他這部並不算過壞的文藝作品，竟冷落如此。「沒有眼睛的讀者！」他常常氣憤地說。』我們假如略略知道過去八九年文藝界的情形，便知道作家發這種牢騷並不算什麽過激。

許欽文是浙江紹興人。作品有故鄉，趙先生的煩惱，鼻涕阿二，一罈酒，若有其事，彷彿如此，幻象的殘象，蝴蝶，毛線襪，西湖之月，回家等。他的著作生活開始於一九二二年之間當他的第一集小說集故鄉發表時，魯迅便說『描寫鄉村生活上作者不及我，在青年心理上我寫不過作者』並在彷徨集中『幸福的家庭』那一篇寫明『擬許欽文』字樣。魯迅以文壇老宿的資格，不惜如此借獎一個後進作家，讀者對許氏自然會另眼相看，而許氏也從此躍登文壇了。

他果然長於描寫青年心理，尤其長於描寫五四運動後青年男女戀變的心理。像理想的伴侶，博物先生，凡生，請原諒我，（在故鄉中）毛線襪，于卓的日記，後備夫人，病兒床前的故事。（在毛線襪中）還有其他小說不及備引。男性的自私，見異思遷，對女子外崇敬而內輕蔑的心理；女性的多疑，善妒，褊狹，賣弄風情，喜歡新鮮強烈的刺激的心理，均有細微的刻劃」，親切的描寫，冷峭的諷嘲。但最優秀的作品則可推長篇小說「趙先生的煩惱。」這本書體裁是作者慣用的日記體，借趙偉唐，石英，振東三個男女的三角戀愛關係，寫出一篇趣味濃郁的故事。

趙偉唐是一個中學教員，曾和他所教的女生名石英的舉行無儀式的結婚，後來石英和趙先生一個男學生振東發生戀愛，每夜必寫一封情書，星期六和星期日必費去許多時間招待他，趙先生雖是思想新穎的人物，對於這種情形積久也難忍耐，但石英性情固執，干涉之則不聽離婚則事實上又難辦到，於是陷於極深的煩惱中。後來石振二人因年齡懸隔關係，又以事發生誤會，戀愛遂告斷絕。石英雖然安靜了，却減了生色，也使趙先生減了生趣。

書中關於青年男女戀愛時心理有許多警闢絕倫戛戛獨造的解釋。好像趙先生對於石英的愛寫情書，起初莫名其妙，後來得到一種覺悟道：

就是石英愛寫情書，接不到情書，就要難過。這倒確由我使得這樣的。自從我們入戀以後，我就要她天天給我寫情書。是的國文，於給我寫情書的時候才認眞用了功，這可由我拏出她寫給我的信來證明。前幾封錯字很多的，幾乎每張信紙免不了白字，後來不但字句流暢起來，思路也很清楚了。三天不見她的信，就要迫切地催促她，自已也是接連地寫給她甜蜜的信。

情書是什麼？青年接到情書的時候，心弦是怎樣的？在情書中表示愛情固然比用言語來表示可以格外詳細，周到，而且可以自由地幻想未來的幸福。

情書不是敷衍地寫成的平淡的東西，寫一封就須進一層，所以，多少哲理是從情書中出來的；多少眞理是從情書中發見的；多少文學家由寫情書而成功；多少頭腦，因寫情書而精密起來。

一經結婚，情書就告終。現在我已讀遍了石英的組織，她也已讀遍了我的。我已看穿了她，她也已看穿了我。我們間再不能相互找出神祕來了，怎再寫得成情書？這在石英好像早就感到，她底那天的話已表明了這一點，她說『你想不許我寫信給振東，難道再來寫情書給你？試問你還能寫情書給我不能？我寫信給振東，原是爲着他的回信呀。我實在不能夠天天沈悶着。

是的，她實在已經受慣了折閱情書的刺激，是不能平淡地生活的了。譬如抽鴉片煙的，既已抽慣，斷不能一旦就斷癮的了。

趙先生又看出石英發狂般的愛小白臉原來是有點母性作用的。他說：

一個人初次求愛的時候，總是喜歡比自己較大的異性，把自己投在對手懷裏，以求安慰，像石英對於我，振東對於石英原也是這樣的。等到自己長大了，就要改變興趣了，總是喜歡比自己較小的異性，把對手抱在懷裏以求快樂了。像我對於石英，石英對於振東原也是這樣的，現在振東對於ＬＷＣ女士原也這樣的吧。振東的體格雖然並不見得偉大，可是和ＬＷＣ女士比較起來，他好像是委實是偉大的了。

作者描寫石英招待振東時興奮情形，以及石英受趙先生責備而打滾撒潑，旋又破涕為歡；或臥病數日不食，終則說明自己是做裝，都極其有趣。作者似係一個『女性憎惡者』(Mysogynist)對於女子常有過分的賤視的態度。和不公平的判斷口氣，看他如何借趙先生的口來說：『石英是什麼？原是個女性十足的女子；這種女子，可恨的時候實在可恨，討厭的時候，實在討厭，可是有趣味起來，實在是有趣，趣味豐富，終究是可愛的。』『石英是什麼？原是個女性十足的女子；這種女子原因是原為不懂事而能忍受的如今社會上很有多妻而相安無事的。她們這種女子大概自認是弱者，以為只好受人保護，聽人指揮，不知道忌妒也不知道別人妒忌的。把她們放在應該妒忌的地位並不會掙扎，一給她們自由活動就會任意地把別人放在妒忌的情景中的。她們並不明瞭所做的事，只是妄作妄為。石英原也是這種女子，我底大錯是在不壓制她而反順從她！』『我原是不願意把女子當作玩偶的，我原不願意有玩偶般的戀人；我也是不願意用舊禮教對付自己戀人的，我實在不會用舊禮教的手段。但照現在的情形看來，石英實在只配做玩偶，因爲她實在只有個做玩偶的原料。』

許欽文又是一個鄉土文藝家，他的這一次的離故鄉，回鄉時記，父親的花園，懷大桂，已往的姊妹們，珠串泉等是記敍自己家庭瑣事的；瘋婦，一生，鼻涕阿二等篇則描寫故鄉的人物。鼻涕阿二是個中篇小說，記述故鄉松村一個不幸婦人的一生。菊花鼻涕阿二——松村人重男輕女，凡第二胎的女孩皆加以此稱，——幼時在家庭中已備受祖父母，父母，姊妹兄弟之厭惡，及不平等的待遇。長大後在私塾式的夜校讀書，拒絕青年木匠龔阿龍的親吻，反被全村謠傳爲：『被木匠阿龍自由戀愛了。』家人則呼之爲『濫人的賤小娘』後嫁一半白癡的農夫爲妻，不久卽成爲寡婦。再嫁爲錢少英師爺之妾，不數年又寡大妻向之復仇鬱鬱得病而亡。這是個自幼在冷淡，輕視，侮辱，虐待的空氣中長大的可憐。然而她並不知道自己可憐，並且自己地位稍優時還將她所愛的一切，施之於別人。『自從身爲姨太太以後她是時時刻刻想快樂，時時刻刻在求快樂的了。當在這種時候，她總就和海棠——她的婢女——爲難，打她，罵她，有時在她底臉上用勁地扭一把，使得她臉上底皮肉有一部分變成青色，正如菊花鼻涕阿二自己幼時被姊姊扭時的樣子。……菊花鼻涕阿二委實好像想在海棠底身上報復一切，她底不留口的罵，不留手的打，有時很像她幼時她祖母底，有時很像她幼時的她母親底，有時又像她幼時的她姊姊底。更其在罵海棠做「賤小娘」的時候，眼睛一釘，眉頭一皺，「賤小娘！」她大嚷以後，她的臉容宛如她幼時的她老祖母底。」

作者所有作品的技巧不能算完美。一則重複語太多，像鼻涕阿二『自從拒絕龔少許底親吻和被人傳做「被木匠阿龍自由戀愛了」以後』一共重複了八次。又『某人委實是個松村人，原也是由稟着松村人底特性的種子發育起來的』也重複了好幾次。這種重複用之得當，有時可以加重語氣的力量，成爲文調的節奏，但像許欽文這樣用法却覺得可厭。二措詞拖沓，如『難免張冠李戴模糊印象雜湊之一』『說說女人評頭詳脚之一』題目尙如此不簡淨，文詞之拖沓更可想而知。三則尙有主觀口氣。尤其不該對人物行動的原因自加解釋像鼻涕阿二之打罵婢女原是一個可以研究的心理問題，使讀者自己去思索，才覺有趣。作者寫完之後又加上幾句『這樣衝動的報復，確也是松村人特性之一』云云，便覺味如嚼臘。又佈局空氣不緊張；說話不甚合自然語氣；拙於寫景，文字缺乏鮮明美麗色彩。均是他不及王魯彥處。

黎錦明作品有烈火，破壘，雹，馬大少爺的奇跡，瓊昭，一個自殺者，蹈海，塵影。他是湘人文字比之王許雖較爲粗獷，但自有一種强悍的氣概和潑剌的精神，表示湖南民族性。他的作品有許多是值得一讀者精心結構，有許多則敷衍塞責，潦草成篇。像蹈海，一個自殺者趣味低劣，簡直像通俗小說的筆墨；又像塵影借江蘇無錫革命家周某被土劣軍閥合謀殺害的故事寫成，題材不能算壞，而行文草率不堪一讀。這或者作者是等着稿費買米下鍋一流的作家，寫作時沒有推敲餘暇，我們未常不可加以原諒，不過長此下去則有流爲張資平一派的危險，我願作者以自已檢點些才好。

作者文字模仿西洋有時痕迹過於顯明，像趙景深所說：鄉旅夜話寫淫蕩女子遏抑不住的心情類似莫泊三的柴；船夫丁福則頗似柴霍甫的樊凱凡卡，却寫得更爲悽慘。復仇擬顯克微支的酋長則太不自然了。

第八章　沈從文的作品

五四運動以後的六七年現代評論文藝欄有幾個新作家如楊振聲，凌叔華，胡也頻等的姓名引起讀者注意，而使得一羣青年特別傾倒的則爲沈從文。

作者是一個驚人的產量豐富而迅速的一個作家。他自從事文藝生活以來至今不過八九年而單行本小說集已有入伍，蜜柑，好管閒事的人，阿麗思中國遊記上下兩卷，舊夢，一個天才的通信，阿黑小史，都市一婦人，虎雛，石子船，山鬼，龍朱，神巫之愛，旅店及其他，篁君日記，長夏，一個女劇員的生活，石子船，老實人，十四夜間，從文子集，沈從文甲集，月下小景等二十餘種。他的小說題材甚爲廣博，總括起來則有以下的四類：一，軍隊生活，二，湘西民族和苗族的生活，三，普通社會事件，四，童話及舊傳說的改作。

沈從文是當兵出身的，對於軍隊生活很是熟習，像入伍後，會明，傳事兵，卒伍，夜，虎雛，我的教育等等寫的都是軍隊中間日常發生的瑣事。我的教育那篇描寫自己少時混跡軍隊的生涯每日除上操以外無非是看審土匪，看殺頭，看捉逃兵，或在修械所看工人修械，情節原是平淡無奇，而作者偏能點染得十分有趣。普通人們生活範圍原是很仄狹的，就以我們知識階級的人來說罷，除了知識階級所能經驗的以外，其他生活便非常隔膜，假如有一個作家能於我們生活經驗以外，供給一些材料，自然能使我們感到一種新鮮的趣味了。『所謂異國情調』的詩歌小說得人歡迎，也是這個道理。韓侍桁說他『帶着游戲的顏色眼鏡來觀察士兵的痛苦生活而結果使其變成了滑稽。』這批評似乎不大公平。士兵生活誠然是痛苦的，但沈氏在軍隊所過的生活似乎還很舒服。他所的都是他所經驗過的，否則不寫，這便是他的愼重處。

我們現在再來論他湘西民族生活的介紹。黎錦明有水莽草黃藥等篇，論者說足以表現湘西的地土色彩，但黎氏以寫故事爲首要目的，表現地方色彩爲次要目的，所以成功並不大。至於沈從文則不然了。他的旅店，（一名野店）入伍後，夜，黔山景，我的小學教育，船上，往事，還鄉，漁，均能將湘西特殊的風俗情景物氣候詳細記述出來。有些故事野蠻慘厲，使我們神經衰弱的文明人爲之起慄。像漁的那一篇寫兩個宗族間械鬥的情形道：

在田坪中極天眞的互相以流血爲樂，男子向前作戰，女人則站到山上吶喊助威。交鋒了。棍棒齊下，金鼓齊鳴，軟弱者斃於重擊下，勝利者用紅血所染的巾纏在頭上，矛尖穿着人頭，唱歌回家，用人肝作下酒物，此尤屬諸平常的事情。最天眞的還是各人把活捉俘虜拏回，如殺猪把人殺死，洗刮乾淨，切成小塊，用香料攙入放大鍋中把文武火煨好，抬到場上，一人打小鑼，大喊吃肉吃肉，百錢一塊，凡有獃氣漢子，不知事故，想一嘗人肉，走來試吃一塊，則得錢一百。然而更妙的却是在場的一端也正在如此喊叫，或竟加錢至兩百文。在吃肉者大約也還有得錢以外，在火候鹼淡上加以批評的人。

夜，寫他自己和四個同伴軍人在一個寄宿老人家各講自己所經歷過頗爲離奇的故事。一個同伴就說自己從前曾和一個住在沙羅塞的苗族婦人戀愛。婦人雖黑而甚美麗，丈夫則爲巫師。他每夜必邀一個同伴去那家人的屋後樹林中與那婦人相會。一夜以有事不得早脫身，使同伴先去通知婦人，事畢卽赴約『到了那裏，憑藉月光，看到婦人同朋友在一株大樹下摟在一處，像沒有知道他會來，心中非常氣忿。走攏去一看，才嚇慌了，原來兩個人皆爲一個矛子扎透了胸脯，矛尖深深的固定在樹上，兩人皆死了。他不由得驚喊了一聲。那個兇手，那個頭纏紅巾同魔鬼常在一塊的怪物，藏在林裏陰慘的笑了。

像一個鴟梟，用那詛人的口，向他說：「狗，囘到你營裏去，告給他們；你那懂風情的夥伴，我給他一矛子永遠把他同婦人連在一塊了。這是他應當得的一種待遇。」他先是爲那奇突的事情所恐怖，到後是爲這暗中的嘲弄所憤怒，且明白那夥計是在一種誤會中代替了自己遭了這苗人毒手，他就想跑進深林去找尋這個東西。但是，進去時，已經不知那鬼在什麼地方去了。他走囘營去報告時，這人家已起了火，火燄燭天，這火就是巫師放的，他完全明白！」

據說湘西沅水上游，和川黔邊境一帶有許多苗猺民族和漢族雜居在一起，但生活習慣與我們大不相同。沈從文是湘西人，又曾在黔邊軍隊混過多年，對於苗族生活比較別人來得熟習所以作品關於苗族生活的描寫要佔一部分。這種描寫，許多人稱爲作者作品特具的色彩也似乎爲作者所最得意觀其常引『龍朱』二字可知。但以我個人的觀察，則不及湘西民族生活之介紹遠甚。我們現在以龍朱與神巫之愛爲例。這兩篇似係姊妹篇，故事大致彷彿。龍朱與神巫同是苗族中美少年，同爲許多青年婦女所傾心而莊矜自持，後來同爲一極美少女所感而陷入情網，同有一個愚蠢而有風趣像Don Quixot中山差邦託的奴僕。故事是浪漫的，而描寫則是幻想的。特別對話歐化氣味很重，完全不像是腦筋簡單的苗人說出來的。今五羊知主人思慕某女郎自願充媒介人。

主人，差遣你蠢僕去做你所要做的事吧，他在候你的命令。——僕

你是做不到這事的，因爲我又不願意她以外另一人知道我的心事。——主

你舌頭的勇敢恐怕比你的行爲大五倍。——主

主人，說，金子是在火裏鍊得出來的，僕人的能力要做去才知道。——僕

神巫既見所思慕之女子呈現於前，便向她求愛：

我的主人，昨夜裏在星光下你美麗如仙，今天在日光下你却美麗如神了。……神啊，你美麗莊嚴的口輔，是應當爲命令愚人而開的，我在此等候你的使喚。我如今是從你眼中望見天堂了。就立刻入地獄也死而無怨。……

……我生命中的主宰，一個誤登天堂用口瀆了神聖的尊嚴的愚人，行爲如果引起了神聖的憎怒，你就使他到地獄去吧。

「作者原想寫一個態度嫻雅，辭令優美的苗族美男，然而却不知不覺把他寫成魯易十四宮庭中，人物這能叫人相信這故事是真的麼？又苗族男女戀愛時喜作歌辭，互相倡和

，其歌辭雖非我們所能知，想也不過和楚辭九歌，巴歈舞歌，六朝民間樂府，劉禹錫所擬竹枝詞，以及今日所採集之傜歌，狼獞情歌，嶺東戀歌，客音情歌大同小異。不意沈從文都把它化爲西洋情歌了。像神巫所喝：

瞅人的星我與你并不相識

我只記得一個女人的眼睛，

這眼睛曾爲淚水所溼，

那光明將永遠閃耀我心。

又：

天堂門在一個蠢人面前開時，

徘徊在門外這蠢人心實不甘；

若歌聲是啓關這愛情的鑰匙，

他願意立定在星光下唱歌一年。

本來大自然雄偉美麗的景物，和原始民族自由放縱的生活原帶着無窮神祕的美，無窮抒情詩的風味可以使我們這些困於文明重壓之下疲乏麻木的靈魂，暫時得到一種解放的快樂，好像由跋踄數百里的長途之後，走進一片蓊鬱陰森的樹林，放下肩頭重担，拭去臉上的熱汗，涼意沁心，空翠爽肌，不由得四體鬆懈似喝了美酒一般，躺在如茵軟草上沈沈入夢了。記得從前讀過法國十九世紀大作家夏都伯里陽 F. A. de Chateauleriand 名著阿達拉 Atala 海納 Rene' 和那雪族的人 Les natchoz 等，描寫與美洲北部未開闢時土人生活，頗感到此等妙趣。但夏氏曾親赴美洲遊歷。對於土人生活頗有研究，其書雖富於浪漫氣分而描寫北美蠻族風俗習慣與嚮壁虛造者究竟不同，所以可使讀者感到真切的趣味。至於沈從文雖然熟悉那些「花帕族」「白面族」分別；能彀詳細描畫神巫做法事的禮儀；那彀知道他們男女戀愛時特殊的情形，不過文字太美化了。美化得教人疑心是讀希臘神話，疑心是讀古代傳說，疑心是看澳洲斐洲豔情電影減少故事的真實性我覺得很可惜。

關於第三項小說題材便不能不牽涉到作者生活經驗的問題。據他在卒伍那類文字中自述他似乎是一個中落的仕宦人家子弟，小學卒業後就於游蕩家人乃送之入被一個親戚所帶領的軍隊中當一名學兵，過了四年升爲司書生。後與軍隊脫離，輾轉到了北京，替晨報副刊做校對。以常在現代詳論投稿，其寫作天才始曝露於世。當他混跡軍隊裏的幾年，曾到過不少的地方；見過聽過不少奇奇怪怪的事；也得過不少平常人所未曾經驗的經驗。所以能將社會的形形色色攝入毫端，如溫嶠燃犀，如吳道子畫地獄變相。他尤其善寫下等階級像船夫，廚子，僕役，草頭醫生，小店主，邊城旅店的老板娘，私娼，野雞，荒村的隱者，老農夫，小販子，運私者，木匠，石匠，建築工人，獵人，漁夫，强盜，土匪，兵士，軍隊中的伙夫，勤務兵，劊子手，私塾頑劣的孩子，農村天真爛熳的少女都曾在他創作裏當過一度或數度主角。他模擬他們的口吻，舉止解剖他們的氣質，研究他們職務上特別名稱他在他們齷齪，卑鄙，粗暴，淫亂的性格中；酗酒，賭博，打架，爭吵，偷竊，劫掠的行爲中發見他們也有一顆同我們一樣鮮紅熱烈心，也有一種同我們一樣的人性，那怕是妙人心肝當殺饌的劊子手，割負心情婦舌頭下酒的軍官，謀財害命的工人，擄人勒索的綁票匪也有他們的天真可愛處。俄國革命文毫高爾基（Maxim Gorky）孤寒出身，所歷職業的生活極多變化。後即以所得經驗寫入小說。嘗著「我的大學教育』my universities 謂一生知識均得之於社會。他又被稱爲『下流社會的代言人，』在他某部小說中有一個人物曾這樣說『我是由汚穢黑暗的下層社會裏面出來的……我是宣述他們生活的真實的聲音，是生活在這下層裏的人們的啞聲，是他們叫我出來證實他們的滄海桑田的變遷經歷。』沈從文的身世與高爾基頗有相似之點，所以他也能成爲一個中國下流社會的代言人。至於中山等階級他也不是不肯照顧，像報館的編輯，官廳的小科員，大學教授，大學男女學生，一千字賣二元的天才作家，亭子間的潦倒文士，官僚，軍閥，資本家，土豪，下台後終朝拜佛唸經而又幹着男女祕密勾當的政客，揮金如土的政客太太，爭妍取憐的姨太太貴驕如公主的闊小姐。……也都在他的文字中留下了一幅剪影。

童話有阿麗思中國遊記上下兩卷。這是根據英國加樂里 Carroll Alicès Aduenture in Wonderland 而寫作的。上卷寫阿麗思與兔子約翰儺喜先生到中國遊歷，發現中國許多腐敗情形。下卷則寫阿麗由上海大都市到了他湘西的故鄉，看到湘西許多令人驚奇的野蠻風俗。這是沈氏兩本失敗的著作，內容和形式都糟，正如他自己序文中所說『我不能把深一點的社會沈痛情形融化到一種天真滑稽裏，成爲全無渣滓的東西，諷刺露骨乃所以成其爲淺薄」又說『在本書中思想方面既已無辦法，要救濟這個失敗，若能在文字的美麗上風趣上好好設法，當然也可以成爲一種大孩子讀物。可惜是這個又歸失敗。蘊藉近于天才，美麗是力，這大致是關乎可謂學力了。」新近稱爲改變作風者月下小景，又名新十日談。體裁模仿意大利 Baccaccio (1315—1375) 的十日談 (Decameron) 借一羣偶然聚集一處旅客，在消遣漫漫長夜或無聊光陰的方便下，談出一個故事來。題材取之於法苑珠林，大覺經一類佛典，文筆美麗，富有詩意，以藝術論，可算沈從文最近傑作。

我們現在可以將沈從文小說的藝術來討論一下：他的作品第一是結構多變化，茅盾在宿莽弁言中曾說「一個已經發表過若干作品的作家的困難問題也就是怎樣使自己不至於粘滯在自己所鑄成的既的模型中」郁達夫除自敍體小說外不能寫，張資平千篇一律，可見茅盾所說的困難打破之不易。沈從文小說却不然，題材既極其廣博，結構也篇篇不同，有些是逆起的，例如嘍囉；有些是順起的例如嵐生同嵐生太太；有些是以議論引起來的，例如第四；有些是以是以一封信引起來的，例如男子須知。他雖然寫過許多短篇小說差不多每篇都有一個新結構，不使讀者感到單調與重複，其組織力之偉大果然值得讚美。而且每篇小說結束時必有一個『急劇轉變』(a quick turn)像虎雛那篇他所收養教育的聰明小兵終於逃走；夜那篇隱居老人開房示人以死婦屍體；牛那篇大牛伯的牛被拉夫者拉去；冬的空間那篇X女士之投海；入伍後那篇二哥之被仇人支解；嵐生同嵐生太太那篇太太聞女校學生燙頭髮出事而擲其火酒瓶，全篇文字得這樣一結，可以給人一個出乎意外的感想，一個愉快的驚奇。

第二，句法短峭簡鍊，富有單純的美。聽說沈氏常以此自誇，則這種風格之造成必定是有意的努力。如我的小學教育自述小時生活。『正月，到小教場去看迎春；三月間去到城頭放風箏；五月，看划船；六月，上山捉蛐蛐，下河洗澡；七月；燒包；八月，看月；九月登高；十月打陀螺；十二月扛三牲盤子上廟敬神；平常日子，上學，買菜，請客，送喪』這似由一首舊武兒歌變化而來，句法則似月令。舉此一例便可概其餘了。

第三，造語的新奇，有時想入非非，令人發笑。一個性靈尚未被舊文學格式壓扁和窒死的人才能有這樣自由的想像，活潑有趣的譬喻。像『這個人那時正從山西過北京，一個又體面又可愛的人物，在ＸＸＸ最粗糙的比喻上，說那個人單是拿他的臉或者一張口，或者身上任何一部分放到當鋪中去，也很容易質到一筆大數目欵項。』（第四）又『因爲好的天氣，是不比印子錢可以用息金借來的』（牛）人家的憐憫，雖不一定比送禮物來得不慷慨，却實在比禮物還無用的一種東西』（爹爹）『最難防備的還是那路旁的空陷處，多到不可思議。這空陷是陡然而來的，是一不小心就把人吃了的。』（夜）韓侍桁對作者文字問題曾說『另外有些地方，作者爲着使文字顯着活潑，怪異得甚至使人不能使人理解。但一件奇異的事，有許多讀者也便是因爲他的這種筆調而稱他是有着寫作材幹的』我則覺得作者造句怪異得不能使人理解之處周多（如一個天才的通信）而如上引各語，我也不免要稱他『有寫作材幹』了。

沈從文創作缺點也不能說完全沒有。第一是過於隨筆化。即所謂利用『容易的文學』(La Litterature Facile) 來寫他的創作。本來拿寫 Essay 的筆法來寫小說，歐美先進國也大有其人。像法國的佛朗士的『我友之書』(Le Livre de mon Ami) 和都德的『磨房尺牘』『日曜故事』(Les Contes du Lundi) 即可爲例，但並非本本創作如此。沈氏作品在結構上雖不單調，體裁傾向隨筆化則係事實，他曾自己解釋道：『從這一小本集子上看可以得一結論，就是文章更近於小品散文，於描寫雖同樣盡力，於結構更疏忽了。照一般說法短篇小說的必需條件所謂「事物的中心」「人物的中心」『提高』或『拉緊』我全沒有顧到。也像是有意這樣做，我只平平的寫去，到要完了就止，事情完全是平常的事情，故既不誇張，也不剪裁的把牠寫下去了。……我還是沒有寫過一篇一般人所謂的小說的小說，是因爲我願意在章法外接受失敗，不想在章法內得到成功。』（石子船跋）這話頗類遁詞，無怪韓侍桁對此大表不滿，而將他痛痛教訓了一頓了。

次則用字造句雖然短峭簡鍊描寫却依然繁冗拖沓，有時累累數百言，還不能達出『中心思想』有似老嫗談家常叨叨絮絮，說了半天聽者尚茫然不知其命意之所在。又好像軟綿綿的拳頭打在胖子身上，打不到痛處。他用一千字寫的一段文章，我們將它縮成百字，原意仍可不失。因此他的文字缺乏一般電氣般撼動讀者靈魂的力，他的故事即說悲慘可怕，也不能在讀者腦筋裏留下永久不能磨滅的印象。在這一點上作者倒有些像王統照。據趙景深說王統照的文字『都是經過若干次的修改和錘鍊的』然而我們只覺得它『

肉多於骨；」只覺它重複，瑣碎，令人生厭。世上若真有『文章病院』的話，主統照的文字應該割去二三十斤脂肪，沈從文的文字則應抽去幾條使它全身鬆懈的懶筋。

最後，我要說作者的人生經驗固然比較常人豐富，而所有創作，却有一半以上產生於想像中間。他雖未曾受過高深的教育，未曾讀過多少書，然而他有像英國哲學家斯賓塞磁石一般善於吸收的頭腦，野貓一般善於偵伺的眼光。那怕在一個平凡人生經驗上，一篇書上，一句普通朋友談話上都可以找到他創作的靈感。似乎世間沒有一件事一件東西不足融化而為他寫作題材的。有時他的靈感從什麼地方得來，我們都可以淸楚知道，不過叫我們去寫却寫不出來。他自己說能在一件事上發生五十種聯想（阿麗中國遊記自序）大約不算一句誇誕的話，因為他有這點能力，所以拚命大量生產，拚命將醞釀未曾成熟的情感，觀察未曾明晰的對象，寫成文章。有時甚至於揑造離奇怪不合情理的事實吸引讀者的興趣像都市一婦人和醫生簡直變成了一篇低級趣味的 Romance 他文章的輕飄，空虛，浮泛等病均由此而起。這時候他過强的想像力成了他天才的障碍，舉重若輕左右逢源的妙筆也變了他寫作技巧的致命傷了。我常說沈從文是一個新文學界的魔術家，他能從一個空盤裏倒出數不清的蘋果雞蛋；能從一方手巾裏扯出許多紅紅綠綠的緞帶紙條；能從一把空壺裏噴出灑灑不窮的清泉；能從一方包袱下變出一盆烈燄飛騰的火，不過觀衆在點頭微笑和熱烈鼓掌中，心裏總有一個『這不過玩手法』的感想。沈從文之不能成爲第一流作家便是被這『玩手法』三字決定了的！

第九章　丁玲和胡也頻

現代小說家有開宗立派的資格者魯迅，茅盾等人以外，女作家則推謝冰心和丁玲，冰心空靈清雋，秀麗幽窈的文筆雖似不喫人間煙火，聰明的女學生細心揣摩也還能得其皮毛；丁玲細膩深刻充滿活力的作風則頗難效法。有人說丁玲筆路與沈從文彷彿似係感染沈氏作風而然，應當歸她歸入沈派。不過他們兩人寫作生活差不多同時開始，究竟沈氏感染丁玲呢？還是丁玲感染沈氏呢？我們頗不能斷定；況丁玲作品較之沈氏來得細緻遒鍊蒼秀沈雄，內容也比較來得充實，所以沈統丁，實不如以丁統沈之得當。

丁玲是湖南人。一九二七在小說月報，發表夢珂等短篇小說已引起讀者驚異。一九二八與胡也頻沈從文等到上海組織紅黑社出版『紅黑半月刊』同時也發行許多紅黑叢書，一九三〇加入中國作家聯盟，一九三一年胡也頻與馮鏗，柔石，白莽，李偉森等四人被殺，她憤痛之餘思想愈爲激烈。後爲北斗雜誌主編。去年發表母親據說不過是她計劃中要寫的生活史三部曲之一，僅出一部而丁玲本身即以失踪聞。湖南民族原富於强烈的反抗性質和革命精神，對於一種新理想有首先接受的決心，對於一種新生活有首先試驗的勇氣，便是失敗也不懊悔。况且在這國家民族日暮途窮，而世界革命潮流又猛烈激盪衝擊比較有思想有血性的青年走到左傾的路上去原亦難怪。丁玲所走的路也許不正確，但當局將這樣愚昧殘忍的迫害加到一個女作家頭上則未免缺乏寬容的態度。近來聽說她已有釋放的消息，當局還算善於補過，而我們也希望這位女作家不再逢什麼災難完全她文藝的高貴使命！

丁玲作品有在黑暗中，自殺日記，一個女人，韋護，一個人的誕生，水，夜會，母親等篇，她的在黑暗中以善寫小資產病的女性出名。有人批評她那時作品都是站在虛無主義立塲上的，感傷浪漫的氣味很重，帶着『世紀末』的病態。她的自殺日記韋護等篇也都是中等階級的寫真。到了一九三三的水出版，才專以農工爲題材而從事於現代所謂大衆文藝了。

我們現在先來看她前期的作風吧。在黑暗中包括夢珂，暑假中，莎菲女士的日記，阿毛姑娘等四個短篇。其中莎菲女士的日記似係作者自敍傳，所以更寫得真摯周詳，醰醰有味。這篇文字的主角曾說過這樣的話：『好在在這宇宙間，我的生命只是我自己的玩品，我已浪費得儘彀了，那末這因爲一番經歷而使我更陷到極深的悲境裏去，似乎也不成一個重大的事件。』又說『但是我不願留在北京，西山更不願去了。我決計搭車南下，在無人認識的地方浪費我生命的餘剩；因此我的心從傷痛中又興奮起來，我狂笑的憐惜我自己。』又說『悄悄地活下來，悄悄地死去，啊，我可憐的沙菲』讀了這幾句話我們可以了解沙菲是個怎樣的性格了。這類女性既把自己當做生命的主人，就很容易將生命當做她的消遣品，當她一看透宇宙人生的無意義時她就自暴自棄起來了。或者頹廢墮落，躭於享樂主義或者玩弄男性追逐一時濃郁强烈的刺激，置社會非笑指摘於不聞，視世俗習慣道德如涕唾。聽說俄國小說中婦女意念單純，判斷力明確，勇敢堅決，一往無前，爲善固足以超凡入聖，爲惡也可以變成地獄的惡魔。所以生活有標準有安頓，與優游寡斷好空想而不喜實行的俄國男子，大不相同。茅盾三部曲裏的章秋柳，孫舞陽梅女士，嫻嫻等似乎也是這一類典型。

作者寫沙菲對戀愛的態度也可以表現自己的個性。沙菲愛同學凌吉士竟自動地搬到凌的寫所隔壁住下以便向他追求。她形容沙菲眼中的凌吉士道：

他，這生人我將怎樣去形容他的美呢？固然，他的頎長的身軀，白嫩的面龐，薄薄的小嘴唇，柔軟的頭髮，都足以閃耀人的眼睛，但他還有另外一種說不出捉不到的丰儀來煽動你的心，如同，當我請問他的名字時，她是會用那種我想不到的不急遽的態度，遞過那隻擎有名片的手來。我抬起頭去，呀，我看見那兩個鮮紅的，嫩膩深深凹進的嘴角了。我能告訴人嗎？我是用一種小兒要糖果的心情去望着那惹人的兩個小東西？

又描她愛戀凌吉士的心理道：

一當她單獨在我面前，我覷着那臉龐，聆着那音樂般聲音，我的心便在忍受着那感情的鞭打，為什麼不撲過去吻住她的嘴唇，他的眉梢，他的……無論什麼地方？有時話都到了口邊了，「我的王，准許我親一下吧」但又受理智，不，我就從沒有過理智，是受另一種自尊情感所裁制而又咽住了。唉！無論他的思想是怎樣壞，而他使我如此癲狂的動情，是會有過而無疑，那我為什麼不承認我是愛上他咧？並且我敢斷定，假如他能把我緊緊的擁抱着，讓我吻遍他全身，然後他把我丟下海下，丟下火去，我都會快樂的閉着眼等待那可以永久保藏我那愛情的死來到。唉！我竟愛他了，我要他給我一個好好的死就夠了。……

記得蕭伯訥人與超人(Man and superman)曾說男女的結婚是受了『生命力』(Life force)的壓迫，但在一個選擇自由的社會裏男女間有關係發生時，女的往往是追的那個，男的到反是躲的那個。這話也許是真的吧。不過我們中國女子受了幾千年不合理的禮教縛束，早把這種本能消滅到烏有之鄉了。卽說這本能尚有些殘餘存在，誰又敢明明白白表現到外面來？張資平小說裏女主角雖愛向男性追求，可惜寫得太不自然，不足爲蕭伯訥的話解釋。丁玲以女作家描寫女人心理自比較的鞭辟入裏，比較的曲折細微，而其大胆無畏的精神，熱烈真摯的文筆，在現代女作家中實爲少見。

夢珂寫一個退職太守的女兒因反對教員被學校開除寄居親戚家中又被一羣輕薄少年所包圍發憤而投身電影界當演員的故事。作者這樣介紹夢珂道『這幼女在自然的命運下伴着那常常喝醉，常常駡人的父親一天一天的大了起來，長得像一枝蘭花，戰蓬蓬的，瘦伶伶的，面孔雪白。天然第一步學會的便是把那細長細長的眉尖一蹙一蹙，或是把那生有濃密睫毛的眼瞼一闔下，就長聲的嘆息起來。不過也許是由於那放浪子的血液還遺留在這女子的血管裏的原故，所以同時她又很會像她父親當年一樣的狂放的笑，和怎樣的去煽動那美麗的眼。只可惜現在已缺少了那可以從揮霍中得到快樂的東西了。』她改名林瑯投入電影之初很的那裏面種種下流習慣而堪到不快，不過她還是隱忍着『以後依樣是隱忍的，繼續到這種純肉感的社會裏面去，自然那奇怪的情景見慣了，慢慢地可以不怕，可以從容，但究竟是使她的隱忍更加强烈，更加偉大，至於能使她忍受了非常的無禮的侮辱了。』後來她居然成了銀幕的皇后了。『現在大約在某一類的報紙和雜誌上，應當有不少自命爲上海的文豪，戲劇家，導演員，批評家以及爲這些人吶喊的可憐的嘍囉們，大家用「天香國色」和「閉月羞花」的詞藻去捧這個始終是隱忍的林瑯——被命爲空前絕後的初現銀幕的女明星以希望能夠從她身上得到各人所以捧的慾望的滿足，或只想在這種慾望中得到一點淺薄的快意吧』一個宦家小姐，生活也不是毫無依傍，居然含羞忍辱從事這種爲中國人所視爲不大高尚的職業。在我們平常人眼中看來，書中女主角的行爲究竟是有所些奇怪的。丁玲初期作品帶着濃厚感傷浪漫的氣分和世紀末病態卽此可爲證明。暑假中寫武陵某小學一羣女教員因彼此間友誼的轉移，而引起種種爭風，吃醋，撒嬌撒癡的可笑情形。阿毛姑娘則寫一個鄉村女子以豔羡城市繁華發生意志與行爲的矛盾而憂鬱自殺的故事。

韋護的一個長篇與一九三〇春上海之一之二的兩個短篇出現後，作者左傾的色彩已很濃厚了。水及夜會等篇則顯明地打起無產階級的文藝的旗號。水包含水，田家沖，一天，從夜晚到天亮，年前的一年五個短篇；夜會包括某夜，法網，消息，詩人亞洛夫，夜會，給孩子們，奔七個短篇。兩書十分之九記述農夫工人的生活，以鼓吹赤色思想煽動暴動爲宗旨。其中水與法網與茅盾春蠶，林家鋪子等異曲同工，在現代作家中實爲不可多得。

水是以一九三一年長江流域大水災爲題材。寫某村羣農民晚間在堤埂上防禦江水的衝入，因爲堤埂原修築得不堅固，他們雖盡了十二分力量到底守不住。他們中間大半淹死了小半逃到高處，死於饑寒疫癘者又有三分之二，城鎮的富人將穀米嚴密的囤着不肯糶給他們，縣裏派兵將槍刀炮火趕逐他們到別處去，剩餘的幾百農民終於在餓焰焚灼中變成了一羣瘋狂的野獸起了暴動。故事寫到這裏便完結了。法網則寫工人顧某在漢口某香烟廠作工娶一妻生活尙爲安適。後以照料妻子小產託友人向工廠請假，不意友人忘將此事辦到，遂被工廠開除。顧某以爲友人有心陷害，屢次向之尋仇，一日誤將友人妻砍死，逃到上海。友人以終日忙於報官等事亦被工廠開除。後來顧某被上海工部局捕到，與友人相見法庭。此時兩人已覺悟所有不幸的運命均由資本主義帶來，所謂真正的仇敵，乃別有所在，欲捐棄前嫌，攜手共上一條戰線，但法律不問人犯罪的動機，也不管兩造後來意向的改變，終於將那可憐的殺人犯送上斷頭台去了。全文佈局緊湊，情節哀慘，無論何人讀之未有感動不下淚者。丁玲作風轉變後當以此篇爲最精彩了。

丁玲藝術的優點，第一是氣魄的磅礴。凡題材之關於自然界急劇的變化，人事復雜的錯綜，他人望而生畏者，她每能措置裕如，顯出扛鼎的神力。這不但女作家中不容易得到，男作家也戛戛乎難哉的。像水那篇關於水災發生時情況的描寫：

飛速的伸著怕人的長腳的水，在夜晚看不清顏色，成了不見底的黑色的巨流，吼着雷樣的叫喊，凶猛的衝擊了來。失去了理智，發狂的人羣，更吼着要把這宇宙也震碎的絕叫，在幾十里，四方八面的火光中也成潮的湧到這銅鑼搥得最緊最急的堤邊來。無數的火把照耀着數不淸，看不淸的人頭在這裏攢動，慌急的跑去又跑來。有幾十個人來回的運着土塊和碎石，更有些就近將脚邊田裏的溼泥，連肥沃的稻苗，大塊的鋤起，不斷的掩在那新有的一個盆大的洞口上，黃色的水流，像山澗裏的瀑布似的，在洞穴上激衝下來。土塊不住的傾上去，幾十個鋤頭，便隨着土塊去搥打，水有時一停住人心裏剛才出一口氣，可是在不遠的地方，又發現了另一個小孔，水便又花花拉拉的流出來，轉一下眼，孔又放大，於是土又朝那裏傾上去，鋤的聲音也隨着水流，隨着土塊轉了地方。蕉急更塡滿了人心有人在罵起來了。

又如：

水還是朝着這不堅固的堤無情的衝來，人們還是不能捨掉這堤走。因爲時間已不准他們逃得脫了。除了死守着這堤，等水退，等水流得慢下來沒有別的法子。鑼儘管不住的敲火把儘管照得更亮，人儘管密密層層的守着，而新的小孔還是不斷的發現。在這夜晚，在這無知的無感覺的天空之中加重了黑暗，加重了興奮。在那些不知道疲倦的强壯的農人身上，加重了絕望，加重了廣大的徹天徹地的號叫，那使鬼神也不忍聽，也要流出眼淚來的號叫。時間在這裏停住，空間壓緊了下來，甚至那些無人管的畜𤛇，那些不能睡，拍着翼四方飛走的禽鳥，都預感着將要開演的慘劇而發着狂，而不知所以的喧鬧起來了！……半圓的月亮遠遠的要落下去了，像切開了瓜形，吐着怕人的紅色，照着水，照着曠野，照着嘿嘿的鬱的稻田，照着茅屋的牆垣，照着那些在死的邊緣上掙扎着人羣，於是在這些上面，反映着黯澹的陳舊的血的顏色。

橫寫恐怖的心情，緊張的局勢，有天跳地踔，海立山搖之概。文筆之排奡，魄力之沈雄，語氣之淋漓酣暢，沛然莫禦，可嘆觀止。而「加重了。」「照着」等語，又如三疊瀑泉，愈折愈厚。此等文字決不是沈從文「輕飄」體製所能寫出，我的丁勝於沈，即指此而言。記得左拉有一篇小說記賽茵河泛濫情形，驚心動魄，一字千金，丁玲此篇，可與媲美。

第二，筆致熟練精緻。當她第一部創作集發表時，人即以此稱之。她的年前的一年寫一女著作家日常生活，似係自敍傳之一種。女主角曾說過這樣的話道，「……文章是稍稍與人相異，雖說却常常也要將自已的，覺得很是偉大的寂寞的心，隱祕的在字裏行間吐露着，然而終是比人要來得溫柔細膩，所以歡喜看這類文章的讀者還不十分零落。」我們只知道凡文字之描寫兒女之情的叫做「溫柔」，不知道立於「釅冷，」「生硬」「粗疏」「笨拙」反面的也可以叫做「溫柔」譬如，皮革，硝製之後始輭可用；譬如鐵，鍊成純鋼轉能繞指；譬如柔術家之筋肉，長期鍛鍊之後乃可跌撲而無損墜層樓而不傷。

郭沫若郁達夫之流的文字措詞命意既無含蓄之可言，用字造句又欠妥帖之安排，所以槎枒殭硬，油滑麤厲，讀之如喫未成熟的果子，酸澀不堪入口。這就是不『溫』不『柔』之例。丁玲文字都經過一番心血的融匯，意匠的經營而後才寫出來，有如楊億評李商隱詩『包蘊密緻，演繹平暢，味無窮而炙愈出，鑽彌堅而酌不竭，』又如張炎評吳文英詞『深加鍛鍊，字字敲打得響，歌誦妥溜』對於『溫柔』二字自評果然不愧。至於細膩則在心理解剖方面更易看出。大凡女作家均善爲心理的描寫，而丁玲尤所擅長。在黑暗中莎菲女士的日記描寫患肺病女子的心理，阿毛姑娘描寫鄉村女子的心理，韋護描寫革命與戀愛衝突的心理，細入毫髮，曲中筋節，可當作心理小說讀。

第三，琢字造句之特出心裁。如水那篇記一孩子見老嫗談話時的心理『想起她那癟着的嘴，那末艱難的一癟一癟，頑皮又在那聰明小腦筋中爬。他只想笑，可是今夜不知爲什麼沉沉的空氣壓着他，他總笑不出來。』又寫大水冲來時景況『那驚人的顫響充滿了這遼闊的村莊，村落的人畜，睡熟了的小鳥，還和那樹林，便都打着戰起來了。整個宇宙像一條拉緊了的絃，觸一下就要斷了。』又『天空沒有雲，藍紛紛的無盡止的延展開去。下面是水，黃滾滾的無窮盡的湧了來。剩下的地方，剩下的人，拖着殘留的生命，無力的爬着又爬着。」沙菲女士日記『葦弟……譬如今晚來了便哭，並且似乎帶來了很濃的興味來哭一樣。」「自然，他不走，不分辯，不負氣，只蜷在椅角邊老老實實無聲去流那不知從那裏得來的那末多的眼淚。我，自然，得意夠了，是又會愧慚起來，於是用着姊姊的態度去喊他洗臉撫摩他的頭髮。他鑲着淚珠又笑了。」凡這類性靈流露的語句與沈從文頗有相似之點。

除此三端以外丁玲文字的優點尚多，一時實難評盡。總之她的作風是獨創的，在現代文壇上是異軍突起獨張一幟的。有人說丁玲可算現代最優秀的女作家，這雖是一班普羅文藝家對她有意的推崇，但她的作品也頗能相當保證這句話的真實！

胡也頻爲丁玲的愛人。其短篇作品有活珠子，聖徒，三個不統一的人物．詩稿；長篇有到莫斯科去，四星期，一幕悲劇的寫實；又有獨幕劇鬼與人心，別人的幸福。胡也頻當在現代評論和新月作文時，文筆尙有粗疏淺露之病，乃與丁玲同居，受其感染，藝術乃大有進步。其一個人的誕生，犧牲二篇寫其妻生產前後經過情形，細緻峭刻，與丁玲文筆不相上下。關於女人生產痛苦的敍述，中國那怕有三千年文學歷史一篇也尋不出。新文學發生後這種描寫的嘗試漸漸多起來。以著者個人所見而論最先有周作人所譯日本有島武郎『與幼小者』；次則徐志摩的『嬰兒；』又次則逸鷗之『致被棄者』……載語絲第五卷三十期——；又次則李青崖『也許是這樣的』——載他創作集上海中……；最後則胡也頻這二篇了。

第十章　凌叔華的花之寺與女人

凌叔華是立於謝冰心丁玲作風系統以外的一個女作家。許多人喜歡拿她和英國女作家曼殊斐爾(Katharine mansfield)並論。當她在一九二七年發表創作集花之寺時，沈從文曾這樣批評道『淑華女士，有些人說，從最近幾篇作品中，看出她有與曼殊斐爾相似的地方，富於女性的筆致，細膩而乾淨，但又無普通女人那類以青年的愛爲中心的那種習氣。』我們現在將凌淑華的小說與曼殊斐爾的比較研究一下，果然發現她們作風許多相似的地方。她是『中國的曼殊斐爾』即說別人沒有這樣喊她，我還是願意這樣喊她。

凌淑華第一集小說花之寺。包含十二個短篇。第二集小說女人包含八個短篇。還有第三集小孩陸續發表在新月，北斗，文學季刊裏不久也可以收爲單行集了。以花之寺與女人而論所取題材可分爲三大類：第一類描寫處女的生活與心理像繡枕，吃茶，茶會以後，說有這麼一回事，等，等篇。第二類描寫家庭主婦喜劇像太太，小劉，送車，等篇。第三類比較複雜，有老處女的心理的描寫，有老太太的幸福生活，有女僕的悲慘身世，有大學教授夫人，和詩人配偶的日常發生故事。

我已在上文說過女作家善作心理的描寫。英國的愛里歐 george Eliot 法國的喬治桑 george Sand所作小說在這一點均有很好的成功，卽說曼珠斐爾吧，也是以細膩的筆法寫心理出名的。記得詩人徐志摩曾這樣介紹她道：「曼珠斐爾是個心理的寫實派，她不僅寫實，她簡直是寫真…隨你怎樣奧妙的細微的，曲折的，有時刻薄的心理，她都有恰好的法子來表現；她手裏擒住的不是一個個的字，是人的心靈變化真實，一點也錯不了。法國一個家畫叫台迦（Degas）能捉住電光下舞女銀色的衣裳急旋時的色彩與情調，曼珠斐爾也能分析出電光似急射飛跳的神經作用；她的藝術（彷彿高爾斯華綏說的）且在時間與空間的縫道裏下工夫，她的方法不是用鏡子反映，不用筆白描更不是從容幻想，她分明是伸出兩個不容情的指頭，到人的腦筋裏去生生捉住成形不露的思想影子逼住他們現原形！』我們可以說凌叔華作品對於心理的描寫也差不多有這樣妙處。曼珠斐爾有一篇『夜深時』寫一個老處女追求男性失敗，晚上獨自坐在火爐邊冥想，羞，恨，怨，自憐，急，自慰，悻，自傷，想丟，丟不下，想抛，抛不了；結果爬上床去蒙緊被窩淌眼淚哭。(用徐志摩語)凌叔華有一篇『李先生』寫某女校一位舍監名叫李志清的，被學生刻薄她爲臉皮打摺的老姑娘因而引起一腔舊恨新愁的心理狀況。本來失意的詩人，不第的秀才，老廢軍人，行脚僧，寡婦，貧女，和老處女都是特殊典型的人物，他們本身遭命雖不幸，攝入文字，却都成了絕妙的題材。這是和斜陽，下弦月，荒城暮笳，晚鐘殘韻，戰雨的枯荷，瑟瑟西風中的黃葉，輕紅寂寞的垂謝芙蓉，抱枝悲咽的秋蟬，翩翩落花間的瘦蝶……一樣富有詩美，悽清的詩美。

曼殊斐爾有一篇『一個理想的家庭』老倪扶先生擁有鉅大的產業，幽雋的園林，夫婦齊眉，兒女成行，外面看來是圓滿極了。然而兒子是個善於揮霍的紈袴子，女兒們又嬌貴得像公主他們成天開茶會，網球會，賽馬，玩高爾夫球，吃冰淇淋，開六十鎊留聲機跳舞。老倪扶先生以鐘漏垂歇的高年，還要早出晚歸替他們總理公司事業。——兒女鬬着他早早放開手，不，他不能信任他的兒子，家產一放到他手裏便要悄悄從他秀美的指縫裏溜跑了。這那能甘心？一生心生的經營。他每日回家時總感到極端的疲乏，將身子沈在他寬邊坐椅裏，昏昏假寐着，眼前常恍惚看見一個枯乾的，腿細得像蜘蛛的小老頭兒儘着向無窮盡的樓梯爬。所以每回在客廳裏聽客人嘖嘖稱贊他的家庭是理想家庭時，老兒扶先生總是說「算了算了，我的孩子，試試這煙，看和事不和事？你要願意到花園去抽煙，孩子們大概全在草地上玩着哪。」凌叔華也有一篇「有福氣的人」章老太太今年六十九歲，還是夫婦雙全，她的四個兒子統統娶過親，大的已有了十九歲的兒子，不久又要替她抱重孫。她的三個女兒也統統嫁出，每人至少也有三個孩子了。她的娘家豪富無比，婆家也極豐足。兒子媳婦以及孫媳婦全都孝順她，天上方浮出烏雲，大家都爭着替老太取衣服添上，二少奶同四少奶常特別預備好吃的東西，來央給老太太嘗。大少奶和三少奶的嘴不大巧，也常常特出心裁使老太太歡喜，譬如大少奶在眼光娘娘廟許下三千本經卷替老太太保眼，三少奶逢初一十五便吃素來祝她長壽，這樣賢孝的兒媳，真不多見，但是老太太家竟有一雙。『平常談起好命，有福氣的人，凡認識章老太的誰不是一些不疑惑的說『章老太要算第一名了！』然而有一天章老太太去看孫少爺，聽見大少爺子同大少奶在那裏閑談，才知道孝順的兒婦背後居然埋怨他偏心；才知道媳婦逢迎討好她是在貪圖她的私蓄；才知道和睦家產裏兄弟妯娌爲着財產怨恨猜忌的深刻。當劉媽來扶她時『老太太臉上顏色依舊沈默慈和，祇是走路比來時不同，劉媽扶着覺得有些費勁，她帶笑道『這個院子常見不到太陽，地下滿是青苔，老太太留神慢點走吧。』

我舉這兩篇相似的例子，並不是說凌叔華模擬曼殊斐爾，不過指出她們描寫手腕相似之點。卽退一萬步說凌叔華這兩篇是曾受曼殊斐爾影響，也變化得毫無痕迹可尋了。曼殊斐爾的老處女和倪扶先生是黃頭髮藍眼睛的西洋人，心理和行爲都是西洋式的，所以老處女一爲『標梅之感』所驅使時便可以寄襪子給男朋友，寧可碰了釘子晚間躲在房裏哭。倪扶先生不肯放棄公司職務，是西洋人權利思想的和企業雄心的表現，倒不是像中國癡心父母願意替兒孫作馬牛。凌叔華的李志清則究竟是孔二先生訓條教育出來的女子，她卽有曼殊斐爾那位老處女的感想，可是隱藏在心靈深處，永遠不敢暴露出來。但這究竟是人類天性遏制不住的，你就是用禮教壓迫它，它也要要化裝出現的。作者寫李志清厭見女學生們的華裝豔服，厭聽她們妖媚的笑聲，嬾得拆閱她們的情書；對鏡自傷遲暮；歪在牀上回憶過去爲什麼不肯結婚的原因：想到現在兄嫂間虛僞的周旋，因而悲涼自已孤獨的身世。沒有一筆提到『性的煩悶』可是『性的煩悶』自然流露於字裏行間。含蓄不露的中國老處女的煩悶，自應用這樣含蓄不露的筆墨來寫。在這些方面作者的成功是空前偉大的。至於章老太太完全是寧國府賈母式人物完全是外面如錦如花，內幕如冰如炭中國舊式大家庭裏老主母，這更不必細說了。

至於酒後，寫一個文士的夫人忽同情一個寂寞的詩人而發生與他接吻的熱望；吃茶，寫一個舊式小姐因誤會男友的殷勤而墜入情網的喜劇；病，寫一個患了初期肺病的大學教授不知妻子贊他籌療養費用的苦心，反因見她終日在外而發生誤會的風波；春天寫一個已嫁女人替從前被自已拒絕戀愛的病男子傷心於心理方面均有真切細膩的刻劃。

丁玲女士的文字魄力是磅礴的，但力量用在外邊，很容易教人看出，我們叔華女士文字澹雅幽麗秀韻天成似乎與力量二字合拍不上，但她的文字仍然有力量，不過這力量是深蘊於內的，而且調子是平靜的。別人的力量要說是像銀河倒瀉雷轟電激的瀑布，她的便只是一股潛行地底的溫泉，不使人聽見潺湲之聲，看見清冷之色，而所到之處，地面上草漸青，樹漸綠鳥語花香，春光流轉，萬象都皆爲之昭蘇。我們現在可以舉楊媽那篇來作這話的解釋。溫恭善良的楊媽爲了一個不成材的兒子的失去，那應割肚牽腸，那麼到頭將一條老命犧牲在兒子的尋訪上，讀者誰不爲她可惜。然而這是人類性格固有的缺陷，佛家所謂恩愛牽纏，你又有什麼方法叫她不如此。作者描寫這個日常悲劇（Le Tragipue quotidien）只用一種冷靜閒淡的筆調平平敘去，沒有一滴淚，一絲同情，一句嗚呼噫嘻的話頭，却自然教你深切地感動，自然教你在腦海裏留下一幅永不滤滅的悲慘印象。試問這力量是何等的力量？

作者是一個畫家描寫天然風景對於顏色特具敏感，而且處處滲以畫意。古又說王摩詰「詩中有畫」我們現在可以說凌叔華「文中有畫」了。

轉下了石坡，天色漸漸的光亮起來，九龍山的雲霧漸漸聚集成幾團白雲，很快的飃着微風向山頭飛去。天的東南方漸漸露出淺杏黃色的霞采，天中青灰的雲，也逐漸的染上微暗的蔚藍色了。忽然溫溫潤的岩石上面反閃着亮光，小路上的黃土嵌着紅砂顆子使人覺得一陣暖氣。山坡下雜樹裏吱喳吱喳的鬧着飛出兩三羣小麻雀來，太陽漸漸擁着淡黃色的霞采出來了

太陽一出，九龍山的橫軸清清楚楚的掛在目前。山峯是一層隔一層，錯綜的重重疊着，山色由灰黛紫赭色一層比一層淡下去，最後一層淡得像一層玻璃紗，把天空的顏色透出來。這重重的山影，數也數不清了。

作者用純粹的國語寫文章。筆致雅潔清醇無疵可摘不啻百鍊精金，無瑕美玉。惟以所寫多中產階級生活及家庭瑣事讀者或以其不合時代潮流而加以漠視，所以她現在文壇的聲譽反不如謝冰瑩那類作家之嘖嘖人口？不過這與作者身價並無妨碍，我這裏可以幾句引徐志摩批評曼殊斐爾的話來爲作者的慰安：「一般小說只是小說，他的小說是純粹的文學，真的藝術；平常的作者只求暫時的流行，博羣衆的歡迎，她却只想留下幾小塊「時灰」掩不闇的真晶，只要得少數知音者的贊賞。」

第十一章　幽默作家老舍

老舍文學生涯的開始似在一九二七——二八之間，作品多刊登小說月報，單行本收在文學研究會叢書裏面。但他的作風與一般文學研究會員不同，好說笑話，好爲滑稽的

描寫，在當時文學界另外表現了一種風格，這便是現代人所愛談的幽默風格。林語堂提倡幽默文學乃最近一二年間的事，而且所產生之作品以小品散文爲多，小說則尙無表現，老舍則早在八九年前寫了許多幽默的長篇小說了。

老舍作品有趙子曰，老張的哲學，二馬，貓城記，離婚，並有發表在論語中報自由談上的詩文甚多，現已收集爲老舍幽默詩文集。

趙子曰寫北平學生及公寓生活，老張的哲學則以一個北平近鄉的小學校長老張爲主，復以一對青年戀愛的問題穿插其間。二馬記馬氏父子二人在倫敦開古玩鋪及留學的故事。貓城記假設一個以「我」爲主人公的人由地球駕一飛機到火星上探險，發見一貓國並發見該國種種腐敗情景，借以爲中國之諷刺。離婚寫一公務員名老李者以深感舊式婚姻之痛苦欲與家中黃臉婆離婚賴其友張大哥勸止。後張大哥有難，老李竭力爲之奔走，以答其勸和情誼。書中記小官僚的種種醜態，陰謀家之貪鄙險惡，摩登青年男女之糊塗，舊式婦女之頑固，刻劃入微，頗堪賞玩。此書爲老舍最近創作，自負謂「比貓城記強得多，緊練處更非二馬等所能及」良友公司在廣告上亦譽之爲一九三三年中國文壇之大貢獻云。

老舍的思想以現代一般人的眼光看來是不頂鮮的，不過他從來沒有和任何同行結過嫌怨；又有「幽默」的一件八卦紫壽仙衣保護着自己，所以現代批評權威家那些「反動」「意識不正確」「缺乏時代的認識」「唯心論」等等法寶還沒有落到他身上。他的在作品裏所表現的思想究竟怎樣呢？第一，富有國家民族的觀念。他不是國家主義的信徒，也不是御用的民族主義宣傳者，只是憑着良心和熱血說自己所要說的話。這種觀念在二馬和貓城記裏表現最多。二馬裏他描寫中國人在外國的被賤視，被誤解，被敵對，簡直糞土之不若，蛇蠍之不如。據外國人的觀察：中國人「個個抽大煙，私運軍火，害死人把尸首往床底下藏，强姦婦女不問老少，和作一切至少該千刀萬剮的事情的。」中國人「是世界上最陰險，最汚濁，最討厭，最卑鄙的一種兩條腿兒的動物。」外國人心中的中國是：「矮身量，帶辮子，扁臉，腫顴骨，沒鼻子，眼睛是一寸來長的兩道縫兒，撇着嘴，唇上掛着迎風而動的小鬍子，兩條哈吧狗腿，一走一扭，這還不過是從表面上看，至於中國人的陰險詭詐，袖子裏揣着毒蛇，耳朵眼裏放着砒霜，出氣是綠氣炮，一擠眼便叫人一命嗚呼，更是叫外國男女老少從心裏打哆嗦的」怎樣洗去這羞恥，爭回國家的人格，挽救民族的運命，作者告訴我們說要知道愛國，要大家切切實實幹救國的工作。他不讚成今日一般青年打着紙旗排隊在街上走喊『打倒帝國主義！』也不願青年成天鬧戀愛神聖，犧牲了求學的光陰。他說：『可有在中國的外國人——有大礮飛機，科學，知識，財力的洋鬼子——看着那羣搖紙旗，喊正義，爭會長，不念書的學生們笑笑？不值得一笑！你們越不念書越好，越多搖紙旗越好。你們不念書，洋鬼子的知識便永遠比你們高，你們的紙旗無論如何打不過老鬼的大礮。你們若是用小礮和鬼子的大礮碰一碰，老鬼子也許笑一笑，你們光是握着根小桿，桿上糊着張紅紙，拿這紅紙來和大礮碰，老鬼子要笑一笑才怪呢！真正愛國的人不這麼幹！』『愛情是何等厲害的東西：性命，財產，都可以犧牲了，爲一個女人犧牲了。然而，就是愛情也可以用堅強的意志勝過去。生命是複雜的，是多方面的；除了愛情還有志願，責任，事業…愛情是神聖的不錯，志願，責任，事業也都是神聖的！因爲不能親一個櫻桃小口而把神聖的志願，責任，事業全拋棄了，把金子做的生命虛擲了，這個人是小說中的英雄，而是社會上的罪人，實在的社會和小說是兩件事。把紙旗子放下，去讀書，去做事和把失戀的悲號止住，看看自己的志願，責任，事業是今日中國——破碎的中國，破碎也還可愛的中國——的青年兩付好藥！」

他甚至主張戰爭，借英國伊姑娘的口說道：「國家主義，姐姐，只有國家主義能救中國！……我們打算抬起頭來非打一回不可！——這不合人道，可是不如此我們便永久不用想在世界上站住腳！」貓城記記貓人不知盡保衞國家的天職而至於滅亡，作者發議論道「偏狹的愛國主義是討厭的東西，但自衞是天職。我是反對戰爭的，但戰爭有時候還是自衞的唯一方法；遇到非戰不可的時候，到戰場上去死，是人人的責任。……我不承認這些矮子是有很高的文化，但是拿貓人和他們相比，貓人也許比他們更低一些。無論怎說這些矮人必是有個，假如沒有別的好處，國家觀念。國家觀念，不過是擴大的自私，可是它到底是「擴大」的，貓人祇知道自己」

第二，主張提倡人格教育。貓城記貓人辦新教育失敗。小蠍說「這新教育崩潰的原因何在？我回答不出。我只覺得是因爲沒有人格。你看，當新教育初一來到的時候，人們爲什麽要它，是因爲想大家多明白一點事是想多造出點而好用的東西，不是想叫人們多知道一些真理。這個態度已教教育失去養成良好人格和啓發研究的精神的主旨的一部分。及至新學校成立了，學校裏有人而無人格，教員爲掙錢，校長爲掙錢，學生爲預備掙錢，大家看學校是一種新式的飯鋪；什麽是教育，沒人過問。又趕上國家衰弱，社會黑暗，皇上沒有人格，政客沒有人格，人民沒有人格，於是這學校外的沒人格又把學校裏的沒人格加料的洗染了一番。自然，在這貧弱的國家裏許多人們連飯還吃不飽，是很難講到人格的，人格多半是由經濟壓迫而墜落的。不錯。但是，這不足以作辦教育的人們的辯護。爲什麽要教育？救國。怎樣救國？知識與人格。這在辦教育的時候，便應當打定主意，這在一願作校長教師的時候，便應該犧牲了自己那點小利益。也許，我對於辦教育的人期許過重了。人總是人一個教員正和一個妓女一樣的怕挨餓，我似乎不應專責備教員，我也確乎不肯專責他們。但是，有的女人縱然挨餓，也不肯當妓女，那麽辦教育的難道就不能咬一咬牙作一個有人格的人？……人人說社會黑暗，使社會變白了的是誰的責任？辦教育的人只怨社會黑暗而不記得他們的責任是使社會變白了的。不記得他們的人格是黑夜的星光，還有什麼希望？」

第三他對於婦人和婚姻的意見也很陳舊。二馬裏老馬古玩鋪助手李子榮是個得過學位的留學生。一天興冲冲的走來告訴他朋友馬威說他母親在中國給他定了一頭親事，一個「二十一歲的姑娘，會做飯，作衣裳，長得還不賴。」馬威大爲反對，因爲他這麼能幹，這麼有學問，不應當娶一個不識字的鄉下姑娘躭誤終身快樂。李子威說「我一點也不糊塗，我以爲結婚是必要的，因爲男女的關係。可是，現在婚姻的問題非常難解決，我知道由相愛而結婚是正當的辦法，但是，你睜開眼看看中國的婦女，看看她們，看完了，你的心就涼了！中學者，大學的女學生，是不是學問有根底？退一步說是不是會洗衣裳，作飯？愛情，愛情的底下，含藏着互助，體諒，責任，我不能愛一個不能幫助我，體諒我，贊我負責的姑娘；不管她怎樣怎麼好看，不管她的思想怎樣新——」「你以爲做飯，洗衣裳，是婦女的唯一責任？」馬威看着李子榮問。「一點不錯，在今日的中國！」李子榮也看着馬威說：「今日的中國沒有婦女作事的機會，因爲成千累萬的男人還閒着沒有事作呢。叫男子都有了事做，叫女人都能幫助男人料理家事，有了快樂，穩固的家庭社會才有起色，人們才能享受有趣的生活！……』離婚裏老李的夫人，醜陋，愚蠢，固執，絲毫沒有改造的可能只因對丈夫尙忠心耿耿，我們的作家終於使她夫妻團圓，命意如何，可想而知。

老舍是一個諷刺小說家，對國家對社會對人生的態度都以諷刺出之。然而決不如魯迅那麽刻毒反而令人覺得他是一個可親可愛的長者，這或者要感謝他那北方人的忠厚氣質。魯迅小說裏沒有一個好人，老舍小說裏則李子榮，張大奇，丁二爺都十分可愛。他口角邊雖常常掛着譏嘲的笑意，眼裏却蘊着兩眶熱淚。貓城記裏的小蠍似乎是作者的影子。他看透貓人的不可救藥，貓國的沒有希望，生活流於頹廢，說話總是一味冷峭，俏皮，像希臘頹廢派哲人似的。但貓國亡後他便自殺。作者稱他是『心理淸楚而缺乏勇氣的悲觀者』其實悲觀是他的智慧，自殺却是他的熱情。作者二馬貓城記的寫都可說由熱情而來。李長之說『沒有熱情，是決不會諷刺的』這話很有道理。所以老舍諷刺的技巧雖不及魯迅，我却覺得他比魯迅可愛。

老舍作品的藝術的缺點也可以趁此討論一下：他早年所作趙子曰和老張的哲學兩部

諷刺小說，雖然滑稽有趣，但有許多讀者怪他意味淺薄。這決不是過分的評批，原來諷刺文學很像諷刺畫(Caricature)你替某人畫一張諷刺像，無論你把他畫成大鼻子也好，長腿也好，大肚皮也好，但總要將那個人的神氣表現出來，使人一看卽知道所畫是誰。若將那人神氣失掉甚或畫一個人而畫成一匹狗一條蛆那便失却諷刺原意了。趙子曰要諷刺中國教育方針之開倒車，和舊式學者頭腦之昏憒竟憑空造出一個『神易大學』『神易大學』所在地並非什麼烏托邦，却是在中國天津法租界。校舍按易經蒙卦建築，大門上懸着先天太極圖，各科講義照六十四卦的程序編定，教材也不出一部易經的範圍，學生戴着繡金八卦學士帽，終日危坐房中演光天神爻。這樣描寫令人發笑則發笑了，然而中國果然有這樣一個大學麼？他畫人不是畫成了一匹狗一條蛆了麼？貓城記以貓國影射中國像鏡花綠的海外諸國和英國史惠夫特 J. Swift 的高里弗遊記 (Gulliver's Travels) 用筆本來可以比較自由，但所有貓國的城市，住宅，古物院，教育，政治，軍隊，人民日常生活的情形，並不一一針對中國？有些地方太過火，像關於教育那一段，有些地方空洞浮薄不關痛癢像關於新舊學者那一段。李長之說『說到文藝，我不承認貓城記是好文藝。我覺得它是一篇通俗日報上的社論，或者更恰當一點，它不過是還算有興趣的化裝演講」。我頗同意。

描寫人物有時帶著浪漫意味，離婚中的丁二爺原是個顢頇無用的傻瓜但他後來居然能暗殺小趙救了張大哥一家。這很像英國迭更司 Charles Dickins 小說中人物迭氏 David Copperfield A Tole of two Cities Old Curiosity shoh 等書都曾有一個不足齒數的蠢人機巧地做出一種義俠行為。但迭司更小說究竟是十九世紀的英國小說，老舍的小說則為二十世紀的中國小說，現代的中國有不有丁二爺這樣人是一個問題，如其沒有，則老舍不該這樣寫。

新文學研究

第十二章　茅盾作品的研究

當五四運動起來時，瞿世英，周作人，葉紹鈞，王統照，朱希祖，郭紹虞，耿濟之，孫伏園，蔣百里，鄭振鐸，許地山，沈雁冰等十二人組織文學研究會，以小說月報爲機關報，成爲南方新文學界最有勢力的一個文藝團體。其中沈雁冰即是後來領袖文壇的而本文所要介紹的矛盾。所以茅盾文學生活開始甚早，也算五四時代一員有力的戰士。

不過他在辦小說月報的時代專從事東西洋文學之介紹，並努力於西洋小說的介紹與批評的工作，廣東國民政府革命軍出師北伐時他即加入政治團體，努力於革命運動。武漢時代任民國日報主筆。國共分裂後他卽捨棄政治生涯，潛回上海埋頭創作，這才爲他正式寫文章之始。自一九二七至於今六七年中發表著作，計有幻滅，動搖，追求（又名蝕，爲有名之三部曲）虹，路，三人行，子夜。皆屬中篇或長篇小說。短篇與隨筆則有野薔薇，春蠶，茅盾自選集，宿莽，話匣子。雜著則有神話研究小說作法，大戰後西洋文學等等。其作品量旣異常豐富，質亦精良。所以能夠贏得文壇最高地位。

茅盾作品的特點，批評者甚多，我個人則以爲有這樣幾項：

（一）能充分表現時代性　有人說文學的任務，在於能表現那『永久不變的人性』（Jmmutability of humanity）英國拉司舍（Gohn Ruskin）著近代畫家論便說莎士比亞的戲曲所以能夠稱爲完全，就是因爲它能做到這一點。又有人說文學的任務在能表現『時代精神』（The Sprit of the Age）這兩派議論似乎處於相反地位，究竟誰的理由充足呢？照我個人意見兩方面理由都可成立，而且還可以並行而不悖。我們著作時永久人性固應注意時代精神也不能忽略的中國文學在先秦時代，頗能表現時代精神，我們可以從三百篇的大雅周頌中看出當時貴族社會的眞相；從小雅和十國風中看出東遷前後人民痛苦的情形。自『摸擬主義』出世後，文人學士每歡喜硬生生地將現代人的思想感情，撳入古典模型裏去，而時代表現，便百難得一。六朝時唯美文字發達，專在技巧上用功，更談不上這一層。本來切身的痛苦最容易逼出眞摯的情感，無論你秉性如何虛僞，受了生活的刺激也能說出幾句肺腑話來。但六朝文人竟不如此。我們只須舉出一個例子就可概其餘：像劉琨豈不是一個生活憂患中的民族英雄？鍾嶸豈非曾稱他『旣體良材，又罹厄運，故善敍喪亂，多感恨之詞？』而於今所傳他的詩，僅『朱實隕勁風，繁英落素秋』幾句華麗的比喻；和『逆有全邑義無完都』幾句空洞的敍述而已，我們又何能從他文字裏尋出一點真實情感與時代變動的痕迹？又像庾信也是個境遇最困阨的文人，他作哀江關賦，上感世運之艱屯下敍個人之遭際，我們想一定會寫得淒涼悲壯，沁人心脾了吧。誰知那篇文字堆砌了無數晦澀古典，連他同時人都讀不懂，別說千百年後的我們了。這雖說是『模擬主義』和『技巧主義』之遺毒，但最大的原因還不是爲了他們忘記時代麼？

而且人類還有一種惰性，當他藝術尚未成熟以前，很容易隨著時代進步，已具規模以後，便像某種介類爲硬殼所限，不能更有什麼發展。我曾在另一本著作裏曾論盛唐詩人，頗可以證明這話。盛唐詩人像李白，王維，儲光羲，高適，岑參，王昌齡，李頎等在天寶大亂前都算浪漫文學的健將。大亂後時局全非，而這些詩人所作詩仍然停滯在從前典型裏，絲毫不能表現幾回大亂的痕迹。只有杜甫獨能寫實，新詩壇遂歸其佔領。這就因爲李白他們的作品風格在大亂前已固定，而杜甫則不然的緣故。

雖然李白和王儲高岑的作品也有他們永不磨的價值，不過在正值國運艱屯生靈塗炭的當時人看來，是山林隱逸自得其樂的作品感人呢？還是痛哭流涕爲社稷蒼生擔憂的作品感人呢？是站在雲端裏「下視洛陽川茫茫走胡兵」不關痛癢的描寫給人印象深刻呢？還是三別，三吏，北征，哀王孫，哀江頭，同谷七歌，等極力刻劃那回大亂痕迹的作品給人印象深刻呢？我想不問而知你的答案是後者」吧。

茅盾的幻滅動搖追求三部曲所述係民國十五年國民革命軍定兩湖至十六年革命軍定長江肅清共產黨定都南京一年間的經過。詩中人物有理智上是向光明要革命的但感情上則每遇頓挫便灰心的小資產階級女性；有左傾的幼稚病者；有救濟幼稚病而變爲右傾的反動者；有認不清時代特質而思想動搖者；有不甘昏昏沈沈地過去大家都想追求些什麼而結果都失敗的追求者。虹是以梅女士爲主人公，以從五四到五卅的歷史時期爲背景，寫出一般青年思想變遷的階段。春蠶，秋收，林家鋪子等短篇，則描寫近年農村破產，城市商業蕭條的慘況。子夜寫帝國主義經濟的侵略，中國民族資本受壓迫而失敗的情形；以及國內工商業受封建軍閥內戰之摧殘而永遠不能抬頭，於是投機事業如公債票得於盛行的情形。

這部書專寫近代中國金融界混亂狀況，無經濟學常識者不能感到如何的趣味。——路和三人行以教育界爲背景，描寫目今中大學生對於現象認識的如何不同，及覺悟份子如何走上革命的路綫。野薔薇發表時間比較早，其內容與他的三部曲大約相似。總之他一枝筆將自五四以至於今整個社會的遞嬗變化洪纖畢現巨細無遺地展開在我們眼前了。那些瘋狂的，熱烈的，頹廢的，懷疑的，進取的，墮落的，人們的心理；啼飢的，號寒的，失業的，自殺的人民生活；混亂的，黑暗的，呻吟的，流血的，破壞的，社會現象；陰謀的，詭計的，武力的，經濟的，文化的帝國主義的侵掠………像活動鏡頭般攝取全貌教我們賞鑒了。茅盾個人的所抱主義也許不適合於中國，也許有謬誤，但他所寫現代中國的危機和整個民族的痛苦則已繪聲繪影，形容盡致，比鄭俠流民圖還悲慘幾倍。離開傳統文藝眼光來看，他這些弘偉的生活史詩比杜甫成績還來得大，那我是敢斷言的。

二，實現歷史的必然之企圖茅盾認全世界遲早走上共產主義的道路是爲『歷史的必然』。但他又勸人不要把『歷史的必然』當做自己幸福的預約券，因爲如此則所發出的『社會的活力』將如空中樓閣一般，結果必至失敗。——見寫在野薔薇的前面——他又曾說十一篇小說之有無時代性並不能以僅以是否描寫到時代空氣爲滿足；連時代空氣都表現不出的作品卽使寫得很美麗，只能成爲資產階級文藝的玩意兒。所謂時代性，我以爲在表現了時代空氣而外，還應有兩個要義；一是時代給與人們以怎樣的影響，二是人們的集團的活力又怎樣地將時代推進了新方向，換言之卽是怎樣地催促歷史進了必然的新時代，再換一句說，卽是怎樣地由於人們的集團的活動而及早實現了歷史的必然。在這樣意義下方是現代新寫實派文學所要表現的時代性』。——讀倪煥之——所以茅盾的作品不僅含有表現時代性的消極意味而且還含有實現新時代的積極精神。

他的『歷史的必然』不一定靠得住。便有，想也不是最近百年內所能實現的。不過他說文學具有推進新時代輪子的力量，則我們相對的可以承認。這種列子文學史告訴我們極多：但丁作神曲，趙叟以英語爲詩而意大利和英吉利國語成立；屈原作離騷，而楚辭成爲中國文學之一大宗派；胡適主張白話文，嘗試集出版，而白話代文言以興，這是屬於文學本身方面的。司徒活夫人(Stowe)作黑奴籲天錄(Uncle Tom's Cabin)而引起黑奴解放運動；服爾泰 Voltaire 提倡啓明運動(Enlightenment)以及利用他那條諷刺的長槍寫了許多文字，而居然打倒了法國的傳統思想；盧梭作民約論和不平等之起源而促成法國大革命；托爾斯泰講平民主義，高爾基宣布貴族醜惡而俄國革命成功，這是屬於思想和政治方面的。波蘭久被俄國所管轄愛國志士常以獨立爲要求，顯克徵支H. Sienkiewicy作了許多鼓吹民族思想的小說，波蘭今日之獨立論者謂顯氏有功；普魯士遭拿破崙之蹂躪，德人意氣頹喪，自認劣敗，哥德寫了許多鼓勵他們的詩歌竟造成今日堅强不屈的「日爾曼精神」這是屬於民族運動方面的。英國狄更司著 Nicholas Nicklaby 而萬惡私塾的弊端一掃而空，著 The Aduentures of Oliver Twist 而極不人道之孤兒院制度爲之改良；哥爾斯華綏(J. Golsworthy) 著法網(Justice)而英國獄舍之積弊頓掃；俄國屠介湼夫作獵人日記(Sportsmanis Sketches)描寫農民痛苦生活攻擊地主及貴族之貪婪，相傳我國農奴制度之廢除，此書於有大力。這是屬於社會法律方面的。法國盧梭著愛彌兒(Emile)現代自由主義的教育，以直接經驗爲主之教育，論者謂大半受此書之啓示，這是屬於教育理論方面的。此外這種例子還很不少，不必具引。

中國人民現在的痛苦已經超過人類所能忍受的程度了。文學家是人民的喉舌他不代爲聲訴與呼籲，又有誰能代爲聲訴與呼籲？聽說政府因茅盾喜歡暴露實現的醜惡並有鼓吹反動思想的嫌疑，竟列其作品爲『禁書』。不許人民自由閱讀，可謂大錯特錯。我以爲這類作品政府不但不應該禁止，反應該拿出一筆公款來印刷葉紹鈞的多收了三五斗；丁玲的水，法網，和茅盾的春蠶，林家鋪子爲普及本，上自國府主席，軍政要人，下至各機關公務員，黨部幹事各發一編，使他們澈底明瞭中國社會真實情形，使他們從這些情形上獲得一個驚心劌目的印象。則他們替老百姓辦事的時候也許可以多拿出幾分良心，也許肯多流幾滴血汗，你想我們老百姓叨光還淺嗎？可惜政府總是不聰明的，它一味想學周厲王的防民之口，並想粉飾太平，欺人欺已，使茅盾這些作品僅能成爲後代史家著『中國滅亡史』的引證材料，則未免太可惜了！

三，有計劃的作爲社會現象的解剖　社會現象的解剖有無計劃的和有計劃的二種。像明代今古奇觀頗能表現明代社會實況，不過它本以說故事爲主，社會實況的表現出於無意之間，這是無計劃的例。至於永滸傳介紹宋代强盜生活；金瓶梅介紹明代上中下各階級的生活；紅樓夢介紹滿洲貴族生活那才算比較有計劃的了。不過從前這類作品很少，翻開中國小說史也不過寥寥數部罷了。若其將整個時代和社會，收拾而入書齋，置之寫字台上以文學家心靈的顯微鏡，研究，分析，觀察，而後分門別類作爲詳細的報告，則當推西洋。十九世紀巴爾札克(H. de Bolzac)著作時曾立一計劃，把平生所見社會各方面都寫了出來成爲一部『人類的喜劇』(Comédie Humaine)其中有個人生活，巴黎生活，鄉村生活，外省生活，和軍政界生活，取材極博，竟達九十七部之多。又如曹拉(Emile Zola)所作 Les Rougon-Macquart)共二十卷，自一八七一年寫起到一八九三年才寫完。以一種遺傳學原則爲經，而以社會各黑暗方面的情景爲緯。俄國屠格涅夫寫了羅亭(Rodin)貴族之家(The house of Gentle Folk)前夜(On the Eve)父與子(Fathers and sons)煙(Smoke)荒土(Urigin soil)六部連續小說俄國一八四四到一八七六年間知識階級生活之各面。美國辛克萊(Upton Beal Sivclaire)以善作『曝露小說』(Muckraking Literature)稱於世，其所作屠塲(The Jungle)發表支加哥牛肉罐頭公司之罪惡；石炭王(King Coal)敍述科羅那多(Colorado)煤鑛工人生活之悲慘；宗教之利益(The Profits of Religion)揭發教會之黑幕；錢魔(Money changers)煤油(Oill)地獄(Bill Portes)生命之書(The Book of Life

）山城（Mountain City）均描寫由資本主義所產生之罪惡。尚有其他黑暗社會之種種曝露，不勝枚舉。則他的解剖計劃比上述諸人更來得嚴密周詳了。我們的作家茅盾也抱有這樣偉大的野心，其所曝露各方面已見上文介紹，而關於農村破產的一端表現尤爲有力。我想一個血還沒有凍結的人讀了春蠶一類的描寫，決不會毫無感動的。

四，科學調查法之應用　科學的精神是求真求是，所以每研究一物必腳踏實地，一步一步探求，一絲不苟。此法應用之於文學，自曹拉始。曹拉之描寫社會景況必先之以精密之調查，絕無嚮壁虛造，或專憑幻想與妄逞臆說之弊。所以他寫作的主義被稱爲曹拉主義（Zolalism）相傳曹拉作三部（Les Trois Uilles）及魯德（Lourdes）對人說我已作了一千七百頁的記錄，以後只須將這些材料安排起來便得了。美國辛克萊寫屠場，竟移居芝加哥屠場附近，朝夕觀察，猶嫌不足；復入罐頭城（Packingtown）作工七星期，收集無數真實材料，所以屠場發表後，一時世界轟動譯成十七國文字，美國政府至組織「羅斯佛調查委員會」，專究其事云。

茅盾寫作之應用科學方法在三部曲時代尚不大顯明但已與當時作家不同。如幻滅之牯嶺風景，動搖之江西小縣，追求之吳淞海景均極其逼真。卽如路寫漢陽門至一碼頭情景歷歷如繪，到過武漢者卽能賞其工妙。九一八之後開始轉其筆鋒於農村破產之描寫，而科學調查法之應用始大著，今之春蠶爲例，關於養蠶的「用具」的「術語」的習慣」………無一不實地調查應有盡有。用具如「團扁」「蠶簟」「山棚」「蠶臺」「綴頭」「蠶房」「布子」「蠶花」「糊簟紙」。養蠶的術語如「窩種」「看蠶」「做絲」「浪山頭」「望山頭」。蠶的別名如「烏娘」，「寶寶」。養蠶的習慣與迷信，如蒜頭卜蠶花之好壞。收蠶時避穀雨。收蠶時特別買印有蠶花太子之紙以糊簟。掃蠶時必點香燭供竈君；必採野花雜燈蕊草以和蠶；必以「布子」挽着秤桿上；必等到鍋中熱氣上冲時才掃。掃蠶時髻上必插「蠶花」。「蠶房」不許生人來冲犯。偷蠶扔河中爲「冲剋」。皆是。

其他如起家曰「發」沒落曰「敗」謂命運不好的婦女爲「白虎星」里數以「九」計算。雖屬小節他也不肯一毫含糊。

商業術語則如「旺月」「大放盤」「人欠」「欠人」「老本」「客賬」「守提」「

扣賬」「挖貨」「五路酒」等等，也是實地調查得來的成績。

茅盾研究希臘及歐洲神話頗能精到，所以他也善作神話小說。如『神國的滅亡』（？）奇詭瓌麗，光彩奪人，開郭源新一派。我們幾乎不信一個寫實主義者的筆下能寫出這樣文章來。

我們如其勉强找茅盾作品的弱點，那就可說人物典型性與個性不能平均發展了。我們認識胡國光爲投機份子的典型，方羅蘭爲無主見者的典型，吳蓀甫爲民族資本主義者的典型，章秋柳，孫舞陽，梅女士，嫻嫻等爲革命女性的典型；靜女士，方太太等爲小資產階級懦弱女性的典型，而我們却不能認識他們本來面目。只有一個『老通寶』寫得活龍活現，與魯迅阿Q異曲同工，茅盾小說人物如其個個都像『老通寶』則他作品價値還要增加幾倍。

記得詩人徐志摩曾在他猛虎集序文裏慨嘆現代文壇的不長進『咱們這年頭，一口氣總是透不長，詩永遠是小詩，戲永遠是獨幕，小說永遠是短篇。每回我望到沙士比亞的戲，丹丁的神曲，歌德的浮士德一類作品比方說我就不由得感到氣餒，覺得我們卽使有一些聲音是微細得隨時可以用一個小姆指給掐死的，天呀！我們才可以在創作裏看到使人起敬的東西？那天我們這些細嗓子才可以豁免混充大花臉的急漲的苦惱」？不錯，我們文藝成就上也和其他學術成就上一樣，沒有一件東西可以公開到世界人士面前。「偉大作品爲什麼尚不產生」？這又是年來到處聽見的疑問。難道中國人果然甘心墮落麼？難道中國人的聰明才力此西洋日本人低麼？難道民族智力也和個人智力一樣不用它就會退步，所以從前能夠產生楚辭，漢賦，唐詩宋詞元曲明淸小說，而現在，就產不出像沙士比亞的戲，丹丁的神曲，歌德的浮士德一類作品麼？我想這中間該有個原因在。這原因是什麼呢？第一是前面屢次討論過的時間太短，第二是眞正偉大天才尙未產生。不過，假如我們在計算新文學成績這筆總賬時肯打一個折扣，那麼，這短短十五年中間具有創作天才的作家算已有了幾位；具有相當價值的作品也算有了幾部。像茅盾他就可以稱爲現代中國「文學界的巨人」(Giant in Literature)了。

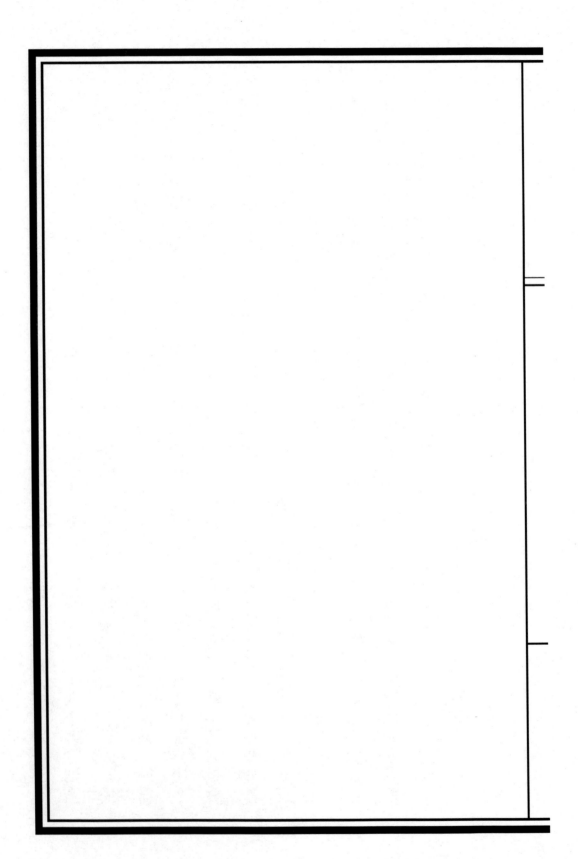

第十三章　巴金的小說

巴金是個身世很神祕的作家。聽說他姓李，至於名字到於今還無人知道。根據他的作品我們勉强知他是四川一個大家人家的子弟，家裏似很有錢。他雖然生下地便被黃金般幸運包裏着，雖然可以在大觀園式的園亭裏享受公子哥兒的豪華尊貴生活，他却偏愛一班轎夫僕人做朋友，因而知道了許多下等社會的事而對他們發生濃厚的同情（家及將軍自序）他有一個孟母般賢淑的母親，給了他一顆無所不愛的心；她還給了他沸騰的熱血和同情的眼淚，她教他愛人，祝福人，她這樣地教育著他一直到死。然而他長大以後却來咀咒人。（光明自序）他在懸崖上建築了他理想的樓臺，一座很華麗的樓臺，他打算整天坐在裏面，然而暴風來了，這是時代的暴風雨。這風是人底哭泣和呼號，這雨是人底熱血和眼淚。在這暴風雨底打擊之下，他的樓臺終於倒塌了。幸而他在樓臺快倒塌的時候跳了出去。（新生自序）這就是我們的作家的自狀，我們一定要明白了這些，才可以了解他整個的人格和他整個作品的思想。

巴金的著作有滅亡，海行，海底夢，電椅，光明，霧，復仇，家，新生，春天裏的秋天，死去的太陽，萌芽，沙丁，雨等等；近來又用『余一』的筆名發表將軍等短篇小說，他是張資平沈從文以外現代第三個多產的多產作家。『多產』兩字本來含有譏諷的成份，然而我們對於巴金却只能如實地說他多產而已，決不能還有別的意見了。他的作品據許多讀者的批評說有以下這幾項特色：

第一，富於虛無主義的色彩，或者也可說安其那主義的色彩。『巴金』這筆名便採取安其那主義者巴枯寧(Bakunin)和克魯泡克金(Kropotkin)兩人名字中之一音合成的。安其那主義(Anarchism)否認一切原理原則，否認一切政治的社會的威權，而把衆人置於平等的共產狀態之下。相信這個主義的人自然容易傾向那思想絕對自由的『虛無主義』(Nihilism)巴金的處女作滅亡包含這種思想最爲濃厚。滅亡的主人公杜大心爲了愛憐人類而轉爲憎恨人類，爲了憎恨人類而至於採取了對羣衆復仇的舉動。我們都讀過俄國虛無主義作家阿志巴綏夫(Artsybashev)的工人綏惠略夫(The Working man Shevyrev)的。我們不覺得杜大心爲同志張爲羣報仇而單獨地去行刺戒嚴司令與工人綏惠略夫否認了托爾斯泰的無抵抗主義而採取尼采超人學說，想以人類生命的主人自居，而跑到戲院放手槍亂殺人的舉動相同嗎？我們又都讀過阿氏的沙寧（Sarine）的。不覺得杜大心之極端否認一切傳統的思想習慣與沙寧之鄙棄世俗道德力振自我威權的精神相同嗎？許多批評家都說巴金筆下的革命家帶著强烈的個人主義色彩，和羅曼締克的情調，都指此而言。

第二，提倡憎恨的哲學。托爾斯泰太戈爾等宣傳『愛的哲學』中國新文家受其影響者，當以冰心女士爲代表。巴金呢？這位作家思想很奇怪，他竟取了與『愛』相反的『憎』而來鼓吹『憎的哲學』了。這思想在滅亡中間表現最爲清楚。李冷和他妹子靜淑原是『愛的哲學』的信徒，但杜大心則加以强烈的反對，他與李淑靜的談話：

『你們這班詩人天天專門講什麼愛呀，和平呀，自然的美麗呀，天天歌頌什麼造物者的功德呀，其實這所謂愛，所謂和平，所謂自然的美麗都被你們幾個人佔據了去，至少在我，在那些被汽車碾死的人，在那無數凍死餓死的人，這些東西都是不存在的，所以我要詛咒人生。而你們呢，你們却拿温柔的話來欺騙人，麻醉人』。

『……我已經扣遍了人生底的一扇扇的門，但每一扇門都塗滿了無辜受害的鮮血。在這些血跡未被洗去之前，誰也不配來讚美人生。……』

李淑靜說『我想這血跡是應該用愛來洗掉的，用了憎只能添上更多的血跡』。『愛？小姐！誰曾看見過愛來』？杜大心譏笑似的說『我們已被這樣話麻醉得夠了。如果愛是實在不虛的，那麼世界怎麼會成了這樣子？人們說愛說了若干年了！誰曾看見愛來？我不，我要叫人們相恨，惟其如此，他們才不會被騙，被害，被殺。就因爲有你們在拿愛字來粉飾世界，所以這世界還會繼續下去！在我是不能忍受下去了！我不要再聽那愛字』！

至於愛與憎一章發揮這意思更覺淋漓痛快了。

『至少在這人掠人，人壓迫人，人喫人，人騎人，人打人，人殺人的時候，我是不能愛誰的，我也不能叫人們彼此相愛的。凡是會把自已底幸福建築在別人底苦痛上面的人都應該滅亡的。我發誓，我拿全個心靈來發誓，那般人是應該滅亡的。至少應該在他們滅亡之後，人們才能相愛，才配談起愛來。在現在是不能夠的』。

『許多年代以來，就有人談愛了，然而誰曾見著愛來？基督徒說耶穌爲了宣傳愛宣傳寬恕，被釘死在十字架，然而中世紀教會殺戮異教徒又是惟恐其不殘酷。宣傳愛的人喫起人來更是何等凶殘。難道我們還嫌被殺被喫的人尙不夠柔馴嗎？還要用愛來麻醉他們，要他們親自送到喫人者底口裏嗎？

『不，我是要叫那些正被喫，快被喫的人不要像羔羊一般地送到敵人底的口裏。就是死，也要像狠一般地奮鬭而死，總得把敵人咬幾口的！只要能做到這一步我自已底短促的一生又算得什麼』！

我們很可以分明看出，他的憎恨到底是由愛憐發出來的。他自已說『無疑地在我底詛咒中同時也閃耀着愛的火花，這愛與憎的矛盾將永遠是我的矛盾罷。我並不爲自己辨解，我們只看那一個宣傳愛之福音而且爲愛人之故被釘在十字架上的基督是怎樣地詛咒過人：「你們富足的人有禍了，因爲你們受過你們的安慰。你們現在飽足的人有禍了，因爲你們將要飢餓。你們現在喜笑的人有禍了，因爲你們將要哀慟哭泣……」（路加福音第之章二四，二五節）將來在人間也許這愛與憎的矛盾會有消滅之一日，可是在現在我是要學那一個歷史上的偉人的樣子來詛咒人了。（光明自序）怪不得人說他反對托爾斯泰的人道主義其實他在熱烈着唱着人道主義。我們將他的憎恨哲學改爲哀憐哲學想也不要緊。

第三，作品題材富有世界性。巴金小說好採取異域故事，論者謂這種取材的 Cosmopolitanism在國內文壇尙爲初次之出現。他的復仇以十四短篇組成，而其中十二篇的主人公皆為歐洲人物。電椅，海底夢，光明中間未寄的信，我的眼淚二篇也是如此。作品以異域人物及背景為題材本可以發生一種最可寶貴的異國情調，但也不容易討好。泰納嘗謂文學含時代(Le moment)環境(Le milieu)種族(La Race)三大要素，我以為環境種族的關係比時代還比較重要。一個民族的歷史及文化結構至為複雜，非自幼沈酣寖酢其中者輒不能充分了解。賽珍珠女士(Mrs. Pearl. S Buck)自幼生長中國又能讀中國書藉而其所著『大地』(The good Earth)描寫北方農村生活究不如王統照山雨之真切動人。羅深女士為一嫁為中國人妻之法婦，其所著『雙鍊』寫中國革命黨事，亦多隔膜。法國老虎總理克萊孟梭(Clémenceau)以中國古代盲詩人張某為題材寫其『膜外風光』，在法國為傳誦一時之佳構，中國人觀之則竟莫名其妙。巴金在外國留學多年，寫外國事情當然不至於鬧什麼笑話。但小小疵病，亦不能免。好像不幸的人那篇貴族的父母反對女兒麥林愛鞋匠的兒子，硬將女兒送入修道院為尼就不合於法國習俗與宗教實況。天主教的僧尼棄俗修道完全出於自己之志願，並須經過十年以上之預備時間，發三次大願，永不退悔，而後才得教會收錄，父母那能作得多少主呢？又像房東太太那篇，房東老婦人一面痛駡德軍稱之爲『布稀』可見她是一個很偏狹的愛國主義者了而她一面又會反對資本主義和軍國主義而說出『沒有兒子是我的幸福，如果生了兒子單爲着送到戰場或工廠裏去死，那麽還是不生的好』的那樣開通的話來豈非矛盾麽？丁香花寫一個法國軍人在戰場上殺了妹妹的德國情人而發生劇烈的懺悔心理；又其致妹遺書必令同伴傳遞，轉輾二年以後才得遞到妹的手中。我不知道法國的愛國教育和郵局的作用那裏去了？現代雜誌有一段書評對巴金的批評很好『把一種對於國人是生疏的環境和人物，儘量的放在自己作品裏，是否能担保不相當的損失了這作品對讀者效果，却很成爲問題。嚴格的說「復仇」裏面所表現的「人類共有的悲哀」有許多在實際上却偏偏是中國人所萬萬不會有的悲哀……巴金要寫人類的痛苦而祇搬演了一些和國人痛癢不相關的故事，其動人的力量自然要蒙着一重阻礙』。

最後，我們可以將巴金作品的評價總估量一下。他在現代作家中是最富於情感的一個。情感之熱烈，至於使他燃燒，使他瘋狂。在他作品的字裏行間我們好像覺得他兩眶辛酸淚在迸流，把着筆的手腕在顫抖。英國喀來爾(Th. Carlyle)曾嘲笑擺崙一派詩人爲

『痙攣派』(Spasmodie)後來這名詞便成了近代一般神經太敏興奮過度的詩人的諷刺。我以為中國近代惟有巴金足以當此名稱而無愧。你看他如何自述寫作時的狀況，『我太熱情了……，我不能夠把小說當作一件藝術品來製作。我在寫文章時是忘掉了自己，我簡直變成一個工具了，我自己差不多是沒有選擇題材和形式的餘裕和餘地。正為我在光明自序理所說這時候我自己是不復存在了。我眼前現了黑影。這黑影逐漸擴大，終於變成了許多悲慘的圖畫。我的心好像受了鞭打，很利害地跳動起來，我的手也不能制止地「迅速」在紙上動。許多許多的人都借着我的筆來伸訴他們的苦痛了。朋友，假如你能夠看見我對着那張堆滿着書報和破紙的方桌，時而蹲踞在椅子上，時而坐下去，接着又站起來，或者倦伏在沙發上那樣激動地寫作的情形，你想我有希望寫出像你的爻爻那樣謹慎，細緻華美的作品麼？你想我還能夠去注意形式，佈局進行焦點等等瑣碎的事情麼？我自己差不多是不能夠自主的。一種力量驅使着我，使我在「多量生產」上得到滿足，我沒有方法抗拒他，這如今在我，已經成為習慣了』。偉大作品需要多量的感情，也需要多量的理智。感情用來克服你，理智却用來說服你了。受感情的克服效果是暫時的，受理智的說服才是永久的。聽說巴金的作品每每使一些未經世故的中學生感動到流淚，而成人的我們雖暫時感到興奮，而終不能有如何長久的回味，或者就爲了這些原因吧？

因爲熱情太無節制，所以巴金的作品常不知不覺帶着浪漫色彩。滅亡中的杜大心是一位羅曼諦克的革命家，前面已說過了。死去的太陽女郎程慶芳的死，是一幅美麗動人的浪漫圖畫。工人老婦寧餓死不肯上工；工人王學禮李阿根放火焚燒益記公司，放火後那種悲壯的自焚也難教人相信。這種殺身成仁捨生取義的『超性的能力』(Pouvoir swnaturel)讀書明理的士大夫尚難能之，下等社會而居然能如此，是太不近情理的。有人稱巴金作品爲『義麗的詩的情緒的描寫』我認爲很有道理。

但巴金究竟是個很可愛的作家。他正是一個像光明裏讀者寫給他的信所說『我在你的文章認識你，我相信你是一個充滿着熱血的人，我相信你不是一個想踏着那用骨頭砌的路來登上金字塔的人』他有一顆大心，(Great Coeur)爲人類跳躍着，震顫着，受苦着。『受苦』『受苦』我聽見他不斷的這樣叫喊着，尼采臨死時寫給朋友的信自稱爲『釘在十字架上的』誰說我們的作家沒有這種感覺？他不大了解自然科學也沒有研究社會科學，他不知自然界生存競爭的殘酷。他不知道人類生來就痛苦，生來就難得平等；而且人掠人，人壓迫人，人喫人，人騎人，人打人，人殺人的現象到世界末日也消滅不了。他不知道我們除了自已掙扎起來，成爲一個强者；自己在這弱肉强食天演淘汰的世界裏搶奪得一生存機會，沒有別的辦法。他只抱着那顆無所不哀憐的大心，哀憐被烹的鷄，哀憐自食其腿的蚱蜢，哀憐飢餓的人民，哀憐礦山的工人，哀憐被宰割的弱小民族，哀憐整個受壓迫的無產階級。他的哀憐哲學的金字塔雖然是巍峨地建立起來，我却怕他受不住自然科學原則的一擊。

不過，我再重複說一句『巴金究竟是一個很可愛的作家』！在冷酷成爲天性的中國人羣裏也許非用這樣過度的熱情不能將他們溫轉，非用這樣如奔泉狂流一樣的言語，不能將他們喚醒。他與茅盾作風雖不相同，而在影響青年力量之大一點說，他有時似乎還勝過茅盾。

第十四章　心理小說家施蟄存

施蟄存雖屬文壇後起之秀，但在藝術上的成就，實勝於一般先進作家。他以一身擁有「文體作家」「心理小說家」「新感覺派作家」三個名號，雖然他自己對於這些名號一個也不承認；我們到於今也還不能斷定他的作風特點究竟何在，但就他已發表的文字看來，則他對於上所舉的三派作風都有些相近，不過心理色彩更較其他為濃厚罷了。他的創作小說集有追，上元鐙，梅雨之夕，將軍的頭，善女人的行品，李師師，娟子姑娘等並有翻譯小說詩歌甚多。他作風特點是：

(一)擅長心理的分析　有人說他是現代中國將佛洛依德一派學說引入文學的第一人。讀了他的將軍的頭便可知道。此書共包含鳩摩羅什，將軍的頭，石秀，阿檻公主四篇。題材取之歷史，描寫則注重心理的變化，其中可注意的有以下三點：

(1)二重人格的衝突　二重人格(Double Personality)卽自我分裂之謂。如靈肉的衝突，和一切心理上的紛亂矛盾都脫不了二重人格的關係。施蟄存的鳩摩羅什是寫宗教與色慾衝突的。這種題材在神本主義和禁慾主義發達的西洋文學裏早已司空見慣，而且成功的作品也非常之多；至於天性天然缺少宗教熱忱的中國人，雖以佛教之戒律森嚴也能加以改變，使它人情化，像這種心理上劇烈爭鬬經驗很少體會，所以若以中國人爲此種小說主角，結果必不甚自然。作者所以必採取異域高僧鳩摩羅什的故事爲主題，原也有他不得已的苦衷在。

施氏這篇短篇小說從鳩摩羅什攜帶妻子應姚興之聘赴秦的途中敍起。這位高僧在龜茲國受呂光的强迫破戒與表妹龜茲公主結婚，良心已極端感着痛苦，幸而妻子在途中得熱病死去，他以爲從此以後可以脫然無累，恢復圓滿功德了。不意到了長安終日受着國王無上的尊敬，舉國士庶熱列的膜拜，情欲仍不斷的纏糾着他，亡妻的面貌常常在目前蕩漾。一天講經時見一美麗娼女忽然大動凡心，第二天講經又見一宮嬪容貌旣似那娼女，又似他的亡妻，於是我們的大智鳩摩羅什又陷於重重魔障之中不能自拔而犯第二次娶妻之罪。雖然他能用巧妙的言詞遮飾着他的罪惡，並利用魔術來維持自巳動搖中的尊嚴地位，而內心之軏楻不安，達於極點。他就在這樣二層人格的爭鬬中慘澹地生存，也就在這樣二層人格爭鬬中悲傷地死去！

施氏寫鳩摩羅什夫人交戰之苦，都從正面落筆，細膩曲折，刻劃入微。用了十二分魄力，十二分功夫，一步逼進一步，一層透澈一層，具獅子搏兔之奇觀。作者在描寫的技巧上難受了佛郎士黛絲一類書的影響，但他對於佛教經典曾下過一番研究苦心，引用了不少佛教的戒律術語，布置了不少佛教的氛圍氣，所以天然成爲中國人寫的佛教徒靈肉衝突的記錄，與黛絲之基督教徒靈肉衝突有別。對話過於歐化似乎有點不自然，但全文既以異域高僧爲題材，這一點也就可恕了。作者手段更可贊美的是以這個戀愛故事爲經，將鳩摩羅什一生行迹都編織進去，卽小小的穿插，和瑣碎的情節，也取之史册不假揑造，而全幅故事渾如無縫天衣，不露針綫痕迹。不但在心理小說中獲得很高的地位，在古事小說中能寫得這樣的也算不多見了。

將軍的頭也屬於二層人格描寫的範圍。據作者自己聲明是寫種族與戀愛的衝突，題材則取之唐代猛將花驚定的故事。據說花驚定將軍原屬吐蕃族，因憎惡其貪鄙的漢族部下而想趁自己被差遣去征伐吐蕃時叛歸祖國。忽有一部下的騎兵調戲一少女，將軍雖已將該騎兵正法，而自己亦爲那少女的美色所惑，於是種族與戀愛的衝突描寫便到了正面。以後將軍茫然上了戰場，爲吐蕃一勇將所斬，將軍也殺了他，擕其頭奔囘，遇他所戀愛的少女於溪邊，因受她的調侃而失望卽倒地死去。這篇文字的題材旣不如鳩摩羅什，有些地方寫得又很勉强，但表現總算精細深窈，自具作者文筆的特徵。

(2)變態性慾的描寫　按變態性慾有施虐狂(Sadismus)及被虐狂(Masochismus)西洋日本以此作爲小說者已數見不鮮。中國舊文學雖無自覺的描寫，但以史册及筆記等所記載者觀之，也還有不少例子。譬如北史所記各暴主虐殺妃嬪宮女以爲笑樂事，晋石崇殺妓行酒，隋末諸葛昂盤蒸美人撮食乳肉等等，都含有施虐狂的心理。施蟄存的石秀殺潘巧雲也是應用這一項心理學原則的。水滸傳先有武松殺嫂，後有石秀殺嫂，但武松殺嫂是爲潘金蓮曾酖害武大，殺之所以報仇動機很是光明磊落，至於石秀和楊雄不過是一個盟兄弟，楊雄又未潘巧雲所謀害，石秀竟不惜想出許多巧妙的計策慫恿楊雄殺了她，這動機便不可以尋常情理推測了。金聖嘆批評水滸也以此事爲怪，結果只好說石秀是『天地間一種巉刻很毒的惡物』又說石秀是『很人』又說石秀行事過於慘毒『我惡其人』。近又有人說石秀死嫂的動機是爲了洗刷潘巧雲加於他的誣衊，但武松也曾被潘金蓮誣衊，却落落然受之不置一辯，石秀的氣量就說比武松來得褊狹，也沒有殺嫂的理由，所以洗誣說也是不能成立的。施蟄存的石秀殺嫂斷定他受一種變態性慾的支配，其解釋甚爲新穎。他說石秀本來愛上潘巧雲，但以礙於楊雄的友誼不敢有所舉動。後來知道潘巧雲與和尚裴如海有私，不勝其醋，告知楊雄，卻反被潘巧雲用讒逐出戀愛嫉妒與仇恨交併一處，遂欲甘心於巧雲，後來果然教楊雄用計誆騙巧雲主婢上翠屏山，而施以極殘酷的殺害。他則在一傍欣賞巧雲痛苦的姿態和那淋漓的鮮血零亂的肢體來滿足他的施虐狂。

(3)近代夢學的應用　自佛洛依德作『夢的解釋』以及心理學家發表種種對於夢的研究以後，夢學也常常應用到文學上來了。施蟄存的獅子座流星就是應用夢學的一篇創作。卓佩珊夫人因爲渴望生子，從醫生處檢查歸來，聽見街上賣報的說今夜有獅子座流星出現。進到自家衖堂口時恰巧又聽見守巷巡警與鄰女婢調謔，說獅子座流星女人看不得，看了要生兒子。夫人雖不知獅子座流星究竟爲何物，但自己正想得子，決定晚間將牀鋪移到窗下守候一個通宵。守了大半夜毫無所見，天亮時矇矓睡去忽然夢見星飛空中明如白晝而且投入自己懷中發生奇響。驚醒時則朝陽光芒剛射到眼皮上，丈夫則正在梳理頭髮誤落象牙梳子於地她夢中奇響卽由此而來。

據佛洛依德說夢的構成不外四種原因，一，日間發生欲望，無機會實現，便在晚間夢境裏來滿足。二，被社會裁制着欲望，常在夢中活動。三，睡眠時受了生理上的刺激亦能成夢如渴則夢飲，飢卽夢食，手搭胸則夢爲鬼所壓。四，深藏於潛意識之中，或從兒童時代傳衍下來的欲望每能與日常生活經驗連綴成夢。卓佩珊想生兒子的欲望正在胸筋裏鬧得不開交，聽了獅子座流星出現的新聞和巡警戲言，同舊日所聞的日月入懷主生貴子的傳說射在眼皮上的朝陽和丈夫牙梳的影聲連結一片成此一夢，這就合着佛氏夢學第三第四兩種原因了。

至於作夢時間問題也大可研究。據小說裏卓夫人由夢見星飛天上起到驚醒時止，經歷時間至少一刻鐘，但實際上所經歷的不過一二秒鐘罷了。我們說她的夢境發生於朝陽射眼的一剎那間固可，說他的夢境發生於丈夫牙梳落地之剎那間也無不可。夢中時間的感覺原與醒時不同。柏格森(Hernri Bergson)時間與意志自由(Essai sur les donées immédiates de la conscience)曾細加解釋。中國古人的黃粱夢和『枕上片時春夢中行盡江南萬千里」也曾無意透露此中消息。

(二)注意於技巧的修鍊　這也可以分開幾層來說

(1)文藻的富麗與色澤的腴潤　施氏擅長舊文藝，他華麗的詞藻大都由舊文學得來。據他作品所述，我們知道他很愛李商隱的詩，而且自己所做的舊詩也是這一路。玉溪古詩素有『綺密瓌姸』之評，施氏創作小說亦可當得起這四個字則他的藝術一定大有得於李詩了。他曾向青年介紹莊子文選說新文學『語彙』苦於不足，讀了這二書則可以補救一二，不意被魯迅等[illegible]明引類大施攻擊，弄得狼狽不堪。其實施氏的主張並不算大錯，魯迅的攻擊，或屬別有用心，我們可以不加理會。

作者與沈從文氏同稱為『文體作家』即專以貢獻新奇優美之文體為主不問內容之合理與否。沈從文月下小景專演印度故事荒唐奇誕不可詰究。施蟄存鳩摩羅什之當犯戒俗僧之面吞下盈鉢之針；花敬定將軍被敵將斫去頭顱居然能馳馬十餘里，一直到聽見所愛女郎的諷嘲才傷心倒地而死，都不合情理，但我們若知道他是一個文體作家便不能說什麼了。

他作品色澤的腴潤，可於將軍的頭一書見之。鳩摩羅什那一篇描寫沙漠景色的一段，高僧回憶受龜茲公主誘惑的一段，美麗得簡直像詩。阿襤公主的故事本來極其瓌奇，作者的描寫，更使它詩化。

(2)結構的謹嚴與刻劃的細膩　粗疏，鬆懈，直率，淺露，大約是一般新文學家的通病，施氏獨能結構刻劃上用心，我們不能不加以贊許。在小說人物思想的過程上，作者最能作有層次的描寫，像他寫花敬定將軍忽然發生叛回吐蕃的念頭，必先寫將軍幼時受了祖父的感染對於本族本國已有一種嚮向之感情；繼寫將軍討平段子璋立下奇功，而部下漢族兵士大掠東蜀，致自己上峯崔光遠受了朝廷的處分，自己也不能升官，及奉令率師抵禦吐蕃，他部下又日日作掠刼貨財的夢，甚至打算搶他們所駐紮的村鎮，這對於一個正直的英雄主將，當然要感到萬分的憎惡，當然要感到萬分的不能忍耐，他之想叛回本國，也就不算什麼奇怪之事了。又寫石秀殺嫂，自殺機之發動，至於成熟，也極有步驟。先寫他勾欄宿娼，娼手指誤創於削梨之刀，紅如寶石的血液自玉雪之指端下滴，色彩鮮豔異常，使石秀對於女人的血發生愛好，後殺裴如海與頭陀一刀一個毫不費力，更覺殺人爲至奇快之事，以後再來殺潘巧雲便不嫌其突兀了。又如散步那一篇丈夫對於將愛情專注兒女及家務之妻子發生不滿之感而逐漸與一個從前曾戀愛的寡婦重拾舊歡，寫得也極有層次。旅店那一篇丁先生旅行內地在旅館的一夕中飽受虛驚，心理上的刻劃也極曲折細膩之能事。施氏文筆有『纖巧』之稱，自有其由來也。

(3)作風之變化與蹊徑之獨避　蔣心餘題袁枚詩集云『古今惟此筆數枝，怪哉，公以一手持』作家僅能表現一種作風者不足稱爲大家，模擬他人或步趨時尚者，其作品形式亦不能推陳出新，戛戛獨造。施氏文筆細緻美麗，寫古事小說固然游刃有餘，寫下等社會的情形，則好像有點不稱，但他居然能在將軍的頭，李師二之外寫出，追雄鷄，宵行，四喜子的生意等篇，對於下等社會的簡單的心理，粗野的態度，鄙俚的口吻，模擬盡致，於魯迅等地方文藝之外另樹一幟，不能不說難能可貴。

他寫作時最喜在另闢蹊上努力。將軍的頭和李師二等古事小說已開了一條新文壇沒有走過的道路了。夜叉，魔道，凶宅，幾篇文字充滿了神祕的恐怖的空氣，讀之令人疑神疑鬼，心絃異常緊張，可以算得一種新寫法。聽說法國寫實主義大師曹拉莫泊三等晚年心情異常，其作品頗帶着濃厚的陰森幻祕的情調，施氏則不過好奇而已。但像魔道那樣的想入非非，我不能不疑心我們作家神經之有很深的病態。

施氏作品也不能說毫髮無遺憾的。他的筆致非常凝重有時氣力不足便顯得轉折不靈；心理的刻劃太細有時亦出於情理之外，像花驚定將軍因爲愛那大唐的少女，晚間就夢見自己變做一個軍士強逼那少女而自己則在一傍觀其所爲，那樣描寫，其實是屬於浪費的。我們做夢一定要根據以往的經驗沒有那項經驗就難得做那項的夢。我們既不能真有分身的法子則花將軍那個夢，就太做得離奇了。又像石秀慫恿楊雄殺了潘巧雲說『我殺你乃愛你，我之愛你其實超乎裴如海以上』云云，也與實際情形不合。要知道石秀這種行爲雖然受變態性慾的支配，當了這幕悲劇的主角，他自己却完全不明白。他雖然於巧雲被殺時感到滿足，却決不能感覺這滿足是由性愛而來的。否則那宋代的野蠻青年武士居然知道佛洛依德的學說了。豈不奇怪嗎？

第十五章　穆時英的作風

在五四運動以後胡適便曾說道新文學不是我們半路出家的人所能創造的，真正新文學創造的責任，須等待下一代的青年來担負。他們絲毫不受舊文學的影響，所以能以新的言語，新的思想，新的表現方法，新的體裁格調來創造嶄新的文章。這預言現在果然應驗了。一羣新進作家的成績已超過了五四以來的老作家，其中沈從文且成了某一個時期中新文壇的支持者。但現在又來了比之沈從文藝術更完美，表現更新鮮的穆時英等人不是可喜的事麼？

穆時英已發表的作品有南北極，公墓，白金的女體塑像。他雖是文壇的新人，但自南北極發表後即已一鳴驚人成爲名作家之一。他是常被讀者與施蟄存相提並論的。他也有兩副絕對不同的筆墨，一副曾寫出充滿原始粗野精神的南北極，一副曾寫出表現現代細膩複雜的感覺的公墓和白金女體塑像。有人說這兩種作風距離之遙也如南極之與北極，而居然同出一人之手，不得不使人詫異。

現在先論他的南北極。這部書以黑旋風，咱們的世界，手指，南北極，生活在海上的人們五個短篇組成。主人公都是下等社會的男性，一些青紅幫式的男性。粗魯，直率，殘忍，好殺，狡獪，浮滑，酗酒，賭博，種種壞習慣無一不備，但也有一種為上流人所不及的俠義氣概。故事的背景大都為上海一帶，所操言語却為北方土語。口吻方面第一是說話的粗俗和猥褻，『狐媚子』『娼婦根』『媽的』『老忘八』『老蚰蜒』『畜生』『狗養的』『野雜種』『忘八羔子』『囚攘的』『老子』『大爺』是他們終日掛在嘴邊的。罵人必帶着猥褻字眼，又是他們的家常便飯。第二是富於下等社會的『語彙』『術語』尤其『切口語』採取更富。譬如『大當家』『二當家』『行家』『賣個明的』『放盤子』『死人洋』『跑海走異道兒』『開山』『夥計』『肥羊』『無常』『接財神』『得手了』等等都不是普通人所能知道的。行動方面第一是舉動的粗莽，南北極裏面人物有海盜，有鹽梟，有洪門子弟，有票匪，有土匪，有汽車夫，人力車夫，有乞丐，身世雖然這樣不同，作者却都賦以一個魯智深，李逵，武松的性格，動不動就駡人，打人耳括子，唾人一臉痰沫，對於女子尤表示憎惡。黑旋風裏的小王兒，咱們的世界的吳委會夫人，南北極的玉姐兒；劉公館的五姨太太，大小姐；生活在海上的人們中的大嫂子，翠鳳兒都成了那些好漢們打，駡，汚辱，和殘殺的對象。這不是說那些好漢們都患着「女性憎惡病」不過是學水滸傳英雄對待女性的態度罷了。第二是殘忍好殺，本來下等社會的人思想很和野蠻人接近，他們的殺人，有時爲了報仇，有時却爲了娛樂。咱們的世界寫一羣海盜轉刼海輪的行爲，生活在海上的人們寫數萬鹽販子暴動時燒殺平日壓迫朘剝他們土劣的情形，均極其野蠻慘酷，讀之令人像做噩夢，感到很大的恐怖和不安。作者在這些方面，好像是採取了『惡魔派』的寫法，有意嚇人以爲快的。

總之南北極的故事雖然不足爲訓，文字卻有射穿七札，氣呑全牛之概。他用他那特創的風格，寫出一堆粗獷的故事，筆法是那樣的精悍，那樣的潑辣，那樣的大氣磅礴，那樣的痛快淋漓使人初則戰慄，繼則氣壯，終則力强神旺，聽說陳琳檄可以愈頭風，杜甫詩可以驅瘧鬼，我以爲穆時英的南北極也可以治療我們文明人的神經衰弱症。

他的公墓和白金女體塑像的作風則和南北極典型完全相反。這二部創作使穆時英獲得新感覺派的榮銜。按新感覺派創始於法國保羅穆杭(Paul Morand)歐洲大戰之後，人們生活於困憊的狂躁的無禁序的社會之中，心理均發生異態。穆杭以其世界人的傾向，道德的蔑視，生活樣式與感情的不平衡，卽所謂現代人的體驗，寫成不夜城(Ouvert la nuit)樂城(Ville de Plaisir)優雅的歐洲 (L' Europe galante)等書，乃大博得讀者歡迎，推爲新感覺主義的巨擘。日本橫光利一崛口大學等的寫作，也受了他很大的影響。中國的這派作家則以施蟄存穆時英爲代表。但穆氏在這方面的成就，較之施氏尤爲偉大。新感覺派的作風本與未來主義接近。未來派讚美機械，歌頌現代物質文明，喜於表現騷動，喧囂，疾馳，衝突，激亂，狂熱，而此種種，唯現代大都市有之，於是西洋文學遂發生一派『都市文學』。未來派文學崇拜『力』與『速度』好取大工廠，汽車，飛機，暴動，戰爭，革命以及一切大流血大破壞爲題材；而都市文學則不過注意現代都市裏繁華，富麗，妖魅，淫蕩，沈緬，享樂，變化，複雜的生活而已。但中國人的靈魂才從那平和恬靜的農業社會裏解放出來，投入這樣五光十色，紙醉金迷，胡然而天，胡然而帝的現代都市，不啻劉老老身入大觀園弄得眼花繚亂，手足無措，他對於都市，生活能習慣就算難得，那裏還能希望他來描寫。要知道我們想做一個都市作家第一要培養一個都市的靈魂，再將五官的感覺練得極其細膩，極其靈敏，對於色，聲，香，味，觸……雖極細微均能感受。再以典麗的字法，新鮮的言語，複雜變化的文句，以方體的方式表現之。試問這是不是容易的事？數年前上海海派作家張若谷聯合傅彥長，朱應鵬曾虛白等鼓吹都市文學，但附和之者甚少。以前住在上海一樣的大都市，而能作其生活之描寫者，僅有茅盾一人，他的子夜寫上海的一切算帶着現代都市味。及穆時英等出來而都市文學才正式成立。現引他被當作消遣的男子男女一段對話

你讀過茶花女嗎？——男

這應該是我們祖母讀的。——女

那麼你喜歡寫實主義的東西嗎？譬如說左拉的娜娜，朵斯退夫基的罪與罰？——男

想睡的時候拿來讀着對於我是一服良好的催眠劑。我歡喜讀保爾穆杭，橫光利一，崛口大學，劉易士。——女

在本國呢？——男

我喜歡劉吶鷗的新的話術，郭建英的漫畫，和你那種粗暴的文字獷野的氣息。——女

眞是在刺激和速度上生存着的姑娘哪，蓉子，Jazz，機械速度，都市文化，美國味，時代美，……的產物集合體。——男

文有一篇文字一個都市人自白道：「譬如我，我是在奢侈裏生活着的，脫離了爵士舞，狐步舞，混合酒，秋季流行色，八汽缸的跑車，埃及煙，……我便成了沒有靈魂的人』。這便是『都市靈魂』的解釋了。至於描寫手段怎樣？這裏可以引用黃源論橫光利一一段話來說明。「橫光利一的特色最顯著的特色是在於他的表現，在於他的感官的描寫。從前的寫實主義的描寫，一與他的相比，便顯得是平面的，說明的了，反之，他的描寫是立體的。他的文章橫溢着感覺的香味，以表示「感覺派」詩意的豐富，那比「新浪漫派」的作品也顯得更有近代的感覺。他很重視立體的描寫，動的現實情形之有力的慾求，與對於混沌的幻影似的現代文明之肯定並贊美。他將活動的，立體的，燃燒的，刹那的，衝動的，複雜喧嘩的爭鬥與狂熱，不安與狂想的現代情勢之一角，用了肯定的，鮮麗的，優美的，又是詩的手段表現出來」。閒話不必多說，我們轉過頭來欣賞欣賞穆時英的文字吧。他的都市介紹——

第一是都市眩耀的色彩：

沿着那條靜悄的大路，從住宅的窗裏，都會的眼珠子似的透過了窗紗偸溜了出來的淡紅的，紫的，綠的處處的燈光。

桃色的眼，湖色的眼，青色的眼，眼的光輪裏邊展開了都市的風景畫。

紅的街，綠的街，藍的街，紫的街……強烈的色調，化裝着的都市呵！年紅燈跳躍着，——五色的光潮，變化着的光潮，沒有色的光潮——汽濫着光潮的天空，天空中有了酒，有了煙，有了高跟兒鞋，也有了鐘。

琉璃子有玄色的大眼珠子，林檎色的臉，林檎色的嘴唇，和蔚藍的心臟。蔚藍的眼珠子。琉璃子在海上盛開着青色的薔薇，沙漠裏綠洲的琉璃子呵！

穆時英又慣用一兩種單純色彩，來描寫都市情調的變化和複雜，譬如『夜總會裏的五個人』那篇寫夜總會的情景，是用極鮮明的極相反的黑白二色：

白的檯布，白的檯布，白的檯布，白的檯布，……白的。

白的檯布上放着黑的啤酒，黑的咖啡，……黑的黑的……

白的檯布旁邊坐着穿晚禮服的男子，黑的和白的一堆，黑頭髮，白臉，黑眼珠子，白領子，黑領子，白的漿褶襯衫，黑外褂，白背心，黑褲，……黑的和白的。

白的檯布，後邊站着侍者，白衣服，黑帽子白褲子上一條黑鑲邊……白人的快樂，黑人的悲哀，菲洲黑人吃人的典禮的音樂，那大雷和小雷似的鼓聲，一隻號角嗚呀嗚的。中間那片地板上一排沒落的斯拉夫公主們在跳着黑人蹕躂舞，一條條白的腿在黑緞裏着的身體下面彈着，得，得，得，——得達！

PieRRT那篇形容一個憂鬱的人的心理則用一種黑的顏色：

擡起腦袋來：在黑暗裏邊桌上有着黑色的筆，墨色的黑水壺，黑色的書，黑色的石膏像，壁上有着黑約的壁紙，黑色的畫，黑色的氈帽，房間裏有着黑色的牀，黑色的花瓶，黑色的橱，黑色的沙發，鐘的走聲也是黑色的，古龍香水的香味也是黑色的，煙捲上的煙也是黑色的，空氣也是黑色的，窗外還有一個黑色的夜空。

第一是都市綜錯的動作。應用立體的寫法最多，譬如上海狐步舞舞場的景色：

蔚藍的黃昏籠罩着全場一隻Saxophone正伸長了脖子張着大嘴，嗚嗚地衝着他們　。當中那片光滑的地板上飄動的裙子，飄動的袍角，精緻的鞋跟，鞋跟，鞋跟，鞋跟，鞋跟。蓬鬆的頭髮和男子的臉。男子的襯衫的白領和女子的笑臉。伸着的胳膊，翡翠墜子拖到肩上。齊整的圓桌子的隊伍，椅子卻是零亂的。暗角上站着白衣侍者。酒味，香水味，英腿蛋的氣味，煙味……獨身者坐在角隅裏拿黑咖啡刺激自家的神經。

跑馬廳屋頂上風針上的金馬向着紅月亮撒開了四蹄，在那片大草地的四週泛濫着光的海，罪惡的海浪，慕爾堂浸在黑暗裏，跪着在替這些下地獄的男女祈禱，大世界的塔尖拒絕了懺悔，驕傲地瞧着這位迂牧師，放射着一圈圈的燈光。

又喜歡用重疊的句子和重疊的段落也是立體派繪劃的表現法街；

有着無數都市的風魔的眼：舞場的色情的眼，百貨公司的饕餮的蠅眼，「啤酒園」的樂天的醉眼，美容堂的欺詐的俗眼，旅邸的親暱的蕩眼，教堂的僞善的法眼，電影院奸滑的三角眼，飯店的矇矓的睡眼……上海狐步舞記華東飯店；

二樓，白漆房間，古銅色的雅片香味，麻雀牌，四郎探母，長三罵淌白小娼婦，古龍香水和淫慾味，白衣侍者，娼妓掮客，綁票匪，陰謀和詭計，白俄浪人……

三樓四樓的景色一字不改，而讀者不覺其複。其筆力的橫絕，可以想見，此外則都市神密的境地，都市魅惑的時間，都市寄生者疲勞的神經，病態的心理，過度發達的官能，如醉如癡如瘋如狂的的舉動，均有極恰當的表現不具引。

穆時英的文筆大家公認爲「明快而且魅人」在一羣青年作家中天才最爲卓絕。妒忌之者歸之於「海派」之例，又有人因他所寫多爲都市奢華墮落的生活呼之爲「頹廢作家」。這皆屬吹毛求疵，隔靴搔癢之批評，不足爲穆氏病。

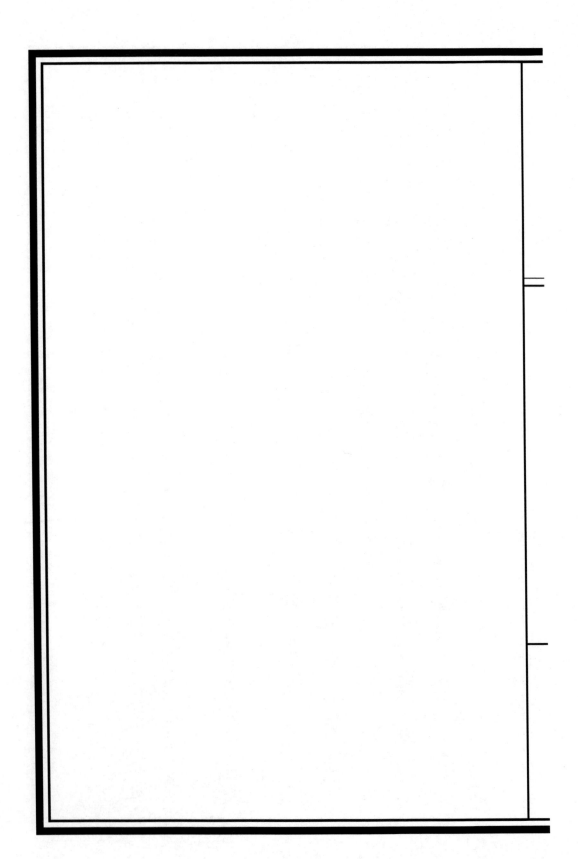

第十六章　張天翼的小說

張天翼是現代文壇正走紅的青年作家。單行本作品有小彼得，從空虛到充實，鬼土日記，一年，蜜蜂，洋涇浜奇俠，反攻移行等。他的作風和施蟄存穆時英大不相同而與老舍却很接近。流利自然的北方方言，和輕鬆滑稽富於幽默味的筆調，正可以說直承着老舍的衣鉢了。他的作風是多方面的。現在勉强將他作品分爲三類：

(一)寓言小說　老舍有貓城記，張天翼有鬼土日記。但老舍貓城記是本失敗的著作，鬼土日記則更壞了。鬼土和貓城一樣同爲中國的象徵，鬼土的種種腐敗的情形就是影射着現代中國社會。十分之九寫得不確切。僅有嘲笑新文壇象徵派還有點意思。鬼土旅行家韓某一天赴一個文學宴會遇見頹廢派作家司馬吸毒，和象徵作家黑靈靈。黑靈靈的名片刻着『極度象徵派文學專家』人家問他爲什麼來遲？他說『因爲剛才我鉛筆的靈魂浸在窈窕的牛屎堆裏了』。又恭維韓某道『韓爺的攝人靈魂的耳朵，雖然不比雞毛還方，但跳舞得比鹽板鴨好』『韓爺你今天將是一字鎖的翅膀拍在漱口杯的幽靈與幽靈，一百個幽靈的沈澱的夜鶯中了』『你看貓頭上的蘿蔔是分開夜鶯的精密，明白一點說，就是洗臉、手巾的香紋路已刻在壁虎肺上了』。我們若肯將現代中國象徵派末流的濫調，一一爲檢查，便將承認這種諷嘲不爲過分。

(二)諷刺小說　西班牙Cervoutes的唐，吉訶德先生諷刺『騎俠迷』，張天翼仿之作洋涇浜奇俠諷刺現代中國中下社會的『劍仙迷』書中主人公史兆昌熱心於練拳，想上峨嵋山學道，將來好成爲一位劍俠。後由流氓胡寶根的撮弄，拜一自命爲太極真人者爲師，被訛去四千元。一二八戰事起，兆昌投入義勇軍。他在前敵彈雨槍林中祭起他那枝由太極真人祕傳的小寶劍滿心盼望它刷的一聲化爲一道白光衝入敵陣斬下白川大將的首級；誰知拋上去不過一丈來高卻輕輕掉落在他脚邊了。正想再祭的時候，一顆彈子飛來他就負了傷了。一塲趣劇於是完結。這本書雖比鬼土日記差勝一等，但也不算什麼成功之作。

(三)社會小說　這也可以幾種典型，一，軍隊生活如皮帶，二十一個，麵包綫，路，最後列車，仇恨等，其中以仇恨爲最膾炙人口。二，小公務員的生活，如宿命論與算命論，一年(長篇小說)反攻等。這類描寫是張天翼的拿手戲，因爲他自己似乎當過小公務員，前以對於他們的生活活道得最深切最透澈。三，農村生活，如背脊與奶子，豐年，一件尋常事及反攻中之一部分。

張氏作品的特色(一)口吻揣摩之逼肖，第一是人的口頭禪，像『不知其何解』『糟了心』『不敢領敢』『弔兒郎當』第二是一知半解的口吻，這裏可引數則爲例。

『哼，我頂看不起賣朋友的人』老游喝過了點酒，因此更起勁『什麼東西不好賣，要賣朋友！……耶穌那個徒孫，叫做猶……猶……猶……叫做猶太的……猶太不是五弔錢就賣了耶穌麼？所以猶太沒有好結果，猶太亡了國。……還有埃及，也亡了國……賣朋友的人，可以使國都亡掉，你看，所謂國之將亡，必有妖，……必有妖……這是亡國禍種的傢伙，人人得而誅之。賣朋友的傢伙，最沒有人格，一定不會有好結果的，……你看猶太……還有埃及，埃及，還有南菲洲……』——宿命論與算命論

『這是趙字』『趙的筆意倒有一點，然而這個人一定是學的鄭孝胥的字』『不對……他的字有點像唐南海，他學的是魏碑，是石門銘，唐南海也是學石門銘的』『不，他學錢南園，有點顏味』。『他臨的是米……米……米……米那個，米田宮。……我親眼看見他臨米田宮的大鵬賦』。

胖子說『你記錯了，呂四娘本領是飛簷走壁，不會吐劍。她是個俠客，不是劍客』。『那裏，我看見書上……

……』『我當然比你明白呀』，打着手勢叫別人別嚷『我當然比你知道得清楚些』。……呂四娘的事我最明白，呂四娘同我還有點親戚關係哩。……呂四娘的嫡堂姪兒的表姪的曾外孫女婿是我一個族兄的舅公公的一個內姪的連襟的姑表兄弟。所以我最明白呂四娘的事，她並不是劍仙』。——洋涇浜奇俠

（二）表現單純而有力　現代中國文藝年鑑批評他道：『天翼是比較地憑藉直覺而並不經過科學家式的探討。在手法裏面，以他這樣橫溢的才氣，潑辣的筆致，便不能屑屑於瑣碎事件的鋪敍。他的特殊的風格雖然利弊一時還未容定論，但是比任何人都是更特創的，卻是毫無疑義。他的風格不但開前人所未有，而且也杜絕了後起者的模擬。沒有像一位魔法師似的駕馭自己文字的能力的模擬者，是必然的會走到最惡俗的道路上去』。這話是不錯的，天翼在青年作家裏天才比較高，氣魄比較大，他對於社會的觀察也能精細而深入，並且是方面很多。但他表現時僅僅以幾根單純剛勁的綫條，粗枝大葉地組成故事的輪廓，一切細碎瑣屑的描寫，全都略去。這很像書家的劈窠體，畫家的大斧劈，元氣淋漓，直溢紙背，腕力薄弱者，便有無能爲役之嘆子。

張天翼近來作風又有些轉變，卽由現實社會的刻畫轉爲兒童文學的努力是也。他的

蜜蜂，小林與大林，禿禿大王，揣摩兒童心理和口吻，惟妙惟肖。而且孩子寫信時寫的『別字』用的『不妥當的字句』，說的孩子氣的話，發表的孩子見識，也十分有趣。請着下面一段孩子寫的信：

姊姊，徐老師把你的信給我了

『檥』字眞難寫呀。

『恰巧』兩個字用錯了麽？黑牛的作文有許多『恰巧』得了一個『甲上』哩。要是不對，黑牛爲什麽有『甲上』呢？

『古時候』三個字也用錯了麽？羅老師說『古時候』就是『從前』；『古時候有個國王』就是『從前有個國王』。

姊姊，我看到你的信眞快活呀。我有點不快活：我看見田裏有幾千幾萬蜜蜂——嗡嗡，嗡嗡，嗡嗡！爸爸跟哥哥也不快活了：爸爸跟哥哥怕今年收不到谷子，要吃官四了。

今天天晴了。大頭鬼的意大利蜜蜂，飛呀飛的來吃稻漿了。蜜蜂眞多呀：走一步路，蜜蜂就碰到面上來了。

嗡嗡，嗡嗡，嗡嗡。天上是蜜蜂。地上是蜜蜂，蜜蜂堆在田上。蜜蜂把我的鼻孔都色住了：我沒有鼻子了。

幾千幾萬，幾萬萬蜜蜂把天當黑了，像吃過晚飯一樣了。幾千幾萬，幾萬萬蜜蜂，嗡嗡嗡，像打雷一樣了。蜜蜂眞是壞東西呀。大頭鬼眞頂壞呀。大頭鬼爲什麼要養蜜蜂呢？大頭鬼爲什麼不養蝴蝶呢：蝴蝶眞好看呀。今天我跟黑牛跟陳福泉跟王寅生捉了一個大蝴蝶，最大最大，眞好玩呀。蜜蜂最不好看。羅老師說大頭鬼家裏養蜜蜂是要站錢。老大頭鬼就是蜜蜂老板，老大頭鬼站了許多許多的錢。

黑牛說：

老大頭鬼站他的錢，我們不管他。老大頭鬼的蜜蜂吃我們的稻漿，我們是要打倒老大頭鬼的。

『打倒老大頭鬼』！我們就叫起來了。

打過了倒，我恰巧就回家了。姊姊，不用『恰巧』兩個字很不接氣哩。這個『恰巧』有沒有用錯呢？

田上都是蜜蜂呀：嗡嗡嗡！

張天翼的作風雖說戛戛獨造，自成一體，但卻不似穆時英之變化無窮，絕去町畦，令人難學邯鄲之步，所以現在一般青年作家，爭以天翼爲模仿之鵠的，像新作家萬迪鶴之模擬天翼，幾可亂眞。但天翼雖才氣縱橫，也常有油腔滑調之弊，萬氏作品有其油滑而無其才氣可謂捨其長而取其短。又天翼同穆時英南北極一般，好作粗穢猥褻語，萬迪鶴變本加厲，其『王家』寫一私娼與軍隊之交涉，固滑稽有趣，但兵士之口吻則模擬未免過於盡致。有故意拿這種低級趣味，來迎合青年心理的嫌疑。老舍的老張的哲學，趙子曰；張天翼的洋涇浜奇俠，已有淺薄之譏，萬迪鶴的『中國大學生日記』則更自鄶以下了。目下『曝露小說』盛行於新文壇，而教育界之黑幕揭發之者尚少，所以我們讀了『中國大學生日記』的廣告，頗欲先睹爲快，但讀過之後，則不禁大失所望。本來中國現代大學教育較歐美落後不啻數十年，教育制度本身之不健全，教授之濫竽充數，學生程度之低劣，習氣之驁傲浮囂，男女同學之多鬧風流案件，……如其一一照實寫來，亦未嘗不足滿足多數學界人士之好奇心，而成爲一時傑構。但萬迪鶴描寫大學內幕之腐敗均難令人置信。自有洋涇浜的奇俠一類『謔畫化』的小說以來未有如此書之甚的。或謂他所寫的大學本來不過上海『野雞大學』自不能與國立大學相提並論，但『野雞大學』亦不至腐敗至此，那太出尋常情理以外了。照我想萬氏好像曾在這類大學裏混過幾時，但本身實爲一不學無術之青年，對於學校課程毫無了解，出校之後肆其輕薄之才，嚮壁虛造，欲以書名聳學界觀聽，作名利雙收之計，而不知其反自露之淺薄也。我們論張天翼的作品所以牽涉萬迪鶴者則亦無非以天翼有油腔滑調之弊，不善學之者輒畫虎類狗，欲青年以萬迪鶴爲殷鑑而已耳，豈有他告。

第十七章　郭源新的神話與歷史小說

郭源新露頭角於文壇不過近一二年的事，比之穆時英張天翼資格更淺，但以天才學力兩皆充實的緣故，已引得一般讀者刮目相看，認爲新進作家中極有希望的人才了。他的作品截到今日，止單行本有取火的逮捕，和黃公俊之最後，桂公塘，毀滅，零星短篇若干。以作品性質論可分爲神話小說和歷史小說兩部分。

(A)神話小說　以取火者的逮捕爲代表，計包含取火者的逮捕，亞凱諾的誘惑；埃娥，神的滅亡四篇，雖然是獨立短篇，故事却自連貫，作爲長篇小說讀，亦沒有什麽不可。

取火者的逮捕係演繹希臘神話中柏洛米修士(Prometheus)偷火給人類的故事。按這個題材最爲歷代文學家戲劇家所愛採取。希臘Hesiod的『神譜』(Theogny)悲劇家Aeschylus的『三部曲』——一，Prometheus The Fire-Bearer 二，Prometheus Bound 三，Prometheus unbound其第一三部曲今已散佚，惟第二部曲存。——英國詩人雪萊的Prometheus unbound均傳誦一時的傑作。惟三人作品的命意隨時代而不同。『神譜』以罪過委之柏洛米修士，對於懲罰他的宙士則頗多袒護之詞。『三部曲』僅存的第二部極有反抗的情調，但據古典學家的推測則到第三部曲中宙柏氏與士終歸和好。希臘時代，統治者的威權高於一切，神權的迷信尤爲發達，學者思想如此亦無怪其然。雪萊的劇本就不然了。他寫暴主宙士寶座的顚覆，柏洛米修士的被釋放，是充滿着叛逆的情調和革命的精神的。郭新源的取火的逮捕寫法也大致彷彿，並且注入了現代階級爭鬭的思想。作者的自敍說道，『所以，所謂神話的「美」並不是像綠玉白璧，乃至瑩圓的珠，深紅的珊瑚般的只供觀賞讚嘆之資的；而有更深入的社會的意義在着。陳列於巴黎洛夫博物院裏的那尊絕美的古代婦人（說是 Venus de milo，但據專家們的考證，她並不像是 Venus）以及那些從雅典處女神廟取下來的絕精絕美的許多浮雕，正是表現着雅典的一個偉大的黃金時代，古希臘市民們豐裕滿足的生活。然而其對面，卻是受難的被屈服的 Titan 族，卻是殘酷的被銷滅了的半馬人們（centaurs）卻是將要死去而尙痛苦的掙扎着的女戰士們（Amazons）。他們的藝術家們也並不將那些隱藏在神道們的滿足與嬉笑，勝利和盛宴的絢麗的外衣裏面之斑汚剔除了去。而那位崛强可憐的犧牲者妮奧卜（Niobe）和那位目睹二子爲蛇所咬斃，而自己也在和死亡掙扎的無告的父親拉奧孔（Laocoon）卻更充分表現出神道們的把戲，是怎樣的無類與無聊，——而恰也正象徵着沒落的在難中的馬其頓人統治後的希臘人的生活。

遠在這一切之上，彈奏出永遠的反抗的調子的，乃是預知者柏洛米修士的故事。……那偉大爲人類而犧牲的柏洛米修士，便是一切殉教者的象徵。蘇格拉底，耶穌，釋迦牟尼，墨翟，都是這一型式的人物。在個人主義的自私的空氣，若煙霧騰騰，黑地昏天似的瀰漫於一切之時，能不有感於這！……

採用了這故事，陸續的寫作了取火者的逮捕以下的四篇，雖然並不是有所爲而作，卻實在是長久的憧憬於古希臘神話的崇慕裏的結果。有一部分，是離開了那古老的傳說而騁着自己的想像的奔馳的，但大部分卻都不是沒有根據的揑造』。現在請看作者怎樣使那偷火給人類的柏洛米修士在暴主宙士之前表白他的意見：

『至於我爲什麼選擇了人類爲友呢』？

他望了望廳上的諸神，悲戚的說道：

『我要不客氣的說了；完全爲的是救可憐的人類出於你們的鐵腕之外。人類呻吟在你們這班專制魔王的暴虐之下，已經夠久了；你們布置了寒暑的侵凌，秋冬的枯槁；水旱隨你們的喜怒而來臨，冷暖憑你們的支配而降生；以至風霜雨露，草木禽獸，無不供你們的驅使，作爲你們游戲生殺予奪的大權的表現。爲了你們的一怒，不會使千重赤地麼？爲了你們的壓惡，不會在一夜之間，使大水飄沒了萬家麼？稚西娜不會殺害無辜女郎阿娜慶麼？她死後，不還把她變成蜘蛛苦擾到今麼？日月二神不會爲了他們母親的眥睚之怨而慘屠娓奧卜所生的十四個少年少女麼？……你們這些專制的魔王們恣用着權威，蹂躪人類，剝奪了一切的幸福與生趣，全無理由，祇爲游戲與自已的喜怒，這是應該的麼？啊，啊，你們的一部「神譜」，還不是一部蹂躪人權的血書麼？無能力的人類，除了對你們祈禱與乞憐，許願與求赦之外，還有什麼別的趨避之途呢？而你們卻以濫用這生殺予奪的大權自喜。以人們可憐的慘酷的犧牲，作爲你們嬉笑歡樂之源！假如世界上有正義和公理這東西存在，還能容你們橫行到底麼』？

我們再來看他怎樣用如火如荼般的筆調描寫神國的覆亡『神的滅亡』那一篇記人類得火之後，鍛鍊武器要與壓迫他們的神算一算歷來血淚賬。宙士領率神軍想將這些醜類聚而殲旃，幾塲血戰之後，人類固犧牲不少，而神的方面精銳喪失殆盡。到最後的時候神的領袖憤怒之極，不顧一切，集中了最後的勇氣，用全身之力，使勁的把手中所把握着的雷矢，全都抛了下來：

震天的一聲絕響，大地被擊得暈了過去。神廟在自己的雷矢之下倒塌了。亞靈辟山裂開了一個無底的深淵，就在神們所站的地方。可怕的黑，可怕的深，無底的罅洞！

神之族整個的沈落在這無底的最黑暗的深淵裏去，連柏洛米修士也在內。

山石大塊的被擊飛起來；再落下去時，埋壓並打死了不少的年輕人。驚得暈了的不少。等到他們恢復，鎮定了時，神之族已經沉落到他們自己所造的深淵裏去了；神廟是只賸下一堆堆的碎石折柱。

響入雲霄的勝利之歌。——人戰勝了神的勝利之歌。

太陽正升在中天；血紅的光，正像證見了這場人與神的浴血之戰。

(B)歷史小說　自從取火者的逮捕等四篇集為單行本後，郭氏又轉其筆鋒為歷史小說。他的取火者的逮捕等篇以希臘神話為根據，而發揮其階級鬥爭的理論，軀殼雖舊，靈魂卻新。他的歷史小說以已往的故事，象徵着現代的一切，手法也自相同。黃公俊在歷史上本有其人，大約與王韜錢江等同爲傾向太平軍的智識階級。事迹如何今已大半煙沒，郭氏小說的故事則大概是這樣：黃公俊的遠祖本是個抗清志士。清初時曾在臺灣與鄭成功子孫起事臺灣。失敗後，被俘流長沙，務農爲業。到了公俊祖父乃讀書，但不仕，並以家傳痛史示子孫，以堅其仇清之志。黃公俊幼受家庭教育，自幼富於革命思想。洪秀全金田起義，黃公俊就加入其中。太平軍下武昌，由水陸二路東下佔領安慶，江蘇，浙江，福建，建都南京曰太平天國。但曾國藩羅澤南編練湘軍與他對抗，這强悍的生力軍給太平軍以强烈的打擊。而太平國內部也漸漸腐化，不能更發展，便派黃公俊爲使，與湘軍妥協，條件是曾軍獨立不受天國管束，佔據數省。但須不幫妖軍不打自家人。曾國藩不納。後來太平軍屢戰屢挫，形勢更蹙，而且其後太平軍成爲新興聚歛階級，又屢起內鬨，實力喪失，天王服毒自殺。黃公俊入忠王李秀成幕，見大勢將去，又入曾軍要求曾氏另立朝廷，太平軍則情願全體降曾。曾國藩大怒，將他囚起。黃公俊一番驅除胡虜復興漢族的血誠，就此化爲南柯一夢，而得了比他遠祖更其不幸的結局。

按德祐二年（公元六三六）蒙古伯顏率大軍迫臨安，宋廷倉卒無策，使文天祥入北軍議和。北軍竟將他扣留並派兵將他送到北方去。天祥至京口得間奔真州，一路受盡波折始達永嘉行在。題其紀行集曰『指南錄』者，蓋取『臣心一片磁鍼石，不指南方不肯休』二句之意也。又指南錄後序自記其奉使入北軍及脫逃時一路所歷之艱危云『嗚呼，予之及於死者不知其幾矣：詆大酋當死；罵逆賊當死；與貴酋處二十日爭曲直屢當死；去京口挾匕首以備不測，幾自剄死；經北艦十據里，爲巡船所物色，幾從魚腹死；真州逐之城門外，幾徬徨死；如揚州過瓜洲楊子橋竟使遇哨無不死；揚州城下進退不由殆例送死；坐桂公塘土圍中騎數千過其門，幾落賊手死；賈家幾爲巡徼所陵迫死；夜趨高郵迷失道幾陷死；質明避哨竹林中邏者數十騎幾無所逃死；至高郵制府檄下幾以捕繫死；行城子河出入亂屍中，舟與哨相後先，幾邂逅死；至海陵如高沙常恐無辜死，道海安如皋凡三百里北與寇往來其間無日而非可死，至通州幾以不納死；以小舟涉鯨波，出無可奈何，而死固付之度外矣。嗚呼死生晝夜事也，死則死矣，而境遇危惡，層見錯出，非人世所堪痛定思痛，痛何如哉』！郭源新的桂公塘就採取這些情節演繹成篇。他以宋廷中件食中書的吳堅，衰老無用的家鉉翁，卑鄙無恥的賈餘慶，以及其他一班行尸走肉碌碌

無能的朝士反襯出文丞相的忠貞勇敢。他斷定朝中那羣臣僚公舉文丞相躬探虎口是抱着
這樣私衷，『丞相不好說什麼。他明白這一切。他時刻的在羅致才士俊俠們。他有自己
的一支子弟兵，訓練得很精銳；可惜糧餉不夠——他是毀家勤王的——正和杜滸相同。
人數不能多。他想先把握住朝廷的實權，然後徐圖展布，徹底的來一次掃蕩澄清的工作
。然而那些把國家當作了私家的產業，把國事當作了家事的老官僚們怎肯容他展布一切
呢。妒忌使他們盲了目，「寧願送給外賊，不願送給家人」他們是抱着這樣的不可告人
的隱衷的。文天祥拜左丞相的諭旨剛剛下來他們便設下了一個毒計』又作者自跋一段話
很可注意，他說『讀文天祥指南錄不知淚之何從，竟打濕了那本破書。因綴飾此篇，敬
獻給爲國人所擯棄的抗敵戰士們！……』此跋作於一九三四二月二十八日正當閩變戡定
之後，合以上所引文字觀之，足知作者寫這篇文學動機之所在了。作者不過是一個文學
家，於政治情形多所隔膜，於一般縱橫捭闔的政客，輕舉妄動的軍人的心理，尤其不能
明瞭，所以對於他們抱着這樣盲目的同情，並不惜以中國稀有的民族英雄文天祥來象徵
他們，實爲可惜。但離開『寄託』這一點來說，這篇文章自有它最高的價值。

現代中國政治社會各方面的情形與明末如出一軌這是學者們所常討論的。而主張『歷史輪迴觀』或『歷史重演論』者，更喜爬搜史删，舉出許多證據，來證實他們的假設。我們也早已聽熟了。現在郭新源的毀滅以阮大鋮馬士英來影射現代一羣亡國大夫，以結構論更勝桂公塘。當張李之亂未定，北虜之勢方張，江淮諸將互相火併南方小朝庭裏一班大臣如馬士英阮大鋮之流又聲色狗馬，歌舞沈酣，橫征暴歛，報復私仇，等到强敵壓境大事不可爲，就打算向北軍去賣身投靠。『「說來呢，小朗廷也實在無可依戀了」士英也披肝瀝胆的說道「我們的敵人是那末多，就使南朝站得住，我們的富貴也豈能永保？史可法黃得功左良玉他們有實力的人個個是反對我們的。我只仗着那枝京師拱衛軍，你是知道的，那些小將官如何中得用？十個兵的餉額倒被吞去了七個。乾脆是沒有辦法的」！他低了聲「圓海，你們說句肺腑話吧，祇要身家財產能夠保得住，便歸了北也沒有什麼，那勞什子的什麼官，我也不想做下去了」。

但是在那來得太急的禍變中，他們的身家財產依然不能保住。『一生搜括，原只爲別人看管一時，做奸臣那有好下場』！作者借民衆的口中說出這句話來，真可當得晨鐘暮鼓，可以發七國大夫的深省。

至於郭氏的文筆之橫恣潑剌老鍊雅潔，在近代作家中實罕倫比，也可算我理想中一個「典型作家」現在不多敘了。

第十八章　幾個描寫農村生活的青年作家

韓侍桁曾說「自從魯迅的小說以後，在許多作家的作品中我們是很少嗅到作家的故鄉的氣味了。沒有故鄉味的作品，是使人感覺乾燥，覺着不真實，所見到的人物景色，雖然應當親切，而反感到生疏，因爲其中西洋文學的技術的模倣或影響是太深了的原故」。又說「自從吶喊和徬徨以後，中國廣大的民間的羣衆是被遺忘了。在小說以及各種形式的文學中所表現的都是知識階級，一個無知識的鄉間的人，是不容易出現在書頁上最近雖因爲社會主義的勃興，以農村經濟破產的口號提倡農民生活的描寫，但既出現的大抵都帶着虛想的浪漫的色彩，絲毫沒有農間的氣氛。……」（文壇上的新人）他介紹了徐轉蓬，沙汀爲青年農村作家代表。我現在可以加以姚蓬子魏金枝吳組湘三個人。

徐轉蓬曾發表許多短篇。他作品的特點第一是善作農村真實的記錄。韓氏評之道「

轉蓬的故鄉從他作品上看來是一個小小的鎮市，它雖然也有它極獨特的風俗習慣，但也是普遍帶着中國農村的色彩。他認識他的故鄉，可以說比其他生活在那同一鎮上的人都更深一層的認識，他信口可以招呼出一個名字，畫出一個人形，那立刻是真實的，他知他故鄉中每一個財主，鄉紳，醫生，農民婆婆，兒媳，村長，酒店老板和伙計，打鐵匠，以及其他各式各樣的人。他不但認識他們，也理解他們的痛苦，他們的歡快，他們的憂慮，他知道他們在什麼時候說什麼的話，作什麼樣的表情，就信口讓兒童唱一個歌，那歌也是故鄉的；而且他更清楚地知道在什麼時候，在什麼場合，起了什麼事件，提到一個事件，於是他就寫了，每一個人物都像是收藏在他腦子裏一樣，他可以招出這個來，打發那個去，而總不失其真實的』。但徐氏作品有些雖像韓氏之所稱讚的，有些却不很完美。大約他是一個青年作家出學校之門未久，缺乏社會生活和人生經驗，而於真正農民生活也沒有什麼深刻的觀察。所以有時憑着他幼稚的想像揑造許多不近人情的故事；有時僅作浮面的刻劃，而忽略了內部的真實。更不幸的，他竭力渲染農民生活的悲慘，反而成了滑稽。記得他有一篇小說寫一個破產後無以爲生的農人靠賣餛飩度日。初幹時貿易尙好，後來村裏人討厭他，引誘小孩子破費錢財，地方上潑皮及駐軍們又吃了他的餛飩不付錢，使他生意不能繼續做下去。一天看見家裏貓子捕了一隻大鼠忽然異想天開，就將鼠肉假充猪肉做餛飩出去賣，不意又被村人覺察，羣起而攻，担子打碎，他只好垂頭喪氣地囘家去了。一個破產的農人，家裏是否藏得住一副餛飩擔，是否養得起一隻大貓，都是問題。不過這還可以原諒，只是文中主人公原是『捏鋤頭把』出身，居然會做餛飩，則寫得未免太輕易。如其作者預先介紹說他捏『鋤頭把』以前，也曾跟着他賣餛飩的祖父受過一時的訓練，則這篇故事所給讀者的印象便不同了。

沙汀有法律外的航綫的單行本和短篇多篇。茅盾批評他道『作者用了實寫的手法，很精細地描寫出社會現象　真實的生活的圖畫』但照另一個批評家的話則說作者因爲正求新寫實主義的實現，强作集團生活的描寫，但他也像徐轉蓬一樣缺乏社會生活的體驗，所以寫出來的人物僅是一個典型，而捉不住個性。他描寫極其精緻細微，但一切觀察毫無曲折輕重之分放在同一平行綫上來描寫，更是作者藝術上絕大的毛病。在藝術裏祇能作爲背景，或塲面的點綴的文字，他卻用之於全部之中。像移動着的鏡頭在銀幕上展示風景似的，一一作平衡的顯現，沒有重心。這樣文字單獨地讀幾行固覺新奇生動，全讀則覺得呆板混亂，無從把握作者的命意的所在。

姚蓬子有一幅剪影浮世畫等集。他原是個詩人與戴望舒並稱爲象徵派的巨子。後來一轉而爲無產階級的歌誦者。他的一幅剪影包括兄弟，意外，黃昏的煙靄裏，一個人的死，雨後，幸福的秋夜，一幅剪影七篇。他寫農民生活也多隔靴搔癢之談。像兄弟那篇老平一個鄉人居然會有那樣豐富的幻想黃昏的煙靄裏那篇農民窮得吃菜根和糠粃，一旦得了幾文工錢，就買紅棗給妻子補養。赤貧農家居然會藏得住一大罎酒，殺狗開葷，請大家一醉。讀到這些文字時不能不令人發生不真切之感。但他的一個人的死寫得卻很動人。主人公姚春茂性情行動都像魯迅孔乙已，而結果的悲慘也與孔乙已相彷彿。請看作者怎樣介紹他道：他是我們鄉間一個有名的醉鬼，每天的光陰，差不多都是在酒店裏喝個爛醉，再尋別人吵架，這樣混過他的半生來的。他自小也讀過書，不幸父親死得太早，十三歲上就剩下了他這孤兒在人海裏浮沈。現在已成了文不文，武不武的一個人，一個十足的光棍了。當初談話裏提到春茂叔，還有人婉惜着他的，現在可說沒有一個人不討厭他了。身上老愛掛着一件破舊的長衫，斯文地踱着八字步，就是有幾次真窮得沒有辦法，去幫別人做個短工的時候也還是不肯脫下來。而且，說不定晚上領到了工錢，他又溜進酒店去喝個爛醉，再尋回主人家來吵架的，所以就是他願意幫助別人，別人也愈來愈怕雇像他那樣的人了。於是他的生活也只有愈來愈窄，愈來愈緊，愈來愈不通，社會關係也愈來愈狹小；也許就是因爲這生活沒有辦法的緣故吧，他近來的性格也變成了更暴躁，更愛喝酒，更容易尋人吵架了。但他有一個特性，雖然窮，卻不無賴。他多少年來從不短少過誰一文錢，酒店裏更不必說了。暫時的掛賬，自然也免不了的，但到了節，他準來還淸，就是手頭沒有錢，也甯願賤價賣去了他的財產酒賬卻不肯胡賴一文的。他父親剩下來的十多畝田地，就這樣消耗在酒窟裏了』。

後來主人家失竊懷疑到他，他只好告退出去住在涼亭裏，飢寒困頓風霜雨露到底取去了他的生命。這種人差不多每個鄉村都可以遇見的論耿介忠厚固可愛，論其自甘淪落，則實爲一不可救藥之墮民。我們描寫他使讀者知道天地間有這一類人則可，無限制地同情於他則不必。但蓬子囿於左派作家的『觀念論』於寫春茂叔之死後又贅了一個似通非通的的結論道：『現在，時代已經變換了，連我們的孩子也早已忘記春茂叔了。像春茂叔那樣被社會侮辱着，壓迫着的弱小的人們，也不像他那樣只會喝酒，吵架，過頹廢的生活了：他們要以眼還眼，以牙還牙』。左派文學之感情用事於此可見一班。

魏金枝有白旗手奶媽兩本單行集。白旗手多寫兵隊生活，在沈從文張天翼，黑嬰之間也還可以佔得一個小小位置。像白旗手那篇寫招兵的情形，非有這宗經驗的不能寫得這樣詳細。他的『前哨兵』主人公是個傻子式人物。作者却將他寫得很可愛。頗爲讀者所稱道。作者自序道『至於被搜集而且描寫在這裏的，我也得申明，都是一些傻子式的人物，這點也許使或一種讀者所不快。但這就絕對沒有辦法，因爲我自己也生長在他們所生長的地方，而被社會環境所決定了的。倘使我被生長在賈府的大觀園裏，那也許會寫出別一種東西而爲別一種人所愛讀。如有人再問『你也愛這些傻子式人物麽』？那當然，我的父親是傻子式的農人，母親也是，其餘的鄰人們都是，我不得不是他們的兒子和鄰人，並且他們也知道愛，和別人愛他們的子女和鄰人一樣，難道因爲他們是傻子我就不愛他們麽』？奶媽集多寫農民生活，照作者自述父母都是農民，自已又從農村出身，寫農村應當較別人親切了。誰知不然，奶媽這部書實際上生活經驗並不多，而想像卻很豐富，現在單提出父子那一篇爲例卽可概其餘；農民天兵老叔兒子小廢物阿狗生下地卽患軟骨症，照例這種孩子不容易養大，卽養大也是白癡，而小廢物爲謀生活上優待起見，居然能花言巧語哄騙他的父母和姊姊。譬如他說『父親一走到屋邊，我第一個看見他』，『我在發風的日子便思念父親』『父親是我家裏的棟梁』他阿諛他姊姊則又說姊姊如何生得出衆，在他所見人們中她要算爲第一漂亮，如其打扮起來，她一定要做一個富人的妻子』寫小廢物的聰明與殘廢的身體太不相稱，這是第一點不妥。貧窮的農家居然天天有肉吃，直到絕糧時還有鯗魚下飯，這是第二點不妥。小廢物能夠從牀上爬起投到門外水潭裏，而不能上街飯討，這是第三點不妥。鄉下不識字農人居然滿口歐化言語像天兵老叔妻子垂死時遺囑要求丈夫贅一女壻以便招呼她殘廢的兒子，丈夫不肯，妻子便說『你不能違背我這個主張，我是要死的人，我也有權柄使你不違背我的主張』小廢物嚷餓時，他父親叱責他道『你沒有嚷餓的資格』『我會做一個掠奪的强盜麽』？這些話都不像農民口中說得出的。言語是小說人物的描寫重要條件忽略這一點，人物無論如何寫得生動也不足貴了。何况奶媽中的人物寫得並不生動。

最後，我們要論到吳組湘，這雖然是一位才出名的青年作家，但寫農村生活比之先進作家魯迅茅盾葉紹鈞王魯彥並無多讓。當他的一千八百擔初次發表於文學季刊時，讀者眼光卽爲之一亮。這篇文字又名『七月十五日宋氏大宗祠速寫』我們現在可以引惕若君一段批評於下：『這是一篇「速寫」但有二萬字之長；作者吳先生把二萬多字差不多完全給了「人物」的典型描寫，他用了驚人的技巧，從「姓宋的八大分，一百八十多房，二千多家」中間提出了幾個典型人物來；有把持「宋氏義莊」的義莊値手管事柏堂（還有個不登場的「族中專制皇帝」月齋老）有恆昌祥京廣洋貨店老板，商會會長的子壽；有上海什麼專門學校畢業生，如今是在家裏專門當少爺」的浮浪青年松齡；有「五十多歲，鬍子已經花白，瓣子是民國十七年割的，而今留着個鴨屁股在頭上，豆腐店老板的」步青；有「滿口野話，愛哈哈大笑笑，會做呈子狀子，會打官司」的子漁；有「北京什麼大學畢業二十七八歲，如今是在省城中學當教員」的叔鴻；有中學二年級就輟學的在家鄉幹反日運動露天講演的青年」雲川；有「一臉煙色是個落魄的小政客，曾在安武軍裏當過司書」的石堂；有「穿一身月白竹布褂，腰上繫一根『通海』胯下拖着絡鬚快近三十歲『三江黨』同志」的逸生；有「苦心經營着每文齋改良私塾」的五十多歲的敏齋；有民國三年江南師範卒業生」的義莊辦的小學校長翰芝；還有「五十多歲，鑲個金牙齒在口裏，臉上有幾點黑痳子」的四區區長紹軒；——這是五光十色的一大羣，吳先生還他們各人一個身份，各人是一個「典型」不但各人的形容思想各如其人，連各人的「用語」也很富於「典型」的色調，這是一幅看不厭的「百面圖」還不止此。吳先生又從「人物」的典型描寫中透露出農村破產的複雜的真相！這一班人除了做訟師的子漁，當區長吃公事飯的紹軒，把持義莊的柏堂，差不多沒有一個人不喊着「窮」！從這一班人的談話中作者就展示了全幅破產中的農村。這樣長，這樣包羅萬象似的，這樣有力地寫出十多個典型人物的「速寫」似乎還沒有見過』。讀了這段批評，一千八百担的內容可覘一班，而它的藝術也可見一班了。

吳氏單行集名西柳集，包含短篇小說十篇。其中黃昏，天下太平，博得文壇佳評不少。他的目的是要把我們帶到墳墓似的農村去看看，在那裏可以看見一個大家族由盛旺而凋零的情形，一個人家怎樣由小康變成中落；一個破了產的鴉片鬼怎樣靠偷雞摸鴨爲生；一個老實人怎樣墮落成了竊賊……在那裏可以看見『一些活的屍首在怒叫，在嚎啕，在悲哀地呻吟，在掙扎』中國農村受帝國主義武力經濟的侵略，和二十多年連綿不斷的內戰，土匪，天災毒物的剝削，已走到日暮途窮岌岌不可終日的道路上，豈但作者一鄉如此，全中國殆無不然。我們如能小中見大就可以從西柳集看見整個民族崩潰的危機，和國家前途的運命！

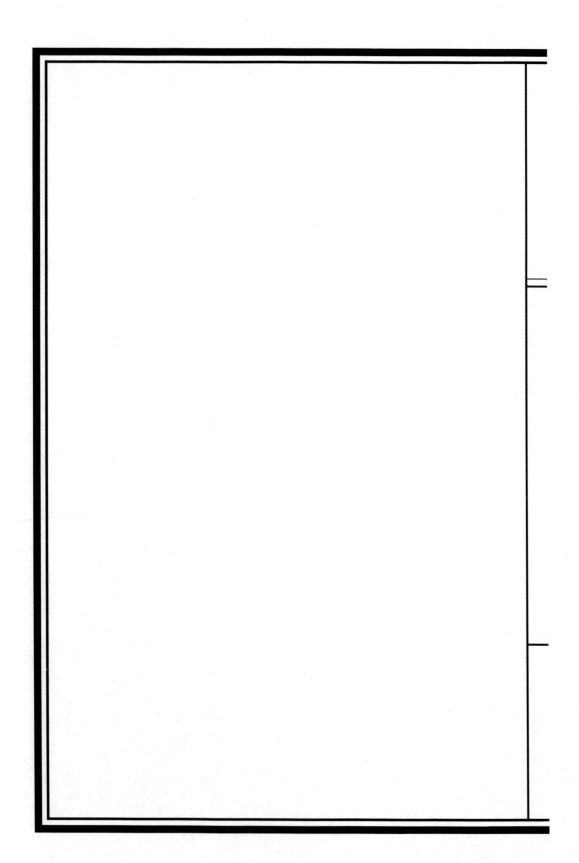

第四編　論戲劇

新劇運動也是隨着五四運動才發達起來的。在新劇運動以前，有些人鑒於中國舊劇如京戲之類的腐敗野蠻，貽害人心，遂提倡新劇以爲抵制之策。民國初年有所謂『春柳社』『進化團』者，表演『安重根刺伊藤』『不如歸』等類自編的話劇，雖然轟動一時，不久也就煙消火滅。而且那些提倡新劇的人爲餬口計都改演舊劇去了。這類新劇後來變爲『文明戲』在上海北平延其殘喘，但其腐化程度與舊劇，也不相上下，所以更失社會的信仰。

五四運動前後，因爲討論改良文學問題，而牽涉到改良戲劇的問題，爭辯甚爲熱烈，大家都覺得舊劇歌辭之鄙俚，說白之雜湊，結構之鬆懈，動作之公式化。臉譜之古怪離奇，和它所代表的封建迷信荒謬不堪的思想，實非現代人所能欣賞的藝術非積極加以改良不可。傅斯年的『戲劇改良各面觀』，歐陽予倩的『予之戲劇改良觀』，胡適的『文學進化觀念與戲劇改良』對於舊劇都有很嚴厲的攻擊，雖有張繆子一流的人爲舊戲辯護，可是一般新腦比較新頴的人，對於舊劇的信仰早已宣告破產了。關於戲劇的建設方面，則胡適曾寫了一篇易卜生主義，又寫了一篇終身大事的喜劇。所謂問題劇(Problem Play）者才被介紹到中國來。五四以後易卜生的羣鬼，娜拉，還有什麽新村正，一念差，都成了學校常演之劇。而蕭伯訥的華倫夫人之職業也居然在上海一個職業劇團裏公演，雖然觀衆寥寥，而主持者嘗試的精神究竟可佩

最初新劇的提倡，陳大悲實盡了一番氣力。他標榜『愛美的戲劇』用以代替『文明戲』北京晨報總經理蒲伯英對於愛美劇的提倡也極其熱心。雖然他們對於西洋的戲劇並無深湛的研究，而對於新式話劇實有華路藍縷以肇山林之功。可說是新劇界一雙陳勝吳廣。他們同時劇作家有熊佛西。作品可分爲兩個時期。游美前作品顯然承襲陳大悲的系統，無論在內容或技巧方面都還脫離不了以刺激吸引觀衆的方法。游美後此種『文明戲』的餘毒雖略略避免，但又走上『趣味』的路了。這樣反使他對人生對藝術的態度變得比從前輕浮淺薄。還有歐陽予倩本是個職業的伶人，與愛美劇團體無關，但他是與陳大悲同爲春柳社時期努力的志士，他後來對於新式話劇也多所嘗試，所以他與陳大悲熊佛西究竟可說是一個系統裏面的人。

新劇既爲學校歡迎，遂有專門編纂戲劇，以供學校採用者，侯曜卽其代表。侯氏作品差不多都會有「問題劇」的意味。例如可憐閨裏月，戰後，描寫戰爭的罪惡；空谷佳人提倡女權；復活的玫瑰，反對舊式不自然的婚姻制度；山河淚，寫韓國獨立運動的精神，並借此替世界受壓迫的民族作不平之鳴；頑石點頭，提倡童子軍教育；棄婦，提倡女子參政和平民教育。還有什麼春的生日等等。

郭沫若在五四運動後著了幾篇詩劇如女神之再生，湘累，棠棣之花，廣寒宮等。又著了三篇散文劇合稱三個叛逆的女性。王獨淸著有散文劇貂蟬，楊貴妃之死。還有徐葆炎的妲己顧一樵岳飛及其他，伯顏的宋江，林卜琳的X綫裏的西施均自命爲歷史劇云。

高長虹與向培良高歌等辦狂飈協社。培良著有光明的戲劇，沈悶的戲劇。顧仲彝著有劉三爺。又從外國劇本改譯了許多劇本來如皆大勝利，七尊菩薩，門外漢，我愛天亮了。均包括在劉三爺的劇本之內。

丁西林袁昌英作風並不同，然以其同爲現代評論份子，所以亦可歸之爲一系。丁雖以文學爲其副業，然寫劇天才甚高，所作一隻馬蜂頗得讀者讚許。袁褱饋歐美戲劇，富有修養功夫。著有孔雀東南飛及其他，喜於討論現代婚姻問題。又徐志摩，陸小曼合著卞崐岡，余上沅著有上沅劇本甲集。近來王文顯，李健吾謝壽康對於寫劇亦甚努力。

田漢與洪深有現代戲劇界雙璧之稱。田之戲曲集已出有五大册之多。田本具有極端矛盾性格，其戲曲卽爲此性格之表現。其古潭的聲音，湖上的悲劇爲充滿詩趣之浪漫的抒情劇；其火之跳舞，拉圾桶，一致，則爲表示革命精神之理想劇。洪爲次於田漢的大衆劇作家，作品有貧民慘劇，趙閻王，五奎橋，香稻米等。此外有白薇女士著琳麗與打出幽靈塔。楊騷著有迷雛，她的天命。胡也頻著有鬼與人心，玫崙女士。更有適夷，蔣本沂等皆稱爲革命的劇作家。

更有胡春冰著有愛的生命，屬兔的女人，性的剩餘價值，Z字號病室的麻煩事，到城裏去。袁牧之著有愛神的箭，玲玲，兩個角色演的劇。則均自鄶以下無譏焉的了。

第一章　所謂愛美劇提倡者與熊佛西

所謂愛美的戲劇提倡者，第一個當然要談到陳大悲。這是一個其興倏焉其亡忽焉的新劇運動家。五四運動二三年間，他活動得最利害；他天天在報紙上談新劇，時時指導各學校排演他的新劇，他和蒲伯英創辦人藝戲劇專門學校，他成了青年的偶像，他有一時期竟被晨報記者尊爲中國現代十二大偉人之一。後他爲了譯錯西洋名劇，被人打倒了，從此陷在泥淖裏，再也爬不起來。但我們對於陳大悲假如肯說一句公平話，則他對於中國初期新劇運動的貢獻，的確不在少處；因爲他曾使那時的青年認識新劇的意義，曾將新劇從『文明戲』裏救出，曾使那時風行的雜亂無章的『幕表制』變爲正式的脚本。而他最大的功績則爲愛美戲劇的提倡。據他說『「愛美的」這個字脫胎於臘丁文的Amator意思即愛美的人；法國字Amateur底意義是愛藝術而不藉以餬口的人』。這就是說愛美的人所演的戲劇。即是一種非職業的戲劇。他曾著有『愛美的戲劇』一書，專門說論這種戲劇的理論和編排法，爲晨報社叢書的第七種。

陳氏手編之劇：有英雄與美人，良心，幽蘭女士，張四太太，還有什麼父親的兒子維持風化，虎去狼來，平民恩人，愛國賊等等。他的劇大都是由西洋日本小說或戲劇改編而來的。像良心與幽蘭女士是五四後各學校最流行的劇本，然而也不完全是他的創作。他的劇本都包含一些不澈底而卻最爲五四時代人士所歡迎的社會思想。有時時竟借着劇中角色滔滔不絕地大發其議論，不顧破壞藝術上的和諧。但他原是演文明戲出身的人，所以也承襲了文明戲的餘毒，一味拿自殺，恐嚇，手槍，揭破，懺悔，等緊張情節來刺激觀衆的神經。雖然大受當日幼稚觀衆的歡迎今日卻成了他藝術上致命的創痕了。

蒲伯英是人藝戲劇專門學校的校長著有闊人的孝道與道義之交。都是用一種强調的諷刺來攻擊官僚階級和社會各種腐敗情形的。因爲作者自己在新舊官場中都混跡甚久，於官僚的無能，卑劣，及其他齷齪不堪的情形知道很是清楚，所以寫來頗能逼真。他雖然對新劇是個半路出家的人，所發議論多偏於『直覺』並沒有什麼理論上的根據，經驗則更不必說。但他的態度的真摯嚴肅卻非常可取。他對於中國那些不合理的舊劇，抱深惡而痛絕的態度，曾在晨報上做了許多極激烈的抨擊文章。

歐陽予倩本爲春柳社中堅份子，善唱悲旦，後改京劇之青衣花旦有一個時期曾與梅蘭芳並駕齊驅。所編新式話劇有潑婦，回家已後，屏風後等等。注重趣味，論者謂其亦不脫『文明戲』典型。其代表作爲潘金蓮。取水滸傳潘金蓮的故事而加以新的解釋。大意說潘金蓮爲一個性甚强；富於獨立反抗精神之女子，可惜受了經濟環境的壓迫，被賣於某大戶家作使女。大戶愛其色，欲收爲姬妾之一，金蓮誓死不從。大戶恨之刺骨，故意將她嫁給一奇醜不堪的武大郎，以爲挫辱她之計。金蓮本具有希臘女子崇拜『肉體美』和『男性的力』之特性，嫁武大後，鬱鬱不得志。適遇武松，投其所好，傾心愛慕。但武松爲一受傳統禮教思想所縛束之青年武士，不肯接受金蓮之愛；金蓮不得已只好將一片熱情暫時寄託於體格武技比武松差一點的西門慶身上，其實她對於那土豪的人物，心裏是不愛的。後來釀成謀殺武大之案；被武松在靈前殺之報仇時，才向武松吐露其最後之深衷，一笑而死。此劇出演時頗博得社會許多好評。黎錦明作文尤極推崇。

我們現在要說到熊佛西了。蒲伯英死了，陳大悲一蹶不振了，歐陽予倩近年也不聽說有什麽新式話劇發表了，但熊佛西還在相當的活動着，所以他在上述諸人中地位比較的高成功比較的大。他的著作有佛西論劇，青春的悲哀，佛西戲劇第一第二集。他是個喜劇家善作『諷刺的喜劇』(Comedy of satire) 和『趣劇』(Farce) 洋狀元，喇叭可以代表前者；藝術家可以代表後者。他又愛作『教訓劇』例如一片愛國心，又愛作『寓言劇』例如蟋蟀，童神，詩人的悲劇。

洋狀元是一個三幕劇大意說一個磨豆腐人的兒子名叫楊長元的偶然隨着一班華工到外國混了幾年，回國以後冒稱得了博士，鄉人遂呼之爲洋狀元。他呼父母爲『老同胞』，自稱『本狀元』把胸前插着的自來水筆揑稱爲『自來電槍』說這東西極利害，只要一揭開就會發出萬道電針，漫說人撞着要成肉餅，就是千山萬嶺亦劏得坦平。本村有一位楊百萬因怕土匪天不怕來搶迎洋狀元爲其保鏢，問答之間，笑話百出。下面一段對話可覘一班：

百萬　請問外國人旣是這麼厲害，他的國粹究竟是什麼？

洋狀元　菠菜？我們外國沒有菠菜。我在那邊十三年，從來沒有吃有菠菜；可是芹菜，大蒜，葱，芥菜，白菜，蘿蔔，樣樣都有，就是沒有菠菜……

百萬　洋狀元，哈哈，我說的是國粹，並非菠菜！哈哈！哈哈！…………

洋狀元　You mean鍋鏟？no！我們外國炒菜不用鍋鏟，吃飯亦不用筷子。

百萬　我問的亦不是鍋鏟。是國粹！

洋狀元　哦！我知道了！我知道了！What you mean！你說的是棺材——死人睡的棺材？對不對？

這劇的大旨大約是諷刺留學生的。但看鄉人丁的話卽可明白。鄉人甲乙丙均願以其家所有的牛雞等物孝敬洋狀元，但鄉人丁則說自己家裏窮，沒有東西可以孝敬。只有一頭是舅爺的。他舅爺在上海某家做廚子，東家出了洋，他也跟了去。於是洋狀元問道：『你的舅爺的東家出洋買了一匹洋狗囘來？對不對？』答道：『不。他出洋的時候帶了一匹洋狗同去，後來又帶囘來了。所以人家都叫那匹狗爲「洋狗」因爲牠是出過洋的。而且還會說幾句洋話。那知他帶那東西囘國來，不上三年就一命哀哉了』！『現在這出過洋的狗子還在你的舅爺家裏麼』？『在。在。我想明天到舅爺家裏要來孝敬你老。因爲你老是洋狀元，再配上一匹洋狗，豈不成了很好的一對麼』？像這種露骨的諷刺，劇中到處都是。雖然可以迎合淺薄觀衆的心理獲得舞臺上暫時的成功，却缺乏諷刺劇真正的藝術價值。

喇叭也是個三幕劇。鄉下女郎冬姑與表哥逢生原有婚約。後村中來一善吹喇叭者，無姓名，自名爲喇叭。每一鼓吹，全村輒爲顛倒。冬父亦爲所迷，延之至家日夕使鼓吹爲樂。喇叭漸蠱惑冬姑，逐逢生去，與冬姑結婚。且看喇叭與冬父的問答。『好聽！確是好聽』比普通吹鼓手的確吹得好聽！你真不愧爲喇叭專家，你這種吹法是誰傳授給你的』？『是家父傳授的，家父又是先祖傳授的』。『如此說來，你們一家子都善於吹』？『對！我們全家都會吹。會吹不稀奇。但要吹得圓轉，不費勁，不吃力；要吹得人家不討厭——人家聽了還要聽。不善吹的人，吹了頭一次，人家就不要聽第二次；我可以吹得人家百聽不厭』。但這個喇叭除了善吹以外無一長技，在他家三年把個小康之家弄得一敗塗地。於是夫婦勃谿，毫無生趣。後來冬姑怒極擲以繩刀要他從此腳踏實地的幹，否則以二物自殺。最後是『喇叭將繩子拾起，似要自縊，忽中止。繼將刀拿在手中，似欲自刎，又無勇氣。復鼓起勁來去挑水桶又無力。最後還是把喇叭拿起來，大吹特吹，仍希望能將冬姑吹回頭，無奈終見不到冬姑的踪影，祇聽見冬父在裏面的大吐特吐。不得已，只好往對面村莊裏吹去』這是拿喇叭來象徵實際毫無能力，而口頭却能說得天花亂墜的人。全劇皆以詼諧滑稽份子組成令人絕倒。不過太謔畫化，遂與洋狀元同一淺薄。

蟋蟀是個四幕劇。假設印度幽古公主漫遊中國，尋找『和平石』有周仁，周義，周禮兄弟三人聯名向公主求婚。公主賞識他們的義氣，與他們締交，宣言誰能找到『和平石』就以身相許。誰知他們爲了想單獨得到公主素來友愛的變成仇視了，素來和平的變成忿爭了，素來正直坦白的變爲陰險詭詐，機械百出了。結果，他們兄弟三個究竟爲了爭風喫醋，互相殘殺而死。所以幽古公主絕望地高叫道：『不要了！不要了！這地球上絕對沒有能醫好我的傷痕的藥！我這傷痕，我這傷痕，是永遠不能醫治的』！又說『這真是一場大夢，如今我這夢算做醒了。然而我已經害了你們，害的你們兄弟互相殘殺！這亦是我當時沒有想到的！我以爲你們是仁兄仁弟，骨肉相愛的，誰知你們也是普通的兄弟！唉！我這場大夢於今總算做醒了！到於今我才知道這世界處處都是一樣，唉！』作者形容出產『和平石』的和平山有獅子洞，天泉，仙人村，虎豹窩，鳳凰廳，長蟲穴黑風洞，和平寺。欲得石者必先經歷諸險境蓋亦模仿梅脫靈克青鳥，彭揚天路歷程而然。

第二章　幾個以古事爲題材的劇作家

五四後不多時，郭沫若以古代有名女子王昭君，卓文君，聶嫈爲題材寫了幾篇散文劇，自稱爲歷史劇。(Historical Play) 其實這種借歷史人物來表現自己主觀和見解或借以傳布某種思想的東西，如其名之爲歷史劇倒不如名之爲教訓劇（Didactic Play）或理想劇，有人嘲笑這三個劇本說是一篇『婦女解放的宣言書』或者我們因它採取古事爲題材像施蟄存的小說一樣就喊它爲古事劇吧。三個女性所表現的究竟是什麼呢？錢杏邨郭沫若及其創作論到這三篇劇本時說道：『這三篇戲劇裏所表現的思想祇是一個思想，女性的反抗，反抗歷史因襲的婦女舊道德——三從主義！……卓文君他是有意做的翻案文章，但他要寫出她的最後的反抗，所以在收束處有極反抗的道白。王昭君大部分是出於他的想像，因爲要表現反抗，他終於寫出她反抗元帝的高傲，澈底的去反抗王權。聶嫈本來的精神開展開了，當然是一個反抗的女英雄。歸結起來，三個叛逆的女性，是一部具有狂暴精神的反抗作』。好了。這幾句話可以概括三劇命意了。

其實，這種教訓劇或理想劇，真正殘薄得可憐。而且許多地方是太遠於實際情形的。毛延壽的女兒出首其父貪賄，因而被元帝所斬這種教訓未免太超越時代了。太矯揉造作不近人情了。至於王昭君痛罵元帝竟有以下一段道白，『啊！你深居高拱的人，你也知道人到窮荒極北是可以受苦的嗎？你深居高拱的人，你爲滿足你的淫慾，你可以強索天下的良家女子來恣你的姦淫。你爲保全你的宗室，你可以逼迫天下的良家子弟去塡豺狼的慾壑。於今男子不夠塡，要用到我們女子了，要用我們不足供你淫弄的女子了。你也知道窮荒極北是受苦的地域嗎？……你究竟何所異於人，你獨能恣肆威虐於萬衆之上呢？你醜，你也應該知醜！豺狼沒有你醜，你居住的宮庭比豺狼的巢穴腥臭啊！……』這就是錢杏邨所說的抵抗『王權』大議論。議論之通不通——保全你的宗室云云實費解——暫不去管它，但問在帝皇威權高於一切，帝皇神聖幾於宗教化的中國；一個宮女是否能有這樣思想？是否能說出這樣話？

又聶嫈酒家少女的王權反抗論更概念化得利害。『你們還不曉得國王和宰相的罪惡嗎？……你們假如曉得如今的天下年年都在戰亂，就是因爲有了國王，你們假如曉得韓國人窮得只能吃豆飯藿羹，就是爲了國王，那你們就曉得他爲什麼要殺你們的國王和宰相了。生下地來同是一個人，做苦工的永遠做着苦工，不做苦工的偏有些人在我們頭上深居高拱。我們的血汗成了他們的錢財，我們的生命成了他們的玩具，他們殺死我們整千整萬的人不成個甚麼事體，我們殺死了他們一兩個人便要鬧得天翻地覆』。

郭氏曾在西廂序文上說『反抗精神，革命，無論如何，是一切藝術之母』有人替郭氏做傳也說『郭沫若的一貫精神是反抗』無怪乎他在他的作品裏不論是詩是劇，總要勉强唱幾句『反抗』調子了。不過文學藝術究竟不是主義宣傳品，他這些劇本與標語口號的文學有什麼分別？就退一萬步說文藝是宣傳品，至少也要使它具體化。像這樣浮泛空洞放在誰的口裏都可以說的抽象話，我覺得實不能叫做文藝。

除了思想淺薄而外，說白的粗鄙也令人難耐。湘纍裏屈原同女嬃說道：『我所以從早起來，我的腦袋便成了一個灶頭；我的眼耳口鼻就好像一些煙囱出口，都在冒起煙霧，飛起火星，我的耳朵裏還烘烘地只聽着火在叫；灶下掛着的一個土瓶——我的心臟——裏面的血水沸騰着好像乾了的一般，只迸得我的土瓶不住地跳跳跳！』想不到一個滋蘭九畹，樹蕙百畝，高冠岌岌，長劍陸離，極端芳潔極端愛美的詩人竟有這樣一副煙霧騰天『竈下養』的口吻。有人說郭沫若的作品『好還好，只是煙火氣太重』果然。又卓文君一劇卓王孫瞧不起司馬相如謂這班文人彈琴賦詩打人秋風，和乞丐之沿門賣唱，高不了多少。他兒子問他說那麼又何必延請相如來家筵宴呢？他答：『哈哈，哇哇兒，你還年輕呢。不過我也告訴你罷。你要曉得屎屎是很齷齪的東西，但是假如是皇帝的屎屎的時候，那我們是不敢這種大逆的思想，說是齷齪的了。假如皇帝教我們吃他的御屎御屎，我們也當得受寵若驚，如像吞食龍肝鳳胆一樣，司馬相如他雖是窮文人，雖是等於賣唱的乞丐，但是他是王縣令的朋友，所以我們請他，並不是請的窮文人，我門請的是縣令的朋友，就好像我們蒙皇帝御賜排泄物的光榮，並不是吞食的屎屎，是吞食的龍肝鳳胆呀。哈……』夫趨承勢利之譬喻亦多矣，何必以吞食皇帝的屎屎爲比？而且譬喻以切爲貴，這種譬喻試問它切不切？詩人的工作在將宇宙間一切事物加以美化，卽醜惡之物亦可使之美化。然郭沫若則專使之醜惡化，甚至美麗之物亦使變爲醜惡，對於藝術實可謂侮辱之至。還有王昭君一劇毛延壽被殺時毀罵漢元帝一段其粗俗穢惡，真令人作嘔，不便再去引它。孔子曰『出辭氣斯遠鄙倍矣。』無論文言白話說話總以溫雅爲主要。如此鄙倍出之傖父之口則可出之文學家之口則不可。再者，郭氏對於戲劇本來毫無研究，讀了幾本西洋劇便胡亂抄襲。像漢元帝捧毛延壽之首與之親吻，想沾其美人薌澤；則抄襲王爾德之莎樂美之親施洗約翰首卓王昭君之秦二爲紅蕭自殺則抄襲莎樂美中敍利亞少士衛士之自殺。聶嫈之衛士甲乙丙爭鬭也抄的莎樂美。卓文君離家出走時對其父卓王孫及其舅翁一段演說，則抄襲易卜生的娜拉。模仿西洋名著未常是不可允許的事，但如此生吞活剝，則我未免要代西洋名劇喊冤了。

郭氏三個叛逆的女性在五四後雖盛傳一時，今日已無一讀之價值，但恐世尙有嗜痂逐臭之夫，震於其昔日之虛名，誤以珷玞爲美玉，貽誤後學爲害匪淺，故特一爲論及。

王獨淸戲曲有楊貴妃之死及貂蟬亦自命爲歷史劇。楊貴妃發表於一九二七年。所取材料僅馬嵬坡六軍不發貴妃被縊一段。係獨幕劇，中分六場。王氏自他發現楊貴妃之愛戀安祿山有兩種原因：一則愛其强健的體格，因爲史書上說安祿山身裁魁梧；二則愛他之身爲異族。因爲這有一種『異國情調』。所以他寫貴妃得到由吐蕃傳來安祿山的信時說道：

哦，哦，安祿山我看見你了，我看見你了！我看見你正是全身的武裝騎在馬上，正指揮着你周圍成千成萬的戰士……哦，哦，你眞英武，你眞英武！我知道你那狂熱的血液中正流着愛情的溫柔生命……哦，哦，我愛你，愛你那雄偉的身裁，你那强健有力的氣魄，使人一見就感着愉快與渴慕……我也知道你不是同種的人，但是，但是，我總覺中國底人都沒有你那樣能使我感着愉快，感着渴慕的，我總覺得你不是同種的人，總更覺得可愛！唉，愛情！祖國，我被你們兩個苦悶到不能解決了！你們兩個在世界上就是這樣的衝突，難道你們就永遠不能調和，永遠要犧牲着無數的人類！

按唐書安祿山傳謂祿山體重三百斤，腹垂至膝，着衣繫帶皆非人幫忙不行，似患有脂肪過多病，如此癡肥臃腫之人，體格原說不上「雄偉」「强健」。至於因其爲異國人便覺得他更可愛，那他沒有什麼理由的。作者所自引爲得意的發現，其實只是他的幼稚淺薄的空想。

但這還不可笑，最可笑的是他想把楊貴妃偉大化而將他的死寫成了服從民衆的命令。他在劇本序文裏寫道：「我起初要做這個劇本的立意只有一點，就是想提高女性。我總以爲我們女性特別是本國的，大半不免有自私的根性，我只希望我們的女性能把這種根性除掉，我是在用楊貴妃作了我一個女性的模範的。這兒的楊貴妃完全不是歷史上的楊貴妃了。我在這兒把楊貴妃變成了一個甘爲民族甘爲自由犧牲的人物。這兒底楊貴妃坦然地把生命獻給了民衆，不但沒有自私的行爲而且還是一個爲自由爲人格奮鬥的表率」。所以他寫第四場馬嵬佛寺中衆難民在牆外喧呼處楊氏全族死刑而楊貴妃出現於殿外時難民竟爲他高貴的儀型慈祥的容色所感化而向她下跪。第六場貴妃死後陳元禮率領六軍和難民向屍瞻拜，又由玄禮口中發表了一大段演說：

兵士們，國民們！現在這個中國第一的美人，當今皇帝底愛寵，我們一向認爲罪深惡極的魁首楊貴妃已經死了。她臨死時服從了民衆的公意，這眞是我們沒有料得到的。這是我們民衆的勝利，這是我們民衆奮鬥的勝利！我們從此便可知道民衆力量的偉大，我們須要繼續地努力繼續地努力！……但是她，她能爲民衆這樣犧牲，也確不是一個尋常的女性，我們應該感謝，並且也應該崇拜——跪下罷，兵士們國民們，跪下瞻禮這曾具有有不朽的靈魂的神聖的屍體。跪下，跪下！（全體跪下）哦，只有我們長安出來的女性，才有這樣不朽的靈魂，也只有我們長安的民衆，才有這樣反抗的精神！哦，雖然現在我們中國是正在危難的時候，我們的長安也已經敗壞，但我們既有這樣的人物，既能有這樣的民氣，還愁不能恢復我們民族的自由？還愁不能使可景仰的時代新生？

我們暫丟開這些『犧牲』『女性』『服從』『自由』『新生』『民衆的公意』『民衆的奮鬥』『反抗的精神』『不朽的靈魂』等等現代語和外國名詞的問題不管——因爲這是現代

劇作家不容易避免的毛病——但一個勾引異族情人來傾覆本朝社稷殘害本國黎庶的婦人忽然又肯爲民衆犧牲，豈非性格上的矛盾？陳元禮旣指揮軍士難民將楊妃逼死，於她死後又這樣感謝，這樣崇拜，甚至尊之爲『具有不朽靈魂的神聖的屍體』又豈非滑天下之大稽？總之，作者也像郭沫若一樣是抱着『觀念論』寫文章的。自己腦筋裏先抱好一種固定的觀念，然後硬叫劇中人物表現出來，情節切不切，環境合不合人物個性宜不宜，則一概不管的了。

貂蟬是一個六幕劇出版於一九二九年。劇之大意謂貂蟬爲王允舞女，王允愛她美麗但貂蟬卻落落無情。一日貂蟬在街上走被董卓女壻李儒看見了打聽她的身世便想得她到手。有一天王允請呂布李儒來家喝酒。李儒强王允喚出貂蟬，呂布大爲顛倒。貂蟬也愛呂布之少年英俊，兩人在筵上四目相視，脉脉含情，惹得李儒醋意勃發，吵鬧一塲了事。呂布自此以後每日至王允家纏糾，要求給以貂蟬。王允無法可處，便獻蟬於董卓，並拜卓爲義父，想借董卓的勢力來抵抗呂布。誰知董卓一見貂蟬眩惑不能自主也就不管什麼義父女名分，居然收之後房了。王允大恨，轉與呂布連絡唆布殺卓，一面又預備毒杯一個，將於卓之生辰日進酒酖之。呂布一日見貂蟬於鳳儀亭請蟬偕逃。蟬不肯，要求布殺董卓爲民除害然後以身相許。董卓誕日大宴賓客，見呂布怏怏之狀，以語撫慰他，呂布被牠軟化，蟬屢激之不起，便改變策略取王允毒杯進酒於卓，卓强她先嘗，遂死。

作者序言曰『我給予貂蟬些甚麽？我給了她一個沈思與殉教的情形，我給了她一個不安定和一個渴喊自由的心境，然後我便給了他一個轉變的勇氣。在這些中間我更用了許多憂鬱的詩意，許多悲慘的色彩，把她襯托了出來，一直到她底最後的時間，才用了火的熱力奪去她銀灰色月光下的生命：她在我們眼前竟然變了一個爲自由爭鬥的勇士，竟然變成了一個爲自由犧牲的聖者』這不問可知，又是一套不折不扣的觀念論了。不過平心而論：貂蟬一劇比之楊貴妃篇幅較長，情節較複雜，貂蟬人格也比較統一。藝術總算有點進步。

X光綫裏的西施，林卜琳遺著，名曰『歷史歌劇』蒲伯英爲之審定，並爲之作序於『歷史』『歌劇』二端言之甚詳，其言曰：『中國戲劇，歷史色彩甚爲濃厚，凡家庭男女俠盜諸劇，自有其社會的歷史或寫真價値，但編者演者均苦不自知，動輒攀附朝代的歷史爲宋代名劇，明朝歷史漢代名人之類，適足以貽非驢非馬之誚，欲爲真正的歷史樹一模範，不但舊史大半附會，即綱目式的紀載，正統式的批評，貞操式的寫狀之所謂正經歷史亦不足爲憑。必須先將歷史的紀載，勘入底層。從新甄別，另爲確認，然後以戲劇的藝術編製而表現之。唐甫(林字)此作於主角西施及其餘重要之人物之身世，個性，史蹟之遺留，圖書之參證，搜羅審察，極費心力。有此基本工作，方可談到歷史劇。而此種工作不但舊劇本所無，即新的編劇家，僅泛泛然依照舊書，完成形式又何嘗夢見。即謂爲改正歷史劇觀念之新紀元亦奚不可。此可重視者一。中國戲劇有『歌劇』之目。鄙意中劇雖不全用歌而歌實爲表現情緒之要素。惜所謂歌者崑腔雖整飭而太拘太板，早成死物。皮黃較爲活動，又苦於音調太少，未能敷用。故新歌劇之創作成爲改進上重要之問題，亦是難得完善的答案之問題，又苦於空論太多，實際工作者少羣言龐雜。而未有發明。唐甫此作，將所有歌調採集衆長，不論是高雅，是俚俗，是山歌，是法曲，均無禁忌，按劇中人之情况身分而一一支配之。其魄力氣象足以打破一切雅俗京外之陋見，而放光明，此可重視者二。』按此劇『歷史的』三字雖然比郭沫若王獨清注重，但仍含『教訓劇』的意味，不能算是嚴格的歷史劇。其歌辭採用曲譜有崑腔，西皮搖板，二黃原板，二六板，小上墳調，小放牛調，琵琶調，四平調，梨花大鼓，吹腔等，鎔金銀銅鐵於一爐，而不問其品質似病雜糅，而且也不是我們創作新式歌劇的原來目的。惟劇中服裝均照三禮書，詩經傳說圖，漢書輿服志而不用京劇之服裝則頗足供我們之欲寫古裝劇者之參考。

顧一樵著有岳飛及其他。包括岳飛，荊軻，項羽蘇武四劇。項羽取材史記項羽本紀，荊軻取材史記刺客傳，蘇武取材李陵答蘇武書，所有人物對話均直抄原文少所增飾。岳飛則取材於錢采精忠岳傳，尤爲草率。總之這四篇劇的題材原是很好的。可惜作者對於每一劇，沒有給它血肉更沒有給它靈魂僅僅給了一個骨架而已。又有林文錚著有西施易水別等與顧一樵的歷史劇價值差不多不過藝術却比較精美些。

第三章　田漢的戲劇

田漢是一位多才多藝的劇作家。五四時代他卽成爲時代的驕兒，到於今他的光芒不唯沒有消失，還有日益眩耀之勢。中國新式話劇不知爲了受物質環境的限制——例如舞台設備不完全，舊劇勢力太濃厚——或者因爲人才過於缺乏，運動了十來年成績依然非常薄弱，若沒有田漢這一個人從中撐拄着，恐怕早完了塲了臺了！

田漢寫戲劇的過程，據他自己說可分三個階段：

第一階段　主張藝術至上主義

第二階段　寫實主義

第三階段　提倡革命思想

他第一時期所寫劇本有古潭的聲音，湖上的悲劇，咖啡店之一夜，名優之死顫慄等等。一個詩人從物質的誘惑中救出一舞女，居之於寂寞的高樓上。及他遠遊歸來，則此女郎又受精靈的誘惑，而躍入樓下古潭。詩人爲了復仇起見欲將古潭搥碎，從樓躍下，詩人之母捉其衣，力不能勝，只聽得古潭發出撲通之一聲而全劇以終。這就是古潭的聲音一劇之大意。據作者自述此劇係採取日本俳句家芭蕉名句『古潭蛙躍入止水起清音』兩句詩而寫。芭蕉原意謂飽和使人睡眠，完全脫離人事而遊樂於天地之大者久亦失其樂趣。真正善於遊樂的藝術至上主義者的世界，是美夢的世界，而非安眠的世界。他們依上求下化之法，以濟度衆生爲目的，再來接觸苦的娑婆。其樂趣祇有從苦世界逃回或回憶之一刹那，與蛙躍入水中之一刹那相似。（松浦一氏解釋之大意）田漢將自殺的詩人象徵藝術而以想留住他的老母象徵人生，以爲這劇裏有生與死，迷與覺，人生與藝術，緊張極了的爭鬬，命意固甚深奧，劇情却有點矯揉造作。我以爲不算是什麼成功的作品。

湖上的悲劇：楊夢梅寄居素稱鬧鬼的湖上別墅，遇見舊日已自殺的戀人平白薇，但白薇竟於讀完夢梅三年來爲他寫的一篇愛戀慘史而真自殺了。她臨死時對夢梅說這部小說是『一部貴重的感情的記錄，一個女子能夠給她所愛的人一種大的刺激；使他在人類的文化有什麼貢獻，她也算不白生在世上了。同時一個女子能夠在她生前看得到她的愛人對於死後的她吐露的真實的感情，也就夠滿足了。』『那麼你爲什麼又要把愛你的人底差不多忘記的心傷痕重新又使他發痛呢』？夢梅問她，她說『夢梅，這——就是我的目的了。人死不可復生，你要是發現你那死了三年的愛人會在偶然的機會裏復活起來，你一定要笑你這三年的眼淚是白流的了，你會把嚴肅的人生看成喜劇了。那樣一來，你怎麼能夠完成你那貴重的記錄呢』？夢梅才知道她現在自殺的用意，他悲痛之極說道，『白薇，你要是僅因爲我的藝術來犧牲你的生命，那麼，我要否認一切藝術了！就是我寫了三年還沒有完成的這部小說，我也要在你的面前把牠撕碎了。』白薇急阻止他道：『不，不，夢梅，你決不可撕碎牠，你要是真愛我的時候，你得保護牠。我們的愛是痛苦的，夢梅，——這就是我們的痛苦的愛的紀念了。生命是短促的，藝術是不朽的。你若是能把你的眼淚，都變成一顆顆的槍彈，攻破我們爲什麼不能不生離，甚至死別的原因，能夠完成這個嚴肅的記錄，我雖死了，我的生命還是永遠地和你同在。』田漢的藝術至上主義，在這劇裏總算充分發揮了。

名優之死，據他自述係受法國詩人Baudelaire散文詩中所寫某名優故事的啓示，同時紀念中國名鬚生劉鴻聲而產出來的。因爲這個晚清一代名伶悲壯的死，在他那藝術至上的腦裏是引起了莫大的同情。劇中主角劉振聲因情人劉鳳仙與捧角家楊大爺戀愛，終日與楊出外花天酒地，不顧藝術之修養功夫。劉忿恨而兼嫉妒神經已有些失常。又被楊登報誣衊，名譽大受損失。一夕將出臺演戲，楊某又來撩撥鳳仙，爭吵受氣，出場唱不成聲，聞臺下喝例彩聲，當塲暈絕，抬進去也就不救了。這劇以京劇名角扮戲之特別戲房爲背景，劇中人物均扮作京劇演員，可謂戲中有戲。其形式之新奇，色彩之絢爛，情調之沈鬱磊落，在新式話劇中實別開生面。劇中主角劉振聲以鳳仙不肯用心練習唱功勸告她說：『咱們唱戲的玩意兒就是性命。別因爲有了一點小名氣，就把自己的性命丟了。玩意兒真好人家總會知道的，把玩意兒丟了名氣越大越加不受用，你看多少有名的脚兒不都是這樣倒了嗎？……人總得有德行。怎麼叫有德行呢？就是越有名越用功，難道我不望你有名嗎？不過我更望你用功。』又小報記者何景明說劉振聲玩意兒不比從前了，又不肯賣氣力。劉友左寶奎贊他辯護道：『罵劉老板脾氣不好，可以，罵劉老板運氣不好，更可以。可不能說他的玩意兒不好。說他不賣力氣嗎，那更加寃枉，我頂佩服劉老板的地方就在這一點，頂贊他値不得的地方也在這一點。——就是他太認眞了。因爲認眞所以他無論什麽戲不肯不賣力，也不肯太賣力。……所以他總是帶着病上台，——上台他又是一樣賣力，我勸他說：「劉老板馬馬虎虎過了塲就得了。」他說：「寶奎，咱們吃的是台上的飯，性命固然要緊，玩意兒可比性命更要緊」！像他這樣把玩意兒看得性命似的人，人家還要罵他，你看他要不要氣得病上加病呢』？

田漢的藝術至上夢什麽時候打破的呢？他思想轉變的關鍵何在呢？我以爲蘇州夜話這一篇劇本很值得重視。這篇劇本好像一座小小橋樑把田漢思想由第一階段渡到第二階段了。劉叔康，一個老畫家受了內戰的害，妻子離散，在上海藝術學校擔任些功課。一日，他帶了一班男女學生到蘇州寫生，碰見一個妙齡賣花女郎，一番談話裏，才知道這這是被後父所不容趕出來自己謀生的他自己的女兒至於妻子則嫁人後，已久死了。這裏老畫師一段沈痛的自白。『十年前我和睡在酒罎傍邊一樣，是完全沈醉在藝術裏面的，我覺得藝術高於一切……我學着古人畫長江萬里圖底意思，想竭半生精力，畫一幅大畫叫『萬里長城』……這畫畫了五年，就逢着一次可咀咒的內戰：一個軍閥和另一個軍閥爭奪北京，北京城外，成了他們的戰場，不用說，我的家，我那精美的畫室，成了他們炮火的目標。我是個倔强不過的人……在炮火中間安然的作畫，可是在一個黑夜裏，我忽然驚醒的時候，大兵已經搶到我的家了。我慌了，我一面叫我的妻子帶着女兒先逃，一面趕忙去保護我那畫室，因爲畫是我的生命呀！……可是那些大兵看見我鎮那畫室，以爲中間一定……藏着什麽金銀珠寶，幾槍托，就把我那畫室的打開了』！

作者說『嚴肅的無情的現實，是這樣地打開了劉叔康的畫室，也是這樣打開了我所安住了許多時候的『藝術之宮』是呀，玲瓏便娟的象牙之塔頹地了，壯麗堂皇的藝術宮殿崩塌了，夜鶯住了歌聲，玫瑰萎成枯朶，黃金色的幻夢變成一片黯淡，五彩長虹消失在天邊我們的詩人是醒了，但丁由地獄昇上天堂，我們多情善感的劇作家却是由夢想的天堂降到現實的地獄裏來了。他這個時期的作品有江村小景，獲虎之夜，第五號病室，年夜飯等。

江村小景是與蘇州夜話一樣的非戰作品，也可說是內戰中一幕慘劇的寫真。龍潭江邊某農家婦有二子一女。長子出外從軍，多年不歸。次子隸國民革命軍籍。一日長子回家省母，母知其自敵軍中來恐其被捕，急出爲借便衣。其妹適購物歸，兄已不識爲妹，調之。妹呼救，弟歸見而大怒，拔手槍互擊，母得衣反家，則兄弟皆死矣。這劇本是作者在激烈的國內戰爭中聽得一個江村老媼的哀話有感而作，恐是一件實事。獲虎之夜係寫長沙東鄉某山中所發生的故事。獵戶魏福生之女蓮姑愛表兄黃大傻。黃家式微，福生將女改配陳氏。嫁前數夕，布置羅網擬獵一虎爲女增奩。不意擡回家者非虎而爲受槍傷之黃大傻。蓋黃聞女嫁有日，每晚至其屋後山上望其窗中燈光以慰相思，遂誤投羅中也。擡至陳家獲見蓮姑而死。此劇似亦係事實，不過經過作者匠心的鎔鑄妙腕的剪裁，便成了一件極動人的藝術品。婚姻不自由和階級不平等反抗呼聲，五四以來早已聽膩了。表現手腕略差便成了濫調。作者用這個新鮮型式表現出來，却覺得別有風味。

代表田漢思想的第三階段的作品有午飯之前(又名姊妹)，Piano 之鬼，顧正紅之死，一九三二的月光曲，姊姊，梅雨，戰友，一致，暴風雨中七個女性。

午飯之前大意有大二三姊妹三人，曾受相當教育，家貧，現均在工廠作工以養病母。某年年底，工人發起向廠方要求『過年費』二妹與其情人林某爲工人領袖，鬧得最激烈。大姊乃情場失意而皈依基督教者，勸妹不必，不聽，果被廠方開槍擊死。姊痛憤之餘，謂上帝不公平，思想亦遂轉變。按湖南軍閥趙恆惕爲彈壓華實紗廠年關增薪風潮曾慘殺工人領袖黃愛龐人銓，又當時反對宗教之潮流高唱入雲，少年中國雜誌曾出過三個專號，所以田漢寫了這個劇本紀念黃龐，並宣傳反基督教的思想。而且所謂普羅文學以鼓動階級爭鬬的情緒爲主，旣然如此則所謂『無抵抗主義』『精神生活』『逆來順受樂天安命的人生觀』必在排斥之列作者將大姊爲這類主義者的象徵而以二妹代表前進的階級。當二妹主張向工廠索薪時，大姊勸她道：『可是，妹妹，我們不是專靠吃飯生活的。我們應該有比吃飯更要緊的精神上的生活。那就是相信上帝的指導。我們任受什麼艱苦決不可懷一點怨憤的心思，因爲世間上的人就沒有一個人憐恤我們的痛苦，天上總有一個人會憐恤我們的。我們一想到我們死了以後，我們的天上的父會把我們引到他的面前，撫着我們身上的痛處，揩着我們眼睛裏的淚，我們還有什麼不能受的苦楚呢？』但她的二妹說『可惜，我就不相信這個救主。我們要拚命和這個不合理的社會制度鬬爭，我們不能被人家打了右邊臉，又讓左邊臉給人家去打。我們不能愛我們的敵人。拿我們家來說，我們那樣忠厚正直的爸爸給敵人打死了，我們苦節的母親，被敵人害得病了沒有藥吃，我們可愛的妹妹被敵人害得過年沒有一件好衣裳穿，我們還聽從耶蘇基督的教訓，服服貼貼地忍受嗎？』

顧正紅之死也係一件事實。作者借顧正紅之口宣布資本主義與帝國主義之罪惡，倒很有意思。他說：

兄弟們，我爲什麼變成這樣了？因爲我們的血汗都給東洋資本家吸去了，我們每天不管是做日班。是夜班，也不管是男工，女工，童工，幼年工，都得在機器傍整整地站十二個鐘頭。我打聽得清清楚楚，我們每天要替東洋資本家賺五六塊錢，東洋資本家給我們多少酬勞呢？頂多不到一塊錢，頂少的祗有念幾個銅板。我們三四家人家合住一間小屋子，吃的是喂猪喂狗的東西。每天下午六點鐘，或是早上六點鐘精疲力竭地從車間回到工房，吃了幾口飯，死人一樣的躺在又髒又臭的擱樓裏，第二天早上五點四十五分或是下午六點鐘，又回到車間裏去吃紗塵子，去賣命。——是這樣，我們的汗血，被東洋資本家的機器一天天吸去了。我們的血汗，一天天變成了雪白的大洋錢飛到東洋去了，飛到東洋資本家荷包裏去了。變成他媽的什麼牛鍋，變成他們的汽車，洋房了，變成他們的軍艦，大砲了，變成他們的大學校了，運動場了；不但自已更加肥胖了，他們的子弟也一年年更加聰明，更加高大起來了。

各劇之中，梅雨寫得最悲慘，最緊張，令人不忍卒讀。自序說此劇『成於一九三一年的梅雨期。那年連綿的梅雨，也就是後來那瀰漫十六省的大水災的開端。在這梅雨期中多少『小民』宛轉掙扎於生死綫上，當是報載租界界南陽橋有做小生意的潘某，因天雨短本，不能按日付印子錢而自殺。這段新聞就成了寫這劇的藍本』主角潘順民爲一五十餘歲之老實農民，因受農村破產之逼迫，到上海做工，不意被機器截斷手指不能工作，被廠方開除，只得作糖販餬口。又以梅雨連綿之故，生意做不成。有文阿毛者也是一個因公殘廢而失業的小夥子，與潘女阿巧有婚約，擬偕赴漢口而無錢不能動身，想借恐嚇信向舊同學某富兒弄幾個錢既以結婚並接濟老丈出窘境，事機不密，捉將官裏。潘老水盡山窮放印子錢之張開富日來逼迫遂以廚刀自刎而死。這劇主旨在反對高利貸者，作者將重利盤剝的張開富之奸惡刻嗇，寫得幾乎和莎翁名劇中歇洛克差不多。然而結果他說這是制度的罪惡，不是個人的罪惡。只要不合理的資本主義一天存在，這種窮兇極惡的吸血鬼，總是消滅不了的。這就是近代劇與十六七世紀劇不同之點了。

田漢劇本的藝術價值第一是描寫極有力量富於感染性。文學本具有改造人心革新社會的偉功，但戲劇還更進一層。因爲戲劇由舞台表演出來，能給人以具體的感覺；而且文學圖畫等等藝術僅能從視覺攻到人心裏去，音樂演講僅能從聽覺攻進人心裏去，戲劇卻能從視聽兩路同時進攻，其感化力自然不同了。又戲劇一時內可以集合觀衆數百人，所以又比較別種藝術易於民衆化與社會化。我們的同情心，創造的衝動，美感，正義感，戀愛的熱情，冒險的勇氣，英雄的崇拜獻身全人類的熱忱，還有其他的善德，都可以於不知不覺之間被戲劇引誘着向發展的路上走。因觀劇而受催眠完全忘記自我而與劇中人採取一致行動的故事，中外皆數見不鮮。明末顧彩髯樵傳，記髯樵觀演精忠傳，躍上臺毆秦檜幾斃。法國某地演莎翁名劇奧塞羅Othello，演至殺妻時，一兵士大呼曰『我在這裏，難道任尼格羅惡漢殺白種女郎嗎』？一面說，一面拔出手槍擊斷扮奧氏伶人手腕。又有打死舞臺上賣耶蘇之猶大者，事亦相類。法國女作家Modame Staël謂德國Sheciller羣盜一劇公演後，有數人欽佩盜魁舉動之豪俠，遂淪綠林。（見所著『在德意志』）中國佳人才子江湖義俠之思想受舞臺影響大約亦不少吧？田漢湖上的悲劇公演於廣州，戀愛不遂之青年男女感而自殺者竟有數起之多。其所有社會劇，也富於非常之煽動性。相傳朱子甚反對佛教，午夜聞鐘，大懼曰『便覺此心把捉不住』。主義與田漢不同之人讀其作品亦有此感。一般血氣正盛之青年更無論了。所以田漢之於戲劇界，與茅盾之於小說界，我以為有同等的地位。

第二情節安排之妥當與對話之緊湊。亞里斯多德說『情節是許多事件的安排』（The areanglment of the incidents）這裏，爲偷嬾起見，不妨借用馬産祥的解釋，馬氏曰『戲劇中故事都不是有首有尾的，散漫的，就這樣地依照了故事發生的程序來編爲戲劇，就與流水賬無異了。而且，觀衆看了這樣毫無曲折含蓄的戲劇，是否能有所感動，能感到興趣，也是個問題。在中國的舊劇中大都平鋪直敍地說明了故事，便算盡了作劇的任務的，因此，中國的舊劇中往往有可以一本一本地演下去，直到數十本而還未演完的劇本，所謂情節，在他們看來，就是故事的本身，這是舊劇的作家不知道戲劇的技巧的緣故。我們續歐美的戲劇，便覺不同，一件綿長，散漫，複雜，曲折的故事到他們手中便能編成一段連續，經濟而又集中的情節，這便是他們的技巧了。爲了求舞臺的效果起見，劇作家是非重視情節不可的，一段故事交給十位劇作家，他們會編出十本同一的故事而不同樣的結構的劇本來，然而其中祇有一本，是在舞臺上獲得效果的，便是把情節配置得最適宜的一本。』郭沫若王獨清等人之劇根本談不上情節，田漢不但注重情節而且安排得也恰到好處。大情節不說，卽瑣碎穿插，也一定要費一番苦心。像梅雨中潘順民以廚刀自刎，如前文並不提到刀臨時摸得也未嘗不可。但田漢則必在事前安置久雨屋漏，潘老以廚刀削木片塞漏孔。這麽的一筆。則自刎時，觀衆對於刀之出現，不致感覺驚奇了。哈米頓說一劇最有力的場面必需要具體的附屬物，演劇者必設法使觀衆預先知道這附屬物之存在，則至劇的climar，觀衆才會以全力注意人物，而不致爲附屬物分心了。如易卜生Hedda Gahler有手槍一幕，而手槍在本劇中已於無意中屢屢提及。又如Hedda將丈夫Eiler畢生心血之著作投之於火前，火爐也早裝於舞台之側了。還恐觀者不注意，又使Hedda屢次去爐中添煤。

戲劇最重對話而對話更重緊湊，因爲人物性格的表白，人物思想，情感之達於觀衆，補敍舞臺所不表演之故事，劇情之逐漸的發展，都靠對話決定它。所以必須針鋒相對，輕重適宜，明晰瀏亮，千錘百鍊，必須一句句打入觀衆耳鼓，攻進觀衆心坎。法國Flaubert有『一字說』(Single word theory)謂表現一種存在，祇有唯一的名詞，表現一種動作祇有唯一的動詞，表現一種性質，祇有唯一的形容詞，要完全地表現出事物的性質和動作，非忠實地尋求這種唯一的品詞不可。我說戲劇對話也必須從幾十幾百句言語中精選那最合適的一句來。若如沈從文小說人物談話之散漫鬆懈，所答非所問，牛頭不對馬嘴；或如現代中國象徵派之詩，東一句，西一句飄忽曚矓，令人莫名其妙，均所大忌。田漢戲劇的對話，句句緊湊，已經可說是無懈可擊；而且有時詼諧，有時嚴肅，有時激昂，有時沈痛，有時詩才橫溢，筆底生花；有時妙緒如環，辯才無碍，可謂極對話之能事。不過宣傳共產思想之各種對話，有時頗嫌冗長，帶着說教的意味，則算他的毛病。

第三，善於利用演員之特長與塲面之變化莫測。田漢戲劇形式最新奇者當推『名優之死』前文已介紹過了。此劇扮演主角劉振聲的人非兼擅新劇之表情與舊劇之唱功不可。田漢自言此劇係爲他友人顧夢鶴而作『這是一個英俊抑鬱的人，因他的境遇和才能，才供給我寫這劇本最直接的動機』據說西洋劇作家一篇由誰上演就由誰之性格上取材。法國洛士當(E.Rostand)寫西哈話(Cyrano de Bergeroc)是爲了當時多才多藝文武兼全之名伶柯古林(coquelin)。又莎翁之哈孟雷特，論其個性似爲瘦削堅實之人，然在劇中最後一塲王谷說『他肥胖，呼吸困難』(He'S fat, and scant of breath)此語曾引起莎學諸公許多疑難，然我們假如知道演哈孟雷特之名伶 R. Burbage 當一六〇二年身體正在發胖，便可知道其緣故了。

戲劇有種種加重勢力法，而『懸望法』(Suspense) 最佳。英國作家柯林 W. Collin 嘗說一篇小說要吸引讀者注意須有三種能力：就是『使他們笑，使他們哭，使他們等』（Make them lavgh, make them Weep, and make them Wait 哈米頓說這流也可以用之于戲劇。不過對於劇場觀衆，如果你沒有暗示，使他們知道朦朧地等的是什麽，你就令他們等，也是無益。劇作家之對於觀衆，就和我們拿一個線球，吊在小貓眼前，等他跳起來抓時，又把球拿開了。一劇有一劇的『主要場面』(A' Scenes à faire) 看了一劇的前面情節，知道這個場面遲早要出現，假如懸望的成分，安置合宜，卽能使觀衆在這一場面未來之先老早就盼望著，那就達到加重法的效果了。但田漢之獵虎之夜顫慄等觀衆所懸望之『主要場面』完全不是預期之『主要場面。』如魏福生布置圈套獵虎前，初則告妻黃氏必獲虎之理由，繼則設爲他的朋友李東陽何維貴特於城中趕來看虎；又使他自己談論了許多獵虎的經驗與獵虎的故事，這樣，就把觀衆全副精神都攝引到『虎』之一字的焦點上去了。大家都拉長頸子，預備看那最後一幕『虎』的出現了。誰知最後一場，衆獵戶七手八脚抬進來不是『虎』而是『人』。大大給人一個驚奇，可謂更進一層的寫法。又如顫慄逆子殺母被兄發現血刀出門喚巡警時，帳中忽聞吟呻之聲，則母竟未死，刀上所沾之血乃是狗血，使觀衆亦有意外之感，其法亦同。

第四章　袁昌英的孔雀東南飛及其他

袁昌英是現代女作家中唯一研究戲劇的人，——白薇不過能寫寫而已並無研究——她的創作雖僅有孔雀東南飛及其他六篇話劇並未收入單行本之零星劇本數篇，却篇篇都具有相當的精彩。可說是現代貧薄的劇壇最寶貴的收穫。

孔雀東南飛本是一篇宏麗哀豔的故事詩，其中包含家庭問題，（例如姑媳同居）婚姻問題（例如蘭芝被父兄逼迫改嫁）社會問題（例如太守可以勢利歆動蘭芝之父兄）婦女問題（例如蘭芝經濟不能獨立）爲問題劇之絕好材料。北京女高師在民十間卽將它改爲新式話劇頗得社會好評。熊佛西戲在其佛西戲劇中也有蘭芝與仲卿之獨幕劇，已離開問題劇之窠臼而側重心理研究，可惜結構過於簡單，描寫過於草率，沒有什麼藝術價值可言。袁氏孔雀東南飛也注重心理的分析，却成功多了。她將焦母驅逐蘭芝的動機，解爲對媳婦的『吃醋』這裏有她自序爲證：

『那夜夢中驚覺不由的想到這詩上面去，不由的自問焦母遣退蘭芝到底是什麼理由。自然在中國的做婆的自古就有絕對的威權處置兒媳的，焦母之驅逐蘭芝，不過是執行這威權罷了。然而這個答覆不能滿足我。我覺人與人的關係總有一種心理作用的背景。焦母之嫌蘭芝，自然有種心理作用。由我個人的閱歷及日常見聞所及，我猜度一班婆媳之不睦，多半是『吃醋』二字的作祟。我的意思並不是說母親與兒子有什麼曖昧的行爲纔對媳婦吃醋的，委實是說，母親辛辛苦苦親親愛愛一手把個兒子撫養成人，一旦被一個毫不相干的別個女子佔去，心裏總有點忿忿不平。年紀大了，或是性情恬淡的人，把這種痛苦自然默然吞下去了。假使遇着年紀還輕，性情劇烈，而不幸又是寡婦的，這仲卿與蘭芝的悲劇就不免發生了。』

按奧大利心理學家洛佛依德有『阿底斯錯綜』(Oedipus Complex)的學說。這名字係由希臘悲劇作家 Sophokles 那個弑父妻母的『阿底普斯王』(Edipus The King)劇本而來。據佛氏說照普通說法都以爲人類的性慾一定要到春情發動期才能顯現，其實不然嬰兒含着母親的乳房，女孩纏住異性的父親，已經有了性慾作用從中驅使了。佛經裏的『新婆沙論，』『依婆沙論』『世尊經』『正法會經』也有和佛氏相類似的學說，而且說得更加澈底。可見母與子父與女情感上互相吸引出於人類先天根性，無可如何，不但現代西方學者如是云云，古代東方聖人也早有見及此。中國婆媳同居是一個最不人道的制度，莊子說『室無空虛則婦姑勃谿，』屋子小了，沒有迴旋的餘地，婆同媳面對面，就不免吵嘴，這雖然是一句笑話，其實也是真情，兩個天性上有抵觸的人勉强住在一處，有幾個能相安到底？蘭芝與仲卿，陸放翁與唐氏，算是比較顯着的犧牲者，其他無名悲劇何止萬萬千千，如其一齊表現出來，一部中國家庭史所積的血淚，恐怕比江河還深呢。婆媳同居的結果那個媳婦的固然痛苦，做婆婆的又何常不痛苦，作者能看出焦母隱痛，用極深刻極細膩的筆法分析她的心理，把她寫成一個悲劇的主人公，使我們的同情都集中於她身上，這就是作者獨到之點。

復次，袁昌英女士這個孔雀東南飛劇本，可以說完全根據悲劇原則寫成的。據法國文藝批評家 Ferdinand Brunetiére 說悲劇成立的原素在於『爭鬬』（Conflier）美國哈彌頓 Clayton Hamilton 的戲劇論也說悲劇的成功是由於一種不可抵抗的力量加於人物意志互相衝突而來的。它的變遷的程序有三：第一是人與宇宙的力或運命相爭鬬，希臘悲劇屬之，第二是人與人性格間的爭鬬莎士比亞劇本屬之第三是人與社會的爭鬬，曩俄開端至易卜生而完成。袁氏的孔雀東南飛劇本可說第二種悲劇但也可以說是第一種。袁氏自序也說『這三種爭鬬之中最動人而最悲慘的是人與宇宙及命運之鬥爭因爲以上二種的悲意都包涵在內。這種爭鬥之所以悲慘的緣故是劇裏的人物竭盡生命之力，來與對方爭鬥，而到最後仍不免於一敗塗地。這才是所謂『無可奈何天！』的淒慘。若是劇中露出有別種辦法的破綻，或是人物的描寫不暗示這種不可免的悲苦收場時，那就失了悲劇的效力與根本意義。』焦母之不容蘭芝，固可以說是她性格上的缺陷，但假如她早年不死丈夫，愛情有所寄託，則不至於吃媳婦的醋。又假如蘭芝相貌不美麗，性情不賢淑，才藝不優長，不能得仲卿的愛戀，也不至於有情死的結果。母親對於兒子的愛是這麼堅强，這麼不能讓步；兒子對於妻子的愛又是這麼堅强，這麼不能讓步，兩者衝突起來如何不發生悲劇？命運像一座銅牆鐵壁，把一羣怨女癡男陷在中間，無論他們怎麼左衝右突，總是殺不出來，結果是焦頭爛額，同歸於盡，這也真是『無可奈何天！』的悽慘了。

除了孔雀東南飛以外尚有活詩人，表示作者對於詩人人格之見解。中國古人於文學士品行之修養最爲注意。顏之推家訓云『夫學者猶種樹也，春玩其華，秋登其實，講論文章，春華也，修身利行，秋實也。』西洋亦有『美的人格』(A Ethetic Personality) 之說。日本本間久雄曰『就事實看來，偉大的作品，優秀的作品，深刻的作品，其作者總常是偉大，優秀，深刻的。其反面也是如此，決沒有偉大，優秀，深刻的作品而作者却是委瑣，卑俗，淺薄的』新文壇承五四思想解放反面之流弊，無行文人如某某等居然搖筆弄墨日以頹唐淫惡之篇章，蠱惑無數純潔青年，趨於墮落之途徑，無人敢一聲其罪，可謂不平已極。袁氏之作活詩人實是對當時潮流下一針砭。究竟誰是掃帚星，人之道則屬於現代婚姻問題的討論。中國從前男女的結合完全由於父母之命，媒妁之言，所以真正的美滿婚姻很不多。尤其男女教育不平等，丈夫學富五車，妻子一丁不識，閨房以內情趣毫無。以前大家都是如此還不感如何的痛苦。今日歐美自由戀愛的新思潮灌輸進來，有智識的人對於婚姻發生一種自覺心理，而有婚姻革命的要求，這原是極合理，極可贊許的。不過過渡時代一切制度常呈混亂的狀況，有一部人感受痛苦（覺悟份子之痛苦）便有一部份趁混亂而佔便宜；有一部份人自甘犧牲便有一部份犧牲他人而圖自己的利益。從前離婚，無論男女均須受相當的社會的裁制，現在則可以絕對自由。於是婚姻本不痛苦，只爲見異思遷喜新厭故的心理作用而離婚者有之；不能忍耐小小挫磨，不肯犧牲細微意見，而離婚者有之；本由戀愛結合，現在爲了別的卑劣動機而離婚者有之，要知天下男女美貌之上還有美貌的，溫柔之上還有溫柔的，富貴以上還有富貴的，如其任感情之衝動，視婚姻爲兒戲，則色衰見棄，金盡而離，夫婦之道苦矣。作者於戲曲中給予這以强調的諷刺，於世道人心不能說毫無裨益。

第五章　丁西林和另外幾個劇作家

我總覺得丁西林，余上沅，徐志摩幾個劇作家作風有點相近，應當放在一章裏討論。他們劇本的人物都是現代中國少有的，故事都是理想的結構都是精巧的，對話都是漂亮的，雖然你不能說他們作品缺少戲劇上的價值，但你却總不免對他們作品發生『這是現代中國社會所能發生的事實嗎？』的感想。

丁西林一隻馬蜂（現改名西林獨幕劇）共收六篇話劇：一隻馬蜂，親愛的丈夫，酒後，北京的空氣，瞎了一隻眼，壓迫。現在沒有聽見他再寫什麼了。這一道美麗的光輝，一閃就不見，你覺得可惜，同時你却覺得它更可貴了。是不是？

陳西瀅在他新文學運動以來十部著作裏把丁西林作品也位置了一席。他批評道：「戲劇方面的成績就不高明了。一般的劇本，恐怕還比不上文明戲，因爲文明戲裏人物雖然同樣荒唐，言語同樣的無味，可是它們的成績，至少比較興奮些。西林先生的一隻馬蜂等幾種單幕劇是一個極大的例外。這些獨幕劇的結構非常的經濟，裏面幾乎沒有一句話是廢話，一個字是廢字，它們的對白也非常流利和俏皮。這許多是誰都承認的。可是，許多人就只承認這許多。他們不知道劇中人專說俏皮話，是因爲他們不能說別樣的話。他們不是些木偶，作者借他們的嘴來說些漂亮話。他們都有生命，都有思想，只是他們的思想與平常的中國人不一樣。他們是一種理想界中的人，可是他們在理想世界，比我們這實現的世界中還生動，還靈活些。也許他們是幾百幾千年後進化的中國人。他們的理智比我們强，他們的情感也多了幾百幾千理智的薰陶，成了一種——要是有這樣的一個名字——理智的情感。西林先生的長處在這裏，短處也在這裏」

向培良在他中國戲劇概評裏把丁西林罵得一文不值。說他是個『趣味的創造者。』說他的創作慣用漂亮的字句，同漂亮的情節引起讀者的淺薄的趣味』甚至於說他的創作僅能夠供人茶餘酒後消遣此外則一無用處。這話未免太苛刻了。功利臭味太重了。所以韓侍桁大替他辯獲了一陣。他說丁劇第一特色就是他性格的產物。『他似乎不大以文藝的理論煩擾他自己他更不像在不章中有宣傳什麽思想的，更崇高的目的。而且他是賦有一種極獨特的文章風格，然而他又不像曾經對着把持一種獨特的文章風格而努力。他的對話是漂亮的，愉快的，新鮮的，幽寞的，但不是由於修鍊而漸漸形成的，那祇是他的性格的自然的產物；由他劇中人物，我們可以看出他的性格是具有他文體上的一切特色』第二特色他在作品中從不表現什麽沈重的思想。『因爲他根本不是一個板面孔的生活者，但不因此就可以稱爲淺薄，他有他的生活哲學，假使這種哲學是使我們憎惡的話，那祇是因爲我們太過分在生活裏板慣面孔了。我們沒有什麽充分的理由來責備他。他是像一個純真的孩子似的那樣生活着，狂想着，旣愉快而又活潑，沒有一條灰暗的陰影，曾掠過他的心。』第三特色是富有幽默和智機。韓氏又說『這位作家的思想確實是幼稚的，但他從不想在作品裏表現一種思想，他的這種缺欠是以一種精鍊的藝術的手法彌補着，而且彌補得很好。讀者展開了他的劇本，便看見了那極富於幽寞的人物與極富於幽寞的對話，人物的性格的可愛，成了劇中主要的原素，劇情的發展都成了為完成某一種機智的附屬的東西，更不用說思想了。讀者在那樣愉快的作品裏是不敢要求思想的表現的』

作者所有的好處，陳氏和韓氏總算都批評到了。他的親愛的丈夫一劇，一個唱旦角的黃鳳卿愛上一個能表同情於舊劇男女合演問題的詩人，假扮一個女人和他結婚。兩個月之後，事情才洩漏了。在現在中國社會裏一個知識階級份子遇着一個素昧平生的女人就冒冒失失娶他，娶過來後同居兩月，不知她是男是女，實覺遠於情理。所以作者借詩人朋友原先生的口解釋道：『啊，你們老爺是一個詩人。你知道不知道怎樣叫做詩人？啊，你不知道。一個詩人，是人家看不見的東西，他着得見；人家看得見的東西，他看不見；人家想不到的東西，他想得到；人家想得到的東西，他想不到；人家做得出的事，他做不出，人家做不出的事，他做得出。』黃鳳卿解釋他為什麼要假扮女人嫁給詩人的理由也沒有用直筆，只在這樣兩段談話裏露出一點意思。

太太　坐下來，讓我講給你聽。（三人同坐下）有一次，北京的「文人才子」在中央公園，開了一個辯論大會，討論一個重大的問題，就是：『中國的舊戲，有無男女合演的必要。』那時間，替成的也有，反對的也有。正當辯論緊急的時候，忽然有一個人站了起來，頭上的頭髮，約有五寸來長，脚上的皮鞋，至少有一隻是破的，身上的大衣，最多也就剩了一個扣子………

原　靜庵，那恰恰是你。

太太　他說：『我不承認中國的舊戲，有男女合演的必要。反對的人，無非是說，男人表演男性，女人表演女性，總要比男人表演女性，女人表演男性，格外的合情合理。這種見解是非常的高明。可惜的是他們的話，缺少一點根據。他們先就承認中國舊戲裏面，有男性女性之分；但是中國的舊戲裏面，就沒有甚麼男性，甚麼女性。中國舊戲裏面祇有兩種怪物，——是的兩種怪物，一種是張了口大喉嚨嚷的，一種是逼着口尖喉嚨叫的；一種是把頭髮捲在腦袋後面，一種是把他掛在鼻子底下；一種走的是中國的『八』字，一種走的是亞拉伯的『8』字。事實既然如此，我不知道男女合演的必要在那裏』？他說完道幾句話，贊成的，反對的，鼓掌喝采，全場一致，因此現在一班走亞拉伯『8』字的人，都保全他們的飯椀。（少頃）那時會場一個基角兒裏，坐着一個美麗無比的婦人，頭上帶了一頂帽子，身上穿的一件旗袍，就連她也不得不佩服他的聰明。原靜庵，那就是她。

這種言語的確像韓氏所說是漂亮的愉快的，新鮮的，幽默的。的確不由修鍊而漸漸形成，卻是作家愉快活潑性格的產物。此外如瞎了一隻眼等五篇劇風格都相彷彿。不具引。

余上沅是美國碧池堡卡內基大學戲劇出身，對於西洋戲劇，很有研究，翻譯西洋名劇也甚多，爲可欽佩的克來敦，丟了的禮冒等。自著則有戲劇論集，國劇運動；創作則有上沅劇本甲集；其中收有囘家，塑像，兵變三篇。

囘家係他在北大講『編劇術』有一個學生擬用『少小離家老大囘，鄉音無改鬢毛衰』的詩意，寫一個在外飄泊多年囘家星移物換的兵士心理狀態。余氏說這樣子未免太缺乏戲劇性了。於是照那位學生的意思另外加上許多情節而成了一篇獨幕劇。大意農民李占奎以生活困難，出外從軍十餘年某日送一殘廢同伴返鄉順便囘家，望望，見一小孩面貌頗肖己，以爲是自己的兒子。後來父親和他妻子李王氏都囘家了。才知道父親因爲他久無音訊，疑已化爲異物，早同媳成了雙。所見孩子不是自己兒子倒是自己弟弟。李占奎悲憤交集，但亦無可如何，只好拋了家鄉上那永久飄泊的道路了。

塑像是一篇五幕劇，很長，據作者自序，民國十七年在上海，事務太忙，妻丁嫵多病，兒子汝南出世，弄得焦頭爛額，十分煩悶。妻常對他說『我跑到海角天涯去，讓你好專心致志做你天天想要做的事業』他說『好，這個題目好，』就在這煩亂環境中把它寫成一個劇本。

弄潮別墅主人歐樂平於數年前在西湖拯一投水自殺之女子名吳季青者認爲乾女兒，時相酬唱，引起其妻之妒忌。季青知不見客願在歐家白雲庵出家爲尼，但她曾發一願有人爲塑觀音像一尊始落髮。歐延畫家卜秋帆來爲塑像。秋帆有妻素華十一年前因欲丈夫藝術成名要求他由山林而入社會。後來還是不成功，她便棄夫與子前去投水，說是犧牲自己讓出一條藝術大路來給丈夫走。不意秋帆從此瘋瘋癲癲作畫成輒痛哭撕去，塑像成，亦卽碎之。今以老友歐樂平之要求，勉强在白雲庵之觀音堂爲塑一大士像。以其子肖帆爲摩特兒，因爲肖帆貌類其母，塑像亦所以紀念亡妻也。像成，季青來觀，因與肖帆爭搶一張舊相片，秋帆才發見現在的吳季青便是從前的妻子素華。兩人相抱痛哭。這位藝術家又將自己所塑觀音像打碎，要求季青同返其家。季青本欲招弄潮山男女老幼來看秋帆所塑觀音像好表揚他的藝術，及見像碎，惋惜之甚，自裝觀音坐入龕中，被歐太太揭破。白雲庵主持了智也恐怕季青出家搶奪她的位置。先是海畔風筒作聲唔唔，鄉人不知以爲鬼怪，季青本有心痛病每呻聲與風筒相似，今被衆牽捽出龕，病發，呻聲復作。了智卽指爲妖，歐太太又以言語激動衆人，衆遂舉而投之於海。季青臨死時說道：

秋帆，呵，秋帆，現在我明白了，我明白了，藝術不是要大衆都賞鑒的！要大衆都來鑒賞你的藝術，就是虛榮！我從前爲的要你的藝術能夠成功，——在社會上成功，我白犧牲了！現在我又爲了替你爭虛榮，爲了要這班沒有眼睛的人來崇拜你，崇拜你的作品，我又白犧牲了！……秋帆，來世再會罷，今兒我眞的讓出走了藝術的大路了！秋帆，走走，走，走上去！可是肖帆，啊……啊唷！肖帆！

這個劇本寫得很曲折而又很細緻，但也有許多不自然之點：第一，卜秋帆與素華原是相愛的夫婦，相別僅十一年，何至於就覿面不相識？甚至於聚談數次也還沒有覺悟？第二，外國戰爭小說和軍事小說偵探有假充大理石像耶穌聖像以便刺探軍機者，（但這也是不大可能的事）中國則尙無所聞。季靑坐神龕而充觀音像的動機，來得似乎太突兀。第三，外國古代深惡巫女，可以放火將她活活燒殺。中國羣衆打妖道，打捉魂人，以及義和團之殺大毛子二毛子，也差不多一樣。不過他們的所打所殺的對象還是一個人，如其眞認爲一個妖精，恐怕反不敢輕易動手了。白雲山鄉民如其眞信季靑是個女妖怪，則擲之於海又有什麼用處？如其不信，則人命關天，雖說他們是一羣受著羣衆心理所支配的鄉下人也未必如此輕率。

卞昆岡徐志摩與陸小曼合著。故事的大綱是小曼的，對話之國語化，也是小曼的功勞，至於全劇的結構當然出之志摩之手了。石工卞昆岡有一個兒子阿明，眼睛極像他亡故的母親，卞悼亡妻，誓不再娶，對阿明愛護周至。他的癡情在他老母口中表示得極明白『誰家的爸爸，也沒有他爸爸那麼疼兒子，也是他一雙眼睛，簡直跟他媽的沒有兩樣，長長的眉毛，黑黑的眼珠子，他父親（低聲）就迷這對眼睛！你瞧昆岡一回，汗也不擦，灰也不撣，先得抱住了他直瞅著那雙眼睛，就像他眼睛裏另外有個花花世界似的』昆岡自己也對兒子說『你知道那個，孩子！（親親）多美的一雙眼睛（神思迷惘）我的兩顆珍珠，兩顆星。青娥，你是沒有死，我不能沒有你。佛爺是慈悲的。這是佛爺的舍利子！』

卞母以鰥久，强爲娶新寡婦人李七妹。七妹入門後，見其夫終日如瘋如狂憶念前婦，而且常凝視阿明之眼停睇不瞬，妒甚。且她又曾與老尤有染，懼攪擾，破壞他們的好事，便與老尤商量用藥將阿明的眼睛弄瞎了。其父百計療之不愈，失望之極。後尤李又幽會，阿明摸索得杖伺於門狙擊之，不中。老尤憤甚，搤阿明斃命，恐昆岡來尋仇與李同奔。昆岡歸見算命瞎子撫其子屍，知尤李所爲，悲極發狂，立自殺。其友老嚴取利刀狂奔出門追奸夫淫婦去，爲昆岡父子報仇，劇終。

這劇據余上沅的批評，謂富於意大利戲劇氣分。『從近代意大利戲劇裏我們看得見詩同戲劇的密切關係，我們看得出他們能夠領略人生的奧祕，並且能火燄般把它宣達出來。……在有意無意之間，作者怕免不了「死城」和「海市蜃樓」一類的影響罷。……其實志摩根本上是個詩人，這也是在「卞昆岡」裏處處流露出來的。我們且看它字句的工整，看它音節的自然，看它想像的豐富，看它人物的選擇，……』

本來以詩人寫劇本，那怪詩趣的洋溢，不過有時候將詩放在粗人口裏說就不自然了。譬如阿明被搤殺後瞎子老周抱屍說道：『阿明，阿明，你有話趁早對我說吧。麻雀兒噪得厲害，太陽都該上來了。昨晚刮了一宵的大風，一路上全是香味：殺人的香味，好淫的香味，種種罪惡的香味。可憐的小羔羊，可憐的小羔羊！醒罷，阿明。』阿明徵甦，瞎子取三絃彈了一個極富於文學意味的歌：

我是天空裏的一片雲，
偶爾投影在你的波心——
你不必訝異，
更無須歡喜——
在轉瞬間消滅了蹤影
你我相逢在黑暗的海上，
你有你的，我有我的，方向；
你記得也好，

最好你忘掉，

在這交會時互放的光亮！

曲終，阿明面現笑容，漸瞑目而死。此時昆岡適歸。瞎子復說「我聞着罪惡的香味，我聽見小羊的叫聲。走的走了，去的去了，來的又來了。」

第六章　洪深的戲曲

洪深所作劇本僅有趙閻王，五奎橋，香稻米三種。雖然他在美國留學時曾用英文寫過「有爲之寶」(The Wedded Husband)和「虹」(Rainbow)但中文則僅有此三種。（還有清華讀書時代寫的貧民慘劇收在現在洪深戲劇集裏可不能算數）如其多產作家也有個反面，我們就喊他爲「少產作家」吧。

趙閻王這一劇曾經馬彥祥譽爲「沒有趙閻王中國便沒有新式話劇」然而這劇其實是由美國阿尼爾(Eugenè O'neill)的瓊斯皇帝(Emperor yohns)抄襲而來，早有人加以揭發了。阿尼爾的瓊斯皇帝本是一個生長美國做過火車侍役，殺過人，越過獄的黑人，因他狡詐過人居然在西印度羣島黑種中間做了皇帝。利用他的權力苛斂了百姓許多錢財，打算穿過一座大樹林逃回歐洲享福。他部下百姓聽他平日誇口說他有魔法護體，只有銀子彈打得死他。他們造了銀子彈追趕前來，並敲擊他們宗教中的大鼓，來抵制他的法術。瓊斯聽了這種鼓聲，便像受了催眠，在樹林中盤旋一晚，見了許多幻象，空放了許多槍，最後他是被他部下打死了。洪深的趙閻王是一個四十來歲的軍人，在某營長手下當護兵，同營老李引誘他同刼餉銀，他不肯，兩人打起來。營長從博塲回來了，扣起了老李，檢點牀下銀票。趙閻王起先本不信營長真領到餉，現在見了這許多花花的票子；又因挨了營長幾個耳光，心裏有氣，偷了銀餉，穿大松樹林逃走。在林中聽見追兵的鼓聲，神經錯亂，舊日自己所殺害的冤鬼，和迫害他的人，一一見形，使他將攜來手槍五顆子彈，全向虛空放完。天亮時追兵趕到，他的結果自然是不問可知了。

趙閻王不但結構大概完全像瓊斯皇帝連細微節目也不肯放鬆。阿劇有白人施密塞開塲勸瓊斯皇帝逃走，後來又做追兵的嚮導，洪劉則有舉動相同的老李；阿劇瓊斯皇帝自己安慰走痛了的雙足，洪劇趙閻王也有這樣幾句話；阿劇瓊斯皇帝劃火柴燃枯枝照亮林中標識，洪劇趙閻王也點火覓路。其餘許多舉動，口吻，相肖處，更不能縷述。但足阿劇宗旨在表示民族習慣遺傳勢力之偉大；之不可抵抗。瓊斯雖然在白種人中長大受過文明教育，信仰過基督教，但一聽到他種族中巫術的鼓聲，他潛伏在靈魂深處的野蠻天性便都一一發現，甚至他沒有經驗過的祖宗的生活習慣也會在他血管理發酵。——例如黑奴的拍賣，人祭的儀式——所以這淒厲的富於催眠性的鼓聲在這劇中間居於主要的地位，所有劇情都由這鼓聲生發出來的。至於趙閻王他與鼓聲有什麼關係呢？他為什麼聽了鼓聲也會神經錯亂呢？而且軍隊追趕逃兵不悄悄地走，反而故意敲鼓鳴笛使他便於聞聲躲藏，也決無此理。抄襲西洋名劇原也不算什麼罪大惡極的事，不過抄襲得這樣愚笨，便令人不能容恕了。

趙閻王如說尚有可取之點，那就北方粗人口氣之揣摩逼肖了。洪深在五奎橋自序中說在清華讀書時和學校四周的貧民都做了朋友；尤其是那些在校門口做小買賣的，拉洋車的，趕大車的，跟驢子的。他常時和他們在一起廝混着，玩耍着；漸漸地和他們無話不談；他曾經到過他們的家裏；跟着他們一同出門而挨過餓，又吃他們所吃的飯，——兩個銅子的燒餅一個銅子的鹹菜，便好像是吃了一頓盛餐了！如此他曉得了許多他們平常所不肯說而一般同學所不屑過問的悽慘情形。他有這樣生活經驗寫下等階級當然會比較寫得真切。他寫趙閻王的啓示，也是由兵士口中得來的。『記得六年以前的春天，在第一次奉直戰爭後，我特爲上北方去，想收拾一點戲劇的材料。在火車裏聽得兵士談說，吳佩孚戰勝的軍隊，將長辛店陣綫上，受有微傷而不碍性命的奉軍，多數活埋了。因爲奉軍身邊，都有幾十塊錢，吳軍很窮，不活埋，不能奪取奉軍的錢。我當時聽了，情感上起了極大的衝動，好幾天不能自然。後來慢慢的聯想到北方軍閥和兵士一切的罪惡。慢慢的對於受虐害的民衆發生無量的同情。慢慢的對於作惡的兵士，也會發生同情了。但我祇是一個從事戲劇的人，別無能力，所以祇得費了幾個月的工夫，在那年冬間，完成了「趙閻王」這部劇本。』馬彥祥批評這個劇本道：『趙閻王是一個悲劇，所寫的是中國軍閥時代的兵士的被壓迫的生活，趙閻王就是一個兵士的代表。然而趙閻王所要寫的實不僅是一個兵士趙閻王，而是全人類，所要寫的壓迫，實不僅是一個軍營，而是整個的社會。趙閻王原不是一個壞人，甚至他的向善的心比作惡的心還要强得多，然而他終於因爲環境的壓迫，使他不能不作惡，不能不墮落；使我們立刻覺得社會環境的支配力的强大，和人類掙扎能力之薄弱，由趙閻王一人而對全人類感到悲憫。』這劇的第三幕趙閻王在幻覺中看見他從前活埋的寃鬼索命，寫得十分悽慘：

趙大（面色驚慌）二哥！……我……你怪我麼！（氣餒）我倒是下手來者，（賴）可是將軍的命令，叫把受傷太重，差不多不中用的，都扔在坑裏！（別轉頭去似乎愧悔）你說的話，我全都記得阿！（追想前情，緩說）當是你瞧着三十五個人。同下一坑，別說棺材，連蘆蓆片兒都沒有！你掛着眼淚，跟我磕頭求告：說是你身上三處中槍，血流得太多，不知還能治得好治不好；多怕是活的份兒少，死的份兒多哪，可是嘴裏這口氣不斷，心裏總存着一點指望，也許可以治好，保留得這條老命；要我把你擱開一邊，且不埋在坑裏，只瞧你自己的運氣，倘若不免一死，那怕露尸沙場，雨打風吹，狗拖狼咬，决不怨我，萬一遇救不死，挨囘老家，一家子一輩子都念姓趙的活命之恩；偺們跟着一個主子當差，在一個營裏吃糧，要我念着往常的交情，高擡貴手，也不枉爲朋友一場。二哥！姓趙的聽了你的話，心裏好不慘傷，實在不忍哪！……（着急）你說我已經答應救你，爲的是瞧見了你身上帶着八十多塊鈔票，才起了歹心，把你活埋，簡直是圖財害命呀！這是那兒的話！

五奎橋和香稻米是一種連續劇。五奎橋劇情大略是這樣：江南某鄉周鄉紳家裏有一座橋名爲五奎，關係風水，甚爲重視。某年大旱，鄉民車水不夠，租洋龍灌水，不意洋龍太大，搖不進橋洞。鄉民與周鄉紳商量，想將五奎橋暫時折去，秋收以後照樣賠還他一項。但周鄉紳怕壞了他家風水，執意不肯。初則派長工守衛，繼則與地方法院承發吏五老爺下鄉。先用軟功，繼用威嚇，鄉民居然入了他的圈套，服服貼貼不再動手了。不過他們中間有一個青年農李金生獨不受周鄉紳的騙，鼓動其餘青年農民居然將周鄉紳五老爺趕跑；將五奎橋完全折去。香稻米的故事也發生於五奎橋那個鄉裏，人物大略相同，不過前者以橋以主，這却以黃二官一家爲主罷了。第一幕『大豐年』，第二幕『穀價賤』，第三幕『不得了』。黃二官是一個自耕農。某年豐收了二百擔穀子，預算可賣千元。除了完租償債之外，所餘之款，足敷一家十口度一年安樂歲月。誰知穀價忽然從預算三元九角一担的跌到一元九角一担，債主又利用傷兵到他家搶刼，連黃太公親自舂的打算給重孫媳婦月子裏吃的五斗香稻米也被搶去。一家生計竟全告斷絕。

香稻米寫農村破產之原因和現代農民的痛苦，極爲深刻，在新文壇千篇一律的農村描寫中，可算很優秀的作品，與茅盾春蠶實有異曲同工之妙。農村破產最重大原因第一是洋貨問題。中國人愛用洋貨，老輩詆爲人心不古，新派則解釋。爲帝國主義經濟侵略的理由。如謝先生與黃二官以及謝大保的談話，可以看出。大保說『經濟侵略的方法多得很，其中之一就是和你通商。他們把外國工廠裏大規模地用機器做成的東西，運到中國來想盡法子銷給你，有的是東西比你的又便當，又好，又美觀，而價錢高得有限；有的是東西好了而價錢還比你便宜，慢慢地把中國的土產土做的東西都擠得沒有了。而且，還有時候，明明是貴重的成本很高的東西，因爲他國裏有多餘過剩，他們便拿極賤的價錢，傾銷給你。還有時候，索性將機器搬到中國來，用了你的原料制成商品賣給你。總而言之，他們要搶掉中國人的生意，更要弄得你們底吃的用的穿的無一樣不靠外國貨。結果是外國的商人老板都發了財，中國人祇配一年到頭做牛做馬聚起幾個錢，送給洋大人化用享福就是了！』又如肥田粉和洋米進口也是中國農村的一個致命傷。第二是軍閥內戰的問題。如江浙之戰，地方大受蹂躪。黃二官家裏屋子給潰兵燒去，借了紳士姜老爺數百塊錢，新蓋了一座。拖延七年，本利增漲到七百元，後來竟因這債務破了產。又內戰之後，各鄉設立傷兵醫院，那些傷兵終日在外邊尋鬧，打架，詐作，恐駭人，調戲人家閨女。他們不怕憲兵，動不動自稱是上過火綫掛過彩的，替國家出過力打過仗的。他們又常被土豪劣紳利用做鷹犬，敲地方良民的竹槓，黃二官後來便吃了他們的大虧。第三是苛捐雜稅和高利貸的問題，如農民厚大和黃二官妻子的談話：錢糧正項每畝一元六角五；帶征的附加稅像什麼自治附捐，教育捐，公益捐，區公所經捐，積穀費，清鄉費合起來比正稅加幾倍。甚至於鄉民自己醵錢賠還周鄉紳的五奎橋，建設局還要叫他們每畝再多出五分錢的建設費。農民處此重重朘剝之下，怎能不血枯髓竭？怎能不豐年衣食不足；荒年則老弱轉乎溝壑，壯者散之四方？至於現代中國農民的苦楚的描寫：則黃二官迫不得已把穀子糶給販米出洋的胡志高，原說明兩元零二分一担。誰知胡志高要用漕法秤，想在秤頭上討回便宜，二官發急說道：

「胡先生，不瞞你說，我們鄉下，實在窮死苦死了，全靠你們城裏有錢的，做生意的人，伸隻手，幫助，救救我們（歷歷數來，言之痛心）吃用的東西，買起來這麼貴；公家的捐稅，數目這樣大，名目這樣多；我們身背上負的債，利錢這樣重，逼得又是這樣緊！（十分沈痛）是的，債！債！債！鄉下人那一個不欠債！一年辛苦到頭，種點東西出來，還債都不夠。一年一年的利錢滾上去，一年一年的債款加上去，永遠不會有乾淨的一日！（想起自家，更是不了）再像我們這種人家，人口又多！大大小小，個個人下牀要衣，張口吃飯！（看着胡志高，哀懇的樣子）我們鄉下人所以才不能不要銅錢，不能不和你們爭穀價。眞是，「一錢不落虛空地」！一擔穀子，你們多出一分錢，鄉下人就許有個人換件新衣了；你們少出一分錢，鄉下就許有個人少吃一頓飽飯了！（誠摯地解說）胡先生，你看不出我們發急的樣子麼？我們眞是沒有法子了，所以才尋到你，想把穀子賣給你，不賣給城裏多年做交易的老主顧。無非想多賣幾個錢，明曉得要被村裏人議論的；明曉得村裏人要罵我們貪圖幾個錢，把穀子糶給了販米出洋的客人；不管你胡先生眞是運到廣東，或眞是運到外洋的！（奮激）鄉下人窮得在喊救命的時候，城裏人不好再來尋我們開心；拿好聽的話騙鄉下人上當了！（再行哀求）胡先生，我是直心肚腸的，活到近六十歲，不會走一步曲折的路；我心裏有話都是要直說的。承蒙你胡先生的好意，來買我的穀子，每擔多出兩角錢。可是定要用漕法秤比公秤大得多，吃我們在秤頭上原要吃虧！「二五得一十」比行市高出也有限了。所以，胡先生，我們求求你，求你眞幫忙。價錢呢就照這樣好了。秤呢，請你還是用公秤。胡先生，爲人說話行事，良心要放在當中，這個並不是我們刁難你；並不是鄉下人想發財，要敲你的竹槓；這是我們拿一年到頭的辛苦出來的東西換幾個錢！你胡先生就是多出幾個錢也不吃虧的！穀價其實不應該這樣跌，一半也是被做生意的人存心「殺低」的！至遲到明年春天，一定會長上去的。如果我們不是欠了債，如果我們用不着立刻變了錢還債的話，我們併過了年，不怕價錢不高起來的，所以胡先生，胡先生。（咽喉中好像被淚塞住，自己也說不下去了）

還有丁老九因爲活不下去，推親生女兒雙喜落河，寫得更是悽慘。他的理由是：『債欠得多，利錢背得重，種的不過是三畝半人家的墳田，要自己完錢糧，還要每畝出四塊錢的佃租！今年收的頭二十担穀子，老早就被債主奪去抵賬了，縣裏的錢糧沒有納，田主的租錢沒有付，家裏沒有得吃，來春沒有種子，真正是沒有活路，沒有日子過』！

洪深寫劇極其注重技巧。每一劇本都由慘澹經營而成。所以耐讀。他有『戲劇的人生』一篇文字自述寫劇工作情形很值得欽敬。他留學美國渥海渥省立大學學燒磁凡三年，後以朋友之勸乃改入哈佛大學專攻戲劇。『三年燒磁的工程的訓練，使得我編劇的方法也似乎刻板而呆笨了。在未動手之前，我先得將原料精密地查考與分析一番，非是我完全了解和認得的東西，不敢取來使用——對於我所不大熟悉的生活，決不肯冒昧亂寫的。在入手編製的時候，我總是將所希望的最後效果，預先決定了，而后謹守範圍地細心耐氣地再去尋取具體的方法。我甚怕或有多餘的浪費；好像製造一種化學組合品所用的原料，件應有作用——那劇本裏每個人物，每件人事，每句對話必須有他存在的必要——凡無益的東西，就是有害的。我又怕或有疏忽遺漏；好像構造一座機器窰，千端萬緒須得一項項去布置——劇中潦草了一個小節目，那全劇的進展，便會顯得不靈活的。一部完全的作品，我又要求牠的前提和答案，像幾何學裏習題那樣前後呼應，合於邏輯，牽强偶合『硬轉法』終是於心未安的，所以我的編劇，從來不是「白熱時」「一氣呵成」而是慢慢的累積，從來不曾「飛揚」而祇是脚踏實地，一步一步的笨做。』他的五奎橋凡起稿五遍。第一遍將大段落布置好了，寫成一個大綱；第二遍規定了每個段落事實的先後與感情的程度；第三第四遍寫對話與修改辭句。這四遍寫作的過程均攝成影片冠於五奎橋那本戲曲的前面。我以爲這種寫劇的態度很值得重視；也很值得我們取法。

劇本結構之愼重是洪深第一端長處。第二便是要數到他的善於布置複雜的塲面了。除趙閻王人物不多以外，五奎橋登塲人物約二三十名，香稻米約三四十名。五奎橋在農民鼓噪要折橋一幕裏所有人物幾完全登塲。香稻米在丁老九推女兒下河，和姜老爺向黃二官索積平欠款，兩次傷兵的滋事，登塲人物也不少。小說結構之中，本來有所謂『散漫體』(Discusive) 和『緊縮體』英國作家喜用前體，大陸作家喜用後體。如沙克雷(Thackeray)虛榮之市(Vanity fair)出場人物多至五十以上；迭更司互友(our mutual freind)出場人物有七十五人。而美國霍桑 (N. Howthorn) 紅字 (The Scarlet Lettre) 則僅用三數人。人物太多，支配得一一適宜，一一有現表，最是難事。而戲劇是具體性的東西，如人物多而不賦以個性，則觀者視綫錯亂，精神散漫，戲劇的效果便失去了。洪深戲劇人物雖然複雜，而指揮調度，煞費苦心所以每個人都負有相當的使命，其駕馭的魄力不能說不大。

人物口吻舉止描寫之逼肖，是洪深的第三端特長。趙閻王寫軍士行動談話前面已有介紹。五奎橋香稻米寫土劣之奸惡可恨，另具一種筆墨。他劇中的土劣都有才情。都能臨機應變。他們與農民的交涉，不用硬功夫而用軟功夫，不談正題，而先同他們寒暄一陣，所以農民往往不知不覺地上了他們的當。真所謂『笑裏藏刀』『殺人不見血』你看他在五奎橋裏怎樣寫周鄉紳？『周鄉紳頦下的長鬍，叫人看了覺得他是『年高德；』不止是他實際所過的五十三歲了。頎長身材，瘦狹臉龐，一雙清秀中含著銳利的眼睛；而且吐屬文雅，氣度大方，不愧是一個世代仕宦，自己又是讀過書做過官辦過事，退老在家亨福的鄉紳！他的手腕，他的機智，已到了『爐火純青』的程度；所以人家平常決不覺得他會有奸詐，——除非——除非他是動了肝火暴燥的時候，他的面目便還免不了要露出些猙獰的真相。你看他今天穿著一件寬大的生絲長衫，戴一付金絲邊藍眼鏡，一隻手攜一根犀角裝頭鑲洋金的直手杖，一隻手搖一把綠玉柄的全白羽毛扇；斯斯文文，踱上橋來，真是『一團和氣。』下面且看他怎樣與那一羣要折他五奎橋的鄉民談家常，怎樣與他們親熱：

周鄉紳（對著衆鄉下人笑顏點頭）今天橋上人倒不少，大約村裏人都在這裏了。其中一大半，我都不認得。（仔細巡視）

陳金福（周鄉紳眼睛看到他的時候，恭敬地叫他一聲）周大老爺。

周鄉紳（稍微點點頭）唔。（從人叢中尋出一個頭髮花白的農民）你不是黃二官麼？半年多不見，人又老勁了。身體還像從前一樣健壯麼？

黃二官（不知不覺的客氣起來了）託周先生福，我還算是老健；飯也吃得落，田也種得動。

周鄉紳（也點點頭；又轉身對一個老年農民說）家裏老小都好麼？老伴怎樣沒有來？

一個老年農民　她在家抱小孫子沒有來，託福，都好。

周鄉紳　你又添了孫子了，好福氣。

（一個老年農民笑了）

香稻米姜老爺對付那些滋事的傷兵也用這種手腕。傷兵雖然兇悍，雖然蠻不講理，也被他軟化了。但這些土劣無論怎樣奸詐圓滑善於自保，到了最後還失敗在農民手裏，則作者的命意確可以令人作深長之思了！

語言文學類　PG1546

新文學研究

原　　著 / 蘇雪林
編　　者 / 謝　泳、蔡登山

數位重製・印刷 / 秀威資訊科技股份有限公司
http://www.showwe.com.tw
114 台北市內湖區瑞光路 76 巷 65 號 1 樓
電話：+886-2-2796-3638
傳真：+886-2-2796-1377
劃撥帳號 / 19563868　戶名：秀威資訊科技股份有限公司
讀者服務信箱：service@showwe.com.tw
網路訂購 / 秀威網路書店：https://store.showwe.tw
網路訂購：order@showwe.com.tw

2016 年 10 月
精裝印製工本費：1800 元

Printed in Taiwan

國家圖書館出版品預行編目

新文學研究 / 蘇雪林原著 ; 謝泳, 蔡登山編. --
一版. -- 臺北市 : 秀威資訊科技, 2016.10
面 ; 公分. -- (語言文學類 ; PG1546)
BOD 版
ISBN 978-986-326-388-3(平裝)

1.中國當代文學 2.文學評論

820.908 105011058

讀者回函卡

感謝您購買本書，為提升服務品質，請填妥以下資料，將讀者回函卡直接寄回或傳真本公司，收到您的寶貴意見後，我們會收藏記錄及檢討，謝謝！

如您需要了解本公司最新出版書目、購書優惠或企劃活動，歡迎您上網查詢或下載相關資料：http:// www.showwe.com.tw

您購買的書名：______________________________

出生日期：________年________月________日

學歷：□高中（含）以下　□大專　□研究所（含）以上

職業：□製造業　□金融業　□資訊業　□軍警　□傳播業　□自由業

□服務業　□公務員　□教職　□學生　□家管　□其它____

購書地點：□網路書店　□實體書店　□書展　□郵購　□贈閱　□其他

您從何得知本書的消息？

□網路書店　□實體書店　□網路搜尋　□電子報　□書訊　□雜誌

□傳播媒體　□親友推薦　□網站推薦　□部落格　□其他________

您對本書的評價：（請填代號　1.非常滿意　2.滿意　3.尚可　4.再改進）

封面設計____　版面編排____　內容____　文／譯筆____　價格____

讀完書後您覺得：

□很有收穫　□有收穫　□收穫不多　□沒收穫

對我們的建議：______________________________

____

____

____

請貼
郵票

11466
台北市內湖區瑞光路 76 巷 65 號 1 樓
秀威資訊科技股份有限公司　　　收
BOD 數位出版事業部

（請沿線對折寄回，謝謝！）

姓　　名：________________　年齡：________　性別：□女　□男

郵遞區號：□□□□□

地　　址：________________________________

聯絡電話：(日) ________________ (夜) ________________

E-mail：________________________________